미쳐버린 날

EL DÍA QUE SE PERDIÓ LA CORDURA

미쳐버린 날

EL DÍA QUE SE PERDIÓ LA CORDURA

하비에르 카스티요 지음
김유경 옮김

오픈하우스

일러두기

1. 외국 인명, 지명은 외래어표기법을 따르되 일부는 관용적인 표기를 따랐다.
2. 책·신문·잡지명은 『 』, 영화·연극·TV·라디오 프로그램명은 「 」, 시·곡명은 〈 〉, 음반·오페라·뮤지컬명은 『 』로 묶어 표기했다.

내 전부인 그녀를 위해 내 평생을 바치고,
그녀를 위해 무엇이든 할 것이다.

살면서 벌어지는 모든 일에는 이유가 있지만,
뒤돌아볼 때만 그것을 알 수 있다.

머리말

2013년 12월 24일, 보스턴

12월 24일 낮 12시, 하루만 지나면 크리스마스다. 나는 멍하니 눈을 뜨고 조용한 거리를 걸어간다. 모든 장면이 느린 화면처럼 지나간다. 하늘을 올려다보니 태양을 향해 멀어져가는 하얀 풍선 네 개가 눈에 들어온다. 한 걸음씩 걸을 때마다 여자들의 비명이 들리고, 저 멀리서 꼼짝하지 않고 나를 쳐다보는 사람들의 시선도 느껴진다. 물론 이런 나를 쳐다보고 소리를 지르는 거야 당연하다. 나는 벌거벗었고 몸엔 피가 묻어 있고 손에는 잘린 머리가 들려 있으니 그럴 수밖에. 몸에 묻은 피는 거의 다 말랐지만, 손에 든 머리에서는 여전히 피가 천천히 뚝뚝 떨어지고 있다. 어떤 여자는 나를 보고 길 한복판에서 그대로 얼어붙었다. 나는 여자가 손에 쥔 장바구니를 땅에 떨어뜨리는 걸 보고 웃음을 터뜨릴 뻔했다.

아직도 내가 간밤에 한 일을 믿을 수가 없다. 그런데도 내 마음은 어느 때보다 평온하다. 정말 이상한 일이지만, 사실이다.

길에 서 있던 여자를 다시 돌아보니 아직도 그 자리에 얼어붙어 있다. 내가 헤벌쭉 웃자 여자는 사시나무처럼 덜덜 떨기 시작하고, 나는 그런 모습을 지켜본다. 친만의 말씀, 난 정말 좋은 사람이다. 절대 무서운 사람이 아니다.

지난 넉 달간 거울 앞에서 멍한 눈빛을 지어보던 시간이 그리워진다. 나는 하루, 또 하루, 매일 네 시간씩 연습했다. 내가 누구의 도움도 없이 혼자 배울 수 있는 사람이라고 생각하니 뿌듯하지만, 이른바 독학자의 자아 성취감의 절반은 가짜라는 생각이 든다. 늘 나는 연기에 서툴렀고, 거짓말도 할 줄 몰랐다. 몇 년 전, 내 전부였던 여자에게 한밤중에 그 장소에 가는 이유를 말할 때조차도 그랬다. 나는 그녀의 미소가 너무 좋았고, 그녀의 눈빛은 정말 치명적이었다. 눈을 보면 도저히 거짓말을 할 수가 없었다. 나는 날이 밝으면 아침 햇살이 그녀의 머리를 비추고, 눈을 뜨고 미소 짓는 그녀의 모습을 평생 볼 수 있기를 바랐다.

내 안에 깃든 고요를 깨뜨리며 경찰차 사이렌 소리가 들리기 시작하고, 조금씩 주변의 소음이며 움직임이 느껴진다. 사람들의 아비규환, 아기들의 울음소리, 전속력으로 지나가는 발걸음들.

나는 바로 체포되고, 순간 쥐고 있던 J.T.의 머리가 땅에 떨어진다. 나는 나를 둘러싸고 총을 겨누며 다가오는 경찰들을 향해 웃어 보인다. 바닥에 무릎을 꿇고 머리로 날아든 둔기에 맞아 정신을 잃고 쓰러지기 전, 딱 한 마디 할 시간은 된다.

"하루만 지나면 크리스마스인데."

1

2013년 12월 26일, 보스턴

갇힌 지 이틀째이다. 눈을 떠보니, 주위에 아무것도 없다. 문 아래 틈으로 들어오는 20센티미터 정도의 빛으로는 겨우 내 손만 볼 수 있다. 밖에서 분주하게 오가는 경호원들의 발소리와 더 멀리에 있는 또 다른 사람의 목소리가 들린다. 여기 들어오기 전에는 이렇게 시간을 죽이는 일이 훨씬 더 두려울 것 같았는데, 오히려 이 어둠이 편안하다. 아마도 얼마 전에 한 일, 이틀 전 저녁에 한 일 때문일지도 모른다. 모든 일이 조금씩 제자리를 잡기 시작하는 것 같다. 사람은 나쁜 행동만큼이나 좋은 행동도 많이 하니까, 결국 너는 너이다. 똑같은 너가 아닐 수도 있지만, 결국은 너이다. 그저께 밤에 들은 울음소리와 가슴이 찢어지는 듯한 절규가 머릿속에 계속 맴돈다. 잠들자마자, 불이 붙은 장면들이 나를 괴롭힌다. 어쨌든 살면서 절대 기분이 더 좋아지지는 않을 것 같다.

2

2013년 12월 26일, 보스턴

밖에서 나는 발소리와 웅성거림이 더 커졌다. '이제 오는군.' 수감자는 생각했다. 방 안에서도 밖에서 말하는 소리가 다 들렸다.

"방에 있나?" 문 앞에서 낮은 목소리가 들렸다.

"네, 원장님." 다른 목소리가 속삭였다.

"여기 며칠 있었지? 누구 다녀간 사람 있나?" 다시 낮은 목소리가 물었다.

"어제 아침부터였고, 원장님 말씀대로 면회는 일절 허용하지 않았습니다. 신문 기자들이 안달이 나서 뭔가 알고 싶어 난리입니다. 오늘 아침에 한 신문 기자가 가족인 척하고 들어가려 했습니다. 검문소를 모두 통과해서 여기 문 앞까지 왔는데 제가 쫓았습니다. 앞으로 절대 그런 일이 없도록 단단히 조치를 취했습니다. 중앙의 감시원들이 전화로 일어난 일을 보고했고, 지금 진술서를 적고 있습니다." 두 번째 목소리가 대답했다.

"기자를 통과시킨 사람들 모두 해고해. 명단 적어서 보고하고. 다시는 정신건강센터에서 일하지 못하도록 내가 보관하겠네." 낮은 목소리가 명령조로 단호하게 말했다. "그리고 애써줘서 고맙네. 아주 잘했어. 이제 가 봐도 좋아." 그가 말을 덧붙였다.

"감사합니다, 저는 이만 가보겠습니다." 두 번째 목소리가 대답했다. 발소리가 문에서 점점 멀어졌다.

방 안의 어둠 속에서는 오로지 문지방 틈으로 비어져 들어오는 빛만을 볼 수 있다. 덕분에 문밖에 있는 사람의 발이 드리우는 그림자 두 개를 볼 수 있었다.

'그가 왔군.' 수감자는 생각했다. 순간 주변이 조용해졌다. 마치 이 방이 진공 상태가 되어 소리를 죄다 흡수한 것 같았다.

갑자기 방 안의 어둠이 눈부신 빛에 지워지면서 수감자의 모습이 드러났다. 그는 바닥에 웅크리고 있다가 순진무구한 얼굴로 원장을 쳐다보며 웃었다. 정신건강센터에서 준 하얀 옷을 입고 있었다. 피부는 창백했고 눈가에는 거무스름한 기미가 넓게 퍼져 있었으며 머리카락은 짙은 갈색이었다. 형편없이 야위었지만 파란 두 눈은 놀랄 정도로 아름다웠다. 빛의 변화에 따라 홍채가 심하게 수축하자 새파란 눈동자가 더 또렷이 보였다. 수감자는 원장의 위협적인 태도에도 불구하고 방구석에서 팔로 무릎을 감싼 채 미동도 하지 않았다. 방의 벽은 흰 쿠션으로 덧대어져 있었다. 가장 위험한 환자와 정신병자들의 자해를 막기 위해 설계되었기 때문이다. 이자는 자해의 기미가 전혀 보이지 않았지만, 심리학자인 원장은 언론에 너무 많이 노출된 환자를 최대한 보호해야 했다.

이곳은 언론에서 붙여준 별명인 '목을 벤 남자'가 임시로 머물게 될 장소였다. 원장은 모든 직원을 모아놓고 새로 들어온 환자에 대한 주의 사항과 예방 조처, 정신의학적 치료를 위해 숙지해야 할 사항에 대해서 30분간 이야기했다.

"명심하세요. 우리는 이 환자의 심리 평가를 하는 동안 정문에서 매일 언론 브리핑을 해야 합니다. 물론 그들은 수단과 방법을 가리지 않고 여기 들어오려고 할 것입니다. 여기서 일하는 여러분이나 이 '목을 벤 남자'와 인터뷰를 하고 싶어 안달할 겁니다. 돈이나 여행권 따위로 여러분의 환심을 사려고 들겠지요. 미리 경고하지만, 그들이 주는 돈이나 여행권을 받으면 딱 며칠 또는 몇 주, 아니 몇 달 정도만 좋을 겁니다. 하지만 이후에는 평생직장을 찾느라 고생하게 될 것입니다. 만일 여러분 중 누군가 이 센터 안에서 벌어지는 일 또는 수감자에게 일어난 일을 언론에 제보한다면, 장담컨대 어떤 정신건강센터에서도 일하지 못하게 될 겁니다." 원장은 이야기 말미에 이 부분을 다시 정리해서 말했다.

원장은 말의 미묘한 효과와 사람들의 두려움을 다루는 방법을 아주 잘 알았고, 자신의 지위를 최대한 활용해서 직원들이 간절히 원하는 바를 파악하고 잘 통제했다.

그는 계속 미소 짓는 수감자를 눈 한번 깜빡하지 않고 뚫어지게 쳐다보았다. 그러자 상대는 더 크게 미소를 지어 보였고, 원장은 흰 이가 드러나는 환한 미소에 더 놀랐다. 수감자의 모습은 창백했지만 매력적이었다. 원장은 그를 보고 있자니 함께 공부했던 옛 친구 톰이 떠올랐다. 그들은 심리학과에서 수년간 공부하면서 학점이나 축제, 여자 친구 이야기까지 모두 나누는 사이였다. 원장은 톰이 대학교 여학생들과 계속 만났다는 사실에 놀랐었다. 그는 미소와 눈빛, 천연덕스러운 태도로 방금 알게 된 여자들을 쉽게 꾀었고, 몇 분 후에는 이름과 연락처를 받아냈다.

수감자의 손톱 끝은 지저분했고, 손가락 마디에는 상처가 나 있었다. 팔과 얼굴에도 또 다른 상처가 있었다. 원장은 다시 그의 눈을 뚫어지게 쳐다보았다. '다른 사람의 머리를 베고도 조용히 거리를 걸어 다니는 자는 과연 어떤 부류일까?' 원장은 생각했다. 이자의 눈빛을 보니 마음이 혼란스러웠다.

"됐어, 일어나." 그가 명령했다.

수감자는 시선을 피하지 않고 천천히 몸을 일으켰다.

"여기 자네에 관한 서류가 있어." 원장이 말했다. "150쪽이 넘어. 경찰 조사계에서 자네를 체포한 다음 열두 시간 동안 이 사건을 설명할 내용을 준비했지. 12월 24일 낮 12시, 서른 명이 넘는 사람들이 벌거벗고 거리를 배회하는 자넬 보고 신고했거든." 그가 말을 덧붙였다. "경찰에 걸려온 첫 전화는 낮 12시 1분, 어빙 가에서 장사하던 상인이었어. 경찰서에서 12시 3분까지 받은 전화만 열일곱 통이나 되고." 그는 심각한 목소리로 말했다. "어제와 오늘 이틀 내내 온통 이 사건만 다루고 있어. 뉴스, 모임, 신문, 심지어 소셜 네트워크에서도. 이틀 동안 트위터에서도 자네는 세계적인 화제의 인물이 되었지. 여기저기 엄청나게 술렁이고 있어. 너도나도 '목을 벤 남자'는 어떤 사람이야?'라는 질문만 해대고 있지." 그가 계속 말했다. "하지만 내가 궁금한 것은 딱 하나야. 왜 그 여자를 죽이고 목을 잘랐지?"

수감자는 원장이 단호한 어조로 물었음에도 전혀 흔들림이 없었다. 그는 자세를 바꾸고 등을 편 후에 원장을 분명히 바라보며 미소 지었다.

"열두 시간 동안 신문을 받으면서 한마디도 하지 않았다고 하더군. 물도 달라고 안 했고. 그래서 경찰에서는 두 가지 추측을 하고 있어. 하나는, 자네가 원래 벙어리라서 말을 할 수 없다. 나는 이 추측은 말이 안 된다고 생각해. 이미 자네가 서면으로 답변할 것을 달라는 몸짓을 했으니까. 둘째는, 자네가 사람들이 생각하는 것보다 훨씬 더 똑똑하다. 그래서 경찰 전체와 장난치고 싶어 한다는 거지." 그가 덧붙였다. 그러자 수감자는 또다시 미소를 지어 보였다. "자넨 여기 1층 병동에 감금되고 이틀이 지났는데도 말하거나 설명하려는 의지가 없고 겁도 안 먹었어. 아무것도 먹지도 않았고. 먹었으면 말하는 데 분명 도움이 될 텐데."

수감자는 자세를 바꾸면서 꽤 진지한 모습을 보였다. 마치 기쁨을 뺏기고 짓밟힌 사람 같았다. 그러자 원장은 자신의 말이 뭔가 효과를 발휘했고 조만간 심리 검사를 시작할 수 있을 것 같다는 생각이 들었다.

"우리는 서로를 완벽하게 이해하게 될 거야. 나는 자네를 도와주려고 여기 있고, 센터에 머무는 동안 가능한 한 편안하게 해주고 싶어. 만일 자네에게 벌어진 일과 그렇게 한 이유를 설명할 준비가 되었다면, 다 잘 해결될 거야." 원장이 말했다.

수년간 이 나라의 여러 정신건강센터에서 심리학자로 일하는 동안 원장은 이런 말, 이런 순서로 정신과 환자들에게 접근했다. 앨라배마 정신건강센터에서 인턴으로 일했던 첫해에 개수대에 자기 아기를 빠뜨려 죽이려던 여성 정신분열증 환자를 맡았는데, 다른 의사들은 그녀가 아기를 죽여야 한다는 누군가의 목소리를 들은 거라고 생각했다. 그녀는 임신 6개월 후 정신분열증 치료를 받기 시작했다. 아기가 한 살이 되었을 때, 개수대 물에 아이를 빠뜨려 죽이려고 했고, 주차장에서 아기의 울음소리를 듣고 온 남편이 아이를 구했다. 그녀는 센터에서 한 주 동안 있으면서 딱 세 번 치료를 받았는데, 그는 이 여자가 애인과 함께 남편을 떠나려고 정신분열증 환자 행세를 하며 아기를 죽이려 했다고 판단했다. 그렇게 심리학자로서 그의 재능은 판사와 검사들 사이에서 인정을 받았고, 즉시 큰 명성을 얻어 워싱턴 남부의 작은 정신건강센터의 원장으로 임명되었다. 3년 후에는 수많은 성공 사례를 일구었고 이 나라에서 가장 권위 있는 보스턴의 정신건강센터 원장으로 임명되었다.

"이제 이야기 좀 하겠어?" 원장은 그가 감금된 독방에서 겁을 먹었길 바라며 물었다.

그러자 갑자기 수감자가 다시 웃기 시작했다.

3

1996년 6월 13일, 솔트레이크

솔트레이크의 한 마을은 여름만 되면 수많은 가족이 찾아왔다. 최근 몇 년 동안 새로 뽑힌 마을 시장이 열심히 홍보 캠페인을 벌여서 호수 연안 개발 투자가 이루어졌고, 중상류층 가족이 선호하는 휴가지가 되었다. 그래서 수많은 가정이 마을 중심에서 호숫가를 따라가며 2킬로미터 연장한 새로운 지역에 별장을 마련했다. 새 단장을 한 관광지치고 아주 쌈빡하지는 않았지만, 솔트레이크에는 50년대 뉴올리언스를 떠올리게 하는 매혹적인 분위기가 있었다. 백목으로 만든 넓은 창이 달린 저택을 소유한 사람들은 카펫 수리공이나 목수들보다 두 배나 많은 수익을 올렸는데, 휴가철에 몇 주 또는 몇 달간 머물며 1주에 3000달러 정도 쓸 여유가 있는 도시인들에게 세를 놓았다. 덕분에 최근 몇 년 동안 주택 건설이 호황을 이루었고, 호수 근처에 있던 더 오래된 집들도 리모델링에 들어갔다.

마을은 솔트레이크 호수 서쪽 지역에 C 자 모양으로 펼쳐져 있었다. 중앙 광장에는 작은 종탑이 있었고, 여름에는 이 광장에서 중고 시장이 열렸다. 나란히 나 있는 두 개의 거리는 중앙 광장과 부두 및 호수로 이어졌다. 이 광장을 둘러싼 윌프레드 거리는 새로운 상업 지역이라서 낮에는 옷과

가구, 골동품을 파는 작은 가게들과 푸드 카트에 모여든 사람들로 붐볐다.

수십 척의 작은 유람선이 정박하는 부두는 오래된 목구조를 고스란히 간직하고 있었다. 인근의 등대는 좀 낡긴 했지만, 밤새 불빛이 반짝였으며 산책하는 수많은 커플을 잔잔하게 비춰주었다.

수년 전부터 아만다의 가족은 여름이면 이곳 솔트레이크에 왔다. 여기 오면 뉴욕에서 받은 스트레스가 사라지고 마음이 편안해졌다. 아만다의 아버지는 뉴욕의 유명한 로펌에서 변호사로 일했다. 올해 여름휴가는 6월이었는데, 한 해 전에 아버지가 승진한 덕에 얻은 휴가였다. 스티븐 매슬로는 사건들을 맡아 계속 승소한 덕분에 로펌에서 가장 성공한 변호사가 되었다. 보석 도둑과 은행 강도부터 살인자, 성 추문으로 기소된 정치인들에 이르기까지 온갖 종류의 범죄자들을 다 변호했다. 그런 사람들에 관해서 아주 잘 아는 변호사로, 사람들을 자기편으로 끌어들이는 놀라운 능력이 있었다. 가정에서는 규율이, 직장에서는 열심히 일하는 것이 중요하다고 믿는 엄격한 아버지였다. 엄하긴 하지만, 두 딸 아만다와 카를라를 사랑하는 딸바보였다.

아만다는 열여섯 살 소녀로, 머리카락은 구릿빛이 섞인 갈색이고 눈은 엄마를 닮아 꿀색이었다. 입술은 가늘면서도 도톰하고 웃을 때 하얀 이가 드러났고, 입 주변에는 두 개의 보조개가 생겼다. 동생 카를라는 일곱 살로 피부가 가무잡잡하고 곱슬거리는 머리는 어깨까지 내려왔다. 그녀는 보조개가 깊이 파일 정도로 웃으면 혓바닥이 보였기 때문에, 너무 웃지 말라는 소리를 항상 들었다. 그리고 아만다는 동생이 뭘 물을 때마다 늘 같은 대답을 했다.

"내 말이!"

그녀가 미소 지으며 말할 때마다 보조개가 더 쏙 패었다.

솔트레이크의 작은 역에서 출발한 택시에는 아만다와 카를라, 아버지 스티븐과 어머니 케이트가 타고 있었다.

케이트는 마흔한 살로 머리는 밝은 갈색, 두 눈은 두 딸과 같은 꿀색이었다. 얼굴에 검은 점이 세 개 있었는데, 스티븐은 이걸 볼 때마다 오리온의 띠(맨눈으로 쉽게 볼 수 있는 밝은 별 세 개로 구성된 오리온자리의 성군—옮긴이)를 떠올렸다. 케이트는 카를라와 놀기를 좋아했다. 예전에는 아만다와 노는 쪽이 좋았지만, 최근 큰딸은 여동생이나 엄마와 노는 것보다 다른 일들에 더 관심이 많아 보였다. 그들이 탄 택시는 오래된 프랑스 마을에 난 세인트루이스 대로를 지나갔다. 스티븐이 판사들과 검사들을 비롯한 직장 동료들에게 자주 선물로 주는, 독특한 풍미의 와인을 파는 가게들이 여러 군데 있었다. 대로변이 끝나는 지점에서 새로운 지역 입구가 나타났는데, 이곳은 호수와 접해 있었고 새집들이 들어서 있었다.

"손님, 35번지라고 하셨죠?" 택시 기사가 물었다.

"36번지입니다." 스티븐이 바로잡아주었다.

"그렇네요, 36번지. 제대로 아시는지 확인해본 겁니다." 택시 기사가 농담을 했다.

"웃어요, 웃어!" 카를라는 웃지 않는 아버지를 보고 소리치며, 손으로 아빠의 입술을 웃는 모양으로 만들었다.

"카를라, 행동 조심하렴." 아버지가 입을 열었다.

"전 그저 아빠를 웃게 해드리고 싶었어요." 카를라가 대답했다.

"카를라, 아빠가 심한 장난 안 좋아하는 거 알잖아." 케이트가 상황을 정리했다.

"도착했습니다. 여기가 뉴 포트 가 36번지입니다." 택시 기사가 그들의 대화를 끊었다.

원래 그들이 매년 솔트레이크에서 머물던 집은 구시가지 로체스터 씨의 작은 별장이었다. 1층짜리 작은 목조주택인데, 시간이 지나면서 페인트칠도 조금씩 벗겨지고 있었다. 로체스터 씨는 매년 페인트칠을 하지 못한 이유를 수천 가지 늘어놓았다. 일이 있어서, 그날 날씨가 안 좋아서, 도시 밖에 있어서, 뉴욕의 회사에서 딱 맘에 드는 페인트 색이 있어서 배달을 시켰는데 제대로 오질 않아서 등등 이유는 다양했다. 스티븐은 로체스터 씨가 게을러서 그렇다는 사실을 알고 있었지만, 독특한 매력이 있는 그의 작은 집은 맘에 들었다. 작은 현관은 두 딸이 태어나기 전, 그가 케이트와 저녁 식사를 하는 모습을 수없이 지켜본 증인이었다. 물론 그가 사는 걱정을 덜 하고 특히 회사에서 하는 저녁 식사, 사건, 일보다는 살아가는 일이나 특히 웃는 일에 더 관심이 많을 때였다.

스티븐이 로펌에서 승진하고 올해는 이 동네, 빅토리아시대 건축 양식으로 지은 집에서 몇 주를 보내기로 했다. 뉴 포트 가 36번지에 들어선 주택은 하얀색 이층집으로 창문들이 크게 나 있었다. 지붕은 창문을 통해 보이는 커튼 색과 같은 파란색이었다. 집터도 넓었다. 길가에서 현관문까지 이어진 정원 잔디에는 커다란 흰색 돌판 길이 나 있었다. 보통 솔트레이크에 사는 사람들은 치안에 대한 불안감 없이 살았다. 범죄가 거의 일어나지 않았기 때문에 울타리가 있는 집이 없었다. 지나가던 사람마다 이 이층집을 보고 많이 놀랐다. 최근에는 벽 전체를 흰색으로 칠해서 가까운 곳에 있는 주변 집들보다 더 눈에 띄었다.

"와!" 카를라는 택시에서 집을 내다보며 소리를 질렀다. 아만다는 택시에서 내릴 생각도 안 하고 할 말을 잃은 채 집을 쳐다보았다. 아만다는 올해 솔트레이크에서 몇 주 보내는 일이 전혀 내키지 않았는데, 집은 보자마자 너무 맘에 들었다. 예전에 머물던 로체스터 씨의 오래된 집에서 나는 냄새가 끔찍이 싫었더랬다. 게다가 올해는 가장 친한 친구이자, 학교 책상은 물론이고 학교에서 좋아하는 남학생 이야기도 함께 나누는 반 친구 다이앤과 여름방학을 보내고 싶었었다.

"12.20달러요?" 케이트가 동전 지갑에서 20달러짜리 지폐를 꺼내며 물었다. "거스름돈은 됐어요. 아만다! 얼른 내려서 아빠 가방 옮기는 것 좀 도와드려." 아직도 택시에서 내리지 않은 큰딸을 보고 소리쳤다.

아만다는 천천히 택시에서 내려서 현관 쪽으로 가방을 옮기고 있는 아버지 쪽으로 향했다. 그는 아무 말 없이 가방들을 내리고 혼자 투덜대며 집으로 끌고 가고 있었다. 그런데 아만다가 현관으로 가는 길에 밟은 커다란 돌판이 덜컹거리는 바람에 돌 틈에 발이 걸려 가방들과 함께 바닥에 넘어지고 말았다. 순간 차고 있던 팔찌가 가방 손잡이에 걸려서 뜯어졌고, 형형색색의 작은 구슬 수십 개가 바닥에 흩어졌다.

"에이, 이따위 흔들리는 돌판 때문에 팔찌가 망가지다니! 초장부터 이 꼴이네!"

"아만다, 불평 그만해, 그깟 팔찌 가지고 왜 그러니." 어머니가 나무랐다. "아빠가 이렇게 좋은 집에서 휴가를 보내려고 얼마나 열심히 일하셨니. 설마 로체스터 씨의 오래된 집에서 여름을 보내고 싶진 않았겠지?

"설마요…." 그녀는 퉁명스럽게 대답했다.

아만다는 팔찌에서 떨어져 나간 작은 구슬들을 주우려고 몸을 구부렸다가, 돌판 한쪽 모퉁이 바로 아래에 끼어 있는 작은 돌을 발견했다. 돌을 치우려고 집었는데, 노란색 작은 종이가 보였다. 아만다는 흙으로 얼룩지고 여러 번 접힌 이 종이를 집어서 주머니에 넣었다.

"뭘 주운 거야?" 뭔가 불안해하는 그녀를 보고 엄마가 물었다.

"구슬이요, 엄마…." 아만다는 손안에 가득 들어 있는 팔찌 구슬들을 보여주며 대답했다.

"집 안에 잘 둬, 고쳐줄 테니까."

"괜찮아요, 엄마. 신경 쓰지 마세요." 아만다는 안도하며 대답했다. "카를라, 너 방 골랐어?" 그녀는 동생을 보며 말했다.

"응!" 카를라가 소리를 질렀다. "난 가장 큰 방으로 할 거야!"

"내가 괜히 물어봤지!" 아만다는 웃으며 대답했다. "가보자!" 그녀는 현관에 가방들을 두고 동생을 데리고 집 안으로 들어갔다.

스티븐과 케이트는 아이들이 집으로 들어가는 동안 서로를 진지하게 바라보았다. 수년 전, 젊었을 때는 눈만 봐도 열정과 기쁨이 서로에게 전해졌지만 이제는 눈빛에 사랑이 없고, 그저 자기만족과 인내, 그리고 거리에서 낯선 사람들이 만난 것 같은 서먹함이 풍길 뿐이었다. 그들은 서로를 잘 알고 있다고 생각했지만, 그렇지 않았다.

4

2013년 12월 26일, 보스턴

보스턴 정신건강센터 정문에는 150개가 넘는 유명 방송사 인력들이 진을 치고 있었다. 모두들 뉴스 속보에 내보낼 기사를 준비하고 있었다. 오후 3시, 젠킨스 박사 측이 '목을 벤 남자'의 상태를 알리고 '그는 과연 누구인가?'라는 초미의 관심사에 대한 간담회가 예정되어 있었다.

원장인 젠킨스 박사가 손목시계를 쳐다보았다. 9시 47분, 격리된 방에서 수감자와 얼굴을 마주하고 있었다.

"분명히 할 말이 아주 많을 듯한데. 범행 동기 중에 자주 과소평가되는 것들이 있는데, 바로 인간 행동의 원동력이지. 내가 수많은 사건을 겪어봤는데, 살해 동기는 주로 돈이나 권력 아니면 공공 이익이었어. 하지만 내 직감에 따르면 자네는 그런 부류가 아니야. 특별한 순간 벌어진 상황에 휩쓸려 흥분하고 자제력을 잃은 불쌍한 남자일 수 있지. 앞일을 생각하지 못하고 저지른 거야. 만일 자네가 그런 경우이고, 그렇다는 사실이 드러나면, 남은 생이 길지는 못할 거야." 젠킨스 박사가 설명했다.

그는 시선을 떨구었다…. 그러더니 크게 웃기 시작했다.

젠킨스 박사는 불안해서 주위를 돌아보며 자신이 문 근처에 있음을 다시 한번 확인했다. 센터 안전 수칙에는 의사와 간호사들이 수감자의 공격으로 상처를 입지 않도록 보호하는 통제 조치가 있었다. 순간 박사는 대화를 시작할 때부터 자기가 정한 새로운 안전 조치들을 무시하고 있었음을 깨달았다.

이 조치들은 수년 전 한 환자가 그에게 약을 먹이던 여자 간호사를 죽인 후에 생겼다. 당시 수감자는 간호사를 보고 웃기 시작하더니, 매일 먹던 세 가지 정신 안정제 복용을 거부했다. 간호사가 다가가자 그녀의 목을 물어뜯어 경동맥을 절단해 목숨을 끊어버렸다. 안전 요원이 방으로 들어왔을 때 수감자는 피가 묻은 간호사 옷을 입고 누워 있었고 입과 손에 피가 흥건했다. 여자 간호사는 옷이 다 벗겨진 채로 침대에 꼼짝하지 않고 누워 있었고, 수감자는 자신이 간호사인 양 약을 주려고 하고 있었다. 센터 전체가 엄청난 충격에 휩싸였던 사건이었다.

"아직도 입을 열 생각이 없나?" 박사가 문 쪽으로 뒷걸음질하며 재촉했다.

"박사님, 경찰에서도 한 마디도 듣지 못했습니다." 방문 쪽에서 여자의 목소리가 끼어들었다.

"나는 이 방에 이자와 단둘이만 있다고 생각했는데." 원장이 문 쪽으로 시선을 돌리며 대답했다.

문에는 삼십대 중반의 마르고 흰 피부에 머리카락은 갈색인 젊은 여자가 서 있었다. 뺨에는 주근깨가 있어서, 분명 어린 시절에는 놀림을 받았겠지만 지금은 오히려 특이한 아름다움이 느껴졌다.

"제 도움이 필요하실 겁니다. 젠킨스 박사님." 젊은 여자가 말했다.

수감자는 푹신한 바닥에 앉아 웃으며 시선을 아래로 떨구었다.

원장은 긴장이 풀렸다. 문 쪽으로 가서 자기 일에 참견하는 건방진 젊은 여자를 뚫어지게 쳐다보았다. 그러더니 아치형 문에서 여자를 밀어내고 곧바로 문을 닫고 방에서 나왔다. 다시 방 안에 어둠이 가득 찼다.

"누구십니까?" 원장이 물었다.

"저는 연방수사국(FBI) 심리 프로파일 전문가, 스텔라 하이든입니다." 그녀는 신분증을 꺼내며 대답했다. "하버 경감님이 박사님을 도와 심리검사를 하라고 보내셨습니다. 저는 '목을 벤 남자'에 대한 심문과 인터뷰를 할 때마다 참석하라는 명령을 받았습니다."

"하버 경감이라니요? 그 사람은 수년 전부터 내 사건은 전혀 간섭하지 않습니다."

"아시겠지만, 이건 특별한 사건입니다. 모르긴 해도 전 세계 절반이 이 사건을 지켜보고 있습니다. 저 사람은 원하는 바를 챙기고 이 수사 과정을 최대한 자기 뜻대로 조종하고 싶어 할 것 같습니다." 스텔라가 대답했다.

"이해가 안 가는군요. 언론 뉴스를 도배하던 강간범 래리가 여기 있었을 때는 전화 한 통 없었으면서. 경감이 나이가 들면서 감이 좀 떨어진 것 같군요." 원장이 대꾸했다.

"그 일에 관해서는 그분과 직접 전화로 이야기하시길 바랍니다. 그동안 저는 제 일을 하고 있겠습니다. 저 사람의 첫인상과 사건이 기록된 서류가 필요합니다." 스텔라가 분명하게 말했다. "그를 어떻게 생각하십니까? 그의 이름이나 국적은요? 얼굴 특징들을 보면 서양 사람 같은데요." 말을 덧붙였다.

"너무 서두르시는 것 같군요, 조사관님." 원장은 사무실이 늘어선 긴 복도를 걸어가며 대답했다. "제가 지금 말씀드릴 수 있는 내용이라고는 첫 만남에서 그자가 이상할 정도로 용감해 보였다는 겁니다. 눈빛에는 후회하는 기미가 전혀 없었어요. 무엇보다도 혼란스러운 점은 빌어먹을 미소입니다. 그자가 지금 우리 말을 이해하고 있는지, 아니면 우리와 장난을 치고 싶어 하는지 확실하지가 않습니다." 원장은 내용을 정리해 말했다.

"인터뷰 일정은 언제 정해질까요? 3시에 기자회견이 있다고 들었는데요. 무슨 말을 하실 겁니까? 아직 수감자에 대해서 아는 게 하나도 없으신데요." 스텔라는 원장과 함께 복도를 걸으며 말했다.

"모든 일은 다 때가 있습니다, 하이든 조사관님. 아직 이해해야 할 부분들이 있습니다. 제 기자회견은 좀 미뤄질 수도 있고요." 원장이 대답했다.

"혹시 취소하실 생각인가요?" 스텔라가 신경이 곤두서서 물었다.

"그럴 가능성은 적습니다. 이번 기자회견은 우선 당신이 맡아주세요. 저는 저 나쁜 놈 머릿속에 도대체 어떤 악마 같은 생각이 들어 있는지 짚어내야 해서요."

5

2013년 12월 25일. 캐나다, 퀘벡

퀘벡에 있는 라모리시 국립공원은 숲이 우거진 삼림지대에 있다. 여기에는 떡갈나무와 붉은색, 흰색, 회색의 소나무들이 가득했다. 1년 중 이맘때쯤 밤에는 나뭇가지의 물 입자가 얼어붙어서 숲은 어둡고 거친 빛을 띠었다. 처음으로 여기 와 모험을 즐기는 많은 등산객은 제곱킬로미터당 수천 그루의 나무가 빽빽이 들어찬 숲 때문에 미로에 갇혀 실종되기도 했다. 2008년 54일간의 수색 끝에 깊은 산속에서 하이킹하던 가족의 유해가 발견된 적도 있다.

오후 4시 30분, 해가 떨어지기 직전 고요한 숲에는 수천 개의 나뭇가지가 바람에 흔들리는 소리와 멀리서 텃새들이 자유롭게 우는 소리가 함께 들릴 뿐이었다.

보스턴 정신건강센터에서 700킬로미터 떨어진 숲속 한 오두막에서 복면을 쓴 사람이 나왔다. 그자는 손에 도끼를 든 채 나무들 사이로 들어갔다.

몇 분 후 섬찟한 비명이 울려 퍼졌다.

6

1996년 6월 13일, 솔트레이크

집 안에 들어간 아만다는 방을 고르기 위해 계단으로 올라갔다. 흰색 나무 계단은 입구 왼쪽으로 연결되어 있었다. 흰 벽에는 응접실을 중심으로 다양한 풍경화들이 걸려 있었다. 아만다가 발을 내디딜 때마다 나무 계단이 삐걱거렸다. 위층까지 올라간 그녀는 긴 복도를 잠시 바라보았다. 벽은 도배가 잘 되어 있었고, 양쪽으로 방들이 있었다.

아만다는 방문을 하나씩 열어보다가, 큰 창으로 빛이 들어오는 넓은 침실을 발견했다. 방 안에서는 파란색 커튼이 바람에 흔들리고 있었고, 커다란 흰색 침대와, 작은 전등이 놓인 책상이 있었다.

큰 창문과 햇빛 외에는 아무것도 없어서 오히려 맘에 들었다. 올해 아만다는 부모님과 함께 방학을 보내는 게 별로 내키지 않아서 여기 올 때 도시 생활을 그리워하며 방에서만 시간을 보내기로 작정했기에 옷도 별로 넣어오지 않았다. 그녀는 텅 빈 가방을 침대에 올려두며 소리를 질렀다.

"나는 이 방 할래!"

그 소리를 들은 카를라가 재빨리 아만다의 방으로 뛰어왔다. 그녀는 아치형 문을 보며 물었다.

"언니, 이 방 고른 거야? 내 방이 훨씬 더 좋네!"

"물론 네가 볼 땐 그렇겠지!" 그녀는 동생을 놀리며 대답했다.

아만다는 나이 차가 많이 나서 공통의 관심사가 전혀 없는 동생을 늘 귀찮아하긴 했지만, 사실 누구보다 그녀를 사랑했다. 부모님과 함께 휴가를 즐기는 이유도 동생 때문이었다. 왠지 모르게 카를라가 조금만 이상한 몸짓을 하고 표정을 지어도 늘 웃음이 터졌다.

아만다는 학기 초 수업 시간에 체육 선생님과 다툼이 있었다. 밧줄을 잡고 오르지 않겠다고 했다는 이유로 선생님이 반 친구들 앞에서 창피를 주었기 때문이다. 아만다는 그게 꼭 필요한 과정은 아니라고 생각했다. 그런 일로 기분이 안 좋아서 집으로 돌아왔는데, 카를라가 거실 커튼 하나를 붙잡고 올라가려고 낑낑대고 있었다. 중간쯤 올라갔을 때 그만 커튼이 뜯어지면서 엉덩방아를 찍고 말았는데 아만다는 그애 모습에 배꼽을 잡고 웃었다. 그때 집으로 들어선 엄마의 눈앞에는 찢어진 커튼과 웃음을 그칠 줄 모르는 두 딸이 있었다. 카를라는 새 계단으로 쪼르르 내려갔고, 아만다는 혼자 방에 있었다. 그녀는 파란색 커튼을 젖히고 집 밖의 풍경을 바라보았다. 여기까지 데려다준 택시가 솔트레이크 도심으로 멀어져가는 모습이 보였다. 길 건너편에 있는 집은, 이 집보다 훨씬 작고 딱 봐도 아주 오래된 집이었다. 어찌 보면 예전에 머물던 로체스터 씨의 낡은 집도 매력은 있었다. 오래된 집 뒤쪽 조금 멀리 수많은 나무로 둘러싸인 솔트레이크 호수가 보였다.

아만다는 팔찌에서 떨어진 작은 구슬들과, 반대쪽 주머니에 넣어두었던 종이쪽지를 침대에 꺼내놓았다.

'이 종이가 얼마나 오래 숨겨져 있었던 걸까? 겉이 다 닳은 걸 보면 수십 년이 흘렀을 수도 있겠어. 근데 누가 넣어둔 거지?' 아만다는 주머니에서 쪽지를 꺼내며 생각했다.

쪽지를 펴서 내용을 읽던 아만다는 순간 심장이 멎을 뻔했다. 너무 놀라 종이를 바닥에 떨어뜨렸고, 도저히 믿을 수 없는 사실에 충격을 받아 침대에 주저앉았다. 그녀는 바닥에서 종이를 주워 다시 읽기 시작했다.

"아만다 매슬로, 1996년 6월"

쪽지에는 이렇게 이름과 날짜만 적혀 있었고, 뒷면에는 이상한 별표가 그려져 있었다.

아만다는 쪽지에 적힌 글자를 보고 또 보았다. 이 종이에 어떻게 해서 자기 이름이 적혀 있는지, 이게 얼마나 오래 거기에 있었는지, 처음 이 집에 오는 날짜를 어떻게 알았는지, 뭐가 뭔지 도무지 알 수가 없었다. 누가 장난을 친 거지? 전혀 상상이 안 됐다. 팔찌가 망가져서 이 쪽지를 발견하게 된 상황을 아무리 되짚어봐도 이해할 수 없었다.

카를라가 위아래 층을 오가며 내는 발소리가 온 집 안에 울렸다. 아만다는 다시 쪽지를 들고 호흡을 가다듬으며 뛰는 가슴을 진정시키기 위해 멍한 눈으로 창밖을 내다보았다. 먼 곳으로 눈을 돌려 다시 호수를 바라보았다. 여러 척의 배가 여기저기 다니고 있었다. 그 주변에는 나무들이 넓게 자리 잡았는데, 다른 나무들과는 확연히 다른 빛깔을 띠고 있었다. 눈을 감고 있던 아만다가 눈을 떴을 때, 카를라가 옆에서 언니를 바라보며 웃고 있었다.

"언니, 괜찮아? 엄마가 그러는데 언니가 여기 오기 싫어해서 화가 나 있는 거래. 그럼, 이번에는 언니가 원하는 놀이를 하자." 어린 동생이 말을 건넸다.

"걱정 마, 카를라. 그냥 여기서 나는 냄새를 맡으니 좀 현기증이 났을 뿐이야. 페인트칠을 한 지 얼마 안 돼서 그런 것 같아." 아만다가 침착하게 대답했다. "그럼 이 집에 또 뭐가 있는지 보러 갈래?" 그러면서 바로 말을 덧붙였다.

"좋아!" 카를라는 너무 신이 나서 소리를 질렀다.

아만다가 아래층으로 내려가 보니 어머니는 여름 휴가를 즐겁게 보내길 바란다며 환영 인사를 하러 온 이웃 부부와 현관에서 이야기를 나누고 있었다. 이웃 여자는 블루베리 케이크까지 들고 왔다. 함께 온 남편은 갈색 피부에 중키의 남자로 뭔가 잘 어울리지 않은 옷을 입었는데, 진지하게 둘의 대화를 듣고 있었다. 그러다가 여동생과 내려오는 아만다를 쳐다보았다.

아만다는 그들에게 다가가 인사를 건넸다.

"안녕하세요, 처음 뵙겠습니다, 미스터, 미세스……." 아만다는 그들이 성을 말해주길 바라며 먼저 인사를 했다.

"네가 아만다구나. 정말 예쁘게 생겼구나!" 여자가 대답했다.

"성이 없으신가요?"

"정말 재미있는 아이구나."

"그럼 안녕히 가세요." 아만다는 그녀의 말을 자르고 동생과 함께 부엌으로 갔다.

"정말 죄송해요." 어머니는 얼굴이 빨개지며 그들에게 사과했다. "너무 신경 쓰지 마세요. 재가 지금 휴가를 솔트레이크로 와서 화가 좀 나 있어요. 지금 '그'때인 것 같네요."

"괜찮아요, 매슬로 부인. 저희도 아만다 또래의 딸을 키우고 있어서 충분히 이해합니다. 호르몬 변화 때문에 감정 기복이 심할 때죠." 여자가 강조해서 말했다.

아만다는 부엌에서 어머니가 이웃 부부와 이야기하는 소리를 들으며, 호기심 많은 카를라가 선반이며 벽장들을 열어보는 모습을 지켜보고 있었다.

"아 더러워!" 카를라가 선반 깊숙이 들어 있던 곰팡이가 덮인 항아리를 꺼내며 소리쳤다. "우웩 토할 것 같아! 안에 뭐가 들어 있지?"

"열지 마! 더러워, 절대 열지 마, 제발! 열 생각도 마!" 아만다가 소리를 질렀다.

"웁스…." 카를라가 뚜껑을 열며 말했다. 항아리 안에서 역겨운 냄새가 올라오자 카를라가 재빨리 코를 막았다. 그러다가 잘못 건드리는 바람에 눈 깜짝할 사이에 부엌 한가운데 항아리가 떨어져 산산조각이 났다.

"아아아악!" 아만다와 카를라는 항아리에 들어 있는 걸 보고 일제히 소리를 질렀다. 구더기 수백 마리가 뒤덮인 썩은 검은 고양이 사체였다.

7

2013년 12월 26일. 보스턴

젠킨스 박사는 스텔라 하이든 조사관과 사무실로 걸어가면서, 계속 미소 짓던 범인이 있던 쪽으로 고개를 돌렸다. 그가 볼 때 이 목을 자른 사건처럼 잔혹한 범죄를 저지른 사람들이 정상인과 다를 바 없이 행동하는 가장 큰 원인 중 하나는 보통 사람들의 수준에서 현실을 인식하지 못하기 때문이다. 정신병자 중 이런 유형은 산만하고 현실을 제대로 구분하지 못하며 자신이 저지른 나쁜 행동은 생각하지 않고 이로 인한 결과도 이해하지 못한다. 수감자의 행동으로 짐작해볼 수 있는 또 다른 가능성은 자기가 한 일에 만족한다는 것이다. 두 가지 모두 가능성이 있으므로, 그가 정신병자인지 아니면 무자비한 살인자인지를 확인하기 위해서는 스텔라의 심리분석 경험이 필요했다.

원장과 조사관이 사무실에 도착해 비서에게 인사를 건네자, 그녀도 인사하며 회의 보고서들을 건넸다.

"좋은 아침입니다, 젠킨스 박사님 그리고 미스…" 비서가 그녀에게 인사를 했다.

"하이든, 스텔라 하이든입니다." 그녀가 대답했다.

"경찰서장님이 전화를 주셨는데, 이 사건 조정을 위해 언제 모일지 물어보셨습니다. 법무부장관님도 빨리 통화하고 싶다고 하셨습니다. 또, 『뉴욕 타임스』 국장이 전화했는데, 박사님에 관해서 물어봤습니다. 직접 인터뷰를 해서 가능한 한 빨리 기사를 내고 싶어 하셨습니다. 또한, 박사님 앞으로 편지랑 소포가 아주 많이 왔습니다. 제가 편지들을 거의 다 읽어봤는데, 그자에게 절대로 자비를 베풀지 말라는 요구들이었습니다. 소포들은 좀 개인적인 물품들 같아서 사무실에 놓았습니다."

"테레사, 정말 고마워요. 최대한 빨리 경찰서장이랑 법무부장관, 『뉴욕 타임스』 국장 전화번호를 넘겨주세요." 원장이 조사관과 함께 원장실로 들어가며 말했다.

원장은 책상 쪽으로 가까이 갔다. 소포와 편지들이 쌓여 있었다. 먼저 자리에 앉았고, 스텔라에게도 앉으라고 권했다. 그러고는 책상에 널린 서류들 사이에서 뭔가를 찾더니 베이지색 파일을 꺼냈다. 거기에는 보스턴 경찰서 직인이 찍혀 있었고, 빨간색 라벨에 "172/2013 사건: 목을 벤 남자"라고 적혀 있었다.

"조사관님, 여기 보고서가 있습니다. 보실 시간은 두 시간 드리죠. 12시에 심리 분석을 위한 첫 번째 인터뷰가 진행될 겁니다. 그자가 입을 열기를 진심으로 바랍니다. 그러지 않으면, 이 사건은 종결됩니다. 경찰로 넘어갈 테고, 당신 임무도 끝날 겁니다. 분명 속전속결로 재판이 진행되어 그는 종신형을 받게 될 겁니다. 물론 저는 그자가 입을 열기만을 바랍니다. 이제까지 이토록 저를 혼란에 빠뜨린 범죄자는 없었습니다." 원장은 사건 서류를 스텔라에게 넘겨주었다.

"두 시간이라고 말씀하셨죠? 150쪽이 넘는군요. 정말 서둘러야겠네요." 스텔라가 대답했다.

"시간이 없어요. 곧 기자회견이 열릴 겁니다." 원장은 산처럼 쌓인 편지 중 하나를 훑어보다가 넌더리를 내며 말을 덧붙였다.

책상에 놓여 있던 소포 중 하나가 유난히 눈길을 끌었다. 조금 큰 갈색 상자인데 가느다란 끈으로 묶여 있고 캐나다 퀘벡 우체국 소인이 찍혀 있었다.

"캐나다에서 온 소포네? 하긴 이 사건이 세계적으로 유명하지." 원장은 편지 봉투를 뜯는 칼로 끈을 자르며 말했다.

"사실 이제까지 그런 무대를 연출한 범인은 없었으니까요." 스텔라가 농담을 던졌다.

원장은 상자 뚜껑을 열고 안을 보는 순간 돌처럼 굳어버렸다. 스텔라도 의자에서 일어나 상자 안을 들여다보았다. 순간 그녀는 비명을 지르며 의자에 털썩 주저앉고 말았다. 원장은 안색이 변하더니 울음을 터뜨렸다. 도저히 눈물을 참을 수가 없었다. 그는 다시 상자에 다가가 안을 들여다보았다. 거기에는 비닐봉지에 담긴 한 여자의 잘린 머리가 들어 있었고 옆에는 빛바랜 메모가 있었다. 스텔라는 다시 일어나 상자 안에 있는 메모를 집어서 읽었다. "클라우디아 젠킨스, 2013년 12월"

"클라우디아 젠킨스. 원장님과 성이 같네요. 혹시 아시는 분입니까?" 망연자실한 스텔라가 물었다.

원장은 도저히 서 있을 힘이 없었다. 그리고 눈물을 흘리며 대답했다.

"제… 딸입니다."

8

1996년 6월 13일, 솔트레이크

아만다는 카를라가 찾은 고양이 사체를 치우고 바닥에 흩어진 유리 조각을 주워야 하는 사람이 자신이라는 사실에 망연자실해 있었다. 어머니는 카를라가 잘못한 일이 있으면 늘 아만다에게 대신 벌을 주면서 카를라를 교육하셨기 때문이다. 정말 너무 불공평한 일이었다.

카를라는 부엌 문가에서 고양이 사체를 봉지에 넣고 묶는 아만다를 지켜보면서 슬며시 웃었다. 아만다는 동생 대신 벌을 받을 때마다 그녀에게 '너 가만 안 둘 거야' 하는 눈빛을 쏘았다.

부엌에 들어온 어머니는 항아리 파편을 쓸어 담는 아만다를 도와주고, 개수대 아래 있던 라벤더 향 방향제를 바닥에 쏟아부었다.

"아만다, 알지? 이 벌은 이 고양이 때문이 아니라, 네가 이웃들에게 예의 없게 굴어서 주는 거야. 그분들은 그저 친절을 베푸려고 오신 거잖니. 네가 여기 오기 싫어서 화가 날 수 있지만 그걸 다른 사람에게 풀면 안 되는 거야. 그리고 올해 여기 온 건 크게 자축하는 의미도 있잖니. 아빠가 열심히 노력하셔서 우리 형편도 훨씬 더 나아졌고, 그걸 우리가 누릴 수 있게 됐잖아." 그녀는 계속 이런 상황을 강조했다.

"네, 엄마. 말씀 잘 이해했어요. 엄마는 저를 전혀 이해하지 못하시지만요." 아만다가 쌩하게 말했다.

"그럼, 너한테 제안을 하나 하지. 우선 여기서 우리와 첫 주를 즐겁게 보내는 거야. 그러고 나서 일요일이 되었는데도 여전히 떠나고 싶다면, 뉴욕으로 돌아가도 좋아. 가서 고모랑 같이 지내." 케이트는 화해의 뜻을 담아 딸에게 말했다.

"정말이에요?"

"그래, 네가 원한다면 그렇게 해. 원하지도 않는 애를 계속 데리고 있을 수는 없잖니. 너도 이제 다 컸는데. 그러니까 엄마랑 약속하자. 일요일 전까지는 최선을 다해서 즐겁게 보내겠다고. 알았지?" 그녀는 상황을 잘 조율했다.

"계약 체결이요, 엄마." 아만다가 고마워하며 대답했다.

"좋아, 그리고 아빠한테는 이 고양이 이야기를 하지 않기로 하자. 기분이 더 나빠질 테니까. 방금 고객이랑 통화를 끝냈는데, 기분이 좀 안 좋은 것 같거든."

"그럴게요. 근데, 엄마는 유리 항아리 속에 고양이가 있다는 게 이상하지 않아요?" 아만다가 물었다.

"우연히 받은 것일 수도 있고, 누가 알겠어. 아무튼, 다시는 이 이야기 꺼내지 말자." 케이트는 일부러 대수롭지 않게 여기려는 듯이 강조하며 말했다.

"정말 이상하긴 해요."

"그건 그렇고!" 엄마가 말을 끊었다. "아까 오신 분들이 그러는데 목요일 밤에 솔트레이크에서 마을 축제가 시작된다는구나. 우리가 늘 여름이

다 끝나갈 때쯤 와서 한 번도 가보지 못한 거 알지?"

"그럼 촌티가 팍팍 나는 축제에 저희도 가요. 유후!!" 아만다가 빈정거리며 말했다.

"약속했잖니. 가장 즐겁게 지내는 모습을 보여주겠다고." 케이트가 단호히 말했다.

"알겠어요, 죄송해요…." 그녀는 곧바로 사과했다. "옛날 축제! 마을 사람들이 주로 가는 축제! 유후!" 아만다는 똑같이 비꼬는 투였지만, 이번에는 좀 더 기쁜 목소리로 말했다.

"좋아, 그럼 가는 거로 알게." 케이트는 그런 딸을 다 이해한다는 듯이 대답했다.

스티븐이 집 안으로 들어왔다. 밖에서 오랫동안 전화 통화를 하는 바람에, 이웃에서 누가 왔는지, 항아리가 왜 깨졌는지는 전혀 몰랐다.

무슨 일인가로 화가 난 그는 부엌으로 들어오며 코를 킁킁거렸다.

"방향제에서 나는 이 끔찍한 냄새는 도대체 뭐지?" 그는 놀란 얼굴로 열심히 냄새를 맡으며 불만스럽게 말했다. "원래 배수관 냄새가 좀 나는데 애들이 방향제 통을 가지고 놀다가 쏟았어요. 그래도 전에 나던 냄새보다는 훨씬 나은 거예요." 케이트는 아이들이 저지른 일을 감추며 대답했다.

"당장 집주인에게 이야기해야겠군. 휴가 내내 부엌에서 이런 방향제 냄새를 맡을 수는 없잖아." 그가 말을 덧붙였다.

케이트는 시치미를 뚝 떼며 선반에 기대어 있던 아이들에게 공범의 미소를 보냈다.

그녀는 늘 중재자 역할을 했다. 딸들에게 존중과 이해를 가르쳤고, 아이들과 함께 있을 때는 즐겁게 지내려고 애썼다. 스티븐은 일 때문에 아이들과 보내는 시간이 훨씬 더 적었고, 자기 아버지가 그랬던 것처럼 아이들에게 권위 있는 모습을 보이려고 애썼다. 그의 아버지는 한 번도 사랑을 표현한 적이 없었다. 그래서 스티븐은 변화나 흔들림이 거의 없는 사람으로 자라 냉철한 변호사 세계에서 성공할 수 있었다. 스티븐은 자신이 교육을 받았던 때랑 지금이 아주 다르긴 하지만, 엄격함과 규율, 애정의 균형이 가족을 이루는 기본이 되어야 한다고 굳게 믿었다. 케이트는 남편이 그런 덕목을 조절하려고 노력하는 만큼, 아이들에게 필요한 사랑을 다 쏟아 부었다. 그래서 보통 진지한 규율 교육은 스티븐이 맡아야 했다. 그런 결심이 아이들 앞에서 무너지는 경우도 많았지만.

"아만다, 시내에 나가서 먹을거리 좀 사 올래?" 아버지가 명령하듯 물었다. "저한테 사 오라고요? 진심이세요?" 큰딸이 화난 목소리로 되물었다.

"불평하지 마, 아만다. 동생이랑 산책도 할 겸 다녀올 수 있잖니." 그가 대답했다.

"피자 시키면 안 돼요?" 아만다가 다시 물었다.

"그게 식사니? 치즈와 소시지를 넣은 납작한 빵을 먹는 게 요즘 유행이라니 이해가 안 가는구나."

"피자 좋아요!" 카를라가 몇 개 빠진 치아를 내보인 채 헤벌쭉 웃으며 소리쳤다. 몇 주 전에는, 빠진 이를 베게 밑에 두면 사람들 말처럼 정말 돈이 생기는지 직접 확인해보고 싶어 했었다.

스티븐이 케이트의 눈을 보니, 그녀는 웃고 있었다. 아이들의 말을 들어줄 거란 뜻이다. 스티븐도 카를라가 그렇게 기뻐하는데 거절할 수가 없었고, 무엇보다도 '엄격한 아버지' 전략을 두 딸에게 끝까지 밀고 나가기란 쉬운 일이 아니었다.

"좋아, 그럼 피자집 전화번호 아는 사람?" 스티븐은 더는 강요하지 않고 기쁘게 말했다.

9

2013년 12월 23일. 20시 34분, 보스턴

모두 준비되었다. 나는 다시 한번 거울을 보고, 내 벗은 상체를 놀란 눈으로 바라본다. 이런 변화가 생기다니 놀랍다. 종잇장 같은 몸에 갈비뼈가 더 두드러졌다. 조금 튀어나왔던 배도 사라졌다. 넉 달 사이에 몸무게가 85킬로그램에서 65킬로그램으로 줄었다. 사실 최근에 외모가 급격히 변하면서 드디어 바라던 결과가 나타났고, 기미까지 잔뜩 끼면서 얼굴색도 칙칙해졌다. 지난 사흘 밤 동안 효과를 유지하는 약을 먹지 않았더라면, 마지막 마무리를 이렇게 하지 못했을 것이다. 나흘째 면도도 하지 않아서 아래턱을 쓰다듬으면 까끌까끌한 수염 때문에 손에 상처가 날 지경이다.

나는 떨리지 않는다. 이렇게 마음이 편했던 적이 없다. 믿을 수 없을 정도다. 내 모습을 좀 더 가까이 보려고 거울 쪽으로 다가간다. 생기가 가득했던 푸른 눈빛은 수년이 지난 지금 사라지고 없다. 남은 건 한 가지 기억과 하룻밤, 한숨뿐이다.

나는 내 등을 쓰다듬으며 그날 밤 상처의 흔적을 느낀다. 그 빌어먹을 밤.

나는 작은 방 안으로 들어가 소파에 모두 다 있는지 확인한다. 새끼줄과 굵은 테이프, 사진들, 여러 개의 포대, 도끼까지 다 있다. 나는 오랫동안, 오랜 시간 동안 이 목표를 생각하고 또 생각했다.

그날 밤의 기억이 아직도 나를 괴롭힌다. 모든 일이 순식간에 일어났지만, 내 꿈을 부수고 내 삶을 산산조각 내고 내 영혼을 절망에 빠뜨린 그 소리는 아직도 기억한다.

그때 나는 한순간도 주저하지 않았다. 내가 해야 할 일은 분명했다. 그날의 기억과 웃음을 되돌리기 위해서라면 세상을 바꾸고 하늘을 움직일 뿐 아니라 끝까지 기다릴 것이다. 무엇보다 제정신을 찾고, 죄책감을 내려놓고, 이 모든 세월의 의미를 이해하기 위해서.

10

2013년 12월 26일, 보스턴

원장의 절규가 온 센터에 메아리쳤다. 혼이 나간 듯한 울음소리는 벽들을 타고 복도로 울려 퍼졌고, 벽에 부딪혀 원장실로 되돌아왔다. 스텔라는 분노에 찬 표정으로 상자를 바라보고 있었다. 그가 어쩔 줄 몰라 하며 울음을 터뜨리는 동안, 그녀는 공포를 다스리기 위해 주먹을 깨물었다.

원장은 스텔라의 손에 있던 누런 종이를 빼앗아 딸의 이름을 읽고 또 읽었다. 도저히 믿을 수가 없었다. 그는 다시 소리를 지르고 미친 듯이 사무실 밖으로 나가서 수감자가 있는 방 쪽으로 달려갔다.

간호사들은 뛰어가는 그를 이상하게 쳐다보며 뭔가 심각한 일이 벌어졌음을 깨닫고 곧바로 그를 쫓아갔다. 원장이 이렇게 평정심을 잃은 모습을 보인 적은 한번도 없었다. 평상시에는 목소리를 높인 적이 없고, 옳다고 여기는 일에는 미적거린 적도 없었다.

원장은 그자가 있는 방에 다가가 흰색 금속 문을 두들기며 소리를 질렀다.

"개자식! 개자식!" 그의 눈에서는 눈물이 하염없이 흘렀다.

그는 소리를 지르고 문을 두드리면서, 방 열쇠를 찾기 위해 주머니를 뒤졌다. 하지만 열쇠를 찾지 못하자 조금씩 절망에 사로잡히기 시작했다.

그렇게 분노가 가라앉고 슬픔이 사라지더니, 큰소리로 내지르던 욕설도 작은 속삭임으로 변했다. 이젠 더 이상 힘이 남아 있지 않았다. 원장은 문 앞에 주저앉았고, 가슴을 저미는 슬픔에 만신창이가 되었다.

간호사들이 문 앞에 도착했을 때, 원장은 무릎을 꿇은 채로 울고 있었다. 그들은 서로 눈짓을 보냈다. 이전에 보지 못한, 한 사람이 무너진 모습을 바라보며, 그가 울부짖고 내달리며 고통스러워하는 이유를 찾으려고 애썼다.

11

1996년 6월 14일, 솔트레이크

아만다와 가족은 솔트레이크에서 두 번째 날을 맞았다. 스티븐은 휴가를 끝내고 돌아갈 때 새로운 고객들에게 줄 만한 선물을 사러 딸과 함께 시내에 있는 와인 가게에 들러보기로 했다. 하지만 아만다는 별로 내키지 않았다.

아만다는 아버지가 휴가를 보내는 동안 빌려 쓰는 파란색 소형 포드 자동차를 타고 세인트루이스 큰길을 지나면서 창밖을 내다보고 있었다. 나무로 지은 집들이 뒤로 하나씩 물러나는 것을 지켜보며 거기에 누가 살고 있을지 상상해보았다. 이렇게 휴가 때마다 꼬박꼬박 솔트레이크에 왔는데도, 로체스터 씨와 이웃들 빼고는 사람들을 만날 기회가 거의 없었다. 그런 와중에도 머릿속은 온통 종이에 적힌 믿을 수 없는 이름 생각으로 가득했다. '절대 우연이 아니야. 분명 누군가 무슨 이유가 있어서 거기에 종이를 놓았을 거야.' 도저히 종이 생각을 떨칠 수 없었고 머릿속에 떠올릴 때마다 심장이 빨리 뛰기 시작했다.

스티븐이 연료표시기를 보더니 닫고 있던 입을 열었다.

"빌어먹을! 분명 차를 주면서 가득 넣었다고 했는데, 고작 10킬로미터

밖에 못 갔잖아."

"음, 전 절대 걸어서는 안 가요." 아만다가 말했다.

스티븐은 마을 입구에 있는 작은 주유소에 차를 세웠다.

아만다는 차에 앉아 가게 안으로 들어가는 아버지를 보았다. 기다리는 동안 청바지 주머니 속에 있는 종이를 꺼냈다. 누런 종이 가장자리가 조금 떨어져 나간 걸 보니 꽤 오래된 것 같았다. 또 한편 흙이 좀 묻어 있는 검은 잉크를 보면 쓴 지 얼마 안 된 것 같기도 했다. 종이 뒷면에는 연필로 그려진 이상한 별표도 있었다. 그것도 종이 한복판에 정확히 그려져 있었다.

"이게 무슨 뜻이지?" 그녀는 이상한 그림을 다시 보며 조용히 중얼거렸다.

종이에서 눈을 떼는 순간, 건너편 모퉁이에서 검은 실루엣이 움직이지 않고 자신을 지켜보는 느낌이 들었다. 분명 누군가 몇 초간 꼼짝도 하지 않고 거기 있었다. 순간 아만다는 호흡이 빨라지고 심장이 걷잡을 수 없이 뛰기 시작했다. 뭘 어떻게 해야 할지 몰라 머리가 하얘졌다.

그녀는 가만히 앉아서 밀려오는 공포를 다독이고, 무엇을 해야 하나, 생각을 정돈해보려고 애썼다.

그녀는 눈을 깜빡이며 검은 실루엣의 얼굴을 확실히 보려고 애썼다. 하지만 아무리 노력해도 거리가 꽤 멀고 창유리가 지저분해 얼굴을 명확히 확인할 수가 없었다.

아만다는 그 실루엣을 계속 바라보며, 자동차 문 손잡이를 잡고 천천히 열었다.

차에서 나와 문 위로 머리를 내밀려는 순간, 밖에서 누군가가 그녀를 안으로 밀어 넣었다.

"아가씨, 갑시다. 가게 문을 1시 반에 닫는다는데 지금 1시 10분이거든. 주유소 청년이 이 마을의 렌터카는 믿지 말라네. 다 사기꾼들이래. 어떻게 이럴 수가 있니?" 아버지가 차 문을 닫으며 말했다. 그러고는 재빨리 운전석 쪽으로 걸어갔다.

아버지가 차 문을 닫자, 아만다는 검은 실루엣에서 아버지 쪽으로 잠깐 시선을 돌렸다. 그리고 다시 모퉁이를 봤는데, 이제는 실루엣이 보이지 않았다.

그녀는 여전히 숨을 헐떡였고, 맥박이 거세게 뛰었다. 차에 탄 아버지는 딸의 모습을 걱정하며 물었다.

"딸, 괜찮아? 무슨 일 있었어?"

아만다는 계속 숨을 가파르게 내쉴 뿐, 무슨 말을 해야 할지 알 수가 없었다.

"아무것도 아니에요, 아빠. 기름 냄새 때문에 갑자기 몸이 이상한 것 같아요. 얼른 가요." 그녀는 거짓말을 할 수밖에 없었다.

12

2013년 12월 26일, 캐나다, 퀘벡

라모리시 국립공원에 해가 밝아올 때쯤, 기온은 영하 3도 정도였다. 확실히 낮이 짧아지고 밤은 길어졌다. 퀘벡은 위도상 동지에 가까웠고, 겨울 기온은 아주 낮은 편이었다. 몇 주 전 국립공원을 돌아다녔던 갈색 곰들도 동면에 들어갔다.

숲속 작은 공터, 나무로 지은 오두막에서 한 남자가 잠에서 깼다. 그의 얼굴은 수북한 회갈색 수염으로 뒤덮여 있었다.

그는 삐걱거리는 침대에서 일어나 입고 있던 회색 후드 티에 달린 모자를 뒤집어썼다. 그리고 오두막에서 부엌으로 사용하는 공간 쪽으로 다가갔다. 거기에는 커피포트와 가스레인지, 그리고 먼지가 낀 작은 냉장고가 있었다. 커피포트를 데우고 주머니에서 작은 칼을 꺼냈다. 그리고 개수대 서랍에서 빵 조각을 집었다.

딱딱한 빵 조각을 자르다가 손을 베였고 피가 흐르는 모습에 놀라서 칼을 땅에 떨어뜨렸다. 칼을 집으러 몸을 구부리기 전, 몇 초 동안 허공을 응시했다. 전날 했던 일이 다시 머릿속에 떠올랐다.

그는 눈을 감고 한숨을 쉬며 천천히 칼을 집어 들었다. 그리고 빵 조각을 마저 자르고 커피를 마셨다. 한쪽 모퉁이에 있는 텅 빈 갈색 상자를 쳐다보았다. 전날 보스턴에 소포를 보낼 때 사용했던 것과 똑같은 종류였다.

그는 종종 가구로 대신 사용했던 작은 나무 상자 쪽으로 다가가 거기 올려둔 오래된 텔레비전을 켰다. 무심한 얼굴로 텔레비전 앞에 놓인 작은 소파에 앉아 빵을 입에 물고 커피 잔을 바닥에 내려놓았다.

사건이 일어난 지 이틀이 지났는데도, 아침 첫 뉴스부터 온통 아직 '목을 벤 남자'가 누구인지 밝히지 못했다는 소식뿐이었다. 캐나다 CBC 뉴스와 캐나다의 24시간 뉴스 채널들의 보도를 요약한 내용이 미국의 주요 신문 표지를 장식했다. 『뉴욕 타임스』 전면에는 당시 한 목격자가 난간에서 휴대전화로 찍은 그 남자의 체포 사진이 실렸다. 사진 바로 아래에는 "이 악마가 누구인지 아무도 모르는가?"라는 제목이 적혀 있었다. 차분한 『뉴욕 포스트』는 1면에는 사진을 넣지 않고 검은색으로 "젠킨스 박사, 그의 생각으로 들어가다"라는 제목을 달았다. 좀 더 중립적인 『시카고 트리뷴』에는 『뉴욕 타임스』와 똑같은 장면이지만, 같은 거리에서 다른 각도로 찍은 사진이 실렸다. 그리고 사진 아래에는 '미쳐버린 날'이라는 제목이 붙었다.

몇 분 후, 그는 커피를 몇 모금 마시고 자리에서 일어나 긁힌 자국이 나 있는 어두운 색 장화를 신었다. 그리고 오두막 문에 걸려 있던 외투를 집어 들고 밖으로 나갔다.

그는 바닥에 던져진 도끼를 심각한 얼굴로 바라봤다. 순간 공포에 사로잡히고 말았다. 그는 숲속으로 들어가서 쉬지 않고 달리기 시작했다. 낮게 드리워진 나뭇가지들에 스쳐서 나이 든 얼굴에 가벼운 상처가 났다. 그는 숲이 끝나는 지점까지 계속 뛰어가서 가벳 호수의 아름다움과 마주했다.

호숫가에 멈춰 서서 수평선 너머로 솟아오르는 일출을 천천히 바라보았다. 고통스럽고 고독한 삶의 귀결인 생명력 없는 갈색 두 눈이 눈앞에 떠오르는 햇빛에 빛났다.

오른쪽 주머니에 손을 넣자 뭔가가 잡혔다. 눈물을 참을 수가 없었다. 그것을 꺼냈을 때 손가락 사이에는 누르스름한 종이쪽지가 끼여 있었다. 그는 모든 분노와 증오를 담아 쪽지를 읽었다.

13

2013년 12월 23일 20시 51분, 보스턴

집에서 세 구역 떨어진 슈퍼마켓 주차장에 세워둔 차가 왠지 모르게 불안하다. 몇 개월 전에 산 일리노이주 번호판이 달린 7년 된 파란색 닷지 자동차이다. 자동차 기어를 바꿀 때마다 거슬리는 소음이 난다. 오늘은 제발 고장 나지 않았으면 좋겠다. 제발 오늘 밤은 멀쩡하길. 그 차를 몰려면 뭔가 손을 봐야 했다. 최소한 배터리 정도는 점검했어야 했다. 하지만 할 수가 없었다. 집 밖으로 나갈 수가 없었다. 그들 눈에 나를 드러낼 수는 없었다.

나는 10년을 숨어 지냈다. 시간이 어떻게 지난 걸까. 전 세계 여러 도시, 내가 살았던 장소들이 하나씩 떠오른다. 나는 계속 그들의 흔적을 따라가면서도 늘 대도시 군중들 사이에 숨어 있다. 수백 명과 함께 있지만 아무도 서로를 모르는 도시, 지하철을 타고 다니거나 걸어 다니는 사람 중 누군가가 또 다른 실루엣이 되는 도시, 그런 도시 속에서 쉽게 숨을 수 있다니 정말 놀랍다.

목적지를 향해 차를 몰고 가다 보니 크리스마스 때마다 끊임없이 반짝이는 보스턴 시내의 불빛이 눈에 들어오기 시작한다. 밤의 불빛들을 보니 또 그녀가 떠오른다. 내가 어떻게 그런 일이 벌어지게 방치한 걸까? 어떻게 내가 아무 일도 할 수 없었던 걸까? 나는 수년간 똑같은 질문을 했지만, 답을 찾지 못했다. 단 한 번도 내 사랑을 의심한 적이 없었다. 하지만 나 자신에 대해서는 늘 의심하며 지냈다. 나는 롱펠로 다리 옆에 있는 케임브리지 가와 찰스 가의 교차점에 있는 빨강 신호등 앞에 차를 멈추고 백미러를 쳐다본다.

안 돼. 절대 그럴 수 없어! 절대! 순찰차가 바로 내 뒤에 있다. 뭘 해야 할까? 이 계획이 이대로 물거품처럼 사라질지도 모른다는 생각은 절대 할 수 없다. 맥박이 빨라지기 시작하고, 초를 세며 신호등이 초록색으로 변하길 기다리는 동안 백미러에서 눈을 뗄 수가 없다. 나의 내면의 자아, 더 깊은 나, 최악의 상황에 대한 두려움이 나로 하여금 포기하게 하고, 나를 밀치며 조종한다. 내가 오늘 밤 여기 있는 이유가 내면 가장 깊숙한 곳에서 떠오른다. 그러자 다시 긴장이 사라지고 두려움도 물러간다.

신호등이 파란불로 바뀌었다. 나는 내 길을 간다. 롱펠로 다리를 건너 외곽 쪽으로 향한다. 다시 백미러를 보니 순찰차 진행 방향이 바뀌었다. 이제 나는 혼자고, 내 주위에 있는 차들은 같은 길에 서 있지만 서로 다른 방향을 향해 간다.

14

2013년 12월 26일, 보스턴

경찰차 불빛에 보스턴 정신건강센터 건물 외관이 번쩍였다. 몇 분 전부터 보슬비가 내려 언론사에서 나온 취재진은 정문 앞에 우산을 쓰고 모여 있었다. 그들은 무슨 일이 일어나고 있는지, 왜 갑자기 경찰이 센터를 장악했는지 알 수가 없었다. 대부분의 방송 채널은 무슨 일인지는 모르지만, 센터에서 벌어진 일을 알리기 위해 정규 방송까지 중단시키며 소식을 전할 준비를 했다. 물론 밖에서는 원장의 절규뿐만 아니라, 겁먹은 스텔라의 울음소리도 들을 수가 없었다.

과학수사대 형사들은 상자와 내용물을 조사하려고 주변을 둘러싸고 있었고, 스텔라는 여전히 깊은 생각에 잠겨 있었다. 그녀는 아무 생각도 나지 않았고, 아무도 신경 쓸 수 없었다. 두 손이 떨렸고, 불과 몇 초전에 벌어진 생생한 순간만 머릿속에 계속 떠올랐다.

그녀는 칼리지파크에 있는 메릴랜드 대학에서 범죄학 공부를 마치고, FBI에서 가장 저명한 베테랑 정신분석학자인 제임스 하버와 함께 다양한 심리 프로파일링에 참여했고, 여기에는 수사관으로 합류한 터였다. 스텔라는 늘 자기 일이 안전하다고 생각했다. 그나마 가장 위험했다 싶은 일은 감옥에서 두 명 이상의 보안 요원들이 지켜보는 가운데 범죄자들을 인터뷰하며 그들의 자백을 받아냈던 일이었다. 그리고 대개는 죄수들과 그녀 사이에 격자무늬 창살이 놓여 있었다. 이번처럼 범죄 심리 분석에 참여했을 때도 당황스러운 일이라면 병자들이 인터뷰 중에 소리를 치거나 멀리서 침을 뱉거나, 그녀 앞에서 옷을 벗는 정도가 다였다.

스텔라는, 젊은 여자를 죽여서 여기 들어온 범죄자, 최근 며칠간 방에 감금된 채 밖으로 나가지도 못한 정신병자가 700킬로미터 떨어진 장소에서 피해 여성의 아버지에게 우편으로 그런 소포를 보냈다는 사실을 도저히 이해할 수가 없었다. 그녀의 논리로는 도저히 이해가 안 되는 일이었다.

15

1996년 6월 14일, 솔트레이크

아만다와 아버지가 가려는 와인 가게는 세인트루이스 대로변, 치즈 가게와 중고 옷 가게 사이에 있었다. 가게 외관은 밝은 초록색으로 칠해져 있어서 빈티지라고 쓰여 있는 노란색 옷 가게와 파란색 치즈 가게 사이에서 두드러지게 눈에 띄었다. 스티븐은 문 앞에 차를 세우고 안으로 들어갔다.

"아만다, 옷 가게에 가고 싶으면 가서 기다려도 돼. 캡짱 멋진 옷들이 많아 보이는데."

"아빠, 먼저 제 질문에 대답부터 해주셔야겠는데요. 도대체 언제부터 '캡짱'이라는 말을 쓰셨어요?"

"사춘기 딸을 둔 후부터."

"지금 그런 말을 쓰는 사람은 아무도 없어요. 완전 구닥다리 표현이라고요." 아만다가 소리쳤다.

"우리 때는 그렇게 말했는데." 스티븐은 무슨 말인지 전혀 모르겠다는 표정을 지었다.

"뭐 어쩔 수 없죠, 아빠는 이해 못 하실 거예요." 아만다가 대답했다.

"할 수 있어. 설명해줘 봐."

"음. 그러니까 한 마디로, 지금 어른들이 십대가 쓸 거라고 생각하는 모든 말이 구닥다리예요."

"이런, 원! 무슨 소린지 모르겠네." 스티븐이 소리쳤다.

"거 봐요, 이해 못 하실 거라고 했잖아요."

"좋아, 그럼 나중에 더 설명해줘. 10분 후에 돌아올게. 꼭 해주기다, 알았지?"

"아빠, 근데 저도 같이 들어가도 돼요?" 아만다가 물었다.

"옷 가게에 들어가 보고 싶지 않아?"

"아빠랑 같이 가고 싶어요."

"왜 안 되겠니, 근데 너 괜찮은 거지? 주유소에 있었을 때부터 뭔가 걱정스러워 보이는데."

"아무 일 없어요, 아빠. 그냥 아빠랑 더 시간을 보내고 싶어서 그래요." 아만다는 몇 분 전에 어둠 속에서 보았던 이상한 실루엣을 떠올리며 말했다.

"그래, 같이 들어가자. 근데 들어가서 절대 뭘 만지면 안 된다, 알았지?"

"약속해요." 아만다가 웃으면서 대답했다.

좁은 가게 안에는 선반에 놓인 와인을 비롯한 술병들이 가득했다. 밖에서 보면 겨우 세 사람 정도 들어갈 만한 좁은 동굴처럼 보이는 곳이었다. 스티븐은 문을 열다가 그만 한 노파를 치고 말았다.

"아, 죄송합니다." 그가 사과했다.

"괜찮아요, 스티븐, 미안해하실 필요 없어요." 스티븐은 이 동굴 속에서 자신의 이름이 울려 퍼지는 순간 얼어붙었다. '어떻게 내 이름을 알지?' 그는 머릿속이 복잡했다.

"실례합니다, 저희가 구면인가요?"

아만다는 여전히 출입구에서 아버지가 안으로 더 깊이 들어가길 기다리고 있었다.

"이 마을에 있는 사람들은 다 당신을 알고 있어요, 매슬로 씨."

"이런, 저만 몰랐군요."

"여긴 작은 마을이고 수년 전부터 이곳에 오셨으니까요. 사람들은 이미 당신을 알고 있어요. 안 믿기세요, 스티븐?"

"아, 그럴 것 같네요. 제가 또 밀었군요, 죄송합니다."

"아니에요. 괜찮아요." 노파는 봉지를 들고 밖으로 나갈 준비를 하면서 말했다.

검은 옷을 입고 아만다의 곁을 지나던 노파는 잠시 멈춰서 그녀를 돌아보며 인사를 건넸다.

"안녕, 아만다."

그녀는 순간 아무 대답도 하지 못했다. 아니 할 수가 없었다. 심장이 주유소에서 검은 실루엣을 봤을 때처럼 뛰기 시작했다. 그녀는 가게 안으로 두 걸음 정도 들어가다가 놀라서 그 노파에게 인사도 못 했다.

16

2013년 12월 26일, 보스턴

"모두 좋은 아침입니다." 스텔라가 불안해하며 인사를 건넸다. "제 말 들리십니까?"

스텔라가 검지로 마이크를 톡톡 쳤다. 옆에 있는 스피커가 울리는지 확인하고 싶었다. 그녀는 임시 발표대 위에 서류들을 올려놓고 정리하면서 크게 심호흡을 했다. 언론들은 불안해하는 그녀를 바라보고 있었다. 수십 대의 카메라가 노려보고 있었고, 생중계 신호인 작은 빨간 불빛이 깜빡였다. 그녀로서는 난생처음 겪는 상황이었다. 이렇게 많은 언론 앞에서 기자회견을 해본 적이 한 번도 없었다. FBI의 국가안보부 신입 요원들 앞에서 특별 지명수배 중인 범인들에 관한 발표를 한 적이 있었다. 수사 계획과 범인 추적의 자세한 지침들을 설명했었다. 그때 발표가 막혔을 때도 아주 긴장했더랬다. 미시간주를 떨게 했던 익명의 저격수에 대해서 무슨 말을 해야 할지 몰라서 돌처럼 굳었었다. 스텔라는 살인자들의 마음을 파악하는 데 재능이 있었지만, 대중들 앞에서 발표할 때는 몸이 마비될 정도로 공포에 시달렸다. 이런 무대공포증을 극복하기 위해 갖은 방법을 시도했지만, 전혀 도움이 되지 않았다.

"모두 좋은 아침입니다." 그녀가 말을 반복했다. "몇 시간 전에 심리 분석 방향을 급히 바꾸어야 할 사건들이 일어났습니다."

이 메시지가 여러 대의 스피커에서 울려 퍼졌다. 언론들은 그녀의 말이 끝나자마자 웅성거리기 시작했다. 발표대에 올라간 스텔라의 오른손이 조금씩 떨리는가 싶더니 그만 서류들을 바닥에 떨어뜨리고 말았다. 순식간에 얼굴이 빨개진 그녀는 서류들을 줍기 시작했고 웅성거림은 더 커졌다. 그녀는 몸을 일으켜 다시 정면을 보면서 집중하는 데 도움이 될 만한 멀리 떨어진 한 지점을 찾으려고 애썼다.

"아직은 수감자의 신원이 확인되지 않았습니다." 스텔라가 말을 이어갔다. "그는 방에 감금되어 있고, 매사추세츠에서 벌어진 가장 잔인한 이 범죄의 동기를 알고 그의 정신 상태를 평가하기 위해 인터뷰를 할 예정입니다. 이런 범죄 유형에 대한 표준 절차에 따라 경험이 많은 전문가이신 젠킨스 원장님께서 수감자의 심리 분석을 맡으실 것입니다. 하지만, 오늘 아침에 일어난 사건 때문에 젠킨스 원장님께서 이 강도 높은 업무를 하실 상황이 아니십니다."

"오늘 아침에 무슨 일이 있었던 겁니까?" 폭스 뉴스의 기자가 말을 끊으며 물었다.

스텔라는 어떻게 대답해야 할지 생각이 떠오르지 않았다. 몇 초간 마음을 가다듬고 말을 이어갔다.

"젠킨스 원장님이 업무 능력이 뛰어나시고, 우리나라에서 가장 중요한 사건들의 진상을 밝히는 데 매우 적극적이라는 사실을 의심하는 분은 없으실 겁니다. 하지만 지금 몸 상태가 안 좋으셔서 언제 이 일을 하실지 모르는 상황입니다."

"혹시 원장님의 컨디션 난조가 경찰과 FBI가 정신건강센터를 장악한 일과 관련이 있는 겁니까?"

"아닙니다." 그녀는 거짓말을 했다. "FBI와 경찰에서는 가능한 한 빨리 사건의 진상을 규명하기 위해 오늘 아침에 온 겁니다."

스텔라는 손을 들고 있는 기자 중 한 명에게 이번엔 당신 차례라는 신호를 보냈다.

"이 사건이 발생하고 이틀이나 지났는데, 어떻게 경찰과 FBI에서 목을 벤 남자가 누군지도 알아내지 못한 겁니까?"

"말씀하신 목을 벤 남자는 전혀 수사에 협조하지 않고 있어서 신원을 밝히는 데 어려움이 있습니다. 경찰이 그를 체포한 후 열두 시간 만에 지문을 채취했지만, 신분을 알 만한 기록이 전혀 나타나지 않았습니다. 국제 데이터베이스도 살펴보고 있는데 아직 일치하는 자료를 얻지 못했습니다. 이상하게도 아무도 그를 모르고 본 적이 없었습니다. 마치 존재하지 않는 사람처럼 말입니다."

"그렇다면 지금, 이 시각 이후로 이 조사 과정과 심리 분석은 누가 맡으시는 겁니까?" 또 다른 기자가 질문했다.

"아직 결정을 내리기 전이지만, 현재로서는…… 제가 지휘하게 될 것입니다."

순간 스텔라 뒤의 문이 열렸다. 가장 붐비는 시간대 술집처럼 사람들이 웅성거리는 소리가 커졌다. 스텔라는 무슨 말을 해야 할지 몰라서 가만히 있었다. 그저 먼 곳에 시선을 고정하고 대답을 이어가려고 했다.

"사람… 그 사람… 앞으로 보시겠지만…. 그러니까 제가 드리고 싶은 말씀은…."

사람들이 웅성거리는 소리가 더 커지자 스텔라는 정신이 멍해졌다. 더는 한 마디도 할 수가 없었다. 순간 기자들은 그녀가 기절했다고 생각했다. 웅성거림이 그치고 기자들은 스텔라의 초점 잃은 눈을 뚫어지게 바라보았다. 정신건강센터 안에서 한 사람이 나왔고, 눈을 뜰 수가 없을 정도로 기자들의 플래시 세례가 쏟아졌다. 수많은 불빛에 스텔라는 어찌할 바를 몰랐다. 머릿속에는 온통 미시간의 저격수와 FBI 국가안보부 앞에서 사람들의 웃음거리가 되었던 장면이 가득했다. 그때 뒤에서 누군가 다가오는 느낌이 들었고, 그 사람이 스텔라의 어깨를 한 손으로 꽉 눌렀다.

"좋은 오후입니다." 젠킨스 원장이 의연하게 말했다.

17

2013년 12월 23일 23시 12분, 보스턴

나는 이처럼 종말을 맞기 위해 두 시간이 넘게 운전해왔다. 나의 마지막을 향해. 내가 여기, 이 순간에 이르기까지 내린 결정엔 전혀 후회가 없다. 누구도 자기 결정은 후회하지 말아야 한다. 자기 결정을 받아들이고, 이에 따라 살아야 한다. 적절할 때에 용서는 구하되, 절대 후회는 하지 말아야 한다. 삶은 매 순간 우리가 내린 하찮고 사소한 결정의 순간들로 이루어진다. 어느 정도 고민은 하겠지만, 모든 것은 결정을 내리는 사람 자신의 몫이다. 커피와 차 중에 무엇을 마실지 선택할 때는 깊게 생각하지 않는다. 결정하는 순간 이미 마시고 있다. 하지만 당신의 깊은 무의식은 특별한 사람과 커피나 차를 마셨던 좋은 순간, 차나 커피를 마시며 느꼈던 좋은 느낌을 모두 기억하고 있다. 그래서 누군가 당신에게 커피나 차를 권할 때마다 좋았던 기억들을 다시 정렬하고 의식으로 드러나게 해서 아무 의심 없이 선택하게 된다. 완전히 백지 상태에서 결정을 내리는 사람은 없다. 아무튼, 아무도 내게 결정을 강요하지 않았지만, 오늘은 내 자아, 내 존재가 모든 것을 끝내겠다는 결정을 내리기에는 아주 적절한 날이다.

그들은 걱정과 후회, 용서 또는 속죄의 낌새도 없이 이 모든 시간을 살아왔다. 이제 더 이상 두고 볼 수가 없다. 이것이 내 임무이다. 내가 목표를 이루고 나면, 온 세상에 내 이야기를 할 것이다. 아만다는 세상에서 무슨 일이 벌어졌는지 알 자격이 충분하다. 그녀가 얼마나 그리운지 모른다. 내 맘 깊은 곳에서는 여전히 그녀가 살아 있을지 모른다 생각하지만, 몇 년 전부터는 희망이 조금씩 사라지고 있다. 한 번 더 그녀를 볼 수 있다면. 제발 한 번만 더 입 맞출 수 있다면. 한 번만 더 손을 만질 수만 있다면.

18

1996년 6월 14일, 솔트레이크

좁은 가게 안으로 들어서자마자 모르는 노파가 건넨 인사를 듣고 겁에 질린 아만다는 올해 솔트레이크에 온 사실을 그녀가 알고 있다는 사실이 너무 이상해서 계속 의문이 솟아났다. '그 여자가 어떻게 나와 아빠 이름을 아는 거지? 아니 매년 솔트레이크에 오는 가족들이 얼마나 많은데, 어떻게 우리를 아는 걸까? 내가 발견한 쪽지가 주유소에서 본 이상한 실루엣이랑 어떤 연관이 있는 건가?' 아만다는 실루엣의 얼굴을 제대로 보지 못해서 확신할 수는 없었지만, 왠지 감시당하는 느낌이 강하게 들었다. 틀림없이 뭔가 이유가 있어서, 그 시간에 실루엣이 자신을 기다리고 있던 것만 같았다.

스티븐은 유리 진열장 속에 있는 와인 병들을 보고 있었다. 사람들이 가장 많이 구입하는 비싼 제품들이었다.

"아만다, 1987년산 샤토 라투르가 어떨까? 가격이 나쁘지 않고 라피트사에서 나온 헨리 라피트는 선물로 받으면 좋아할 것 같은데."

아만다는 두려움과 호기심 사이를 왔다 갔다 하면서 아버지를 쳐다보았다.

"아빠, 전 와인에 대해선 전혀 모르잖아요!"

"네가 보기에 이 병이 우아한지만 좀 봐줘."

"제가 와인을 잘 몰라서 그러는데 이건 병을 보고 사는 거예요?"

"혹시 그거 아니? 조사에 따르면 사람들이 와인을 마실 때 그냥 종이 팩에 들어 있던 값싼 와인인지, 수년간 숙성된 비싼 와인인지 잘 모른대."

"그렇다면, 왜 그렇게 신경을 쓰시는 거예요?"

"그러니까 병이 중요한 거지. 아주 좋은 와인이 아니더라도, 잘 포장하거나 병이 좀 오래되어 보이면 사람들은 맛을 보고 좋아하거든. 이유는 물어보지 말아다오. 하지만 나도 추수감사절에 그런 사실을 확인했어."

"그럼 추수감사절에 종이 팩에 들었던 와인을 내놓으신 거예요?"

"오후 내내 네 동생과 리오하 와인 병 두 개에 와인을 채우고 코르크 마개를 꽉 막느라 얼마나 애를 썼는지." 스티븐이 장난 섞인 웃음을 지으며 말했다.

스티븐은 케이트가 없을 때 딸들과 잘 지내려고 애썼다. 아이들과 보낼 시간이 많지는 않았지만, 아이들을 웃기기 위해 최선을 다했다. 물론 책임감이 강하고 규율을 지키는 아버지 역할을 잘 수행하는 거야 기본이었다.

"그럼 아무도 눈치를 못 챈 거예요? 와인 이야기를 하며 즐거운 시간을 보낸 것 같긴 한데, 제가 별로 신경을 안 쓰고 있었거든요."

"너희 삼촌들이 아주 좋아했어. 게다가 그중 한 병은 이제까지 먹어본 최고의 와인이라고 극찬까지 했다니까. 그날 이후로 삼촌들은 계속 리오하 와인을 샀을 거야. 심지어 작년에 스페인으로 와이너리 여행까지 갔다니까. 신기하지 않아?"

"하하. 라피스 사라고 했나요? 그러니까 사각 종이 팩에 든 와인을 좋아하는 거군요."

"하하. 라피스 사가 아니라 라피트 사. 근데 이번에는 그걸로 안 될 거야. 로펌의 중요한 고객에게 주는 거라서." 그는 주제를 바꿨다. "근데, 점원이 우리가 와인 선택하는 일을 도와주고 싶어 하는 것 같구나. 우리가 여기에 들어왔을 때부터 계속 너를 쳐다보고 있네."

"네?" 아만다는 얼굴을 붉히며 소리쳤다.

19

2013년 12월 26일, 퀘벡, 캐나다

작은 트럭이 남쪽으로 난 좁은 비포장도로를 따라 전속력으로 달리고 있었다. 라모리시 국립공원을 에워싸고 있는 주도로로 이어져 있는 길이었다. 기어를 바꿀 때마다 엔진이 덜컹대는 소리가 났다. 이 트럭은 2년 전 퇴직하면서 산 차였다. 차 뒤편에는 겨울이 올 때 마을에서 샀던 장작들이 실려 있었다.

이 빨간색 포드 트럭의 표면은 서리를 맞아서 절반이 녹슬었고 범퍼도 조금씩 떨어져 덜렁거렸다. 크게 커브를 그리며 돌자 바닥에 있던 돌멩이들이 공중으로 날아갔다. 국립공원 내부의 주도로로 들어서고 나서는 나무에 둘러싸인 아름다운 호숫가를 따라 서쪽으로 향했다. 운전자는 서글프게 울고 있었다. 왼손으로는 운전대를 잡고 오른손으로는 노란색 쪽지를 들고 계속 힐끗거렸다.

"이 젊은 여자가 왜 죽어야 하는 거지?" 그는 거의 알아챌 수 없을 정도의 낮은 목소리로 계속 중얼거렸다.

그는 퀘벡 외곽에 도착할 때까지 계속 나무로 둘러싸인 길을 지나갔다. 계속 울면서 쓰러져가는 작은 주유소 앞에 차를 세웠다. 그의 가장 좋았던 시절을 지켜본 증인 같은 장소였다. 그는 후드 티에 달린 모자를 뒤집어쓰고, 상점 문을 거칠게 열고 안으로 들어갔다.

"40달러어치 넣어주세요." 후드 티를 입은 남자가 점원에게 말했다. 그의 목소리에는 슬픔과 피로, 무거움과 고통이 배어 있었다. 한때는 행복했을 걸걸하고 쉰 목소리는 이제 텅 비어버린 것 같았다.

"오늘 신문 보시겠어요? 30달러 이상 주유하시면 공짜로 드리고 있어요." 점원은 손님이 이 제안을 거절할 거라고 짐작하며 물었다.

모자를 쓴 남자는 계산대에 40달러를 놓고 아무 말 없이 밖으로 나갔다. 그러고는 주유기 옆에 있는 공중전화 쪽으로 가서 수화기를 들고 동전 몇 개를 넣었다. 번호를 누르자 그의 얼굴에서 다시 눈물이 쏟아졌다. 그는 깊이 심호흡을 하고 눈을 감고 귀에 수화기를 댔다.

곧바로 조용한 목소리가 들려왔다.

"7번가 904번지. 6층 E." 수화기 반대편에서 누군가 이렇게 말했다.

모자를 쓴 남자는 전화를 끊고 눈물이 뒤범벅된 채 자기 트럭으로 향했다. 그러더니 잠시 공중전화 부스를 돌아보고는 멈춰 섰다. 몇 초간 바라보더니 다시 그쪽으로 다가가서 동전을 넣고, 수화기를 들고, 다시 번호를 눌렀다.

몇 초가 지나고 첫 신호가 갔다. 그는 다시 심호흡을 했다. 두 번째 신호가 들렸다. 그는 숨을 죽였고, 때가 가까워졌음을 알았다. 상대방이 전화를 받으면, 결코 되돌릴 수가 없을 것이다. 세 번째 신호가 갔다. '전화 좀 받아, 제발', 그가 생각했다. 네 번째 신호가 울렸다. '빨리, 제발.' 다섯 번째 신호. 수화기를 귀에서 떼고 전화를 끊으려는 순간 멀리서 목소리가 들려왔다.

"여보세요? 누구세요?"

남자는 재빨리 수화기에 귀를 대고 상대의 목소리를 들었다.

"여보세요? 누구시죠?" 여자 목소리였다.

그의 갈색 눈에서 눈물이 다시 왈칵 쏟아졌다. 그는 간신히 울음을 참고 전화기 건너편 목소리를 들었다.

"당신이지? 제발, 당신이라면 말 좀 해. 당신이 잘 있는지만이라도 알고 싶어."

그는 깊이 숨을 쉬고 말할 준비를 했지만, 아무리 애를 써도 입 밖으로 말이 나오지 않았다. 너무 큰 고통으로 생긴 목의 혹 때문에 성대에서 소리가 나오지 않았다. 상대방은 반대편에서 흘러나오는 작은 울음소리와 헐떡이는 소리만 듣고 있었다.

"스티븐, 제발, 당신이란 거 알아. 집으로 돌아와." 케이트가 전화기 너머에서 애원했다.

그는 온 힘을 끌어모아 침을 삼키고 거친 목소리로 대답했다.

"곧 다 끝날 거야."

그는 케이트가 대답하기 전에 전화를 끊었다.

20

2013년 12월 26일, 보스턴

기자회견을 끝내고, 젠킨스 원장과 스텔라는 다시 건물 안으로 들어갔다. 기자회견을 하는 동안 원장이 입은 하얀 가운의 어깨 부분이 비에 젖었다. 건물 안으로 들어온 스텔라는 원장에게 찰싹 붙어 그의 사무실 쪽으로 나 있는 넓은 복도를 걸었다.

원장은 바로 옆에 스텔라가 있다는 것도 잊어버렸고 주변 세상은 죄다 사라진 것처럼 앞만 보며 사무실을 향해 걸었다.

“젠킨스 박사님, 정말 유감입니다.” 스텔라가 슬퍼하며 말했다.

몇 초가 흐른 뒤 원장이 다정하게 반응했다.

“뭐가 유감이에요?” 원장은 그녀를 보지 않고 물었다.

“따님에게 벌어진 일은 정말로 유감입니다. 아직도 믿을 수가 없지만요.”

“저도 그래요.” 그는 눈도 깜빡거리지 않고 대답했다.

“원장님은 아주 강한 분이신 것 같습니다.”

“저는 해결해야 할 문제들이 아주 많습니다. 심하게 많지요. 질문에 대한 답을 다 해야 합니다. 당신이나 다른 사람이 이 사건을 맡는 동안 몇 달

휴가를 얻어서 집에서 울며 슬픔을 달랠 수도 있을 겁니다. 하지만 내 안에서 뭔가가 말하는데, 나중에 울 시간이 있을 거라고 하네요. 그래서 내 딸의 죽음을 다른 어떤 사람의 손에도 맞길 수가 없습니다. 제가 책임집니다."

"저 또한 그 개자식이 평생 철장 속에서 썩길 바랍니다. 원장님 태도를 정말 존경합니다. 벌어진 일을 이렇게 빨리 맡기로 결단하시다니 정말 대단하십니다."

"내가 맡은 것은 아닙니다. 맡고 싶지도 않고요. 이건 사람에게 벌어질 수 있는 가장 불행한 일입니다."

"그 일을 맡지 않으셨지만, 하기로 마음먹은 것처럼 보입니다."

스텔라는 여전히 어리둥절해서 원장을 쳐다보았다. 이런 엄청난 비극이 벌어졌는데도 겨우 몇 시간도 지나지 않아 원장은 평정을 되찾았다. 어쩌면 감정들을 잡아넣을 수 있는 상상의 감옥이라는 정신적 방패를 사용했는지도 모른다.

"이유를 알아보기로 했습니다. 왜 내 딸을 죽여야 했는지."

"아직은 그가 저지른 일인지 모릅니다. 사실 그가 아니면 누가 했을까요? 그런데 어떻게 했을까요? 계속, 이 안에 있었는데 말이죠. 여기서 며칠 있었죠? 이틀인가요?"

"그가 한 짓이 아니라는 사실은 알고 있습니다. 하지만 다른 누군가가 더 있겠죠. 이건 제가 아닌 당신 조직에서 밝혀내야 할 일입니다. 제가 맡은 부분은 그가 무슨 생각을 하는지, 어떻게 행동하는지, 왜 그렇게 하는지를 밝히는 것입니다. 그리고 사건에 대해서는… 그자가 평생을 감옥에서 보낼 정도로 멀쩡한 정신인지를 알아볼 요량입니다."

21

2013년 12월 26일, 보스턴

원장은 그자를 심리 평가하는 방 중 하나로 데려오라고 경비원에게 지시했다. 중앙 바닥에 볼트로 고정된 의자와 책상 크기에 서랍이 없는 탁자, 그리고 푹신한 의자 두 개가 놓여 있는 방이었다.

잠시 후 경비원이 돌아와 모든 준비가 끝났고, 그가 방 3E에서 기다리고 있다고 전했다.

"스텔라, 함께 가고 싶을 것 같은데요."

"물론입니다, 박사님."

"우리가 뭔가를 얻을 수 있을 것 같군요. 저자가 지금까지는 아무 말도 안 했지만, 이제 조사를 시작해야 합니다. 이 사건 담당 판사님의 전화를 받았습니다. 가능한 한 빨리 심리 분석 내용을 제출하라는데, 이건 제 의견을 바탕으로 하는 겁니다. 그의 말이나 생각에 대한 게 아니라요."

"근데 제정신이든 아니든, 아예 말을 하지 않는 사람은 어떻게 평가하죠?" 스텔라가 예리하게 질문했다.

"먼저 그의 태도를 분석할 겁니다. 어떻게 이 과정을 이어나갈지는 잘 모르겠지만요."

"어쩌면 글을 쓰도록 설득할 수도 있겠죠."

"말을 안 한다고 해서 비명도 지를 수 없다는 뜻은 아닙니다. 알고 계시죠?"

"박사님, 무슨 생각을 하고 계신 건가요?"

"전기 쇼크가 뭔지 알고 계실 겁니다. 지나친 공격성을 보일 때를 제외하고 정신병 치료에 효과가 입증되지는 않았지만, 위협하는 데는 효과적이라는 게 증명되었습니다."

"그자가 말을 안 하면 전기 쇼크를 가할 생각이신가요? 그건 불법이고, 원장님께서는 자리를 잃으실 수도 있습니다."

"스텔라, 그 소포를 받았을 때 나랑 있었잖아요. 상자를 열었을 때요. 벌써 잊지는 않았을 텐데요. 솔직히 이 개자식이 제 딸을 죽였는지 아닌지는 모르겠습니다. 어떻게 그런 짓을 했는지도 모르겠고요. 하지만 놈이 미쳤는지 아닌지는 알고 있습니다. 딸에게 벌어진 일을 알고 있을뿐더러 분명 관련이 있습니다. 전기 쇼크를 가해서 놈이 말을 하는지 못 하는지 알아볼 겁니다. 그러니까 먼저 당신이 이 일을 나와 함께 할지 말지를 알아야겠습니다." 원장이 완강하게 말했다.

원장에게 뭔가 변화가 일어났다. 센터에서는 아주 권위적인 편이었지만, 그래도 직원들에게 규율을 가르치고 언제나 모범적이었다. 그는 절차와 방법, 시간을 철저히 지켰다. 이 나라에서 최고의 심리학자 중 한 명이라는 명성을 얻기 전에, 심리학계에서 몇 가지 절차를 바꾸리라 스스로 다짐한 바 있었다. 정신 질환을 정의하는 기준과 진단 방법이 수정된 때였다. 그리하여 정신병으로 판명된 사람들의 수가 증가했고 항우울제 조제를 시작하게 되었다. 그는 세심하고 조심스러운 성격 때문에 이런 변화를 받아들이지 않았고, 많은 정신건강센터에 모범이 되었다. 원장은 단 한 번도 규칙을 어긴 적이 없었다. 맘속에 있는 풀리지 않은 수수께끼 때문에 심리학자라는 직업을 가졌고, 어찌어찌하다 보니 정신건강센터까지 오게 되었다. 이것도 분명히 일련의 죽음과 목이 베인 딸과 관련이 있을 거라는 생각이 들었다.

"저와 함께 하실지 말지만 잘 생각하세요."

"만일 이 일이 드러나면 심리학자로서 박사님 자리가 위태로워지고 처벌을 받으실 겁니다."

"스텔라, 난 이미 모든 걸 잃었어요."

원장은 주머니에 넣어두었던 딸의 이름이 적힌 쪽지를 꺼냈다. 사무실에서 상자를 세밀하게 살펴보는 과학수사대의 눈을 피해 몰래 감춰둔 터였다. 스텔라는 종이를 금방 알아보았고 원장과 함께 복도를 따라 그자가 있는 방으로 갔다.

"과학수사대에서 나온 경찰에 그걸 제출하셔야 합니다. 분명히 이 사건 해결에 도움이 될 겁니다."

"나중에요. 지금은 범인에게 이걸 보여주고 싶어요. 어떻게든 말을 하게 만들어야 하니까."

3E 방에 도착했다. 주변의 다른 방들과 똑같이 하얀 철문이 달려 있었다. 문 옆에 있던 두 명의 간호사들은 원장이 스텔라와 함께 다가가자 인사를 건넸다.

원장은 잠시 문 앞에 멈췄다. 모든 감정을 잊으려는 듯 크게 심호흡을 하고 눈을 감았다. 스텔라는 그의 뒤에 서 있었다. 잠시나마 원장이 두 사람의 목을 자른 행위에 책임이 있을 수도 있는 남자를 정말 보고 싶어 하는지 의심스러웠다. 죽은 두 여성 중 한 명은 모르는 사람이지만, 한 여성은 본인의 딸이기 때문이다.

원장은 스텔라를 쳐다보고 1초도 망설임 없이 문을 열었다.

범인은 철제 의자에 앉아 있었고 양팔은 끈에 묶여 있었다. 고개를 떨군 채 바로 앞에 놓인 책상을 쳐다보고 있느라, 원장과 스텔라가 함께 들어온 것도 눈치채지 못했다.

원장은 자리에 앉았고, 스텔라에게도 그렇게 하라고 눈짓을 했다. 침묵을 지키며 범인에게서 한시도 눈을 떼지 않았다. 그동안 다른 수감자들과 수없이 그랬던 것처럼, 그와 맞붙을 순간을 가늠하고 있었다. 상대는 전혀 동요하지 않고, 계속 책상만 쳐다보고 있었다.

"내가 왜 여기 있는지 알 것 같은데." 원장이 말을 꺼냈다.

그는 여전히 원장을 신경 쓰지 않고 눈을 아래로 내리깔고 책상만 보고 있었다.

"내 말 들리나?"

그는 잠시 한숨을 쉬었다. 그리고 파란 눈을 들고는 미소 지었다. 여전히 편안해 보이는 태도였다. 그가 하얀 이를 내보이며 활짝 웃는 모습이 인상적이었다. 스텔라는 처음으로 범인의 눈빛을 보고 놀랐다.

"내 말을 듣는군. 똑바로 들어, 너는 말을 해야 해. 그러지 않으면, 평생 감옥에서 보내는 아주 유명한 사람이 될 거야. 최근에 갇힌 사람은 감옥에서 사흘 만에 자살했어."

그는 눈 한번 깜빡이지 않고 원장을 쏘아보았다. 미소 짓던 표정이 아주 진지하게 바뀌었다.

"너는 여자를 죽인 이유가 뭔지, 그리고 기분이 어떤지 곧 우리에게 말하게 될 거야." 스텔라가 중간에 끼어들었다.

그는 스텔라를 무시하고, 계속 원장만 빤히 쳐다보았다.

"말할 생각 없어?" 원장은 위협적인 분위기로 말했다. "여기는 이 나라에서 몇 안 되는 전기 쇼크 기구가 있는 곳이야. 사용하지 않은 지 3년이 넘어서 장비가 제대로 작동하는지 먼저 확인해야겠지만."

그래도 그는 웃음 지었고, 스텔라와 원장이 놀라자 입을 열었다.

"젠킨스 박사님, 저는 따님이 죽어야 했다고 생각합니다."

원장의 위협적인 눈빛이 순간 두려움으로 바뀌었다. 스텔라는 불과 몇 시간 전에 접했던 공포를 다시 느꼈다. 그의 목소리는 걸걸한 편이라 방 안에서 계속 울렸다. 용의자가 체포된 후 처음으로 한 말에 원장도 놀랐다. 원장은 몇 초 후에 마음속의 혼란을 잠재우고 다시 물었다.

"그걸 어떻게 알았지?"

범인은 표정을 바꾸고 원장을 향해 슬픔을 드러냈다. 얼마 동안 계속 쳐다보았지만, 질문에 대답할 기미는 보이지 않았다. 그는 이해한다는 표정과 공격적인 표정을 동시에 지으며 원장을 쳐다보았다.

"내 딸이 죽은 걸 어떻게 알았냐고." 원장이 재차 물었다.

"당신 같은 남자가 질문 앞에서 그런 식으로 무너지는 원인은 몇 가지 안 되니까요."

원장은 범인의 말에 또 놀랐다. 어떤 면에서 보면 이자는 분명 똑똑한 사람이었다. 스텔라는 끼어들지 않고 계속 상황을 지켜봤다. 자신은 여기 있을 필요가 없을 듯했다. 끼어들고 싶지 않아서 두 사람의 자존심 싸움에서 발을 빼려던 순간이었다.

"내 딸의 죽음과 아무 상관이 없다고 말해."

"클라우디아의 죽음은 정말 안타까운 일입니다."

클라우디아의 이름이 방 안에 계속 울렸다. 원장은 의자에서 일어났다. 공책을 내려놓고 그자에게서 약 50센티미터 떨어진 지점까지 다가갔다. 원장이 파란 눈을 또렷이 쳐다보는 동안 그도 머리를 꼿꼿이 들고 있었다. 표정에는 후회 한 점 없고 원장의 위협적인 눈빛에는 무심한 태도로 일관했다.

"어떻게 이름을 알았지?" 원장이 놀라 소리쳤다.

"정말 유감입니다."

"왜 클라우디아가 죽어야 했는지 말해." 원장은 이성을 잃고 소리를 질렀다.

원장은 문 옆에 쓰러진 후에 한 마디도 하지 않고 직원들을 위해 마련된 방에서 울고 있었다. 그러는 동안 FBI 요원과 경찰들은 사무실과 소포를 철저히 조사하고 있었다. DNA의 흔적을 찾아가면서 몇 시간 동안 상자를 분석했지만, 아무 흔적도 나오지 않았다. 그 무시무시한 선물은 미국과 캐나다 우체국이라면 어디서나 파는 표준 상자에 담겨 있었다(길이가 60센티미터, 폭이 50센티미터, 높이가 40센티미터). 머리를 넣은 비닐봉지는 국내 주요 슈퍼마켓에서 과일을 담으라고 주는 진공 포장 봉지였다. 봉지 안에는 누구인지 알아볼 단서가 될 만한 흔적이 전혀 없었다. 유일한 단서라고는 퀘벡 우체국 소인이었는데, FBI에 따르면 300개가 넘는 우체국 중에 하나라 별 도움이 안 됐다. 소포에는 배송 번호가 없어서, 어디를 거쳐 여기까지 왔는지 추적해볼 수도 없었다. FBI 요원이 와서 수사에 진전이 별로 없고, 단서조차 거의 없다고 말하자, 원장은 그들에게 무능하다고 비난하며 소리를 질렀다. 원장은 바로 정신이 나갔고, 왜 딸을 잃어버려야 했는지를 명확히 밝힐 책임을 자신이 지게 되었으며, 그래서 기자회견을 하기 위해 센터 밖으로 나왔다고 그녀에게 말했다.

"뭘 알고 싶으신 겁니까? 왜 클라우디아가 죽었는지? 아니면 어떻게 그녀 이름을 아는지?"

스텔라는 원장에게 쌓인 분노를 진정시키기 위해 원장의 어깨를 꽉 잡고는 귀에 뭔가를 속삭였다. 잠시 후 그들은 문을 닫고 방을 나왔다. 밖으로 나오자 원장이 목청을 높였다.

"스텔라, 아무 일도 안 일어납니다. 놈은 지금 나와 장난치고 있는 거예요. 그럼 저 자식 입에서 클라우디아 이름이 나오는데 내가 가만히 있어야 하는 겁니까?"

"어떤 실수도 하지 마셔야 합니다. 그는 원장님과 장난을 하며 화를 돋우는 겁니다. 어쩌면 그와 말해야 하는 사람이 원장님이 아닐 수도 있습니다."

"내가 누군가에게 심리 분석을 맡기게 된다면, 당연히 센터 내부 사람일 겁니다."

"물론 저에게 맡기셔야 한다고는 생각하지 않습니다. 그저 원장님께서 따님 죽음에 충격을 많이 받으셨고, 평가하는 데 영향을 받을 것 같아서 드리는 말씀입니다."

"미친놈이 이미 그렇게 계획한 겁니다. 내가 이 사건을 맡을 거란 사실을 알고 있었어요. 내가 이 게임을 하지 못하게 만들려면, 가장 큰 상처를 입혀야 한다는 사실도 알고 있는 겁니다. 내가 사랑하는 사람을 상처 입혀야 한다는 걸 말이죠. 내 경우는 그런 사람이 딸인 것이고. 나는 이 일을 멈출 생각이 없어요. 클라우디아를 위해서라도 꼭 해야 합니다."

잠시 원장은 눈물을 흘렸다. 스텔라는 당황스러웠고 어떻게 반응해야 할지 몰랐다. 그녀는 가여워하는 눈으로 그를 바라보았다.

"이제 나는 혼자예요. 아무것도 남지 않았어요." 원장이 슬퍼하며 말했다. "아내는 17년 전, 딸아이가 태어난 지 몇 달 안 돼서 사라졌어요. 그녀에게 무슨 일이 일어났는지 모르겠어요. 아직도 경찰이 풀리지 않는 미제 사건으로 보고 있으니까. 누군가를 잃어버렸을 때 힘든 일은 그가 죽었다는 사실을 알게 될 때가 아니라, 대체 무슨 일이 벌어졌는지 모를 때입니다. 여전히 살아 있는지, 무슨 일이 벌어졌는지, 아니면 다른 남자와 떠났는지 알 수가 없다는 게 더 힘든 일입니다. 그나마 딸을 남겨두었고, 그게 내 인생에서 가장 좋은 일이었어요. 지금까지 나 혼자 아이를 키웠거든요. 알겠지만, 이름은 클라우디아이고. 아니, 클라우디아였군요." 그가 말을 과거형으로 바꾸었다. "아이가 없다는 걸 믿을 수가 없습니다. 곧 고등학교를 졸업하고 수의학을 공부하고 싶어 했는데. 이 상황이 전혀 실감이 안 되네요. 이름은 클라우디아였는데, 지금은 없지만."

원장은 다리에 힘이 빠지기 시작해서 벽 근처에 있는 파란 벤치에 앉아야 했다. 스텔라가 다가가 가느다란 팔로 감싸 안아주었다. 그를 만난 지는 반나절도 안 되었다. 원장을 처음 봤을 때는 무정하고 단단해 보였는데, 지금은 깜깜한 어둠 속에서 그녀의 팔에 안겨 있다. 아까 기자들 앞에 당당히 나타났지만, 대중을 안심시키기 위한 쇼일 뿐이었다. 당시 원장은 자신이 싸움에서 졌다는 걸 알았다. 그자와 벌이는 첫 번째 싸움에서 버티지 못한다면, 계속 지게 될 거라는 사실도 알고 있었다.

"젠킨스 박사님, 오늘은 좀 쉬시는 게 좋을 듯합니다." 스텔라가 말을 꺼냈다. "오늘만요. 오늘은 제가 인터뷰를 진행하겠습니다. 어쩌면 당신이 그를 위협하고, 그자가 사과하는 양상하고는 다를지도 모릅니다."

"스텔라, 그럴 수는 없어요." 원장이 눈물을 흘리며 대답했다.

"제 말을 들으세요. 댁으로 가셔서 오늘만 쉬시고 내일 다시 나오세요. 여기서 벗어나시는 게 좋을 것 같습니다."

"제가 그자와 이야기를 해보겠습니다. 그러니까 저에게 모두 다 설명해 주세요."

"제가 맡겠습니다. 내일까지 아무것도 얻지 못하면 원장님이 이 과정을 책임지시고 저는 더 이상 간섭하지 않을 겁니다."

원장은 스텔라를 쳐다보았다. 눈빛으로 보아 단념한 듯했다. 속으로는 그녀가 말한 대로 마음을 좀 정리하고 다음 날 다시 오는 편이 나을 것 같다는 생각이 들었다.

"알았어요." 그가 말했다.

22

2013년 12월 26일, 보스턴

스텔라는 언론을 피해 뒷문까지 원장을 배웅하고 차가 도로에서 사라질 때까지 손을 들어 인사를 했다.

그녀는 다시 3E 방으로 향하면서 혼자 수감자를 인터뷰하기 하기 위해 단단히 정신 무장을 했다. 원장과 그의 대화를 머릿속으로 떠올리며 흰색 문을 열고 안으로 들어갔다.

방으로 들어오는 스텔라를 수감자는 계속 바라보았다. 스텔라는 의자를 끌어다 앉고서 몇 분간 조용히 (그 상자 사건이 벌어지기 전에) 원장이 준 파일을 살펴보았다. 그는 조용히 바닥과 천장을 번갈아 쳐다보았고 스텔라가 말할 때만 다시 정신을 차리는 것 같았다.

"다시 보는군."

"스텔라 조사관님, 좋은 오후입니다."

스텔라는 그자 앞에서 언제 이름을 말했는지 기억이 나지 않았다. '내 이름은 또 어떻게 알았지?' 순간 겁이 났다.

"내 이름도 알고 있군."

"제가 아는 사람이 많아서요." 그는 진지한 목소리로 농담을 던졌다.

"그럼, 당신 이름은 뭐지?"

"이런. 수만 번 들었던 질문이네요. 제가 이 질문에 대답하면 언론에서 반응이 엄청나겠죠."

"그래야 서로 공평할 것 같은데. 당신이 내 이름을 알고 있으니, 나도 당신 이름을 알아야지. 우리가 대화를 하려면, 자기소개부터 정확히 하는 게 도리 아니겠어."

"당신 같은 아가씨 앞에서 무례할 수는 없죠." 스텔라는 이자가 상황을 이끌고 나가는 모습에 움찔했다. 분명 FBI 프로파일 분석가로 일을 시작한 이후로 가장 큰 도전이었다. "제 이름은 제이컵입니다."

스텔라는 머리를 끄덕였다.

"반갑군, 제이컵. 나는 스텔라 하이든이야. 이미 알고 있는 것처럼."

"제 이름 알아봐야 별 도움이 안 될 겁니다. 조사관님."

"이제 적어도 마주 보는 사람의 이름은 알게 된 거니까."

"조사관님은 지금까지 유일하게 저를 예의 있게 대해주신 분이십니다. 말씀해보세요, 두려우신가요?"

"내가 왜 두려워해야 하지, 제이컵? 당신은 수갑을 차고 있고 밖에는 무슨 낌새만 느껴지면 곧장 달려 들어올 남자 간호사 두 사람이 대기 중인데. 당신은 아무 수작도 부릴 수 없어."

"저는 지금 조사관님께 안전하냐고 물어본 게 아니라, 두려우시냐고 물어본 겁니다. 우리 모두 한 번쯤은 갖게 되는 느낌이니까요. 두려움은 아무리 당신이 안전하다고 생각해도 느낄 수 있고, 당신을 달아나게 만드는 요인입니다. 제가 여기 갇혀 있어도 당신의 삶을 위험에 빠뜨릴 수 있다고 생각하시는지를 묻는 겁니다. 제가 여기서 수갑을 차고 있고, 여차하면 뛰쳐들어올 간호사가 밖에 두 명이나 있다고 해도 말이죠."

그녀는 제이컵의 주장이 당혹스러웠다. 이렇게 상황을 조종하는 범죄자는 본 적이 없었다. 눈만 봐도 두려움에 떨게 만들 수 있는 자였다. 제이컵은 스텔라의 반응을 관찰했다. 상대가 떠는 것을 보고는 그녀의 권위가 흔들린다고 생각했다. 스텔라가 말을 시작하려고 하자, 제이컵이 말을 이어갔다.

"물론 제가 왜 체포되었는지 알고 싶으시겠죠."

"당신은 이틀 전 목이 잘린 소녀의 머리를 들고 발가벗은 채로 거리를 활보하다가 체포되었어."

"당신의 대답에는 두 가지 오류가 있습니다. 스텔라 조사관님." 그는 짧은 시를 읊듯 말했다.

"두 가지? 오류 따윈 전혀 없는데."

"당신의 말을 다시 한번 생각해보세요. 하신 말씀을 되짚어보시면, 두 가지 실수를 발견하실 겁니다."

"당신이 저지른 일을 인정하는 데 무슨 문제라도 있나? 자신이 저지른 짓을 인정하지 않겠다는 건가? 그런 뜻인가?"

"당신의 주장에는 풋내기들의 실수가 들어 있습니다. 자, 눈을 감아보세요. 우리가 처음 말을 시작한 거니까, 제가 당신을 도와드리죠."

"풋내기라고?"

"첫째, 당신은 체포될 당시 들고 있던 제니퍼 트라우스의 머리를 제가 잘랐다고 생각하고 있습니다. 정말 그렇게 생각하십니까? 제가 그렇게 했을까요?" 스텔라는 그가 말하는 모습을 지켜보며 어안이 벙벙했다. "두 번째 실수는 훨씬 더 큽니다. 저는 조사관님께 제가 왜 체포되었는지 알고 싶으신지를 물었습니다."

"말해봐, 제이컵, 왜 체포된 거지?"

"당신, 스텔라 하이든을 만나고 싶어서입니다."

23

1996년 6월 14일, 솔트레이크

아만다는 아빠의 말을 듣고 얼굴이 빨개졌다. 과연 점원은 그녀가 상점에 들어올 때부터 넋을 잃고 자신을 쳐다보고 있었던 듯했다. 방금 나간 노파나 진열장에 놓인 병들을 살펴보던 스티븐은 안중에도 없었다. 점원은 흰색 폴로 셔츠에 청바지를 입고 허벅지 높이의 작은 계산대 뒤에 서 있었다. 갈색 머리카락은 살짝 흐트러져 있었지만, 나름 매만진 머리인 게 티가 났다.

아만다는 뒤돌아 그를 쳐다보았다. 순간 말이 막혔고 아무도 눈치채지 못했겠지만, 숨이 멎는 것만 같았다. 그녀는 몇 초간 더 소년의 눈을 바라보았다. 파란 눈이었다. 난생처음 보는 파란색이었다. 아만다의 또래로 보였다. 깔끔하게 면도한 얼굴로 오직 그녀만 바라보았다. 그들 사이에 스티븐이 끼어들었다.

"저 사람한테 우리를 좀 도와줄 수 있는지 물어봐줄래?"

"뭐라고요?" 아만다가 정신을 차리며 되물었다.

"아니야. 됐어. 내가 할게. 안녕. 여기서 처음 보는 것 같은데." 스티븐이 다가가며 말을 걸었다. "예전에는 매카시 씨가 계셨는데, 혹시 그분에게 무슨 일이 있는 건가?"

소년은 눈을 깜빡거리면서 스티븐 쪽으로 눈을 돌렸다. 순간 정신이 나간 것처럼 보였다.

"이보게." 스티븐이 다시 말을 걸었다.

"아, 죄송합니다. 그분은… 그러니까 매카시 씨는 제 삼촌이세요. 아주 잘 지내고 계세요. 어느 때보다 잘 지내세요. 올해 여름에는 제가 삼촌을 도와드리려고 왔어요. 제가 와도 된다고 하셔서요."

"그분이 휴가를 잘 보내고 계시다니 반가운 소식이군. 내가 솔트레이크에 왔을 때부터 여기서 일하는 모습을 오랫동안 봤거든. 멋진 분인데, 한 번도 쉬지 않으시더라고."

"네, 아주 일벌레세요. 이번 여름에 저를 직원으로 쓰고 자유 시간을 보내는 것도 달가워하지 않으셨어요. 지금은 돌아오기 싫은 것 같지만요. 누군가를 만나신 것 같아요."

"설마. 한스 노인과 여자 친구를 만난 건가. 오, 정말 기쁜 소식이네. 우리가 늘 그 이야기를 했다는 거 혹시 아니? 삼촌은 거기에 아는 사람이 없었지만, 프랑스 와인 여행을 가고 싶어 하셨거든. 하지만 혼자서 떠나고 싶어 하진 않으셨지. 와, 그런데 이제 여자 친구가 생기셨구나."

"이미 알고 계셨군요."

"아니야, 전혀 몰랐지. 아무튼, 그건 그렇고." 스티븐이 말을 덧붙였다. "와인 좀 추천해주겠나. 우리에게 도움을 줄 수 있을지는 모르겠지만."

"물론이죠. 선생님, 도와드릴게요."

"1987년산 샤토 라투르가 선물로 괜찮을까?"

"가격으로 볼 때 한 병에 400달러가 넘으니까, 제 생각엔 그럴 것 같네

요."

"과일 향기가 얼만간 나는 와인이지? 레몬류 과일 향이 나는 와인을 즐기는 사람들이 좋아한다고 알고 있는데."

"그건 잘 모르겠습니다, 선생님"

"좋아, 와인 통에 들어 있는 게 있나?" 스티븐이 물었다.

"제가 아는 게 없어서."

"좀 전에 나를 도와줄 거라고 말하지 않았나?"

소년은 당황해서 얼굴이 빨개졌다. 그는 눈을 바닥에 떨구며 대답했다.

"죄송합니다, 선생님. 지금은 가장 싼 와인들 설명만 할 수 있는 수준이라서요. 와인에 대해서는 잘 몰라요. 아직 다 알 만한 나이도 아니라서요."

아만다는 그의 어색한 태도에 웃음이 나왔다. 아버지의 여러 질문에 쩔쩔매며 대답하는 모습을 조용히 지켜보고 있었다.

스티븐도 그저 웃을 수밖에 없었다. 그가 큰 소리로 웃자 소년의 긴장이 좀 풀린 것 같았다.

"필요하시면, 삼촌에게 잠깐 전화를 해서 물어볼게요. 삼촌이 기꺼이 도와주실 거예요."

"괜찮아, 걱정하지 말게. 똑같은 거 두 병 가져가지." 스티븐은 아만다에게 눈을 찡긋하며 말했다.

"그럼 두 병 드릴까요?"

"그래 부탁해."

"바로 준비해 드리겠습니다, 선생님."

소년은 계산대 뒤쪽으로 가서 바닥에 웅크리더니 발아래 있는 작은 창고 문을 열었다. 그는 나무 계단을 몇 칸 내려가 금방 길쭉한 나무 상자 두

개를 들고 올라왔다.

"여기 1987년산 샤토 라투르 두 상자요." 소년이 계산대에 올리며 말했다. 그는 지하 저장고 문을 닫고 진열창에 있던 병 두 개를 집어 들었다. 그러고는 작은 계산기를 두들겼다.

"그러니까 387 곱하기 2니까… 774달러입니다. 삼촌 친구분이니까 10퍼센트 깎아드릴게요…. 그러면 696달러 60센트입니다."

"여기 있네."

"여기 잔돈 3달러 40센트 받으세요. 언제든지 또 찾아주세요." 그는 아만다의 시선을 피했지만, 미소를 띤 채 말했다.

어떤 의미에서는 아만다에게 한 말이었다. 그녀가 또 오길 바랐다. 이름이 뭔지 알고 싶었고, 무엇보다도 꼭 다시 보고 싶었다.

아만다는 스티븐이 점원에게 인사를 할 때까지도 숨이 고르지 않고 끊기고 했는데, 문을 나서려고 할 때가 돼서야 원래 호흡으로 돌아왔다.

"그러겠네, 걱정하지 말게. 그리고 나를 선생님이라고 부르지 말게. 아직 젊다고 생각하거든. 그냥 편하게 스티븐 씨라고 불러. 떠나기 전에 상황이 되면, 삼촌을 만나러 또 들르겠네.

"스티븐 씨, 만나서 반가웠습니다. 제 이름은 제이컵입니다."

24

2013년 12월 23일. 23시 17분, 보스턴

내일 이 시간 나는 체포될 것이다. 사람들은 이해하기 힘들겠지만, 오랫동안 내가 준비해온 일이다. 정신건강센터에서 나를 심문한다는 결정이 내려질 때 경찰서장의 표정이 어떨지 궁금하다. 내가 절대 미쳤다는 티를 안 내고 입을 꾹 닫으면, 그들도 별 수 없을 것이다. 내 겉모습만 보면 분별력을 잃고 여자의 머리를 벤, 신원 미상의 미친 사람이라고 굳게 믿을 수밖에 없을 것이다. 하지만 내가 진짜 미친 걸까? 나라면 냉정하게 생각해보고, 뭔가 다른 이유를 추정해볼 수도 있을 텐데. 가장 논리적이지도 않고, 사람들이 보기에 가장 분별력 있는 선택도 아니겠지만, 이것은 나라는 존재에게 의미 있는 유일한 방법이다. 내 삶을 회복시킬, 다시 아만다에게 다가갈 수 있는 유일한 방법. 물론 이렇게 한다고 곧바로 그녀와 함께할 수는 없겠지만, 아만다와 더 깊이 연결될 수 있으리라 생각한다. 어쩌면 나의 일부가 그녀와 다시 연합할 것이다. 그녀를 다시 팔에 안는 것 같은 순간이 올지도 모른다.

고속도로가 끝나는 지점에 이르렀다. 이미 나는 가까이 왔다. 도로의 희미한 빨간 불빛을 보며 자동차 트렁크에서 덜컹거리는 도끼 소리를 들으니 마음이 진정되고 집중이 된다. 이거야말로 확실한 출구이다. 나는 아만다, 시간이 멈췄을 때 그녀의 눈빛, 아만다의 아버지와 와인에 대해 별 중요하지 않은 대화를 나누던 곳, 더불어 이 이야기의 시작, 내 길의 시작, 가능성은 있었지만 결국은 이루지 못한 삶을 생각하며 그 저택으로 가는 일에 내 삶의 마지막 시간을 바친다.

25

2013년 12월 26일, 뉴욕

센트럴파크 오후 5시쯤, 태양은 이미 중천을 한참 지나고 뉴욕의 마천루들 위에 기대어 있다. 공원에는 산책하는 연인들, 운동하는 사람들, 낭만을 가득 실은 마차들이 다니고 있었다. 크리스마스 다음 날 도시는 다시 조용해졌고, 모두가 올해의 마지막 밤을 기다리고 있었다. 계속되는 교통체증, 소란스러운 사람들, 자동차 경적들을 생각해보면 그래도 조용한 편이었다.

오후 5시경, 떠들썩한 이 도시에서 변화를 눈치챈 사람은 아무도 없었다. 체이스 은행 문 앞, 세로길 7번가 904번지 건물 앞에 주차된 빨간 트럭을 누구도 알아채지 못했다. 은행 앞 904번지 건물은 가로길 57번가 구석에 있는 오래된 10층짜리 건물이었다.

스티븐은 뉴욕까지 오는 데 여덟 시간이 넘게 걸렸다. 오는 내내 계속 중얼거리고 또 중얼거렸다. '왜 이 젊은 여자가 죽어야 하는 걸까?' 그는 차에서 내려서 빌딩 위를 올려다봤다. 주변에는 사람들이 쉴 새 없이 지나가고 있었다. 모두가 퇴근하기 시작한 가장 붐비는 시간이었다. 뉴욕은 생존의 정글이자 먼저 집에 가려는 이들이 경쟁하는 장소, 가족의 품이 그리워 싸우는 격노한 무리들의 도시로 변했다.

스티븐은 보도 한가운데 서서 그를 피해 가는 수많은 사람에게 둘러싸인 채 주머니에서 노란색 쪽지를 다시 꺼내서 읽었다. "수잔 앳킨스, 2013년 12월"

"왜 이 소녀가 죽어야 하는 걸까?" 그는 망연자실해서 다시 한번 되물었다.

그는 괴로워하며 이 소녀 또는 여성이 어떤 사람일지 상상했다. 또 이번에는 얼마나 걸릴지 생각해보았다. 자신이 친절하고 순진한 얼굴로 문을 두드리면, 그녀가 맞아주는 상황을 머릿속에 그리며 강하게 밀치고 들어가서 클로로포름으로 재워버리는 상상도 했다. 그녀를 데리고 트럭으로 돌아올 때까지 얼마나 걸릴지 계산해보았다. 뉴욕이 잠들려면 얼마나 걸릴까. 그는 수잔을 어깨에 메고 내려와 차에 태우고 이 세상에서 사라지게 하기 위해서는 얼마나 기다리고 있다가 나와야 할지 시간을 따져 보았다.

피도 눈물도 없는 이런 행동들을 상상하려니 구역질이 났다. 지금 하려는 일 자체가 아니라, 이 일을 하면서 보인 자신의 냉담한 태도가 너무나 혐오스러웠다. 물론 처음 보인 태도는 아니었다. 이렇게 변한 지 너무 오랜 시간이 흘렀다.

"아저씨, 괜찮으세요?" 한 소년이 넋을 놓고 있는 그를 흔들어 깨우며 걱정스러운 얼굴로 물었다.

"뭐?" 그는 거친 목소리로 대답했다.

"괜찮으시냐고요. 찾는 게 있으세요? 뭔가 잃어버리신 것 같아서요."

"아, 7번가 90번지를 찾고 있는데."

"여기예요." 그는 건물에 다가가 웃으며 유리문을 가리켰다.

"고마워, 청년."

소년은 사람들 속으로 들어가더니 눈 깜짝할 사이에 사라졌다.

스티븐은 사람들 사이를 비집고 들어갔다. 건너편 거리에 있는 카페 유로파에서 대화를 나누는 커플들을 바라보았다. 유독 유리창 너머로 한 커플이 눈에 띄었다. 이십대로 보였다. 여자는 금발에 말랐고, 남자는 갈색 피부에 잘 차려입었다. 그녀는 탁자 위에 한 손을 올리고 웃었다. 남자는 넋을 잃고 여자를 바라보았다. 그녀는 머리를 쓸어 올렸다. 그는 케이트 생각이 났다. 심장이 두근거렸고 이십대였던 그들이 솔트레이크, 로체스터 씨의 오래된 집 현관에서 일몰을 보며 함께 앉아 있던 순간들이 떠올랐다. 자신이 얼마나 웃었는지, 그리고 케이트가 얼마나 많이 웃었는지가 기억났다.

예의 커플은 그가 쳐다보는 걸 눈치챘고, 남자는 그에게 미소를 지어 보였다. 스티븐은 머리를 숙이고 자리를 떴다. 마치 넋이 나간 사람 같았다.

그는 다시 쪽지를 보고 결심이라도 한 듯이 현관으로 들어섰다. 계단을 오르면서 잠시 후에 펼쳐질 장면을 상상했다. 겨우 15분이 지났을 뿐인데 온종일 그 거리에 있었던 느낌이 들었다. 유리창을 통해 카페 안을 들여다보는 동안 아주 오랜 시간이 흘렀다. 마음속에서 이 일을 할 수 있을지를 두고 다시금 의심이 들었다. 6층으로 향하는 계단을 한 걸음씩 내디딜 때마다 맥박이 빨라지고 호흡이 떨리며 다리에 힘이 풀렸다. 더는 할 수 없다는 생각이 드는 순간 이미 6층 E라고 적힌 문이 눈앞에 있었다.

전화통화를 한 사람이 말해준 곳이었다. 저 안에 그녀가 있을 터였다.

그는 문 앞에 멈춰 기다리면서 숨을 고른 후 벨을 눌렀다. 가여운 소녀가 문을 여는 데는 시간이 좀 걸렸다. 스티븐은 어쩌면 그녀가 살 기회가 있을지도 모른다는 생각이 들었다. 갑자기 도망을 쳐서 사람들에게 도움을 청할 수도 있을 것이다. 그러면 어떤 이웃이 그녀를 도와주거나 구해줄 수도 있을 것이다. 그리고 경찰의 도움을 받아 그를 때려눕힐 수도 있을 것이다.

하지만 결코 그런 일은 벌어지지 않았다.

스티븐은 거리에 사람들이 사라질 때까지 집 안에서 여섯 시간을 기다렸다. 시간이 지나자 멀리서 택시가 나타나긴 했지만, 곧장 사라졌다. 그는 거리낌 없이 잠들어 있는 수잔을 어깨에 둘러메고 계단을 내려와 거리를 지나고 트럭으로 다가가 트렁크에 넣었다. 그리고 트럭 앞 유리창 쪽으로 다가가 온종일 쌓인 주차 위반 딱지들을 뽑아 바닥에 버렸다. 스티븐은 차에 올라 눈을 감았다. 케이트가 보였다. 아만다와 카를라도 눈앞에 아른거렸다. 이제 오늘 밤 이 소녀를 세상에서 사라지게 하려고 시동을 걸었다.

26

2013년 12월 26일, 보스턴

"스텔라, 그거 혹시 알아요? 당신한테는 모든 일을 일관되게 설명하기 어려워요. 특히 내가 하려는 말이 당신에게 의미가 없을 때는 더 어렵겠죠. 당신은 살면서 일어나는 자잘한 사건과 행동 하나하나의 중요성과 크기를 이해할 수 없을 테니까요. 제가 머릿속에 있는 걸 조금씩 꺼내놓지 않으면, 아무리 애를 써도 내가 무슨 생각을 하고 있는지 알 리가 만무하잖아요. 안 그래요?"

"무슨 말을 하는지 모르겠군, 제이컵."

"내 말은, 이게 사건을 이해할 수 있는 유일한 방법이란 거예요. 처음에는 정말 복잡해 보이겠지만요."

"아직 나에게 말한 게 하나도 없는데."

"아니에요, 스텔라. 이야기는 이미 상당히 진행되고 있어요. 하지만, 당신이 아주 작은 부분 하나까지 놓치지 않으려면 제가 처음부터 당신한테만, 오로지 당신에게만 말하는 게 좋을 거예요."

"도대체 무슨 말을 하고 싶은 거지?"

"내가 왜 당신에게만 이 이야기를 해줘야 하는지를 꼭 이해해줬으면 좋겠어요. 왜 원장이 그렇게 고통을 당했는지, 왜 이 사건에 배정된 FBI 프로파일러가 당신이어야만 했는지."

스텔라는 이 수감자를 어떻게 대해야 할지 전혀 감이 오지 않았다. 이 자가 자신보다 열 걸음 또는 열두 걸음은 앞서 있는 느낌이 들었다. 상대의 파란 눈을 바라보며 그가 어떻게 평정심을 유지했는지 그리고 당사자는 이 사건을 어떻게 느꼈을지를 생각하니 더 혼란스러웠다.

"제이컵, 그럼 이야기를 시작해봐." 그녀가 할 수 있는 유일한 말이었다.

"저는 평범한 아이였습니다. 그렇게 보이시죠? 학교에 다니고 축구도 하고, 친구도 많았습니다. 참, 사실 여름에는 집안일을 도와줘야 했어요. 왜냐하면, 집안 형편이 그렇게 좋지는 않았거든요. 아버지는 알코올 중독자에 문제가 많았어요. 어머니는 그런 골칫덩이를 사랑했고요. 아마도 우리 집이 '불안정한 가정', '무질서한 가정' 또는 복잡한 어린 시절을 뜻하는 모든 말을 갖다 붙일 수 있는 가정임을 눈치채셨을 겁니다. 하지만 이게 제 삶에 영향을 끼쳤다거나, 제가 그 때문에 이 일을 하진 않았어요." 스텔라는 머리를 숙이고 뭔가를 적어나갔다. "우리 부모님은 그들이 할 수 있는 일, 사회에서 허용되는 일만 했습니다." 제이컵이 말을 이어갔다. "제가 아주 어린 아이였을 때, 어머니는 집세를 내기 위해 남의 집 청소를 하고 노인을 돕거나 아이들을 돌보는 일을 하셨어요. 아버지는 목수셨고요. 낮에는 아버지가 어머니를 왕비 모시듯 했어요. 마치 이 세상에 어머니 같은 사람은 없는 것처럼 말이죠. 저는 아버지의 그런 면을 존경했어요. 어머니를 보호해주고 쓰다듬어주며, 제가 아침마다 침대에 뛰어 올라가면 그녀 곁에서 웃고 계셨어요."

"하지만 밤에는 전혀 다른 일이 벌어졌어요. 완전 180도 다른 사람으로 변했거든요. 저녁 식사를 하는 모습이나 텔레비전을 보는 방식, 어머니를 바라보는 눈빛이 완전 달랐어요. 마치 조금씩 어머니의 영혼을 뽑아내려는 것 같았어요. 맥주를 한 모금씩 마시는 것처럼, 그녀의 일부를 조금씩 빨아들이는 듯했어요. 보호 본능과 애정, 웃음도 없이요."

"적어요, 계속 적으세요. 멈추지 마시고."

"그리고 몇 년이 지나서 내가 열 살인가 열한 살 때였는데, 이제 전부 끝난 것 같다는 생각을 아주 많이 했었요. 아버지가 집을 떠나고 또 괴롭힐 만한 다른 사람들을 찾을 거라고요. 특히, 끊이지 않는 폭력에서 제가 어머니를 지키려고 아버지에게 여러 번 대든 후에는 그런 생각을 많이 했어요. 그때는 제가 아버지 나이, 그러니까 삼십대 남자를 완력으로 당해낼 수가 없었어요. 하지만 그래도 어머니를 보호하겠다는 일념 하나로 그를 붙잡거나 공격을 막아내긴 했죠. 낮의 삶, 밤의 삶, 이렇게 두 개의 삶을 사는 남자와 제대로 싸워보지도 못하고 수년이 흘렀어요. 그토록 극단적인 두 가지 삶을 사는 사람을 이해할 수가 없었어요. 낮에 보여주는 모습은 늘 비슷했어요. 날이 밝으면 무릎을 꿇고 후회하고, 온갖 약속을 남발하고, 어머니에게 울며 미안하다고 자신을 이해해달라며 빌었어요."

"그러면 어머니는 늘 그를 용서했어요. 제가 열다섯 살이 되자 싸움이 벌어질 때 아버지를 막을 수 있을 정도로 충분히 힘이 세졌어요. 제가 그 구역질나는 밤에 그를 어떻게 협박했는지도 정확히 기억나요. '한 발짝도 가까이 오지 마'라며 소리를 질렀어요. 그리고 '엄마 털끝도 건드리지 마' 아니면, '당신은 쓸모없는 인간이야'라고 하기도 했어요. 그러면 그는 '꺼져, 안 그러면 얼굴을 후려갈길 테니'라고 소리쳤어요. 그러면 저는 '싫어'라고 대답했고요. 그러면서 '우리 엄마는 너같이 똥 같은 인간에게 너무 과분해', '당신은 엿 같은 인간이야'라고 응수했어요. 그러면 아버지는 '그건 너지'라고 대답했어요. 우리는 아주 빠르게 말을 주고받았어요. 그가 넘어졌는지, 제가 밀었는지는 모르겠는데, 아무튼 그가 쓰러졌어요. 분명 술 때문이었어요. 그가 거실에 있는 유리 책상에 머리를 박았어요. 그래서 저는 그가 죽었다고 생각했어요. 가능하다면 어머니를 살릴 수 있겠다고 생각했고요. 몇 분간 저는 천하무적이 된 것 같았어요. 하지만 그는 다시 일어났어요. 제가 그를 보지 않고, 엄마를 껴안은 채 이제는 다 끝났다고 말했을 때 깨어난 거예요. 그는 저를 바닥에 내팽개치고 제가 눈을 감을 때까지 사정없이 발로 걷어찼어요. 눈을 감은 채로 시간이 얼마나 지났는지 모르겠어요. 저는 눈을 뜨고 아픈 몸으로 일어나서 집 안을 샅샅이 뒤지며 어머니를 찾았어요. 그러다가 그와 함께 침실에서 자는 어머니를 발견했어요. 저는 조용히 방에 들어가서 소리 없이 엄마를 깨웠어요. 아빠는 아무 일도 없었다는 듯이 잠을 자고 있었어요. 그러자 어머니는 그냥 두라고 속삭였어요. 저에게 자러 가라며, 그냥 자겠다며, 그러면 아침에는 다른 날이 될 거라고요. 그래서 저는 '너는 아무것도 할 수 없어'라고 혼자 중얼거렸어요. 그리고 부엌으로 가서 칼을 찾아 들고 방으로 들어갔어요. 저는 이 막장 같은 비극을 끝내려고 완벽하게 준비했어요. 어머니는 어둠 속에서 제가 그의 목에 칼날을 들이대는 모습을 지켜봤어요. 저는 그를 죽이리라 맘을 먹었어요. 그렇게 하고 말 거라고요."

"하지만 어머니는 그러지 말라고 간청했어요. 그를 사랑한다고, 아버지도 어머니와 함께 있고 싶어 한다고… 정말 도저히 이해할 수 없었어요. 나이가 어려서 이해를 못 하는 게 아니에요. 지금까지도 이해가 안 되거든요. 저는 바닥에 칼을 내던지고 울면서 밖으로 나왔어요. 한 번도 그렇게 손이 떨린 적이 없었어요. 칼 떨어지는 소리가 나는데도 그는 깨지 않았어요. 어머니도 저를 보고 우셨는데, 두려움 아니면 사랑 때문에 그러셨을 것 같아요. 앞으로도 절대 이유를 모를 것 같지만요. 아무 말도 안 하셨으니까요. 어머니는 눈을 감고 있었지만 잠들지는 않으셨어요. 저는 울면서 방을 나와서 소파에 앉아 그에게 맞아 정신을 잃고 쓰러져 있었던 바닥을 내려다봤어요. 그리고 부모님이 웃으며 서로 껴안고 있는 사진이 걸린 액자들을 바라봤어요. 거기에는 제가 아기였을 때나 더 자랐을 때나 제 사진은 별로 없었어요. 모르겠어요, 스텔라. 그 시절이 제게 무슨 의미가 있는지 이해할 수 있겠어요? 저는 그때 평생 간직할 두 가지 교훈을 얻었어요. 첫 번째, 누군가 원한다고 말하거나 필요한 것이 그 사람이 진짜 원하는 바와는 다르다는 사실입니다. 어머니에게는 평온한 삶이 필요했고, 자유로워지고 싶다고 말했지만, 정작 원하는 것은 포로 생활이었어요. 어쩌면 용기가 없었을 수도 있겠죠. 저는 어머니가 노예 생활에서 벗어나는 데 충분한 동기를 찾지 못했다는 생각에 수년간 괴로웠어요. 아들인 내가 어머니에게 충분한 동기가 되지 못했으니까요."

"두 번째 교훈은 좀 더 혼란스러운 내용이에요. 저는 아버지를 보고 우리 안에는 두 가지 극단적인 성향이 있고, 양극단으로 치우치게 된다는 걸 알았어요. 우리가 온 힘을 다해 뭔가를 사랑할 수 있지만, 깨어나길 바라는 어두운 부분이 늘 우리에게 남아 있어요. 아버지는 어머니를 사랑했지만 동시에 증오했어요. 엄마는 아버지를 증오했지만, 동시에 사랑했고요."

"정말 힘들었겠어, 제이컵." 스텔라가 놀라며 말했다.

그녀는 마음속으로 그와 공감하기 시작했다. 자신의 유년기도 쉽지 않았기 때문이다. 스텔라는 태어나서 일곱 살까지 보호소에 있었다. 지금은 잘 기억이 나지 않았다. 마치 두꺼운 안개로 덮여 있다가 시간이 지나면서 조금씩 퇴색한 것 같았다. 그러나 이렇게 조심스러운 성격이 그때의 영향을 아주 많이 받은 거라는 사실은 알고 있다. 하지만 보호소 친구들과 선생님들의 얼굴이 서로 헷갈리고 이름도 생각이 나지 않았다. 당시 기억이 너무 흐려서 한쪽 옆에 두고 다시 앞을 향해 나아가고 싶었다. '날 어디로 데려가려고 유년 시절 이야기를 하는 거지?' 스텔라는 이야기를 들으며 생각했다.

"당신에게 얼마나 더 말하게 될지는 모르겠어요. 그 일이 벌어진 주에 일어난 상황은 참을 수가 없었어요. 제 앞에서 아버지가 어머니를 때렸고, 말다툼도 했어요. 그래서 저는 어머니에게 떠나자고 간청했어요. 그에게서 멀리 떨어진 곳이라면 어디든 가서 다시 시작하자고요. 하지만 어머니는 거부하며 상황을 그냥 받아들였고 저는 집에서 나올 수밖에 없었어요. 가방을 쌌고 고함을 지르고 밀쳐대는 와중에 어디로 갈지 알지도 못하면서 집을 나왔어요. 거기에 1분이라도 더 있었으면 미쳐버렸을 거예요. 지금 그때를 떠올리며 말하고 있지만, 여기 앉아서 제정신에 대해 말하자니 참 야릇하네요."

27

2013년 12월 26일, 보스턴

집으로 가던 원장은 정신건강센터에서 한참 멀어지자 어빙 가에서 차를 내려 모퉁이 술집으로 들어갔다. 목요일이라 사람들로 북적이고 분위기도 좋을 거라고 생각했지만 텅 비어 있는 모습에 너무 놀랐다. 그는 웨이터에게 손을 들어 인사하고 가운데 자리에 앉았다. 웨이터가 다가왔다. 체구가 건장했지만 붉은 뺨에 둥근 얼굴이라 친절한 인상이었다.

"말씀하세요, 뭘로 드릴까요, 친구분?"

"좋은 위스키로 부탁합니다." 그의 목소리가 힘없이 이어졌다 끊어졌다 했다.

"오늘 힘든 하루를 보내셨나 보군요?" 그가 물었다.

원장은 말없이 머리를 떨구고 한숨을 쉬었다.

"이런, 무슨 일이 있었는진 모르지만, 이 또한 다 지나갑니다, 아시죠?" 그는 기운을 북돋우며 말했다. "친구분께 위로가 될지는 모르지만, 요 이틀 저도 아주 끔찍한 날들을 보냈어요." 그가 말을 덧붙였다. "아마 상상도 못 하실 겁니다. 그 머리를 들고 거리를 배회하던 남자가 나타난 이후로 손님이 뚝 끊겨버렸거든요. 이틀간 단 1달러도 집에 들고 가지 못했어요.

그날 이후 당신이 첫 손님이세요. 물론 아직도 제 아내는 안절부절못하고 있고요. 그자가 여기 있었거든요. 혹시 아세요? 이 술집 문 바로 앞에 있었어요. 바로 이 앞에서 체포되었고요. 믿기세요?" 그는 목소리를 높이며 위스키 병과 잔을 들고 탁자로 다가왔다.

"바로 여기요?" 원장은 믿을 수가 없었다. 맥박이 마구 뛰고 울음이 터질 것만 같았다. 그자를 피해 달아나려고 나왔는데, 모든 일이 시작된 곳으로 돌아오다니. 당황스럽고 혼란스러웠다.

"바로 여기요, 바로 이 문 옆에. 자세히 보면 아직도 머리에서 떨어진 핏방울이 보여요. 정말 잔인한 놈이지 뭡니까. 뭐 때문에 그런 짓들을 했는지 모르겠지만요. 다행히도 그날은 휴무라 저는 여기 없었어요. 그랬다면 정말 큰일이 났을 거예요. 물론 모두에게 큰일이었지만요. 그거 아세요? 길 건너 과일 가게는 아직도 문을 열지 못하고 있어요. 그날 현장을 보고 주인이 기절했거든요."

"제발, 절 좀 혼자 있게 두세요." 원장은 빈 잔을 쳐다보며 호흡이 가빠져서 머리를 흔들며 말했다.

"그러시면 힘드실 텐데요, 친구분. 그보다 더 어려운 일도 있어요, 아시겠어요? 불쌍한 과일 가게 아줌마는 정신이 나갔다고요. 젊은 아가씨 머리를 들고 있는 그놈을 보고 엄청나게 충격을 받았나 봐요. 희생자 아가씨가 여기 출신은 아니라는데, 혹시 아는 거 있어요? 제니퍼 스트라우스였나, 암튼 그 비슷한 이름이라고 여기저기에서 말하던데. 글쎄 닷새 전에 집에서 사라졌고, 그런 모습으로 나타난 거래요. 빌어먹을, 도대체 세상이 어디로 가고 있는 걸까요? 사람들이 갈수록 미쳐가고 있어요."

"빌어먹을 위스키나 한잔 더 주고, 제발 좀 닥쳐."

"세상에, 정말 너무하시는군요. 친구, 좀 더 웃어봐요. 당신에게 무슨 일이 있었는지는 몰라도, 그렇다고 다른 사람들에게 애먼 짓은 하지 말아야죠. 뭐, 이건 제 조언일 뿐입니다. 제가 뭘 알겠습니까만."

원장은 벌떡 일어나 웨이터의 셔츠 목깃을 움켜잡고 밀어붙여 탁자에 눕혔다. 탁자에 있던 컵이 산산조각이 났다. 원장은 계속 화를 내며 목을 조였고 웨이터는 목 주위가 부어올라 터지기 직전이었다. 원장의 손과 얼굴, 뺨이 떨렸다. 웨이터는 아무런 대응을 하지 못했다. 키나 몸집이 훨씬 더 컸지만 공포를 느꼈다. 예전에 술에 취한 손님에게 비슷한 일을 당했지만, 이런 적은 한 번도 없었다. 꼭 질식할 것만 같았다. 수십 초가 지난 후에야 유리 조각에 찔린 등에 통증이 느껴지기 시작했다.

"난 당신 친구가 아니라고, 알겠어?" 원장이 말했다.

"죄죄… 죄송합니다." 웨이터가 숨을 내쉬었다. "그저 편하게 해드리고 싶었을 뿐입니다." 그가 겨우 몇 마디 했다.

"당신은 삶에 대해서 전혀 몰라. 죄다 잊는다는 말이 무슨 뜻인지 상상도 못 할 거야. 그러면서 다른 사람에게 어떻게 조언을 해?"

"놔주세요, 제발. 정말 안 좋은 일이 있으셨나 보군요. 더는 귀찮게 안 해드리겠습니다. 죄송합니다."

원장은 조금씩 힘을 늦추며 그의 셔츠에서 완전히 손을 뗐다. 순간 원장은 웨이터의 놀란 얼굴을 바라보며 뒷걸음질 쳤다. 태어나서 한 번도 다른 사람을 때려본 적도 없었기에 이런 상황에 자신도 놀랐다. 그는 눈물을 흘리며 지갑을 꺼낸 후, 돈을 바닥에 던졌다. 이어 문 쪽으로 향했고, 뒤도 돌아보지 않고 밖으로 나갔다.

28

1996년 6월 14일, 솔트레이크

아만다와 스티븐은 가게를 나와 차에 올라탔다. 그는 시동을 걸며 말했다.

"제이컵은 친절한 청년이구나."

"뭐… 보통인데요." 아만다가 숨을 몰아쉬며 말했다. "멋 부리는 애네요."

"하하! 아빠가 젊었을 때부터 지금까지 변하지 않은 것들이 있는데, 뭔지 아니?"

"어디 한번 알아볼까요. 말해보세요, 아빠." 그녀가 빈정거리는 투로 말했다.

"여자들이 어떤 남자애가 맘에 들면, '멋 부리네'라고 말하거든. 틀림없어."

"뭐라고요? 그럼 제가 그애를 좋아한다는 거예요? 말도 안 돼요!" 그녀는 얼굴을 붉히며 소리쳤다.

"발개진 뺨은 네 말과 정반대인데. 너 지금 얼굴 빨개졌어."

"제가요? 무슨 소리예요." 그녀는 목소리를 높였다. "지금 날이 덥잖아요. 아빠는 안 더워요? 정말 덥지 않아요? 창문 좀 내려주실래요?"

"아만다, 아빠는 바보가 아니야. 이제 네 나이면 남자들에게 관심이 생기기 시작할 때야. 지금 전혀 덥지 않아."

"아빠, 제발 그만하세요."

"그냥 아빠가 한 가지만 당부할게. 아주 조심해야 해. 아빠는 누구도 너에게 해를 끼치지 않길 바라거든."

"아빠, 그만요."

"혹시라도 조언이 필요하면, 아빠가 뭐든 설명해줄 수 있으니 물어봐. 너에게 이런 말을 하게 되는 순간이 절대 오지 않길 바랐지만, 이런 이야기는 되도록 일찍 나누는 게 좋다고 생각한단다."

"아빠!"

스티븐은 차를 멈출 시간이 없었다. 차를 아주 빨리 몰진 않았지만, 도로를 별로 신경 쓰지 못했다. 흰색 비닐봉지 두 개와 꽃다발을 들고 있는 남자가 길을 지나던 터였다. 차에 치인 남자는 보닛 위로 떨어졌다. 봉지 안에 있던 오렌지들이 경기가 막 시작될 때의 당구공처럼 바닥에 떨어져 흩어졌다. 꽃다발은 공중으로 흩어졌다가 자동차 지붕 위로 떨어졌다. 아만다는 놀라서 소리를 질렀고 스티븐은 최악의 상황을 두려워하며 차에서 내렸다. 남자는 삼십대로 보였고 보닛 위에서 꼼짝도 하지 않았다. 스티븐은 천천히 다가가 출혈이 있는지 조심스럽게 살폈고 부상 부위를 뭘로 감쌀까 생각했다.

"제 말 들리세요? 괜찮으세요?" 그가 물었다.

스티븐은 주변을 둘러보았다. 거리에 있던 사람들은 무슨 일이 일어났는지 궁금해했다.

"괜찮으세요?" 스티븐이 다시 물었다. 손이 떨리기 시작했다. 순간 이 남자가 죽었다는 생각이 들었다. 자신이 사람을 치어서 죽인 거라고. 그런

속도로 움직이는 차에 사람이 죽을 리는 없지만, 보닛에 심하게 부딪히면 죽을 수도 있다는 생각이 들었다.

한 아주머니가 당황하고 있는 스티븐을 보고 도와주려고 도로 근처에 차를 세웠다.

"아무도 구급차를 안 불렀나요?"

아만다도 차에서 나올 준비를 했다. 차에 치인 남자를 보니 마음이 혼란스러웠다. 유리 너머로 보이는 그의 머리카락은 갈색이었고, 살짝 얼굴이 보였다.

"아만다, 넌 거기 있어." 스티븐이 소리를 질렀다. "이봐요? 괜찮아요?" 그가 계속 말했다.

아만다는 눈을 감았다. 그런 모습은 단 1초도 보고 있을 수가 없었다.

"근데, 정말 아주 천천히 몰았어. 정말 믿을 수가 없어." 스티븐이 허공에 대고 말했다. 막 눈물이 나려는 순간, 남자가 움직이기 시작했다. 비닐봉지를 쥐고 있던 왼손이 살짝 움직였다. 스티븐의 눈에 작은 희망이 보였다. 남자의 오른손도 조금씩 움직였다.

"이보세요?, 괜찮아요?" 스티븐이 가까이 다가가서 물었다.

한쪽 팔을 움직이고 나서 다른 쪽 팔도 움직이는 걸 보니 조금씩 기운이 돌아오는 것 같았다. 얼굴에 표정이 나타났고, 한 손으로 보닛을 짚고 몸을 가누더니 바닥에 발을 내디뎠다.

스티븐은 그가 비틀거리지 않도록 부축해서, 한쪽 팔을 자기 어깨에 걸치고 차에 기대게 했다.

"그렇게 미친 사람처럼 운전하시면 어떡합니까." 그가 고통스러워하며 말했다.

"어떻게 죄송하다는 말씀을 드려야 할지 모르겠습니다. 병원으로 모시고 가겠습니다."

아만다는 눈을 떴을 때 보닛 위에 있던 남자가 보이지 않자 안심이 되었다. 차에서 내려 뭐라도 도움을 주려고 그에게 가까이 다가갔다.

"괜찮으세요? 저희가 병원에 모시고 갈게요." 그녀도 거들었다.

"아니, 아니에요. 그럴 필요 없어요. 그냥 잠깐만 앉아 있으면 됩니다. 머리를 좀 부딪혔을 뿐이에요."

"돌아가신 줄 알았어요." 아만다가 농담처럼 웃으며 말했다.

"아만다, 넌 정말 도움이 안 되는구나." 스티븐이 말했다. "정말 괜찮으세요?"

"걱정하지 마세요, 정말 괜찮아요."

스티븐은 아만다에게 차 안에 들어가 있으라고 눈짓을 했다. 그리고 그를 부축해 인도로 가서 벤치에 앉혔다.

"정말 죄송합니다. 떨어뜨린 물건들은 변상해드리겠습니다."

"그건 거절하지 않겠습니다." 그는 웃으며 말했다.

스티븐은 100달러짜리 지폐를 꺼내 주었다.

"사고를 배상하는 데 충분한 돈이 아니라는 것은 잘 압니다. 하지만 지금 가진 돈은 이게 다라서요."

"이 정도면 충분합니다. 오렌지는 2달러밖에 안 하는걸요."

"아, 또 드릴 게 있네요." 스티븐이 웃으며 말했다. 그는 차에 가서 방금 산 와인 두 병을 꺼내 왔다.

"선물입니다. 괜찮으시다면 받아주세요. 아내와 함께 드시거나 선물을 하시거나, 다시 파셔도 됩니다. 꽤 돈이 나갈 겁니다."

"와인 한 병을요?"

"부족하면 한 병 더 드릴 수 있습니다."

"아니요, 괜찮습니다." 그 남자가 말했다. "운전하실 때 조심만 하시면 됩니다. 어떻게 해서든 죄책감을 덜어보려고 그러시는 것 같은데, 괜찮습니다. 받지 않아도 됩니다. 사고였고, 이런 일들은 늘 벌어지니까요."

남자는 스티븐의 등을 두드리며 웃었다.

"파란색 포드에 부딪힌 이날을 절대 잊지 않을 겁니다."

"정말 얼마나 죄송한지 모릅니다."

"제가 뺑소니라고 안 하잖아요." 그는 환히 웃으며 말했다.

"그런데 어디를 가시는 것인지?"

"아내가 방금 출산을 했어요."

"오, 축하드립니다." 스티븐이 소리를 질렀다.

"여자아이라는군요. 이제 아내를 보러 병원에 갈 겁니다."

"그러니까 제가 더 급히 서두르게 만들어드렸군요." 그가 농담했다.

"하, 아주 그렇군요. 진짜로 걱정하지 않으셔도 됩니다. 따님이 기다리고 계신 것 같은데, 제 딸도 저를 기다리고 있어서요."

"괜찮으시면 병원까지 모셔다 드릴게요."

"신경 쓰지 마세요. 조금씩 걷는 게 더 좋을 거예요."

"정말이세요?"

"그렇다니까요."

스티븐은 아만다가 기다리고 있는 차로 다가갔다.

"괜찮아요?" 아만다가 물었다.

"응, 괜찮다고 하는구나. 너무 놀랐지?"

"잊으려면 시간이 좀 걸리겠어요."

"그래 전부 다 잊으려면."

스티븐은 차 시동을 걸고 손을 들어 작별 인사를 하며 그에게서 멀어졌다. 놀라서 계속 가슴이 쿵쾅거렸다. 이제까지 단 한 번도 차 사고를 낸 적이 없었고, 피를 본 적은 더더욱 없었다. 그러나 두 사건 중 하나는 방금 일어났고, 또 하나는 이 일이 있고 딱 사흘 후에 벌어졌다.

29

2013년 12월 23일 23시 21분, 보스턴

젠장, 차를 더 가까이 댈 수가 없다. 내가 눈에 띌 테니까. 여기 멀리에서 봐도 저택은 화려하다. 문을 호위하는 거대한 두 기둥은 딱 봐도 10미터가 넘어 보였다. 그들이 이렇게 막강한 자들일 거라고는 상상도 못 했다. 분명 그들 중 누군가 할 일 없는 백만장자일 것이다. 아니면 그들이 누군가를 협박했을지도 모른다. 아무도 모를 일이지만.

7인회, 사람들은 그렇게 불렀다. 천벌 받을 7인회. 구역질나고 즉흥적이며 비상식적인 목표를 추구하는 7인회 패거리들. 일곱 중 여섯은 오늘 밤을 넘기지 못할 것이다.

나는 4년 전에 스톡홀름에서 그들에게 아주 가까이 다가갔다. 그들이 어떻게 도망쳤는지, 내가 도착했을 때 어떻게 사라졌는지 생각만 하면 지금도 분노가 치민다. 그들이 모였던 장소는 도심에서 멀리 떨어진 오두막이었다. 내가 도착했을 때 그들은 이미 사라지고 없었고, 복수에 나선 나의 증오는 더 뜨겁게 타오를 수밖에 없었다. 그들을 다시 찾는 데 꼬박 4년이 걸렸는데, 여러 차례 죽을 고비를 넘겼다.

아직도 이해가 안 간다. 왜 수년 전 바로 그날, 그 일을 당한 사람이 아만다여야만 했는지. 그녀는 누구에게도 해를 끼친 적이 없었다. 그저 행복해지고 싶었다. 나와 함께 지내고 싶어 했을 뿐이다.

그들은 그녀를 놓아주지 않았다.

침묵 속의 공포가 떠오른다. 단 한 번도 침묵 때문에 그런 공포를 느꼈던 적은 없었다. 누구도, 무엇도 나에게 다가와 그런 느낌을 주지 못할 것이다. 아무것도 없었다. 쪽지를 빼고는. 여기에 나와 함께 온 쪽지, 수년 동안 한 번도 멀리 둔 적 없는 쪽지. 아만다를 망가뜨린 사람, 나와 아만다를 떨어뜨려놓은 자에게 줄 쪽지.

나는 내가 왜 여기 왔는지, 그들이 아만다를 선택한 것이 왜 잘못인지, 그리고 그들이 왜 죽어야만 하는지 알려주기 위해 주머니에서 쪽지를 꺼내 큰 소리로 읽어줄 것이다. "아만다 매슬로, 1996년 6월"이라고 적힌 쪽지를.

말은 한 마디도 하지 않을 것이다. 단 한 마디도 더 꺼내지 않을 것이다. 그들은 도망치지 못할 것이다.

30

2013년 12월 26일, 보스턴

“스텔라, 당신이 원한다면, 절 풀어줄 수 있어요. 분명히 말하지만, 나는 궁극적으로 당신에게 어떤 일이 벌어지길 바랍니다.”

“제이컵, 당신을 놓아줄 수는 없어. 이틀 전에 무슨 일이 벌어졌는지 모른다면 모를까.”

“정확히 뭘 알고 싶으세요?”

“그냥 하던 이야기 계속해봐. 시간이 많지는 않지만….”

“원장이 돌아올 때까지 시간이 있는 거 아닌가요?”

“맞아, 하지만 원장님은 내일 오실 거야.”

“그는 걱정하지 마세요. 젠킨스 박사는 여기서 우리를 다시 만나기 전에 해결해야 할 일이 많거든요.”

“무슨 뜻이지?”

“당신이 상상하는 것보다 훨씬 더 큰 일이에요, 스텔라. 이건 운명의 걸작품이에요. 당신은 원장을 믿나요?”

“제이컵, 무슨 말이지?”

“저는 늘 운명 따윈 없다고 생각했어요. 그건 사람들이 고치거나 만들고 망가뜨리는 거라고요. 하지만 온갖 일을 겪고 나서는, 특히 수년간 누군가를 찾아다니면서 배운 게 있어요. 그렇지 않다는 걸요."

"그러니까 여기 온 게 운명이라고 말하고 싶은 건가?"

"당신을 놀라게 해주죠, 스텔라."

"해봐." 그녀는 받아 적을 준비를 하며 말했다.

"제가 집에서 나왔을 때 나이가 열다섯 살이었어요. 막상 집을 나오니 어디로 가야 할지 모르겠더라고요. 저는 부모님과 함께 살던 버지니아주 샬러츠빌 외곽을 한번도 벗어난 적이 없었거든요. 미국 전역에 친척들이 퍼져 있다는 것은 알았지만, 외삼촌 몇 명을 제외하고는 아는 친척이 없었어요. 돈은 부모님이 매주 5달러씩 주셨고 이웃들의 심부름을 한 덕분에 저축한 돈 74달러가 있었어요. 제가 집을 떠나려고 모은 돈이 아니라, 쓸 데가 많지 않아서 쌓인 돈이었어요. 참, 제가 처음으로 번 돈으로 뭘 했는지 기억이 나는군요. 마지못해 돈을 주던 아버지는 이런 말을 했어요. 물론 농담이지만, 이걸로 술은 사 먹지 말라고요. 그렇게 말하는 걸로 보아 술 취할 때가 많다는 사실을 잘 알고 있다는 뜻이겠죠. 어쨌든 그는 죄책감을 느끼긴 했지만 변하지는 않았어요. 저는 처음 번 5달러를 가지고 꽃집에 갔어요. 어머니에게 꽃다발을 사 드리고 싶었거든요. 꽃다발 가격들을 봤는데, 세상이 무너지는 것 같더라고요. 그 돈으로는 고작 데이지 꽃 두 송이와 장미 한 송이만 살 수 있다는 거예요. 달리 방법이 없었어요. 가게 주인이 '그렇게 빈약한 꽃다발을 보니 안타깝구나'라고 하며 장미 한 송이를 더 줬어요. 나는 두 송이의 데이지와 장미꽃을 들고 만족스럽게 가게를 나왔어요. 집에 돌아와 작은 탁자에 놓인 꽃병에 그것들을 꽂았어요. 두 달 후에 아버지가 머리로 깨버렸지만요. 아무튼, 전 어머니께서 일을 끝내고 오기만을 기다렸어요. 거실에 앉아서 문만 쳐다보고 있었어요. 두 가지 색이 섞인 꽃다발과 함께요.

어머니가 집에 도착하셨을 때 꽃다발을 보지 않았던 일과, 엄마를 위해 샀다고 말했을 때 '여기에 돈을 썼니?'라고 말했던 일 중에 뭐가 더 가슴이 아팠는지는 잘 모르겠어요. 저는 그게 내 돈이라고 생각했기 때문에 정말 하고 싶은 일을 한 거예요. 저에게 많은 것을 준 사람에게, 그리고 유일하게 어머니의 고통을 본 아들로서 친절과 사랑을 베풀고 싶었어요.

어머니가 내 선물을 무시했다고 화가 난 건 아니에요. 그날 저녁 어머니가 웃으며 선물이 너무 감동적이어서 보는 순간에는 즐길 수가 없었다는 말을 듣는 순간 서운함은 다 잊었어요. 그냥 제가 어머니를 얼마나 사랑했는지만 이해해줬으면 해요, 스텔라. 그렇게 뒤도 돌아보지 않고 집을 떠나기란 정말 힘든 일이었어요. 어느 날 집으로 돌아갔을 때, 어머니가 없을까 봐 두려웠거든요."

"스텔라, 안 적어요?"

"아, 미안." 그녀는 그의 파란 눈을 쳐다보며 말했다. 그러고는 바로 공책을 보며 펜을 움직였다.

"저는 샬러츠빌 버스정류장으로 가서 솔트레이크로 가는 표를 한 장 샀어요. 가끔 가족 식사 자리를 만들고, 늘 어머니와 저를 세심하게 보살펴주시던 삼촌이 사셨거든요. 그는 아직도 저보다 더 심하게 아버지를 미워하시지만, 저한테 한번도 말씀하신 적은 없어요. 하지만 저는 알아요. 제가 열두세 살 때, 잘 기억은 안 나지만 어머니가 아버지랑 싸우고 삼촌에게 전화하자 몇 시간 안 돼서 오셨던 적이 있어요. 아버지는 늘 술을 먹고 어머니와 다퉜고 그녀를 주방 가구 쪽으로 밀쳤어요. 그러면 어머니는 피를 흘리기 시작했고 저는 엄청나게 놀랐어요. 아버지도 술은 취한 상태지만 꽤 놀라셨어요. 피를 보고는 얼굴이 분노에서 공포로 변했어요. 저와 어머니가 침실에서 울고 있는 동안 아버지는 몇 시간이고 용서를 빌었어요. 결국, 삼촌이 와서 아빠와 맞섰고요. 저는 문틈으로 서로 소리 지르고 밀치는 두 사람을 봤어요. 삼촌은 미친 사람처럼 소리를 질렀어요. 가족 식사 자리에서 늘 보았던 친절하고 차분한 모습과는 딴판이었어요. 뭐라고 했는지는 기억 안 나지만, 그날 밤 이후 솔트레이크에서 삼촌을 처음 본 거예요. 가족 식사 자리에도 오시지 않고, 전화도 하지 않으셨거든요."

"스텔라, 삼촌이 우리 집에서 떠나고 3년이 지난 후에 왜 삼촌을 만나러 가기로 했는지는 설명을 잘 못 하겠어요. 샬러츠빌 근처에 살았던 친척들에게 갈 수도 있었고, 끔찍한 과거에서 벗어날 수 있는 먼 지방에서 새 삶을 찾을 수도 있었는데 말이죠. 왜 내가 새로운 삶을 함께 시작하겠다고 결심한 대상이 삼촌이었는지는 잘 모르겠어요. 잘 생각해보니 삼촌이 어머니가 겪는 고통과 가족의 시련에 나처럼 영향을 받은 유일한 사람이라고 생각했기 때문인 듯해요."

"알코올 중독자를 피해 집을 떠난 내가 와인 가게에서 일하게 되었다는 것은 생각할수록 아이러니에요. 삼촌은 솔트레이크 시내에 작은 와인 가게를 운영했거든요. 가방을 들고 들어오는 저를 본 삼촌은 제가 왜 왔는지 단번에 아셨어요. 저는 세상 누구보다도 술을 싫어했지만, 삼촌 일을 돕기로 했어요. 이미 저에게 맞는 더 좋은 직업을 선택할 만한 상황이 아니란 사실은 알 만큼 충분히 자랐거든요. 게다가 삼촌 말고는 이 세상에 기댈 사람이 없었어요."

"제이컵, 내게 왜 이런 이야기를 하는 거지?"

"왜냐하면, 내가 솔트레이크 생활을 끝낸 이유를 이해하지 못하면, 여기에서 벌어지는 일 그리고 1996년 6월에 벌어진 일들이 어떻게 지금, 이 인터뷰까지 이어지게 되었는지 이해할 수 없을 테니까요."

31

2013년 12월 26일, 보스턴

원장은 술집을 나와 웨이터가 말한 보도에서 그자의 흔적을 찾아보았다. 아무것도 보이지 않았다. 혈흔이라고는 없었다. 그는 결국 포기했다.

'믿을 수가 없어. 하필 그 자식이 체포된 이런 재수 없는 데로 오다니. 다른 술집은 없었나? 빌어먹을, 왜 다른 거리로 안 가고 여기로 온 거지?' 그는 혼잣말을 중얼거렸다.

그는 차를 타고 집까지 운전했다. 완전히 얼이 빠져 있었다. 이 상황은 그의 한계를 넘어선 일이었다. 한 마디로 천상 세계에서 지하 세계로 떨어진 날이었다. 오늘은 그가 이 나라에서 가장 큰 반향을 일으킨 혼란한 사건의 책임자로 임명된 날이자, 무시무시한 방법으로 딸을 잃은 날이었다. 그는 고통을 견딜 수 없어서 일터에서 벗어났고, 방금은 자신에게 무슨 일이 있었는지 짐작도 못 하는 불쌍한 웨이터에게 소리를 지르고 나왔다.

그는 보스턴 도심에 있는 건물의 마지막 층에 있는 방 두 칸짜리 아파트에 도착해 어두운 거실로 가서 바닥에 외투를 벗어놓고 복도 쪽으로 향했다. 어스름 속에서 방 문을 열고 그 앞에서 멈췄다. 말없이 눈도 깜빡하지 않고, 미동도 없이 방 안을 바라보았다. 움직이면, 깊게 숨을 쉬면 끝없이 울고 말 거라는 사실을 알았다. 무엇도 그를 방해할 수 없는 순간, 주머니 속의 휴대전화 진동이 울렸다.

"발신자 표시 제한?" 그는 화면을 보며 중얼거렸다. FBI 요원이나 스텔라 하이든이 조사에 진전이 있었다는 소식을 전해주길 바라며 곧바로 전화를 받았다.

"여보세요?" 그가 대답했다.

수화기 건너편에서는 아무 말도 들리지 않았다.

"누구십니까? 지금 농담할 기분 아닙니다."

깊은 한숨 소리가 들리고 몇 초 후 전화가 끊겼다.

원장은 이상한 표정으로 전화기 화면을 잠시 바라보며 무슨 일인지 알아보려다 포기하고 클라우디아의 방을 바라보았다. 벽에는 그가 모르는 음악 그룹들의 포스터가 걸려 있었다. 그리고 책이 가득 꽂혀 있는 책장과 컴퓨터만 놓인 텅 빈 책상, 그리고 작은 스피커들이 있었다. 컴퓨터 화면에는 "자, 계속 공부하자", "얼마 안 남았다", "파니와 클라우디아의 우정은 영원하리", "고마워요, 아빠" 같은 용기를 북돋는 메모로 가득했다. 원장은 단 1초도 눈물을 참을 수가 없었다. 방에 들어가서 클라우디아가 공부할 때 썼던 메모장들을 넘겨보았다. 2주 전에 삼촌들과 크리스마스를 보내라고 버몬트주의 몬트필리어에 보낸 것을 후회했다. 딸아이와 거의 이야기를 나누지 못한 것도 후회스러웠다. 같은 날 오후에 보스턴에 도착했어야 했기 때문이다. 그는 3시에 예정된 기자회견을 마치고 나서 딸을 데리러 기차역에 갈 참이었다. 하지만 그날은 딸이 탄 기차가 몇 시에 출발했는지 확인 전화를 할 틈도 없었다. 이 사건에 몰두해 그 상자를 열어보기 전까지는 그날 아침 딸이 몬트필리어에서 보스턴으로 출발했다는 것도 잊고 있었다.

그는 눈물을 흘리며 책장을 둘러보았다. 화학 책과 수학 책들, 소설 몇 권이 있고 그사이에 사진첩이 있었다. 과연 딸의 모습을 볼 수 있을까 망설여졌지만, 봐야만 했다. 손에 들었던 그녀의 머리에 대한 기억을 함께 찍었던 사진 속의 웃음과 포옹의 장면으로 바꾸어야 했다.

그는 늘 딸을 행복하게 해주고 싶었고 대학 등록금을 대기 위해 돈도 충분히 저축했다. 그리고 여름만 되면 2주 동안 국내 여러 주를 함께 여행했다. 두 사람은 수년간 함께했던 이 2주간의 여행을 자신들만의 암호로 라 벨라 비타(La bella vita: 아름다운 인생)라고 불렀다. 클라우디아가 볼거리를 했던 주말에 함께 이탈리아 영화를 보고 나서 지은 제목이었다. 그들은 이탈리아 영화배우들이 전한 행복에 매료되었다. 로베르토 베니니의 영화 〈인생은 아름다워〉를 좋아해서 보고 또 봤다. 그해 내내 보고 또 봐서 주인공이 나누던 대화까지 다 외울 정도였다. 베니니가 연기한 남자 주인공이 수용소에서 아들을 보호하면서 보여줬던 열정과 기쁨에 열광했다.

그는 몇 초간 앨범을 쳐다보며 열어볼지 말지를 고민했다. '나는 또 무너지겠지?' 그는 생각했다.

하지만 앨범에 어떤 여행 사진이 있을지 궁금했다. 그들의 마지막 여행지는 뉴욕이었다. 클라우디아가 자유의 여신상을 가까이에서 쳐다보던 얼굴이 떠올랐다. 비록 차 속에서 많은 시간을 보냈지만, 열다섯 살에 처음 간 여행지였다. 딸은 마천루들 사이에 있으니 작게 느껴진다고 말했더랬다. 엠파이어 스테이트 빌딩에서 찍은 사진도 떠올랐다. 또한 센트럴 파크 곳곳을 다니며 클라우디아가 겨자가 뚝뚝 떨어지는 엄청나게 크고 뜨거운 핫도그를 먹는 동안 찍었던 사진도 하나하나 떠올랐다. 그런 순간을 기억하기 위해 앨범을 다시 열 필요는 없었지만, 갑자기 '아름다운 인생: 솔 트레이크'라고 적힌 앨범 제목에 눈길이 갔다.

32

2013년 12월 26일, 뉴욕

스티븐은 긴장이 풀렸다. 아무 걱정 없이 퀘벡으로 차를 몰았다. 생기 없는 눈으로 고속도로 가운데에 그어진 점선을 주시하고 있었다. 사무실에서만 일해서 부드럽고 예민했던 손은 세월이 흐르면서 두껍고 거칠게 변했다. 그는 운전대를 꽉 잡았다. 벌써 오래전에 로펌을 그만두었다. 증오와 절망으로 가득한 삶을 위해서 성공과 돈이 있는 삶을 포기했다. 스티븐은 이 일을 절대 실패할 수 없었고, 이제 거의 다 끝났음을 예감했다. 모든 일의 원인이 된 순간이 다가오고 있었다. 스티븐은 눈을 감고 오로지 자신이 행동해야 하는 이유에만 몰두했다.

그는 피해자가 얼마나 많은지 알 수 없었다. 경찰 집계에 따르면 해마다 실종되는 여성은 셀 수 없이 많다. 하지만 그런 희생자들 사이에는 어떤 연관성도 찾을 수 없었다. 희생자의 연령대는 꽤 넓었고, 생김새 또한 다양했으며 거주지들도 제각각이었다. 경찰은 실종자가 생길 때마다 그저 사건이 하나 더 늘었다고 여기고, 납치 피해자 또는 가출자로 처리했다. 이 여자들을 하나로 묶을 어떤 근거도 흔적도 증거도 없었다. 스티븐은 보통 납치할 여성들이 혼자 집에 있을 때 갑자기 들이닥쳤다. 거리를 걸어갈 때나 직장에 있을 때 들이닥칠 때도 있었다.

스티븐은 첫 번째 희생자 빼고는 특별히 기억나는 여성이 없었다. 이름은 빅토리아 스틸먼이었다. 그는 빅토리아가 어땠는지 전부 기억했다. 고통스러워하는 얼굴, 몸무게, 외투의 촉감까지 약 10년 전에 있었던 일인데도 고스란히 기억이 났다. 납치하던 순간의 긴장감도 여전히 기억하고 있었다. 처음에는 도저히 할 수 없을 것 같았지만, 이듬해부터는 다 포기하고 받아들였다. 차 안에서 무려 다섯 시간 동안이나 오래된 카페에서 일하는 그녀를 지켜보고 있었더랬다. 다섯 시간 내내 울다가 마침내 용기를 내서 그녀에게 다가갔다. 울면서 카페에 들어갔다. 이제 물러서기엔 이미 너무 늦었다고 판단했다.

이후 시간은 최악의 악몽이었다. 뭘 해야 하는지, 어떻게 대처해야 하는지도 몰랐다. 그녀를 버몬트에 익명으로 임대한 오두막으로 데려가서 풀어주려고 했다. 자신을 살인자라고 생각하지 않았지만, 그렇다고 하더라도 아만다를 포기할 수는 없었다. 버몬트에 도착했을 때 빅토리아는 여전히 마취 상태로 잠들어 있었다. 그는 숲에 만들어진 작은 집에 그녀를 가두고 깨어날 낌새가 있는지 주의 깊게 관찰했다. 쓰러진 나뭇더미들 위에 앉아서 세 시간 동안 계속 울었다. 자신이 이런 짓을 했다는 게 도저히 믿기지 않았다. 여러 번 경찰에 연락하려고 전화기를 들었다. "오 하느님, 제가 이… 이런 일을 저질렀습니다." 혼자 중얼거렸다. 하지만 너무 늦었다. 다시 예전의 삶으로 돌아갈 수는 없었다. 만일 그녀를 놓아준다면, 경찰에 신고할 테고, 납치범으로 고소를 당해서 12년을 감옥에서 썩게 될 게 뻔했다(만일 판사가 정상 참작을 한다면 9년). 그는 자신이 받게 될 형량을 잘 알고 있었다. 로펌 고객 중 한 명에게 그런 일이 있었기 때문이다. 스티븐은 수년 전 솔트레이크에서 그 일이 벌어진 후에 자신의 삶이 산산조각이 났다는 걸 잘 알고 있었다.

당시 상상할 수 있는 시나리오는 오로지 하나밖에 없었다. 예전과 같은 행복을 되찾기 위해 자신의 영혼을 팔고 더러운 일에 뛰어드는 거였다. 스티븐은 쓰러진 나뭇더미에서 일어나서 트럭에 올라 가장 가까운 마을로 차를 몰았다. 도착하자마자 공중전화 부스를 찾아 오래된 노란색 쪽지에 쓰인 번호로 전화를 걸었다. 아무 대답이 없었다. 상대방은 뭘 해야 한다고 말해주지 않았다. 그는 점점 초조해졌고 절망스러웠다. 결국 빅토리아가 있는 오두막으로 돌아와 샌드위치와 물병이 든 주머니를 던져주었다. 그녀는 놓아달라고 애원하며 최선을 다해 설득했다. "아무 말도 안 할게요. 맹세코 제 삶을 걸고 아무 말도 안 할게요." 그녀가 말했다. 스티븐은 아무 대답도 하지 않다가, 둘째 날 "닥쳐"라고 대답했다. 셋째 날 마을로 돌아가서 다시 전화를 걸었다. 신호음이 여러 번 울리고 나서 성별을 알 수 없는 희미한 목소리가 전화를 받았다.

"내일 밤 10시, 한나 클라크 브룩 로드, 마운틴 로드 1869번지에서 북쪽으로 향하는 비포장도로, 242번 길. 비포장도로 끝에 산장이 있다."

그자는 스티븐이 질문을 하긴커녕 소리도 지르지 못하게 곧바로 전화를 끊었다. 그는 빅토리아와 오라고 요구했던 장소에 갈 수 있을지가 의문이었다.

스티븐은 다시 오두막으로 돌아가 작은 공간 근처에 차를 세웠다. 그리고 오두막으로 들어가서 샌드위치를 만들고, 물병에 수면제 두 알을 넣고 흔들었다. 이어 좁은 공간까지 걸어가서 이틀째 구덩이에 덮여 있던 금속판을 들어 올린 후 늘 그렇듯 빅토리아에게 음식 주머니를 던져주었다. 그녀는 잠들기 몇 분 전까지도 간청하며 외쳤다. 그는 사다리를 놓고 구덩이로 내려가서 그녀를 꺼낸 후 트럭 뒤쪽에 싣고 전화에서 말한 방향으로 차를 몰았다. 약 네 시간 후에 마운틴 로드 1869번지에 도착했고, 거기서 몇 미터 더 가니 북쪽 분기점이 끝나는 곳에 있는 산장이 눈에 들어왔다.

전화 속 목소리가 말한 대로 정말 길 끝에 산장이 있었다. 그는 약 100미터 떨어진 지점에 차를 세우고, 자신에게 화를 내며 핸들을 쾅 쳤다. 그리고 죽음인가 삶인가, 희생자를 내놓을 것인가, 달아날 것인가를 두고 한참 고민했다. 그는 더이상 자신이 어쩔 수 없는 일임을 깨달았다. 그녀가 일하던 카페에 발을 들여놓는 순간 이미 돌아올 수 없는 강을 건넜다. 문턱을 넘은 순간, 그의 영혼은 완전히 바뀐 것이다.

33

1996년 6월 14일, 솔트레이크

집에 거의 다 왔는데도 아만다의 손은 계속 떨렸다. 조수석에서 계속 아버지를 쳐다보았다. 그들은 아까 일어난 교통사고를 생각하느라 내내 아무 말도 하지 않았다. 속도를 더 냈더라면 정말 끔찍한 일이 벌어졌을지도 모른다. 둘 다 무슨 말을 꺼내야 할지 생각이 나지 않았다. 가능한 한 침묵을 유지했고, 간간이 스티븐의 거친 숨소리가 침묵을 깨뜨렸다. 그는 어느 때보다 조심해서 차를 몰았다. 집에 돌아온 그들은 하얗게 칠한 목조 건물 외관을 보며 좀 더 차분하게 숨을 쉬었다. 아버지와 딸은 그곳이 일종의 요새라는 생각이 들었다. 어떤 나쁜 일도 일어나지 않는 요새. 스티븐은 길에 차를 세우고 조용히 아만다와 내렸다.

"엄마에게는 무슨 일이 있었는지 말하지 말자, 알았지?" 현관으로 가면서 스티븐이 아만다에게 말했다.

"왜요?"

"엄마가 걱정하잖니."

"하지만, 아무 일도 없었잖아요. 그분에게도요. 오히려 우리가 그와 함께 있었고, 결국에는 모두 다 웃으며 헤어졌음을 알면 기뻐하실 것 같은데

요."

"그래, 하지만 엄마가 알면 그 사람을 찾아서 정식으로 사과를 하려 들 거야. 부부를 식사에 초대할 거고, 문제가 생기면 바로 도와주려고 할 테고."

스티븐은 케이트가 어떻게 행동할지 안 봐도 눈에 훤했고 사실과 크게 다르지 않았다. 그녀는 도덕적이고 정직한 태도를 유지하고 올바른 가족의 이상과 단단한 도덕적 가치에 충실하려고 노력하는 사람이었다. 몇 년 전 부촌으로 이사하면서 그녀가 만든 자기 이미지였다. 스티븐은 그런 모습을 이해했지만, 아내가 원래 모습을 언제 버렸는지는 알 수 없었다. 결혼 전 그녀는 어디에도 얽매이지 않는 스타일이었다.

그들은 현관 계단을 오르기 전에 멈춰 서서 이야기를 계속했다.

"아무 말도 안 하겠다고 약속해."

아만다는 낙담한 아버지를 쳐다보고 어깨를 올리고는 대답했다.

"아무 말도 안 할게요. 약속해요…. 싸게 해드릴게요."

"지금, 아빠 협박하는 거니?"

아만다는 웃으며 오른손 새끼손가락을 올렸다.

"아무 말도 안 할게요, 약속해요, 아빠. 걱정하지 마세요." 그녀가 웃으며 말했다.

"그래야지."

아만다는 아버지의 팔짱을 끼고 함께 집 쪽으로 걸어갔다.

"너는 이런 쪽으로 머리가 빨리 돌아가는 편은 아닌데, 협박하는 기술은 어디서 배웠니?" 스티븐이 문을 열며 물었다.

"혼자 배웠죠. 아빠한테는 별로 안 통하지만요." 그녀가 말하며 웃었다.

"그럼 몇 가지 요령을 가르쳐주지." 그가 눈을 찡끗거리며 말했다.

그들이 집에 들어서자 거실 바닥에서 그들을 향해 다가오는 아주 미세한 진동이 느껴졌다.

"언니, 여기 있었네!" 카를라가 소리쳤다.

"어, 방금 왔어, 꼬맹아."

"많이 늦었잖아. 도대체 며칠이 걸린 거야?" 카를라가 이상한 표정을 하고 손가락을 구부려 세며 물었다.

"며칠? 이제 겨우 두 시간밖에 안 지났는데."

"아, 그러니까 그게 몇 분이야?"

"120분이지." 아만다는 재미있다는 듯이 대답했다.

"야! 엄청 오래네! 자, 얼마나 오래 걸렸는지 확인했지?"

아만다는 동생의 말도 안 되는 소리에 웃을 수밖에 없었다.

"기다리는 동안 뭘 해야 할지 모르겠더라고. 그래서 집에 있는 시계들을 만지고 있었지. 혹시나 더 빨리 올까 싶어서." 카를라가 말했다.

스티븐은 딸들의 대화에 웃지 않을 수가 없었다.

"어, 아빠는 웃으시네요. 엄마는 별로 좋아하지 않으시던데."

"카를라 그 방법 효과 있는데, 안 그래?" 스티븐이 말했다.

"효과가 있다고요?" 카를라가 입을 크게 벌리고 활짝 웃었다.

"네가 바란 것처럼 정말 우리가 이렇게 왔잖아, 안 그래?"

"맞아, 효과가 있었네!" 그가 웃는 동안 아만다가 대답했다.

"그런데, 엄마는 어디 계시니?" 스티븐은 카를라의 머리를 쓰다듬으며 물었다.

"위에, 아만다 언니 방에요. 두 분이 오는지 위에서 보고 있겠다고 했어요."

"뭐라고?!" 아만다는 놀란 얼굴로 말했다. 재빨리 계단을 올라 방으로 갔더니 정말 케이트가 있었다. 피곤한 얼굴로 가쁜 숨을 몰아쉬며 책상에 앉아 있었다. 손에 핀과 실을 들고 낑낑거리며 책상 위에 흩어져 있는 수십 개의 작은 구슬을 연결해 다시 팔찌를 만들고 있었다. 머리까지 묶고 흰 셔츠의 소매까지 걷어 올린 차림이었다. 눈에는 긴장과 걱정이 가득했다. 아만다가 보기에 엄마는 완전히 딴 사람 같았다. 이웃들이 찾아왔을 때 아만다의 행동을 창피해하던 엄마가 지금은 눈이 피로한데도 참아가며 딸의 팔찌를 맞추고 있었다. 아만다가 감동한 것은 단순히 집중해서 팔찌를 만드는 엄마의 모습이 아니라, 딸에게 소중한 물건을 원래 상태로 돌려놓으려고 애쓰는 모습이었다.

"엄마, 다시 만들지 않으셔도 돼요." 아만다가 엄마에게 다가가며 말했다.

"내가 해주겠다고 했잖아, 봤지?"

"하지만, 안 하셔도 돼요."

"이거 가장 친한 친구한테 선물로 받은 거잖아, 그치?"

"맞아요, 다이앤이 준 거지만, 괜찮아요. 그렇게 중요하진 않아요. 그냥 팔찌인걸요." 그녀는 웃으며 엄마의 어깨를 안아주었다.

"그런데, 이 바뀐 태도는 뭐지?"

"정말 중요한 일이 뭔지 깨닫고 있는 것 같아요."

"너에게 중요한 일이 뭔데?"

"모두 아주 잘 지내고, 물론 모두 함께 있는 거죠."

"너 무슨 일 있었니? 있었다면 뭔지 알고 싶은데." 케이트가 진지하게 말했다.

"무슨 일이 있겠어요?" 아만다는 다른 이야깃거리를 찾아 눈을 굴리며 말했다. "아니, 딸이 엄마를 안아주는 게 이상한 거예요?"

케이트도 의자에서 일어나 아만다를 꽉 안아주었다. 딸의 이런 급격한 태도 변화가 자연스럽지 않다는 생각이 들긴 했지만, 크게 신경 쓰지 않기로 했다. 그날 아침, 케이트는 아만다와 대화를 나눈 이후, 집으로 돌아가면 그녀만을 위한 공간을 주기로 마음먹었다. 그리고 여기서 잘 지내야 한다고 더는 닦달하지 않기로 마음먹었다.

"그거 좀 도와드려요?"

"그래, 좋지." 케이트가 안심하며 말했다. "너희가 나간 이후로 계속 맞추고 있었는데, 잘 안 되네."

"카를라!" 아만다가 소리를 질렀다. "와서 좀 도와줄래?"

콩콩 울리는 작은 발소리가 점점 문 쪽으로 다가와 방으로 들어왔나 싶더니 갑자기 멈췄다. 아만다와 케이트는 이상하다는 듯 서로 쳐다보며 웃었다.

"거기 누구 있어요?" 아만다가 물었다.

카를라는 문 쪽에 나타나서 마치 아무도 없는 양하며 살금살금 걸어 들어왔다. 엄마와 언니가 자신이 들어오는 걸 눈치챘는지 확인하기 위해 침대 쪽을 슬쩍 쳐다보았다. 그렇게 침대 모서리까지 다가와서 침대 위로 펄쩍 뛰어올라 앉았다.

"아, 여기들 있었군." 카를라가 놀라는 척하며 말했다.

책상 쪽에 있던 케이트와 아만다는 서로 쳐다보며 웃었다. 둘은 카를라가 그렇게 우쭐거릴 때면 아주 즐거워하며 좋아했다.

"오, 카를라, 네가 여기에 있다니 정말 신기하다. 어떻게 이런 우연이…." 아만다가 즐거워하며 말했다. "지금 너무 어려운 임무를 수행하는 중이라서 네 도움이 정말 필요했거든."

"무슨 임무인데?" 카를라는 꿈에 부푼 얼굴로 물었다. "그런데 말이야… 지금 내가 그 일을 할 시간이 있을지 잘 모르겠네." 그녀가 말을 바꾸었다.

"아, 시간이 없다니 정말 안타깝네. 이건 정말 중요한 임무인데." 케이트가 거들었다.

"무슨 임무인데요? 그럼 시간을 내보죠, 뭐."

"자 이것 좀 봐. 여기 팔찌가 있는데, 고치려면 아주 작은 손이 필요해. 그런데 여기서 너만큼 손이 작은 사람을 알지 못해서 말이야." 아만다가 말을 이었다. "하지만, 네가 시간이 없다면 너보다 더 손이 작은 사람을 찾아보지 뭐."

"내가 할래!" 카를라는 침대에서 재빨리 뛰어 내려와 책상 쪽으로 와서는 구슬들을 집으며 소리쳤다.

아만다와 엄마는 다시 큰 소리로 웃기 시작했다.

"좋아, 웃었다. 근데 도대체 나 없이 어떻게 이걸 하려고 했는지 모르겠네. 안 그래?

"그래, 꼬맹이 니가 최고야." 아만다는 동생을 안아주며 말했다.

34

2013년 12월 26일, 보스턴

스텔라는 그날 밤 인터뷰 시간이 얼마 남지 않아 제이컵이 말하는 것을 방해하지 않았다. 그와 이야기를 나눌 기회가 없을지도 모른다는 생각이 들었다. 아침이 되면 더 이상 말을 하지 않을 수도 있기 때문이다. 그녀는 제이컵에게 무슨 일이 일어났고, 특히 왜 그런 일이 벌어졌는지 이해할 때까지 계속 거기 있기로 했다.

그의 유년 시절 이야기는 너무 충격적이었지만, 그래도 계속 듣고 싶었다. 여하튼 제이컵은 놀랄 만한 이야기꾼이었다. 지난 일을 아주 자세히 설명하는 재주가 있었기에, 스텔라는 그를 보며 이런저런 생각이 들 수밖에 없었다. 아주 지능적인 정신병자인가? 상대를 교란하는 데 아주 능한? 아니면 똑똑한 악질인가? 분명 제이컵의 한 마디 한 마디는 아주 정확했고 마치 책을 읽는 것처럼 확신에 가득 차 있었다. 오히려 책을 손에 쥐고 적극적으로 한 페이지씩 넘기고 있는 쪽은 그녀였다. 무엇보다 혼란스러운 것은 계속 책을 읽고 싶다는 게 아니라, 제이컵의 이야기가 들을 만한 가치가 있음을 깨달은 것이었다. 들려주는 이야기가 진짜인지 아닌지는 정확히 알 수 없었지만, 계속 그의 목소리를 듣고 싶었다.

"제이컵, 왜 수십 년 전 솔트레이크에서 있었던 일이 이렇게 중요한 거지?"

"왜냐하면, 거기에서 모든 일이 시작되었거든요. 내가 도착했던 여름, 사건들이 시작되었고, 십수 년이 지난 지금 나와 당신이 여기서 함께하고 있는 겁니다. 하지만 아직은 거기까지 안 갔어요, 스텔라."

"계속해봐."

"저는 솔트레이크에 1996년 5월 말에 갔어요. 17년 전이죠. 저는 삼촌과 함께하는 생활이 어떨지 전혀 몰랐지만, 샬러츠빌에서 살 때와는 완전히 다르게 살고 싶다는 것만은 확실했어요. 저는 즐기고 싶고, 웃고 싶었어요. 하지만 무엇보다도 살고 싶었어요. 유년 시절의 모든 기억을 잊고서 말이죠. 삼촌은 아주 유쾌한 분이셨지만, 여자들과는 잘 지내지 못하셨어요. 이유 중 하나는 삼촌의 엄청난 회색 콧수염 때문일 거예요. 여자들은 절대 그걸 좋아할 리 없거든요. 성적 매력이 부족한 게 오로지 콧수염 때문이라고는 생각하지 않지만, 그래도 70~80퍼센트는 영향을 주었을 거라고 생각해요. 나머지 20~30프로는 셔츠를 입었을 때 엄청나게 튀어나온 배 때문일 거고요. 웃기게도 삼촌은 그런 배를 엄청나게 자랑스러워했어요. 삼십대부터 오십대가 될 때까지 그토록 거대한 배를 정확히 유지하고 있다며 웃었어요. 제가 솔트레이크에 도착하던 밤에 삼촌과 나누었던 말들을 정확히 기억은 못 하지만, 핵심은 이런 내용이었어요."

"제이컵, 유일하게 너희 엄마를 사랑한 우리가 그녀와 이렇게 수십 킬로미터 떨어져 산다니 정말 야릇하구나."

"벌어진 일을 제대로 보려면 약간의 거리가 필요한 것 같아요." 나는 삼촌에게 말했다.

"수년이 지나면 제대로 보이게 될 거야. 와인을 만들 때도 그런 일이 벌어지거든."

"그게 무슨 말이에요?"

"문제를 이해하고 싶거나, 아니면 적어도 그게 왜 중요한지, 그리하여 무슨 일이 벌어질지 알려면, 수십 년이 흘러야 할 거야. 시간이 지나면 분명 이해하게 될 거야. 너희 엄마가 거기에 있기로 결정한 것이나, 그 악마가 씐 사람한테서 엄마를 구해야 한다고 결심했던 것이나, 둘 다 쉽지 않은 결정이었다는 사실을."

"삼촌이 해준 말은 내가 붙잡을 튼튼한 밧줄처럼 느껴졌어요. 당시 저는 순진해서 그런 생각을 꼭 붙들고 있었어요. 아무튼, 저는 나름대로 최선을 다했고, 어머니는 그 사람에게 포로로 잡혀 있었어요. 제가 어머니를 거기에서 꺼내려고 했다면, 나중에는 그녀를 그리고 나를 더 비난하게 될 거라는 생각을 했어요. 어쨌든 저는 부모님 사이에서 벌어지는 일을 보며 죄책감을 느꼈어요. 거실에 있던 두 사람의 젊고 행복한 모습이 담긴 사진들은 현재 모습과는 정반대였거든요. 저는 아버지가 당신의 개인적 불행을 제 탓으로 돌렸다고 생각했어요. 나랑 있을 때는 자신이 노예 같고, 어머니와 있을 때는 청년처럼 느낀다고 했거든요. 솔트레이크에 도착한 후 어머니와 통화하고 나서 내린 저의 결론이 그랬어요. "네 아버지가 변했어"라는 어머니의 말에 저는 "사람은 절대 안 변한다고 생각해요. 그렇게 오랫동안 망나니같이 살았는데 어떻게 변해요"라고 말했어요. 그러자 어머니는 "아버지는 네가 태어나고 난 후부터 그렇게 된 거야"라고 대답했어요. 저는 아무 대답도 할 수가 없었어요. 제가 뭐라고 대답할 수 있었겠어요? 그런 상황이 내 탓이라는 어머니 말을 인정해야 했을까요. 저는 아무 일도 하지 않았는데. 그저 존재했고, 어머니를 사랑했을 뿐인데. 저는 아무 말도 하지 않았고, 엄마는 내 침묵의 의미를 이해했어요. 이렇게 몇 마디를 주고받고 전화를 끊으면서 다시 어머니와 이야기하려면 시간이 꽤 걸리겠다는 생각이 들었어요. 어머니가 한 말이 너무 큰 상처가 되어서 별로 중요하지 않은 척하고 싶었던 것 같아요. 하지만 사실 어머니의 말은 저의 외로운 영혼을 부수는 일격이자 슬픔의 타격이었어요. 저는 수년 동안 몰랐던 진짜 현실과 마주하기 시작했어요. 그동안 집에서 너무 오래 머물렀던 거죠. 좀 더 일찍 집을 나왔어야 했는데 말이죠."

"어머니와 통화를 하고 든 생각이었어요. 몇 주 후에 삼촌 가게에 있는 지하 창고에 상자를 옮기는 일을 돕는데 누군가 가게에 들어오는 소리가 들렸어요. 그때 삼촌이 스페인 산 와인 상자들을 다시 배치하는 중이라서 저에게 위로 올라가서 손님을 맞으라고 하셨거든요. 제가 카운터 위로 고개를 내밀었을 때 그들이 온 이유를 바로 알게 되었어요. 경찰 두 명이 진(옥수수, 보리 및 호밀을 원료로 하고, 노간주나무의 열매로 향미를 돋운 양주 – 옮긴이)이 놓여 있는 진열장을 둘러보며 가게 안을 돌아다니고 있었어요. 그들은 심각한 얼굴을 하고 있었고, 곧장 제가 거기에 있다는 걸 알아챘어요. 둘 다 아주 거구였는데 한 명은 금발이었고 한 명은 갈색 머리였어요. 금발은 아주 키가 컸고, 갈색 머리는 아주 작았어요. 금발은 깔끔하게 차려입었는데(잘 다린 깨끗한 제복에 명찰을 달고 머리도 잘 빗었어요), 갈색 머리는 아주 엉망이었어요(셔츠 위쪽 단추는 풀어졌고, 더러운 신발에, 수염도 한 사흘 안 깎았나 봐요).

"안녕." 갈색 머리가 말을 걸었어요.

"어서 오세요." 제가 대답했어요.

"네가 제이컵이니?" 금발이 말을 가로챘어요.

"네." 제가 대답했어요.

스텔라, 이미 말했지만, 저는 앞으로 무슨 말이 오갈지 예감했어요. 예감이 틀렸음을 확인하고 싶었지만요.

"안 좋은 소식이 있단다." 갈색 머리가 수염을 긁적이며 말했어요. 금발은 대화에서 빠지기로 한 것처럼 눈도 깜빡거리지 않고 저를 차갑게 쳐다보았어요.

"무슨 일이시죠?" 제가 물었어요.

"어머니가 돌아가셨단다." 그가 인정머리 없이 소식을 전했어요.

"순간 저에게 가장 중요한 것을 잃어버렸다는 생각이 들었어요. 기억으로는 3~4분 정도 대화를 더 나누었던 것 같아요. 하지만 계속 머릿속에 울려 퍼지는 말 속에서 어떻게 벗어나야 할지 방법이 떠오르지 않았어요. 그들은 어머니가 이틀 전에 아버지 손에 죽었고, 그는 평생 감옥살이를 할 거라고 했어요. 이제 더 이상 저한테 중요한 일은 없었어요. 곁가지에 불과한 대화를 나누면서 저는 옆에 서 있는 금발 머리 경찰처럼 멍한 눈으로 그를 관찰했어요. 마치 갈색 머리 경찰이 혼자 여기 왔고 금발 머리가 또 다른 나 같다는 생각이 들었어요. 저만 보고 있고 모든 상황에서 제가 느끼는 것을 고스란히 반영하고 있다고요. 당시 상황 밖의 모습, 상황 안의 모습.

며칠 동안 저는 불확실하고 어리벙벙한 상태로 있었어요. 집에서 있었던 일을 떠올리며 제가 거기 있었다면 어머니를 도와줄 수 있었을 거라는 생각을 했어요. 제 감정은 롤러코스터처럼 왔다 갔다 했어요. 어떨 때는 어머니의 죽음에 책임이 있는 것 같다가, 또 어떨 때는 모든 것이 끝나서

홀가분하다는 생각도 들고, 그러다가 또 집에서 나온 나를 증오하기도 했어요.

삼촌의 상태는 저보다 더 안 좋았어요. 수년 전 그날 밤 이후에 자기 누나를 도와주지 못했다며 매일 자책했거든요. 대놓고 그렇게 말하지는 않았지만, 분명 느껴졌어요. 특히 저를 대하는 태도를 보면 알 수 있었어요. 그때 마침 삼촌이 한 여자를 만나게 되었고, 제가 가게를 맡을 수 있는 상황이라서, 남프랑스에 있는 포도 농장을 방문하기로 했어요. 누나의 죽음을 잊고 싶었던 것 같아요.

삼촌이 여자 친구와 프랑스로 떠나고 며칠 후 모든 것이 바뀌었어요. 저는 그렇게 정신을 잃었던 적이 없어요. 그것도 삼촌 가게에서 말이죠. 제 운명을 바꿔놓은 일이 벌어졌거든요. 내 인생을 지탱했던 유일한 여인이 죽었다는 소식을 들었던 바로 그곳은 내 인생에서 한 여자, 아만다와의 만남을 목격한 증인이 되었어요."

35

2013년 12월 26일, 보스턴

뭔가 의심스러운 제목을 읽는 순간 혈관 속의 피가 빠르게 돌았다. 심장이 쿵쾅거리고 솔트레이크에서 보냈던 어느 해의 수백 가지 기억이 하나하나 몰려왔다. 클라우디아가 왜 이 앨범을 가지고 있었는지 도무지 이해가 안 갔다. 솔트레이크는 딸아이가 태어나고 약 2년 정도만 있었던 곳이기 때문이다.

솔트레이크에서 보낸 시간은 진정 최악이었다. 그는 학위를 받은 후 스무 살이 넘어서 대도시로 갔고, 심리학이라는 세계에서 뭔가 큰일을 할 만한 재능이 있다고 느꼈다. 그리고 문을 연 지 몇 달 안 되는 센터에 채용이 되었다. 지금 원장이 되어 돌아보니 그곳에서 보낸 시간은 심리학자로 성공하기 위해서는 반드시 거쳐야 했던 과정이었다. 그렇게 지방으로 이사하고 몇 달 후 라우라를 알게 되었다. 한 살 어린 라우라의 머리칼은 밝은 갈색이었는데, 원장은 그녀의 초록색 눈에 반했다. 놀랍게도 얼마 되지 않아서 그녀는 젠킨스의 아내가 되었다. 그들의 관계에는 열정과 에너지가 가득했다. 두 사람이 보낸 시간은 소용돌이가 되어 그를 혼란에 빠뜨렸고 그는 도무지 헤어 나올 수가 없었다.

그들은 우연히 길모퉁이에서 부딪히면서 처음 만났다. 그가 들고 있던 빵이 허공을 비행했고, 그녀가 들고 있던 책은 바닥에 떨어졌다. 순간 둘 다 웅크리고 앉았는데, 원장은 그녀가 가지고 있던 책 중에 하나, 지그문트 프로이트의 『꿈의 해석』을 보고 놀랐다. 우연의 일치였지만 자신이 가장 좋아하는 책 중 하나였기 때문이다. 그는 정신분석학의 아버지인 프로이트가 쓴 책을 보고 말문이 막혔다. 잔뜩 긴장했고 말까지 더듬었지만, 데이트 신청을 했다. 그날 밤 두 사람은 솔트레이크의 중심가 햄버거 집에서 저녁을 먹으면서 이야기를 끝없이 나누었다. 그는 넋을 잃고 라우라의 초록빛 눈을 쳐다보면서 쉴 새 없이 쏟아지는 이야기를 들었다. 환상과 욕망, 굶주림과 정욕이 뒤섞인 순간이었다. 라우라는 활력이 넘치는 사람이었고, 자기 생각을 격렬하게 표현하면서 감정의 회오리를 일으켰다. 그는 심리학에 관심이 있었던 그녀에게 반했다. 둘은 프로이트와 스키너, 칼 로저스, 그리고 꿈과 환상, 인간의 잠재력과 트라우마를 이겨나가는 능력에 대해서 이야기를 나누었다. 또, 최면과 기억 상실, 학습 및 인간 조건화에 관해서도 이야기했다. 라우라는 기억력과 기억의 왜곡 능력에 대한 이론을 말하면서 크게 웃었다. 그들은 고통스러운 기억을 지우는 생각의 메커니즘과, 마치 실제 일어난 일처럼 새로운 기억을 만들어내는 이야기에 매료되었다. 대화는 그들의 환상, 꿈, 욕망을 바꾸어놓았다. 그들은 그날 밤부터 시작해 3주 내내 사랑을 나누었다. 갈수록 함께 보내는 시간도 늘어났다. 그는 여자를 만나기 위해 일하고 있던 센터에서 몰래 나와서 라우라가 살고 있던 낡은 집까지 뛰어갔고 침실과 거실, 부엌 가릴 것 없이 어디서든 사랑을 나누었다.

7개월도 안 되는 짧은 기간 사귀었는데, 해 질 녘 마을 호수를 건너는 작은 배 위에서 청혼하며 이제까지 살면서 가장 좋은 일이라고 속삭였다. 평소 여러 방면에서 에너지와 열정이 넘쳤던 라우라는 가냘픈 팔로 그의 목을 끌어안으며 청혼을 받아들였다. 결국, 라우라가 뛰는 바람에 배가 흔들렸고, 호수 바닥에 반지가 떨어지면서 그 장면은 끝이 났지만.

결혼식은 운명적인 만남만큼이나 빛의 속도로 치렀다. 물 위에서 청혼한 지 한 달 만에 그들은 솔트레이크 성당에서 결혼식을 올렸다. 그의 부모님(그런 즉흥적이고 미친 짓을 비난한)과 두 명의 사촌(라우라를 아주 많이 좋아한), 소식을 듣고 온 솔트레이크의 이웃들이 참석했다. 라우라 쪽에서는 아무도 오지 않았지만, 그는 놀라지 않았다. 이미 그녀가 가족과 소원해서 아무도 초대하지 않을 거라고 했기 때문에 신경 쓰지 않았다. 처음에는 부모님과 연락해서 관계를 회복해보라고 설득했지만, 라우라는 거절했다. 결국, 그는 라우라와 그녀의 에너지, 사로잡힌 열정과 결혼했지, 가족과 결혼하진 않은 것이다. 이후 그가 알 수 없는 이유로 두 사람은 멀어졌다. 결혼한 지 몇 달 안 돼서 그녀는 임신했다. 심리학에 대한 집착을 포기하고 앞으로 태어날 자식에게 헌신했다. 어찌 보면 환상에 젖어 있는 듯했지만, 몇 달 전과 같은 엄청난 열정은 아니었다. 그는 계속 솔트레이크의 정신과 센터에서 일했다. 환자들과 잘 공감하는 능력 덕분에 두각을 드러냈고, 갈수록 연계된 다른 센터들도 그에게 관심을 보였다. 그는 주기적으로 다양한 개인 센터에서 전화를 받았다. 그들은 다른 도시의 좋은 근무환경을 제안하며 유혹했지만, 그는 아직 준비가 덜 됐다고 느꼈고, 아내 곁에서 아이의 탄생을 기다리는 편이 낫다고 생각했다.

그는 임신 초기부터 라우라에게 이전의 기쁨이 사라졌다는 사실을 깨달았다. 그래서 선물 공세를 하거나 살림을 시작한 라우라의 낡은 집 내부를 꾸며서 분위기를 띄우려고 노력했지만, 기대한 결과는 얻지 못했다. 임신 4개월이 되자, 상황은 더 나빠졌다. 물론 하룻밤 사이에 벌어진 일은 아니었지만, 산부인과 의사와 상담한 후 그녀는 헤어 나올 수 없는 뫼비우스 띠 안에 있는 사람처럼 행동했다. 클라우디아의 앨범을 보는 동안 그의 머릿속에는 당시 나누었던 대화가 계속 맴돌았다.

"성별을 알고 싶으세요?" 산부인과 의사가 물었다.

"아니요." 라우라가 대답했다.

"왜 아니야?" 그가 끼어들었다.

"싫으니까." 라우라는 울음을 터뜨리며 대답했다.

"난 알고 싶은데."

"분명히 결정하시고 말씀해주세요." 산부인과 의사는 자리에서 일어나 방문을 닫고 나가면서 말했다.

"제시, 내 몸속에 뭐가 들어 있는지 알고 싶지 않아. 보고 싶지 않다고. 괴로워지고 싶지 않아." 그녀가 말했다.

라우라는 그를 보며 눈물을 흘렸다. 그녀는 이렇게 남편의 영세 명을 부른 적이 없었다. 심각한 상황일 때만 빼고, 그가 처음 듣는 수많은 사랑스러운 애칭으로 불렀더랬다.

"라우라, 우리 미래의 아이야. 우리의 첫 번째 아이라고. 놀라고 싶지 않아. 아이가 태어났을 때 필요한 것은 모두 준비해두고 싶어. 무슨 색 물건을 사야 할지 걱정하지 않고, 오로지 아이와 함께하는 일만 신경 쓰고 싶다고."

당시 그는 일에 꽤 열중했고, 몸에서 아이가 빠져나올 때 여자들이 비명을 지르는 모습을 못 봐서 그랬을 수도 있다. 그녀는 둘의 아이를 낳지 못할 것만 같았다. 왠지 두려웠고, 걱정과 불안이 섞인 눈으로 자신의 배를 바라보았지만, 그는 그런 행동들을 눈치채지 못했다.

의사가 다시 진료실로 들어오며 물었다.

"자, 결정하셨나요?"

"네, 알려주세요." 그는 라우라가 아무 말도 못 하게 하려고 먼저 대답했다.

"확실하죠?" 의사가 다시 물었다.

"네, 물론입니다." 그는 라우라가 울면서 아주 작게 "아니요"라고 한 말을 덮으려고 목소리를 높였다.

"좋습니다. 두 분은 아주 예쁘고 건강한 따님을 기다리고 계시는군요."

그는 당시 상황을 슬프게 회상했다. 계속 앨범 제목을 바라보며, 클라우디아가 솔트레이크에서 고작 2년 정도 보내서 아는 게 거의 없었을 텐데, 이런 제목을 단 앨범을 가지고 있었다는 게 뭔가 이상했다. 어쩌면 우연이었을지도 모른다. 분명 클라우디아는 아버지의 과거를 조사해서 그 마을에서 심리학자로 일을 시작했다는 사실을 알았을 것이다. 그렇다 해도 왜 이런 앨범을 갖고 있었던 걸까? 당시 사진은 거의 없었고, 클라우디아랑 찍은 사진은 더더욱 없었다. 그는 딸이 태어나고 벌어진 일로 너무 큰 충격을 받아 사진은 찍을 생각도 못 했었다. 그는 두려웠지만 궁금했고 결국 호기심에 이끌려 앨범을 열었다.

그는 처음 나타난 사진을 보고 바로 알아챘다. 라우라가 갓 태어난 클라우디아를 안고 병원 침대에서 찍은 사진이었다. 출산 직후에 자신이 직접 찍었던 사진이라 정확하게 기억하고 있었다. 라우라는 딸아이를 다정한 눈으로 바라보고 있었다. 당시 몇 달 동안 보여준 모습과는 완연히 다른 표정이었지만, 그녀의 차분하고 사랑스러운 모습이 맘에 들었었다. 수년 전에 잃어버렸는데 여기서 보게 되니 안심이 되었다.

사진에는 화려한 꽃다발이 꽂힌 꽃병도 보였다. 이 꽃다발에 얽힌 이야기가 떠올랐다. 그는 수십 년이 지난 후에도 수국만 보면 기분이 좋아졌고, 그때마다 라우라에게 그것을 주기 전에 생긴 일이 떠올랐다. 그는 병원으로 가던 길에 파란색 차에 부딪혔다. 들고 가던 꽃이 다 헝클어졌고 잠깐 정신을 잃었다. 그를 쳤던 남자는 딸과 여행 중이었는데, 너무 죄스러워하며 다시 꽃을 살 돈과 함께 비싼 와인을 주었다. 그날은 바로 클라우디아가 태어난 날이었고, 그는 딸아이가 스물한 살이 될 때까지 그 와인을 보관해두겠노라고 다짐했다. 여전히 와인은 저장고에 들어 있었다. 의미 있는 이야기들이 담긴 가장 소중한 와인이었다. 거기에는 새로운 생명이 태어난 날, 딸의 성숙한 미래, 그날 사고에 대한 두루뭉술한 기억, 라우라가 행방불명된 시간이 담겨 있었다. 첫 번째 사진이 있는 책장을 넘기는데 몇 분이나 걸렸다. 당시 솔트레이크에서 찍었던 사진이 많지 않을 거란 생각이 들었다. 클라우디아가 태어나고 사흘째 되던 날, 라우라는 그가 결코 채워줄 수 없는 빈자리를 남기고 연기처럼 사라졌다. 퇴원한 그날 집에서 사라져버렸다. 그는 솔트레이크에서 찍은 사진이 많다면, 아내가 출산 후 병원에서 보낸 사흘간 찍은 사진일 거라고 생각했다. 두 번째 사진에 그가 라우라의 뺨에 키스하는 모습이 담겨 있었다. 그녀는 병원 침대에서 클라우디아를 품에 안고 있었다. 그가 직접 찍은 사진이라 찍힌 각도가 이상했고, 그가 뻗은 팔까지 사진에 찍혔다.

그는 당시 겨우 서너 장밖에 안되는 사진을 이렇게 큰 앨범에 보관한 것이 이해가 안 간다고 속으로 중얼거렸다. 한 장 더 넘겨 다음 사진을 보는 순간 두려움이 섞인 눈물이 흘렀다. 상상도 못 한 사진이었다. 세 번째 사진은 해가 비치는 어느 날 거리에서 태어난 지 몇 달 안 된 클라우디아를 안고 왼손으로 가로등 기둥에 "사람을 찾습니다"라고 적힌 전단을 붙이는 자신의 모습이었다.

순간 맥박이 급하게 뛰었다. 뭔가가 맞지 않은 사진이었는데, 처음 볼 때는 이 사진의 중요성을 깨닫지 못했다. 사진을 찍은 거리에서는 전단 속의 얼굴이 보이지 않았지만, 그는 라우라임을 알았다. 당시 6개월이 넘도록 사라진 아내를 찾아 밤낮으로 뛰어다녔다.

그는 다음 장을 넘기고 더 큰 혼란에 빠졌다. 밤에 찍은 사진인데 그가 살던 목조 주택 뒤편 모습이었다. 불이 켜진 창에 초점을 맞춘 사진이었다. 그리 멀지 않은 곳에서 누군가 창에 초점을 맞춘 사진이었다. 원장 자신이 한 살 아니면 한 살 반이 된 클라우디아를 갈색 의자에 앉혀놓고 머리를 숙여 바라보고 있었다.

원장은 순간 깨달았다. 당시 누군가 그를 주시하고 미행하고 있었다는 뜻이었다. 그는 엄청한 혼돈에 휩싸였다. 자신이 딸의 죽음으로 미쳐버린 게 아닐까 의심했을 정도였다. 그는 다시 사진을 들여다보았다. 사진을 손으로 더듬으며 더 자세히 보기 위해 앨범에서 꺼냈다. 다시 볼 것도 없이 사진 속의 남자는 그였고 그는 절대 착각에 빠지지 않았다. '누가 이런 짓을 한 거지, 누가 나를 감시한 거지? 왜?' 물음이 꼬리를 물었다.

그는 손에 쥐고 있던 사진을 뒤집어서 이 사진이 진짜가 아님을 증명해 줄 표시가 있는지 찾아보았다. 그러다가 보았다. 사진 뒤 중앙에 검은색으로 확실히 그려놓은 별표를.

36

2013년 12월 23일 23시 25분, 보스턴

나는 그 저택의 담을 넘겠지만, 먼저 내가 가져온 것들을 모두 안에 던져 넣어야 한다. 시끄러운 소리가 날지도 모른다는 걱정은 안 한다. 집이 담에서 한참 멀리 떨어져 있기 때문이다.

나는 저택 측면 벽을 향해 몸을 웅크리고 재빨리 걷는다. 집을 둘러싼 거대한 정원의 어둠 속을 족히 200미터는 뛰어갔다. 여러 창에 불이 켜져 있었고, 벽에 가까이 다가가자, 심장이 1분에 천번씩 뛰는 것 같다. 긴장이나 주저 때문이 아니다. 나는 지금 할 일에 확신이 있다. 그러니까 내 심장은 열정 때문에 거세게 뛰고 있다. 마침내 타락한 자들의 얼굴을 보게 될 것이다. 나는 건물 외벽 근처에서 몇 분간 기다린다. 그렇게 주변을 살펴보면서 건물과 익숙해진다. 정원에는 불빛이 없었지만, 위쪽 창들에서 빛이 나와 어느 정도 외관을 볼 수 있다. 나는 건물 모퉁이에 주차된 여섯 대의 자동차를 주욱 살펴본다. 빨간색 닷지, 파란색 크라이슬러, 검은색 뷰익, 회색 포르쉐, 검은색 아우디, 검은색 링컨이다. 식구들은 다 집 안에 있는 것 같다. 나머지는 어떡하지? 나는 그들 중 두 명의 사진만 가지고 있다. 둘이 아주 다른 것 같으면서도 닮아 보인다. 만일 오늘 밤 이곳이 아닌 밖에서라면 그들을 찾아낼 수 없을 것이다. 그들은 번잡한 도시의 군중에 섞여서 태연히 걸어다닐 것이다. 이 두 명은 검은색 머리에 갈색 피부를 가졌고, 평범한 얼굴이었다. 눈썹을 자세히 보면 아주 달랐지만, 멀리서는 똑같아 보일 것이다. 눈과 코, 턱 끝, 귀가 비슷했다. 만일 그들을 나란히 놓는다면 모나리자의 미소에서 보이는 미적 효과를 느낄 것이다. 웃었을까, 아닐까? 닮은 걸까, 아닐까?

나는 건물 외부를 살핀다. 내 옆에는 1층 안쪽으로 이어지는 창문이 넷 있다. 위층에는 일정한 간격으로 창문 네 개가 나 있다.

나는 벽에 붙은 채로 불빛이 나오는 창문 쪽으로 살금살금 다가가서 안쪽을 들여다본다. 아무도 보이지 않는다. 나무로 된 커다란 책장이 있는 연구실 같은 곳이다. 책상에 전등이 켜져 있지만, 아무도 없다. 더 들여다봐도, 방 건너편 쪽의 문은 볼 수가 없다.

나는 모퉁이를 따라 계속 걸어서 집 뒤쪽으로 간다. 거대한 기둥이 둘 있는데 위쪽 난간을 받치고 있다. 1층의 창문 두 개와 그 사이의 거대한 문이 보인다. 두 개의 창에는 불이 켜져 있다. 나는 조용히 접근해서 안을 살짝 엿본다.

저기 있다.

사진에 있던 사람 중 한 명이 있다. 확실하다. 내가 있는 쪽에서는 보이지 않는 사람과 이야기하고 있다. 갈색 스웨터 안에 하늘색 터틀넥 셔츠를 받쳐 입고, 청바지를 입고 있다. 검은 머리카락이 사진 속 모습과 똑같은 것이, 분명 거기 있던 둘 중 하나이다. 개자식이 말하면서 웃고 있다. 내 심장이 가슴 밖으로 튀어나오려고 한다. 아주 긴장된다. 이번에는 도망치지 못할 것이다.

나는 들여다보기를 멈추고 되돌아간다. 그들이 나를 보면 안 된다. 아직은. 나는 왔던 길로 되돌아간다. 연구실 창문이 있는 쪽으로 돌아온다. 거기에 누군가가 다시 나타났는지 잠깐 들여다보았지만, 아무도 없었다. 창문 앞을 지나 다시 정면 쪽 모퉁이를 살펴본다. 차들이 여전히 거기에 있다. 나는 문 쪽에 누가 있는지 살펴본다. 아무도 없다. 현관 양쪽에는 전등이 켜져 있고, 각 전등 옆에는 잎이 마른 관목이 있다. 내가 정문 쪽으로 가면, 전등 불빛 때문에 사람들 눈에 띌 것이다. 나는 그림자 속에서 더 잘 움직일 것이다. 나는 집에서 어느 정도 떨어져 나와서 자동차들이 있는 곳까지 뛴다. 그리고 칼을 꺼내 포르쉐 바퀴를 세게 찌른다. "아무도 여기까지는 나오지 않아", 혼잣말을 한다. 이어 옆에 있는 다른 바퀴도 찌른다. 차들이 나란히 주차되어 있는데 그중 첫 번째 차를 고른다. 나는 뒤로 간다. 포르쉐 뒤쪽으로 돌아가 뷰익과 크라이슬러 사이로 들어간다. 사람들의 눈에 띄지 않은 채로 두 차의 바퀴를 조용히 망가뜨릴 수 있다. "이제 세 대 완료." 나는 이런 과정을 반복한다. 크라이슬러를 에워싸고 있는 차들 사이에서 빠져나와서 걷고 있는데 갑자기 등 뒤로 불빛이 비친다.

37

1996년 6월 15일, 솔트레이크

아만다가 부모님, 여동생과 솔트레이크에 온 지 이틀이 지났다. 아침 11시, 스티븐은 사고가 났을 때 살짝 들어간 부분이 있어서 정비소에 가려고 일찍 일어났다. 카를라와 케이트는 뒤뜰 창고에서 오래된 기구들을 살펴보고 있었다. 하지만 아만다는 여전히 자고 있었다. 전날 사고의 여파로 새벽 3시까지 잠을 이루지 못했기 때문이다. 그러다 초인종이 울리는 바람에 이상한 꿈에서 깨어났다. 꿈에서 자기 이름이 쓰인 종이를 들고 있는 모습을 보았다. 그녀는 종이 뒷면에 이상한 별표를 그리고 있었다. 꿈속에서 이 장면을 계속 반복하고 있었다. 순간 초인종 소리가 다시 울렸다.

"누가 문 좀 열어줄래요?" 아만다는 엄마나 여동생을 찾으며 졸린 목소리로 소리쳤다.

초인종이 세 번째로 울렸다. 아만다는 화난 얼굴로 일어나서 슬리퍼를 신었다. 그녀는 노란색 가운을 찾아 입고 방에서 나왔다. 눈이 절반쯤 감긴 채로 계단을 내려왔다. 누군가 내려가는 모습을 지켜봤다면, 백발백중 계단에서 떨어질 거라고 생각했을 것이다. 천만다행 아무 일도 일어나지 않아 목숨은 건졌다. 잠결이라 눈은 거의 감겨 있었고, 머리는 헝클어져 있었다. 그녀는 응접실까지 와서 문 옆에 있는 거울을 봤다. 하지만 제대로 신경 쓰지 않아서 지금 어떤 꼴인지 정확히 모르는 상태였다. 너무 졸려서 그런 생각조차 할 여력이 없었다.

네 번째로 벨 소리가 울렸다.

"가요!" 아만다는 문을 열면서 소리쳤다.

문을 열자 현관에 서 있는 제이컵이 눈에 들어왔다.

순간 그녀의 심장은 이른 아침 댓바람부터 뛰기 시작했다. 그를 보자 아드레날린이 팔에서 발바닥까지 줄달음질했다. 그는 흰색 셔츠에 청바지를 입고 있었다. 손에는 봉투가 들려 있었고 1미터 앞에 말없이 서 있었다. 그는 꿈에 부푼 얼굴로 그녀를 바라봤다. 아만다는 아주 가까이에서 그의 파란 눈을 보자마자 할 말을 잃었다.

그들은 몇 초간 조용히 있었다. 이윽고 제이컵이 말을 꺼내자, 아만다는 그제야 무슨 옷을 입고 있는지가 생각나 문을 쾅 닫았다.

"이렇게는 못 봐." 그녀는 너무 긴장해서 문 뒤에서 속삭였다. "이거 꿈일 거야." 그녀가 중얼거렸다. "딱 한 번 봤는데, 그가 여기까지 올 이유가 없지. 게다가 내가 어디 사는지도 모르는데. 맞아, 이건 꿈이야. 넌 계속 자는 중이야, 아만다." 그녀는 불안해서 계속 자기 최면을 걸었다. 이건 진정 꿈이라고 믿었다. 퍼뜩 그 종이가 나타난 꿈이 다른 사람의 꿈이라는 생각이 들었다.

"지금 꿈꾸고 있는 거야, 친구." 다시 한 번 이런 목소리가 들렸다.

그녀는 현관에 그가 없기를 간절히 바라며 다시 문을 열었다.

하지만 거기에는 이게 무슨 상황인지 전혀 이해가 안 간다는 얼굴로 아만다를 바라보고 있는 제이컵이 서 있었다.

아만다가 다시 "아!" 하는 소리와 함께 문을 쾅 닫았다.

"괜찮아?" 문 반대편에서 제이컵이 물었다.

"저기… 응." 아만다는 더듬거리는 목소리로 문을 열며 말했다.

"정말? 좀 놀란 것 같은데."

"바보, 멍청이, 머저리." 아만다는 그런 자신의 모습을 생각하며 조용히 중얼거렸다.

"거기 있는 거지?" 제이컵이 물었다.

"어… 어… 나갈게, 잠깐만 기다려." 그녀는 문 반대편에서 소리쳤다.

아만다는 거울 앞에 서서 재빨리 머리를 매만지고 강아지 모양 슬리퍼를 벗고 노란 가운을 계단 쪽으로 던져놓고, 회색 잠옷만 입었다. 깊이 심호흡을 하고 살짝 기침을 하고 목소리를 가다듬은 다음에 다시 문을 열었다.

제이컵은 아무도 못 봤다는 듯이 그녀를 보고 웃었다. 눈에는 기대로 가득했지만, 아만다의 이상한 행동에 조금 놀란 눈치였다. 말을 시작하기 전에 흰 이를 가볍게 드러내며 한 번 더 웃었다.

"안녕." 제이컵이 다시 인사를 건넸다.

"어… 안녕." 아만다가 침착하게 대답했다. 너무 긴장돼서 문 가장자리를 힘껏 붙잡고는 긴장을 풀어보려고 애썼다. "아빠 안 계시는데." 그녀가 말을 덧붙였다.

"아, 아니야. 아저씨를 보러 온 게 아니야."

"아니라고?"

"음… 그러니까…." 제이컵은 머리를 긁적이며 아만다의 발을 쳐다보며 말했다. "혹시 마을 축제에 갈 생각이 있는지 물어보려고."

"마을 축제?"

"알고 있겠지만, 정말 재미있거든. 음악이랑 불빛이 멋지고, 솜사탕도 팔아." 제이컵이 천천히 고개를 들며 대답했다.

"아직 생각 안 해봤는데."

"나랑 가볼래? 나도 이 마을에 온 지 얼마 안 돼서 같이 갈 사람이 없거든."

"갈 사람이 없어서 나랑 가자는 거야?"

"아니, 아니야. 그런 건 아니고."

"데이트 신청에는 별로 안 좋은 말 같은데." 아만다가 웃으며 대답했다.

"네 말이 어느 정도 맞는 거 같긴 해."

"어느 정도?" 아만다는 더 크게 웃으며 말했다.

"음…" 제이컵은 눈을 들어 그녀의 눈을 뚫어지게 쳐다보았다. 몇 초 동안 말없이 가만히 있다가 말했다. "사실 어제 널 본 이후로 온통 네 생각뿐이야, 아무 일도 못 하겠어. 어떻게 하면 널 만날 수 있을지, 네 목소리로 내 이름을 불러준다면 어떨지, 내 우스갯소리를 들으면 어떻게 웃을까, 그런 생각만 했어. 여기에 온다면 무슨 말을 해야 할지 밤새 생각해봤어. 미친 사람처럼 안 보이려고 별 방법을 다 찾았어. 9시에 오면 너무 이른 듯하고, 날 정신병자나 그 비슷한 사람으로 볼까 봐 두려웠고, 나랑 농담도 안 하고 싶어 할까 봐 걱정스러웠어. 10시에 오면 분명 아침을 먹고 있을 테고, 그러면 입에 음식을 가득 넣고 말을 해야 하니 불편해서 승낙을 안 할 것 같았고. 그래서 11시에 오면 아침을 먹고 난 후라 이미 다 씻고 편해서 더 내 말을 잘 받아줄 것 같았거든. 더 늦게, 오후에 올까 했지만 내가 그때까지 기다릴 수가 없을 것 같았고. 가능하면 빨리 널 보고 싶었거든. 완벽한 계획 같았는데, 널 보니까 너무 떨렸어. 무슨 말을 해야 할지도 모르겠고. 네가 아무 말도 안 할지도 모른다는 생각이 들어서 더 떨렸어."

"그래." 아만다가 그의 말을 끊고 대답했다.

"뭐?"

"너랑 축제에 가고 싶다고."

"간다고?"

"응."

제이컵은 웃었다. 아만다는 더 크게 웃었다. 그를 부드럽게 바라보았다. 그는 목소리가 정말 좋았고, 잘생기기까지 했다. 그보다, 정말 좋은 사람 같았다. 제이컵의 흥분된 목소리에 그녀는 할 말을 잃었다. 아만다의 가슴이 빠르게 뛰었다.

"그럼 5시에 데리러 올까?"

"좋아."

그가 웃었다. 어느새 초조함은 사라졌다. 제이컵은 마음속으로 간절히 함께하기를 원했던 소녀가 아만다임을 깨달았다.

"그럼 5시에 봐." 그가 좀 더 편안하게 말했다.

"좀 이따 만나, 제이컵." 그녀는 웃음기 어린 얼굴로 문을 닫으며 대답했다.

"저기…. 근데 난 아직 네 이름을 모르는데."

"나중에 말해줄게."

"한 글자라도 알려주면 안 될까?"

"맞혀봐." 아만다는 장난꾸러기처럼 웃으며 대답했다.

"그럴게."

문을 닫은 아만다는 문에 기대서 입을 틀어막고 소리가 거의 안 들리게 비명을 질렀다. 제이컵은 집에서 멀어지면서도 그녀를 다시 볼 수 있을까 하고 몇 번이나 다시 뒤를 돌아보았다.

38

2013년 12월 26일, 보스턴

스텔라는 제이컵이 말하는 모습을 넋을 잃고 바라보았다. 이토록 노골적이고 거칠면서도 아주 사랑스럽게 자기 이야기를 하는 사람은 본 적이 없었다. 제이컵의 유년 시절 이야기는 그녀를 혼란에 빠뜨렸다. 하지만 눈이 파랗고 목소리는 날카로운 이 침착한 남자가 원장의 딸과 제니퍼 트라우스 살인에 관련이 있을 가능성은 더 커졌다.

"그렇게 해서 당신이 십대 소녀를 알게 된 거로군. 좀 더 자세히 이야기를 해봐." 스텔라가 말했다.

"그냥 그런 소녀가 아니었어요. 제 미래였죠. 부드러운 갈색 머리의 아만다가 처음 가게에 들어왔을 때 저는 아무 말도 할 수가 없었어요. 정말 아름다웠거든요. 저는 그녀가 아버지와 말하는 모습을 지켜봤어요. 움직이는 모습이며 아버지에게 집중하는 모습뿐만 아니라 진열대에 있는 병들을 쳐다보는 모습까지 정말 다 맘에 들었어요. 웃는 모습도 정말 좋았고요. 그들이 가게를 떠난 후 저는 산산조각이 난 것 같았어요. 그녀에게 한마디도 할 수가 없었거든요. 하지만 제가 무엇을 할 수 있었겠어요? 아만다의 아버지 앞에서 그녀에게 말을 거는 거요? 그들이 차에 올라타자 저는 계산대에서 나와서 차가 멀어지는 것을 보았어요. 차와 함께 제 삶이 멀어지는 걸요.

그날 오후와 밤은 아주 길었던 기억이 나네요. 저는 어떻게 하면 그녀를 다시 만날 수 있을까 고민했어요. 어떻게 하면 그녀와 가까워질 수 있을지. 어떻게 하면 그녀를 알 수 있을지. 당시에는 그녀의 이름도 몰랐지만, 그건 별로 중요하지 않았어요. 이름이 뭐가 중요하겠어요? 저는 이미 그녀에게 빠졌는데요. 저는 그녀를 어떻게 불러야 할지 알고 있었어요. '내 여자'였죠. 이런 생각을 했다는 게 정말 신기해요. 마침내 아만다를 만났을 때 그녀가 제게 한 말을 생각하면 더 그래요.

저는 오후 내내 마을을 돌아다녔어요. 삼촌이 안 계셨기 때문에 가게 문을 안 열었다고 나무랄 사람도 없었으니까요. 어쨌든 제가 사실대로 말씀드렸어도 충분히 이해하셨을 거예요. 삼촌은 이상주의자이고 꿈속에서 사는 분이셨거든요. 자신의 행복, 특히 사랑과 중요한 일이 뭔지를 생각하시는 분이셨어요. 삼촌은 여자들에게 수없이 거절당한 사람이지만, 삶을 대하는 방식이나 사랑에 대한 애착이 저는 정말 맘에 들었어요.

저는 정류장과 여러 가게를 찾아다니며 그녀의 가족이 어디서 지내고 있는지 물어보았어요. 그저 그녀의 아버지 머리카락은 갈색이고, 딸은 비슷한 머리 색에 제 또래라고만 설명을 했지만요.

이렇게 찾고 다녔지만, 당연히 알 리가 없었어요. 물론 저는 낙심천만이었고요. 지난번에 만났을 때 더 용기를 내지 못한 게 정말 후회스러웠어요. 더 많은 정보를 얻어야 했는데 말이죠. 다시는 그녀를 볼 수 없을 거로 생각했는데, 글쎄 렌터카 업체에서 알게 됐지 뭐예요. 공터에 파란색 포드 자동차가 서른 대 이상 서 있었는데, 그중 하나가 그들이 타고 있던 차였어요. 렌터카 업체 주인에게 말을 했더니, 그들이 누구인지 말해주었어요. 제 열정에 마음이 움직여 그들이 사는 집까지 말해준 것 같아요.

그날 뜬눈으로 밤을 새웠어요. 잠을 자려고 했지만, 도저히 그럴 수가 없었어요. 그녀 앞에 섰을 때 무슨 말을 할지, 그녀의 예상 대답과 내가 대답할 말들을 생각했어요. 상상으로 대화를 나누기도 했는데, 늘 기가 죽은 채로 끝났어요. 용기가 꺾였거든요. 저는 거기에 갈 수 없을 거라고 생각했어요. 상상의 대화는 모두 그녀가 제 얼굴을 때리며 "누가 경찰에 신고해주세요"라고 하거나 저를 보고 두려움에 떨며 달아나는 장면으로 끝이 났어요.

결국 아침 6시까지 잠을 이룰 수가 없었어요. 그녀의 집 근처에는 갈 수 없으리란 생각이 머리에 가득했어요. 순간 저는 어머니를 떠올렸어요.

어머니의 나쁜 선택이 떠올랐어요. 잘못된 사람과 함께해서 어떻게 삶이 침몰했는지를요. 하지만 내가 사랑에 빠진 그녀에게는 그런 일이 벌어지지 않게 하겠다고 다짐했어요. 그녀를 영원히 지켜주겠다고요. 저는 아무도 그녀를 해치지 못하게 제 옆에 두고 싶었어요. 그녀를 행복하게 해주고 싶었어요.

저는 곧바로 침대에서 일어나서 샤워하고 면도를 했어요. 한두 시간 정도 거울 앞에서 서성이며 처음에 무슨 말을 할지 연습하고, 그녀를 만나기로 마음먹었어요. 저는 피곤했지만, 제 행동에는 전혀 영향을 주지 못했어요. 심장이 1분에 수천번씩 뛰었어요. 저는 남은 삶을 그녀와 함께 보내는 모습을 그렸어요. 그곳까지 가는 시간을 한 시간 정도 잡았어요. 저는 마침내 그녀의 집까지 걸어가서 주저하지 않고 문을 두들겼어요.

저는 십대이던 우리의 대화가 얼마나 길었는지 잘 모르겠지만, 지금까지 17년 동안 매일 그 장면을 생각했어요. 아만다의 미소와 졸린 눈과 놀란 외침. 그녀는 저와 마을 축제에 가기로 약속했고 저는 그녀의 이름을 맞혀보기로 했던 걸요.

저는 그녀를 생각할 때마다 가슴이 너무 설렜어요. 집으로 돌아가서 맨 먼저 여자애들 이름 목록을 만들었어요. 아침마다 이름을 적다 보니 400개가 넘었어요. 목록 안에는 분명 그녀의 이름이 들어 있을 거라 확신했어요. 어떤 단서도 없었지만요. 정말 만만치 않은 일이었어요. 저는 이름을 맞히지 못했을 때 어떤 결과가 나올지 전혀 예상할 수 없었어요. 다만 제가 말한 이름이 틀리면 저와 축제에 안 갈지도 모르겠다는 생각을 했어요. 그래서 머리를 짜내 온갖 이름들을 다 생각해냈어요.

아침이 되어서 그녀를 뭐라고 부를까 곰곰이 생각했어요. 저는 명단에서 이름을 하나씩 지워보기로 했어요. 단순히 그녀의 생김새와 어울리지 않는 이름들을요. 그런데 단 하나도 지울 수가 없었어요. 이름은 어떻게든 부를 수 있는 거니까요. 제 이름도 제이컵이지만 생긴 거랑은 전혀 상관이 없잖아요. 우리 부모님은 제가 커서 어떻게 될지 모르셨고, 그래서 생김새를 염두에 두고 이름을 지워나가는 것은 좀 그랬어요. 그래서 좀 흔한 이름부터 지워보기로 했어요. 물론 이것도 말도 안 되는 짓이었어요. 미국의 지역마다 흔한 이름들이 있지만 그것도 지역마다 달랐고, 이름이 어디에서 유래했는지도 몰랐거든요. 이름을 추정할 만한 아무런 근거도 없어서 몇 시간 동안 마음을 꿰뚫어 보는 최고의 멘탈리스트가 되거나, 그녀와 데이트할 기회를 영원히 잃거나 둘 중 하나밖에 선택지가 없었어요. 저는 한 가지 생각이 떠올라서 그대로 행동했어요. 그녀의 이름을 추측할 수 없음을 깨닫는 순간 이런 생각이 들었어요. 그녀가 추측하게 하자."

39

2013년 12월 26일, 보스턴

원장은 앨범을 계속 한 장씩 넘겼다. 모두 아빠 곁에 아기 클라우디아가 있는 사진이었다. 틀림없이 누군가 그들을 지켜보았는데, 누구일지는 짐작이 안 갔다. 거기에는 스무 장이 넘는 사진이 있었다. 그는 앨범에서 사진들을 다 꺼내서 딸의 침대 위에 하나씩 늘어놓았다. 하나씩 뒤집어 보니 모두 다 별표가 그려져 있었다. 그는 일어나서 주머니 속에 있는 메모를 다시 읽었다. "클라우디아 젠킨스, 2013년 12월"

그것을 뒤집어 보니 역시 별표가 나타났다. 사진들 뒷면에 있던 별표가 메모 뒤에도 있었다. 그것도 정확히 한가운데에. 비록 손으로 그렸지만, 별표 모양은 다 똑같았다.

"어떻게 이런 일이 있을 수 있지." 그는 거친 숨을 몰아쉬며 중얼거렸다. "어떻게 클라우디아가 이 사진을 가지고 있었던 거지? 누가 준 거지?"

그는 사진 한 장을 손에 꼭 쥐었다. 두 살 무렵의 클라우디아가 자신과 함께 길을 걷고 있었다. 그는 겨우 걸음마를 하는 딸의 손을 꼭 잡고 있었다. 그 보도 맞은편에서 찍은 사진이었다. 그들은 세탁소 앞을 지나고 있었는데, 창문에는 '드라이클리닝 30퍼센트 할인'이라 적힌 노란 광고지가 붙어 있었다.

그는 사진을 뚫어지게 쳐다보았고 이내 세탁소를 기억해냈다. 그곳에 여러 번 재킷을 맡겼고, 갈 때마다 주인아줌마는 아주 친절하게 맞아주었다. 오십대 아주머니였는데 금발에 짧은 곱슬머리였으며 늘 웃고 있었다. 그는 사진을 찍었을 만한 곳을 추측해보았다. 세탁소가 있던 보도 맞은편에는 텅 빈 부지 옆에 카페가 있었다.

그는 계속 사진을 들여다보았다. 클라우디아는 작은 발걸음을 계속 이어가려고 한쪽 다리를 들면서 그를 쳐다보는데, 얼굴에는 기대가 가득했다. 사진을 찍은 사람은 그가 아장아장 걷는 딸을 보면서 행복해하는 순간을 포착했다. 이제 모든 게 바로 이 순간으로 되돌아갈 거라는 생각이 들었다.

원장은 단호하게 침대에서 일어났다. 그리고 사진을 전부 들고 방에서 나와 거실로 가서 17년 전 교통 사고 때 받았던 와인 병을 벽에 집어 던졌다. 1초도 간직하고 싶지 않았다. 더 이상 중요하지 않았다. 아무것도 아닌 게 되었다. 딸이 스물한 살이 되면 함께 열고 싶었던 미래를 더 이상 생각할 수 없었다. 이제 딸은 없고 지금은 이 모든 것을 지워버리고 싶을 뿐이었다.

그는 와인 병을 던진 벽에 사진들도 집어 던졌다. 사진들이 땅에 떨어졌다. 어떤 사진은 와인의 붉은빛으로 물들었고, 또 어떤 사진들은 갑자기 생긴 작은 웅덩이를 떠다녔다.

원장은 방금 자신이 무슨 일을 했나 하여 놀라며 불안해했다. 그래서 다시 몸을 숙여 잃어버린 세월이 한스럽지만, 뭔가를 찾을 만한 실마리가 될 법한 사진들을 주웠다. 그는 와인에 물든 사진들을 보고 또 봤다.

그는 클라우디아와 함께 세탁소 앞을 걷는 사진을 몇 초간 바라보았다. 조금 전에는 눈치채지 못하고 지나갔는데 지금 보니 분명히 눈에 들어오는 게 있었다. 와인은 사진의 색깔을 바꿔놓았지만, 덕분에 어두웠던 부분이 더 선명해 보였다. 그는 세탁소 유리창에 비친 모습을 단번에 알아챘다. 사진을 찍고 있던 사람의 모습이 비쳐져 있었다. 얼굴은 카메라로 가려졌지만, 머리카락과 팔의 위치, 옷을 보고 누군지 바로 알아챘다.

"라우라?"

그는 보고도 믿을 수가 없었다. 대답을 찾지 못한 수백 가지 질문들이 쏟아지기 시작했다. 수십 년간, 단 한 번도 라우라의 실종을 인정한 적이 없었다. 6개월간 수색한 끝에 경찰이 포기했을 때도 그녀가 흔적도 없이 사라졌다는 사실을 받아들이지 못했다. 있을 수 없는 일이었다. 그녀에게 뭔가 일이 생겼거나, 누군가 그녀를 납치했거나 어딘가 먼 곳에 있다고 생각했다. 그런데 지금 이 사진은 그의 생각을 철저히 부정하고 있었다. 여기 이 사람은 틀림없이 라우라였다. 그녀에게는 아무 일도 일어나지 않았다. 제발로 그와 클라우디아를 두고 떠난 것이었다. 그는 이런 사실을 받아들이기가 너무 힘들었고, 뭔가가 죄다 부서져 내리는 것 같았다.

"라우라, 왜 떠난 거지?" 그가 말했다.

어쨌든 라우라가 계속 그들과 아주 가까운 곳에 있었다는 사실에 혼란스러웠다. 라우라는 남편이 자신을 찾아다니고, 딸이 자라는 모습을 계속 지켜보고 있었다. 라우라가 그가 아무것도 못 하고 무너지는 모습을 지켜보았다고 생각하니 가슴이 찢어지는 듯했다. 긴 세월 동안 딸에게 어머니가 필요한 시기에 라우라가 없었지만 한 번도 그녀를 비난한 적이 없었다. 오히려 그녀의 부재에 아파했고, 함께 나눈 사랑의 기억, 갓 태어난 클라우디아를 바라보던 모습을 사랑했다. 어쨌든 라우라는 그들과의 접촉을 피했지만, 평생 함께하고 싶어 했다. 왜 라우라가 이 사진들을 딸에게 보냈는지 이해가 안 갔다. 하지만 그녀가 살아 있다면, 자신만의 섬세한 방법으로 딸에게 엄마가 널 지켜보고 있다고 말해주고 싶었겠다는 생각은 들었다.

그는 와인이 묻은 사진들을 집어 들고 종이봉투에 넣은 후 집에서 나왔다. 그리고 차에 올라타 정신의학센터로 향했다.

40

2013년 12월 27일, 퀘벡, 캐나다

그는 라모리시 국립공원 한쪽, 오두막 옆에 파놓은 구덩이 안에 수잔 앳킨스를 던졌다. 던져지는 순간 그녀는 깨어났고, 붙잡히기 전에 그랬듯이 잔뜩 움츠리며 긴장했다. 여기가 어딘지, 왜 자신이 여기 와 있는지 전혀 알 수가 없었다. 그저 주변을 뒤덮고 있는 짙은 갈색 땅만 보일 뿐이었다. 수잔은 정신이 나간 채로 몸을 일으켰고, 오른발로 몸을 지탱해서 흙벽에 기대 비틀거렸다. 위를 보면 별이 빛나는 하늘만 보였다. 몇 시인지, 며칠인지 알 수가 없었다. 발아래 바닥이 움직였고, 불빛도 노래도 웃음도 없었지만, 뭔가 놀이 기구에 올라탄 기분이 들었다. 그녀는 구토를 했다.

축축한 땅을 걷는 발소리가 가까이 다가왔다. 그녀는 다시 별을 쳐다보았고, 어둠 속에서 그의 얼굴을 간신히 보았다. 이내 소리쳤다.

"제발, 저 좀 도와주세요. 여기서 좀 꺼내주세요. 이렇게 부탁드려요."

하지만 스티븐은 눈 한번 깜빡이지 않고 무심한 얼굴로 그녀를 바라보았다. 저 위엔 별이 빛나는 하늘이지만, 아래는 지옥이었다.

"당신 얼굴은 못 봤어요. 맹세해요. 제발요. 저 좀 놔주세요. 정말 아무 말도 안 할게요."

"미안, 수잔. 넌 죽어야 해."

그 말에 그녀는 망치로 한 방 맞은 것처럼 땅에 쓰러졌다. 뭐가 뭔지 하나도 이해할 수 없었지만, 쉰 목소리에 실린 말이 너무 확신에 차 있어서 자신은 죽게 될 것임을 인정할 수밖에 없었다. 그녀는 바닥에 무릎을 꿇고 슬퍼하며 울기 시작했다. 남자가 자기 이름을 불렀다는 사실에 더 심하게 무너졌다. 이 남자가 왜 이런 짓을 하는지 도저히 이해할 수가 없었다. 스티븐은 그녀가 서서히 무너지며 자신의 운명에 굴복하는 모습을 지켜봤다.

"넌 죽어야 해, 알았어?"

수잔은 눈물을 흘리며 그를 올려다보았다. 스티븐의 얼굴을 똑똑히 보았다. 모르는 사람이었다. 한 번도 본 적이 없었다. 멍한 눈에 아무렇게나 수염이 난 오십대 어른에 불과했다. 그가 집을 급습한 일도 기억나지 않아, 기억나는 모습이라고는 무관심하고 조용하며 생명력 없는 얼굴뿐이었다.

"절 죽여야 할 이유가 없잖아요. 전 아무 말도 안 해요." 그녀가 울며 말했다.

"시계를 되돌리기에는 너무 늦었어. 이제 끝이 얼마 남지 않았어."

"언제라도 뒤로 되돌릴 수 있어요. 제발 이러지 마세요. 부탁이에요."

"수잔, 넌 이해 못 해."

"제발요, 살려주세요."

스티븐이 눈앞에서 사라졌다. 발소리가 멀어졌고, 차 문을 여닫는 소리가 났다. 자동차 시동 거는 소리와 북쪽으로 움직이는 차량 타이어에 깔린 자갈들이 움직이는 소리가 들렸다. 수잔은 왠지 아직 기회가 있을 것만 같았다. 구덩이를 기어오르려고 애썼다. 하지만 두 걸음 이상은 오르지 못하고 바로 땅바닥으로 떨어졌다. 수차례 더 시도했지만, 결과는 같았다. 그중

한 번은 거의 끝까지 올라가서 땅에 느슨하게 박혀 있는 돌까지 손에 잡았는데, 그것이 뽑히면서 바닥으로 떨어졌다. 그녀는 울었다. 너무 지쳐서 더는 올라갈 시도조차 할 수가 없었다. 별이 빛나는 하늘을 바라보며 자신의 운명을 받아들였다. 여기서 죽을 테고 절대 나올 수 없다는 사실을 깨달았다. 무슨 일이 벌어지든 그냥 자기로 마음먹었다. 추워지자 벽에 기대 웅크리며 잘 준비를 했다.

스티븐은 주유소 쪽으로 트럭을 몰고 갔다. 아직 동이 트기 전까지는 한 시간이 남았지만, 긴장한 채로 뉴욕을 왔다 갔다 하며 납치를 저지른 탓에 너무 피곤했다. 하지만 아직 전화할 여력은 있었다.

주유소는 닫혀 있었다. 격자 창문이 내려진 가게 안에 있던 점원은 작은 창구로 어떤 남자에게 돈을 받고 있었다. 스티븐은 공중전화 부스에 다가가서 수화기를 들고 동전을 넣고 번호를 눌렀다. 얼마 안 돼서 목소리가 들렸다.

"데리고 있나?"

"그렇다." 스티븐이 대답했다.

"어떤가?"

"갈색 머리에 갈색 눈"

"이름은?"

"수잔 앳킨스, 확인했다."

"좋아. 나이는?"

"스물하나 아니면 둘."

"좋아, 됐군."

"어디로 데려가면 되지?"

"계획이 바뀌었다."

"무슨 계획이 바뀐 거지?"

"당신이 할 일이 있어."

"또?"

"또라니?"

"이미 이틀 전에 클라우디아 젠킨스를 죽였는데, 또 뭘 해야 한다는 거야?"

"클라우디아 젠킨스?"

"버트몬주 역에 있던 여자애. 보스턴으로 가는 기차를 기다리고 있던."

수화기 반대편의 사람이 갑자기 전화를 끊었다. 스티븐은 수화기에 대고 소리를 질렀다. 여기서 끝낼 수가 없는 대화였다. 상대가 왜 클라우디아 젠킨스의 이름에 그런 물음표를 붙였는지 알고 싶었다. 스티븐은 다시 전화를 걸었다. 전화기에서 들리는 소리를 한 음 한 음 듣다 보니 클라우디아의 죽음이 떠올랐다. 첫 번째 소리에서는 그녀가 구덩이에서 소리치던 모습, 두 번째 소리에서는 몇 시간 후에 우는 모습, 세 번째 소리에서는 수면제가 담긴 물통을 안고 자는 모습, 네 번째 소리에서는 그날 아침 자신이 도끼를 손에 쥔 모습과 한 치의 망설임도 없이 일을 처리하던 영상이 떠올랐다. 다섯 번째 소리가 울릴 때까지 아무도 받지 않았고, 그저 전화기 너머로 뚜뚜 끊기는 소리만 들렸다.

그는 다시 전화를 걸었다. 대답 없이 신호음이 들릴 때마다 맥박이 더 크게 고동쳤다.

"제기랄!" 그가 수화기를 집어 던지며 소리쳤다.

점원은 공중전화 부스에서 수화기를 내던지는 남자를 보고는 안쪽에서 소리를 질렀다.

"당신, 미쳤어? 부서지면 물어내."

스티븐은 분노와 비탄이 섞인 얼굴로 점원을 쏘아보았다. 그러자 방금 한 말을 후회하는 것 같았다.

스티븐은 숲 한가운데 있는 오두막으로 돌아오는 길에 클라우디아 젠킨스에 관해 질문했던 자의 목소리를 생각했다. '무슨 말을 하려고 했던 거지? 왜 내가 또 해야 한다는 거야?'

그는 오두막으로 돌아와서 구덩이 옆에 차를 세웠다. 수잔은 자고 있었다. 동이 터오기 시작하자 스티븐은 뭘 해야 할지 몰라 그냥 수잔을 멍하니 바라보고 있었다. 그 목소리는 스티븐이 그 일을 맡아야 한다고 했지만, 이틀 전에 그 일을 했다는 말에는 뭔가 의심스러워했다. 수잔을 보니 아만다가 떠올랐다. 아만다와 피부색이 너무 비슷하고 머리 색도 그랬다. 그녀가 입고 있던 파란색 셔츠와 얼굴, 손은 흙 때문에 얼룩이 생기고 더러워져 있었다. 스티븐은 몇 분간 수잔의 잠자는 모습을 바라보았다. 순간 구덩이에 있는 그녀가 아만다처럼 보였다.

그는 오두막으로 들어가서 담요를 들고 나와 그녀에게 던져주었다. 잠에서 깬 그녀는 담요를 움켜쥐고 덮었다. 이 납치범의 눈에서 뭔가 변화가 있음을 눈치챘다. 더는 무기력한 눈빛이 아니었다. 오히려 자신을 걱정하는 눈빛으로 바뀌어 있었다. 그녀는 이것이 좋은 신호인지 아닌지 알 수가 없었다. 하지만 어쨌든 수잔은 몇 시간 동안 살아남았고, 담요를 던져준 행동을 보고 얼마간은 더 살 수 있을지도 모른다고 생각했다.

41

2013년 12월 23일 23시 31분, 보스턴

빛이 비치는 순간 나는 차 사이 공간으로 뛰어 들어간다. 나를 봤을까? 예상치 못했던 자동차이다. 칼로 바퀴를 찌르는 일에 너무 열중한 나머지 철책이 열리는 소리를 듣지 못했다. 좀 더 기다려봐야 나를 봤는지 아닌지를 알 수 있을 것 같다. 나는 크라이슬러 옆 두 대의 차 사이에 웅크리고 앉아서 엔진 소리를 듣는다. 감히 밖을 내다볼 수가 없다. 어떤 경우라도 그렇게 하는 것은 최악이다. 그들이 나를 봤다면 내가 여기서 할 수 있는 일은 하나도 없다. 만일 못 봤다면, 곧 나를 볼 수 있고, 그렇게 되면 수십 년간 도모해온 일이 수포로 돌아갈 것이다. 가장 좋은 선택은 어둠 속에서 기다리는 일뿐이다.

차 문이 열리고 누군가 자갈을 밟고 걷는 소리가 들린다. 나는 그들이 내 소리를 듣지 않길 바라며 최대한 숨을 몰아쉰다. 내 계산이 틀리지 않는다면, 누가 되었든 그 차에서 내렸고, 혼자 오고 있으며, 늘어선 차들 뒤에 있는 나로부터 5미터 정도 떨어져 있다.

내가 있는 쪽으로 발걸음이 점점 가까워지고 있다. 내가 들켰다니 믿을 수가 없다. 정말 바보 같다. 그동안 얼마나 애써왔는데 결정적인 순간

들키는 믿을 수 없는 실수를 하다니. 나는 온 힘을 기울여 칼을 손에 쥔다. 저자를 끝장내고 말 것이다. 아마 다른 사람들은 이 사람이 오는 소리를 듣지 못했을 것이다. 만일 그를 조용히 제거한다면, 아무도 그가 왔다는 사실을 눈치채지 못할 것이다. 그자는 1미터쯤 떨어진 지점에서 걸음을 멈춘다. 크라이슬러 트렁크 너머로 그의 등이 보인다. 남자는 갈색 머리에, 수염이 났고 초록색 재킷을 입었다. 사냥꾼 같은 느낌이 든다. 그가 저택 쪽으로 고개를 돌리자 얼굴이 보인다.

나는 심장이 덜컹 한다. 스티븐?! 어떻게 여기에. 순간 그에게 들킬 것 같다는 생각이 들었지만, 나를 보지 못한다. 그는 슬픔과 증오가 뒤섞인 눈으로 저택을 빤히 쳐다보고 있다. 공포로 가득한 두 눈으로 저택의 담장을 보고 있을 뿐이다.

그는 다시 차에서 멀어지고 트렁크 여는 소리가 들린다. 숨을 헐떡이고 안간힘을 쓰면서 내는 아주 작은 그의 울음소리가 들린다. 나는 차창을 통해 그를 보고 있다. 스티븐, 이 밤에 여기 왜 있는 거지? 여기에는 오지 말았어야지. 당신 임무는 이거보다 훨씬 더 크잖아. 그리고 내일 수행해야 하는데.

스티븐은 젊은 여성과 함께 있는데, 그녀는 자고 있는 것 같다. 그는 여자를 어깨에 메고 트렁크 문을 닫는다. 반쯤 열린 정문 쪽을 향해 걸어가서 점점 멀어진다. 그는 왼손으로 저택의 대문을 열고 안으로 들어가서 문을 닫는다. 정원에는 다시 정적이 흐른다.

이제 더는 낭비할 시간이 없다. 나머지 차들의 바퀴를 다 칼로 구멍 내고 정문 쪽으로 달린다. 전등이 나를 비추었지만, 지금은 다들 스티븐과 그가 데려온 희생자를 맞고 있을 때라 밖에까지 신경 쓸 겨를이 없을 테고, 따라서 아무도 나를 보지 못한다. 나는 거대한 나무문이 열려 있는지 확인하려고 밀어봤는데, 놀랍게도 들어갈 수 있다. 나는 저택으로 들어간다. 현관은 어둡고 공기가 탁하며, 옆쪽 복도 중 하나에서 흘러나오는 미세한 불빛이 문 앞에 있는 나선형 계단을 부드럽게 비추고 있다. 나는 어둠 속에 멈춰 서서 두 복도 중 어느 쪽으로 갈지, 아니면 2층으로 올라갈지를 결정한다. 왼쪽 복도에서 두 남자의 대화 소리가 들린다. 그리고 오른쪽 복도 저 멀리 오래된 턴테이블에서 헨델의 〈울게 하소서〉가 돌아가는 소리가 들리는데 소리가 지지직거린다. 이런 개자식들이 음악 취향은 고상하다.

나는 그냥 마음 가는 대로 무작정 2층으로 올라가는 모험을 감행한다. 계단에는 테두리가 금색으로 장식된 빨간 양탄자가 깔려 있고 위로 올라가니, 현관 천장에 달린 사람 크기만 한 샹들리에가 보인다. 그렇게 큰 샹들리에는 처음 보지만, 그런 생각을 할 여유가 없다. 나는 계속 위로 올라간다. 맨 위에 도착하자, 어두운 복도 맨 끝 반쯤 열린 문 사이로 흘러나오는 불빛만 보인다. 나는 아주 아주 조심스럽게 긴 복도를 따라 걷는다. 방 안에서는 아무 소리도 안 들린다. 그들이 나를 기다리고 있는 걸까? 그렇다면? 아니라면?

열린 문 틈새로 들여다보지만, 아무도 없다. 보이는 거라고는 아무도 돌보지 않아 흐트러진 채로 누군가를 기다리는 침실뿐이다. 방치된 침대와 바닥에 흩어진 책들, 뒤집혀 있는 책상, 사방에 떨어져 있는 종이들. 누가 있는지 잘 모르겠지만, 좀 더 안을 들여다보기 위해 문을 더 밀어본다. 하지만 아무것도 보이지 않는다. 나는 머리를 좀 더 들이밀고 무엇이 여기서 나를 기다리고 있는지 살펴보기 위해 오른쪽으로 고개를 돌린다. 그때 내가 피하고 싶었던 일이 벌어진다.

매무새를 단장하고 있던 남자가 눈 한 번 깜빡하지 않고 나를 똑바로 바라본다. 우리는 몇 초간 말없이 서로를 쳐다본다. 그는 혼란스러우면서도 맥이 빠진 것 같은 반응을 보여서, 내가 지금 어디에 있는지, 여기가 천국인지 지옥인지, 나 자신이 살아 있는지 죽었는지 가늠이 안 될 정도이다. 백발에 검은 눈, 흰 피부에 검은색 스웨터를 입은, 하얀 웃음과 검은 영혼을 가진 자이다.

"안녕하시오." 그가 말한다.

순간 내가 무엇을 해야 할지, 무슨 생각을 해야 할지 모르겠다.

"자네가 스티븐이겠군." 그가 말을 이어간다. "들어오게, 친구, 우리 서로 인사 나눌 기회도 없었네."

나는 문을 끝까지 밀고 내가 어디 있는지도 모른 채 안으로 들어간다. 칼을 꺼내서 당장 처리해야 할지, 일이 흘러가는 양상을 좀 더 지켜봐야 할지 감이 안 온다.

"안녕하쇼." 왠지 모르지만 인사가 튀어나온다.

"어때? 아이는?"

"누구?"

"여자애. 제니퍼 트라우스인가?"

"아, 맞아."

"난 역시 똑똑해, 천재야. 맞을 줄 알았다니까. 다른 이름일 리가 없지. 이제 얼마 안 남았어. 서둘러야 해."

"그래, 맞아. 내가 여기 있으면 안 되지."

"아, 그래? 여기 있어도 되는데. 그들도 자네를 별로 신경 안 쓸 텐데."

"누구?"

"나머지들"

"아니, 가는 게 낫겠어, 고마워. 난 이미 많이 봤어."

"이런 게 다 유익한 경험이란 거, 알지?" 이 타락한 인간은 꿈을 꾸는 듯한 얼굴로 말한다.

"알지, 나도 그렇게 생각해."

"근데 어딨지?"

"다른 사람들 있는 아래층에 뒀어."

"좋아, 이제 아래층으로 내려가 봐야겠군."

"그래."

"여기에 있지 않을 거면, 가능한 한 빨리 가게. 자네가 참여하지 않고 배회하고 있으면 다른 사람들이 달가워하지 않을 것 같으니까."

"그래, 갈 거야."

다른 사람이 우리 대화를 듣고 끼어들기 전에 나는 서둘러 방을 나선다. 그가 스티븐을 본 적이 없어 나와 헷갈린 게 천만다행이다. 나는 백반증인 이 남자, 걸어 다니는 괴기스러운 게르니카가 나를 보고 웃는 데 구역질이 난다. 내가 문지방을 넘어서 나오려는 순간 그가 말한다.

"사람들이 나한테 자네가 나이가 좀 있다고 했는데. 이렇게 젊지 않다고 말이지."

나는 몸을 돌렸는데 무슨 말을 해야 할지 생각이 나지 않는다.

"몸 관리를 잘했지."

그는 잠깐 무표정하게 나를 바라본다. 스티븐의 나이를 알았다면, 내가 딴 사람이라는 걸 알았을 텐데. 그가 나의 정체를 알아챘고, 내 거짓말을 파헤쳐서, 다른 사람들에게 알리려고 하는 것만 같다. 만일 이 작자가 목소리를 높이면, 그들은 곧바로 어둠 속으로 사라지고 나는 더 이상 그들을 볼 수 없을 것이다. 여기서 놓치면 놈들은 또 연기처럼 사라질 테고, 그들이 잘못을 저지르고 내가 그들을 찾아낼 때까지 또다시 10년이 걸릴 것이다. 이제 들고 있는 가방에 넣어둔 칼을 꺼낼 순간이다. 나는 오른손으로 그것을 만지작거리면서 말한다.

"우리 같은 사람들은 행운이지. 나이를 먹어도 별 티가 안 나고 그대로거든."

"맞아." 나는 안도하며 대답한다.

"또 보세, 친구."

"잘 있게."

방을 나와서 다시 어두운 복도를 걷는데, 그의 얼굴이 간신히 기억난다. 놈의 모습이 머릿속에서 왜곡되어 이제 백발 아래 부위와, 검은 스웨터 위의 얼굴이 있어야 하는 부위가 얼룩으로 보인다.

나는 무슨 일이 일어났는지도 모른 채, 행운이라고 생각하며 복도를 걷고 또 걷는다. 그 방으로 돌아가서 그를 죽일 수도 있지만, 다른 사람들이 비명 소리를 들으면 겁을 먹고 달아날 수 있다. 또다시 그들이 도망가고, 내 방법이 실패한다면 견딜 수 없을 것 같다. 이건 그녀에게 다가가고 그녀를 되찾을 수 있는 유일한 방법이다. 나는 어떤 값을 치르든지 끝까지 가야 한다.

42

1996년 6월 15일, 솔트레이크

아만다는 맨발로 쏜살같이 계단을 뛰어 올라가 방 안에 있는 옷장 문을 열었다. 청바지가 세 벌, 블라우스 두 벌(베이지색과 분홍색), 회색 운동복 한 벌, 스웨터 두 벌(흰색과 파란색), 그리고 꽃무늬 상의에 흰색 시폰 치마가 있었다. 재빨리 머릿속으로 어울리는 옷의 조합들을 다 떠올렸다. 다른 남자애를 만날 때는 이 정도면 고르고도 남을 만한 조합들이지만, 제이컵과 데이트를 하려고 하니 입을 옷이 하나도 없어 보였다.

아만다는 첫 번째 청바지에 블라우스를 입고 엄마와 여동생을 찾으러 정원으로 나갔다. 걸어가는 그녀의 얼굴에는 옅은 미소와 새로운 분위기가 감돌았다. 다른 사람은 몰라도 그녀의 어머니만은 아주 사소한 변화라도 알아챘다. 케이트는 흰색 창고 안에 카를라와 함께 있었다. 정원을 관리할 잡동사니와 도구들을 보관하는 곳이었다. 그들은 벽에 걸려 있는 잡동사니가 바람에 흔들릴 때마다 괴상한 비명을 질러댔다. 카를라에겐 흥미진진한 모험이지만 케이트 눈에는 그저 난생처음 보는 먼지로 뒤덮인 거대한 거미줄만 보였다.

"카를라, 만지지 마."

"와, 거미예요!"

"맙소사, 얼른 여기서 나가자."

"그건 뭐예요?"

"뭐?"

"거기 벽에 있는 거요."

창고 안에 먼지가 둥둥 떠다니고 있었고, 빛이 들어오긴 했지만, 벽은 창문 쪽에서 너무 멀리 떨어져 있어서 걸려 있는 도구들이 보이지 않을 정도로 어두웠다.

"어떤 도구?"

"아, 그림이네."

"무슨 그림?"

"저 뒤에 있는 그림."

바로 그때 아만다가 문을 열고 들어오자, 케이트와 카를라가 한목소리로 소리를 질렀다.

"깜짝이야, 놀랐잖아, 아만다." 케이트가 말했다.

"이제야 일어났군." 카를라가 소리를 질렀다.

순간 아만다는 아무 말도 할 수가 없었다. 아만다는 벽에 그려진 그림을 보고 굳어버렸다. 엄마와 카를라도 뒤편의 벽면을 다 채우고 있는 거대한 별표를 보았다. 더 길고 짧은 선 하나 없이 선의 굵기와 모양이 다 똑같았다. 검은색 페인트로 그렸는데, 아주 섬세한 붓질이 돋보였다.

"무슨 일이야?" 케이트가 물었다.

아만다는 아무 말도 하지 않고, 그저 벽에 그려진 별표를 가리켰다. 케이트가 고개를 돌려 보았지만, 아만다가 왜 그렇게 놀라는지 이유를 알 수가 없었다. 창고 벽을 덮고 있는 별표는 의미 없는 상징일 뿐인데. 아만다는 조금 전 제이컵의 방문에 감정을 주체할 수 없었는데, 이 별표에는 완전히 압도당했다. 엄마는 몰랐지만, 창고를 가득 메운 별은 아만다의 이름과 날짜가 적힌 낡은 종이쪽지 뒷면에 그려진 그림과 똑같았다. 그녀의 머리와 몸의 감각은 뒤죽박죽되었고, 의미를 알 수 없는 표식에 몸이 바들바들 떨렸다.

케이트는 그걸 보고 뭔가를 알아챘다. 어찌 보면 아주 평범한 표시지만, 살면서 처음 보는 그림이었다. 별표를 이루는 선의 일부가 도구들 위를 지나고 있었다. 누군가 그릴 때 벽에 매달려 있는 도구를 별로 신경 쓰지 않았던 것 같았다. 바닥에는 페인트가 한 방울도 떨어지지 않았고, 인간이라면 저지를 법한 사소한 실수도 없이 완벽하게 그린 그림이었다.

"벽에 그려진 별표. 그래, 새롭긴 하네." 케이트가 말했다.

"나중에 벽에 색칠은 못 하겠는걸." 카를라가 벌어진 송곳니를 내놓고 웃으며 말했다.

"이게 무슨 뜻일까?" 케이트가 물었다. 아만다는 무슨 말을 해야 할지 몰랐지만, 그것이 자신과 관련이 있다는 것은 분명히 알았다. 엄마에게 쪽지에 대해서 말을 해볼까. 그녀 안에는 도움을 청하려는 마음과 혼자 해결하려는 두 마음이 싸웠다. 마침내 도움을 청하는 쪽으로 마음이 기울었다가, 결국은 그만두었다.

"저도 모르겠어요." 아만다가 말했다.

그녀는 엄마에게 이곳에 좀 더 오래 있어보겠다고 약속했었다. 하찮은 팔찌 사건 이후로 별거 아닌 유치한 일로 엄마를 걱정시키지 않기로 자신과 약속했었다.

"이상하네, 안 그래?"

"난 무서워." 카를라가 말했다.

"꼭짓점이 아홉 개야." 아만다가 별표를 가리켰다. "나는 그게 제일 맘에 걸려."

"왜?" 케이트가 물었다.

"별표를 만들 때 한 점에서 다른 점으로 선을 긋잖아요." 아만다가 대답했다.

"그러니까 무슨 소리야?"

"뭐냐면 펜을 들고 이쪽에서 저쪽으로 선을 그으면, 중앙을 통과하면서 매번 두 선이 그려지잖아요. 또 다른 선도 중심에 있는 점을 통과한 후 다른 쪽 끝에서 끝나기 때문에 항상 짝수 개의 점이 생기는 거죠. 그런데 이건 점이 아홉 개예요."

"그러게, 이상하긴 하네." 케이트가 말했다.

카를라는 감탄과 의심 어린 눈으로 별표를 계속 바라보았다. 그러나 케이트와 아만다의 이상한 시선을 보니 이유는 잘 모르겠지만 뭔가 좀 겁이 났다.

"근데 지금 우리 별표를 보면서 뭐 하고 있는 거지?" 케이트는 이 일에 너무 신경 쓴다 싶었는지 웃으며 말했다.

"저는 뭔가 기분이 안 좋아요." 아만다가 말했다.

"그림을 좀 가리는 게 어떨까?"

"뭐로 가려요?"

"거기 오래된 담요로?" 케이트는 좁은 나무 기둥 옆에 산더미처럼 쌓인 오래된 피륙 쪽으로 다가가며 말했다. 그녀는 먼지로 뒤덮인 빛바랜 담요를 집어 들고는 별이 그려진 벽에 걸린 도구들 위에 덮었다.

그들은 의문이 전혀 해소되지 않아 찜찜한 기분으로 창고를 나왔다. 조용히 집 쪽으로 걸어가던 중에 아만다의 주머니 속에서 뭔가가 잡혔다. 손으로 만져지는데 뭔지 몰라서 엄마가 보이지 않는 데서 가만히 꺼냈다. 그게 뭔지 알아챘을 때는 이미 늦었다.

"그게 뭐니?" 케이트가 물었다.

"아무것도 아니에요, 엄마." 아만다는 숨길 틈도 없이 대답했다.

"어디 봐." 그녀는 딸의 손을 잡고 노란 종이를 뺏으며 말했다.

43

2013년 12월 27일, 보스턴

대화를 나누는 동안 동이 텄지만, 제이컵은 어느 때보다도 쌩쌩했다. 스텔라는 그의 말에 전혀 끼어들지 않고 계속 이야기를 들으며 공책에 적고 있었다. 그녀는 로르샤흐 검사(사고장애와 정서장애에 민감한 투사 시험－옮긴이)를 해서 그의 첫 번째 생각과 사고의 연관 능력을 해석해볼까도 생각했지만, 그만두었다. 지금은 제이컵의 이야기가 FBI의 매뉴얼보다 더 중요했기 때문이다. 그가 제니퍼 트라우스와 클라우디아 젠킨스의 죽음에 직접 개입했는지는 분명히 알 수 없었지만, 증오와 같은 분량의 사랑이 가득한 성격은 엿볼 수 있었다. 마지막에 있었던 일, 그러니까 클라우디아의 아버지인 원장이 무너지는 모습에 조사 중이던 그녀는 커다란 영향을 받았다.

"그녀가 자기 이름을 추측할 거라고 어떻게 생각한 거지? 얼토당토않은 일이잖아. 이미 자기 이름을 알고 있는데." 스텔라가 말했다.

"인간의 생각이 얼마나 멋진 것인지 말씀드리죠."

"무슨?"

"그녀와 만나기로 한 날, 저는 흰 종이에 생각나는 모든 이름을 다 적었어요. 거의 0.5센티미터 간격으로 하나하나 써 내려갔어요. 다 같은 크기로 써서 어느 글자가 특별히 튀지는 않았고요.

저는 마치 처음 해보는 사람처럼 샤워를 했어요. 샤워하는 동안 우리가 영원히 함께 사는 모습을 상상하며 일종의 정신적인 고성소에 있다는 생각이 들었어요. 저는 그런 상황에 흥분했고 기뻤고 열광했어요. 어머니가 돌아가신 후에 새롭게 살아갈 수 있는 유일한 방법을 찾았다는 생각이 들었거든요. 저를 꿈꾸게 하고 늘 원하는 대로 살게 할 그 방법이요. 절대 실패할 수가 없을 방법. 저는 샴푸 반병을 거의 다 쓰고 나오면서 그녀가 저와 데이트할 거라는 확신이 들었어요. 키스할 수 있을 거라는 확신도요. 저의 영혼이 간절히 원했거든요."

제이컵은 의자에서 몸을 일으켜 탁자 위에 있는 스텔라에게 다가왔다. 수갑을 차고 있는 손목을 움직여 닿을 수 있는 거리까지 다가왔지만, 스텔라는 아무런 반응을 보이지 않았다. 놀라지도 않고 겁도 먹지도 않았다. 이제는 그의 말을 해석하는 방식이 바뀌고 있었다. 그를 바라보는 스텔라의 눈빛이 동정심이 가득하고 다정다감하게 변했다. 그녀는 제이컵이 무슨 이유로 길을 잃어버리긴 했지만, 사랑으로 충만한 사람이라는 것을 이해하기 시작했다.

"제이컵, 그럼 좀 쉬고 아침에 계속할까?"

"안 돼요, 절대."

"지금 벌써 새벽 3시인데."

"이건 자는 것보다 훨씬 더 중요한 일이에요."

"아만다를 사랑한 거지, 맞지?"

"그녀를 알고 나서 대화를 나눌 시간도 충분하지 않았지만, 제 인생의 여인이라는 것을 알았어요."

"그럼 둘이 만났을 때 무슨 일이 있었는지 말해봐."

"참을성이 없으시군요?"

"궁금해서 그래."

"듣던 중 반가운 말이군요." 제이컵이 웃으며 말했다. 스텔라는 처음으로 진실이 담긴 미소를 보았다. 그는 웃을 때 이를 내보이지 않았지만, 입술 한쪽 끝이 아주 조금 움직였다.

"계속 말해봐." 그녀는 볼펜을 움켜쥐고 재빨리 공책을 보며 말했다.

"아만다의 집에 도착했을 때는 4시 30분경이었어요. 5시에 만나기로 했지만 더는 참을 수가 없었어요. 기다리다가 기분이 상하고 싶지 않아서, 초인종을 누르기 전에 집 주변을 좀 돌아다녔어요. 아만다의 집 바로 앞에 있는 집에 다가갔는데 나무들이 썩어가는 조금 오래된 목조 주택이었어요. 그녀의 집과 정반대처럼 보였어요. 이 오래된 목조 주택은 바로 길 건너편에 있는 정반대의 말끔한 집을 매일 바라보고 있었어요. 한쪽 집 지붕은 잘 정비되었고, 반대쪽 집 지붕은 완전히 부식되었어요. 한쪽 집 벽은 티 하나 없이 하얀 색이고, 다른 한 집 벽은 손질을 하지 않아 그나마 있던 페인트도 다 벗겨졌어요. 저는 그 낡은 집에서 나오는 남자를 봤어요. 삼십대 남자가 서둘러 나왔는데 얼굴에 근심이 가득했어요. 저는 그를 보고 있었는데, 그 사람 차가 제 옆을 지나쳐서 마을 중앙 광장 쪽으로 갔어요. 그에게 무슨 일이 벌어졌는지 알 수 없었어요. 당시 저한테 별로 중요한 일도 아니었고요. 저는 빨리 시간이 지나서 그녀를 얼른 만나기만을 바랐어요. 아무튼, 거리의 양쪽 모습은 저한테 그렇게 중요하지 않았어요. 몇 년이 지난 후 그때 낡은 집에서 나온 남자가 누군지 알게 될 때까지는요.

"누구였지?" 스텔라가 물었다.

순간 갑자기 문이 열렸고, 벽을 치는 소리에 스텔라가 놀라 비명을 질렀다.

44

2013년 12월 27일, 보스턴

스텔라가 제이컵을 인터뷰하는 방에 원장이 갑자기 들어왔다. 그는 아직도 심리 평가가 계속되고 있을 거라고는 상상도 못 했다. 그 시간쯤이면 제이컵은 방에 감금되어 있고 스텔라는 집에 갔을 거라고 생각했다. 하지만 독방 쪽 긴 복도를 걷다가 3E 방에 불이 켜져 있어서 뭔가 잘못되었다는 생각이 들었다. 문을 열기 전, 한편으로는 그자가 스텔라의 심리 검사 과정을 잘 따르고 있기를 바랐다. 또 한편으로는 어두운 독방에 혼자 있는 그자의 얼굴을 직접 볼 수 있길 바랐다. 그는 모두들 '목을 벤 남자'라고 부르는 그자에게 할 말을 내내 준비해왔다. 그자가 마음대로 혀를 놀리며 자신을 기만하는 것을 막기 위해 아주 많은 질문을 들고 왔다. 어떻게 해서든 그자와 라우라 그리고 딸의 죽음의 연관성을 명백히 밝히고 싶었다. 그러나 방에 들어갔을 때 함께 있는 스텔라를 보고 감정을 억눌렀다.

"이게 무슨 일입니까?" 원장이 물었다.

"너무 놀랐어요." 스텔라가 소리쳤다.

"좋은 저녁입니다, 젠킨스 박사님. 아직도 여기 계시는 줄 몰랐습니다." 제이컵이 말했다.

원장은 그녀의 눈빛에서 안심해도 될 만한 단서를 찾으면서 무슨 일이 벌어졌는지 파악해보려고 애썼다. 그녀는 소리 없이 '걱정하지 마세요'라는 입 모양을 했다.

"젠킨스 박사님, 이미 제이컵은 아실 거고요." 스텔라가 긴장된 분위기를 풀기 위해 입을 열었다.

"제이컵? 그게 이름인가?"

"젠킨스 박사님, 다시 뵙게 되어 반갑습니다. 그건 박사님께서 점점 눈을 뜨고 있다는 뜻입니다."

"무슨 말이지, 제이컵?" 스텔라가 물었다.

"스텔라, 제가 말씀드린 것처럼, 이건 일반적인 상상을 훨씬 뛰어넘는 일이에요. 단지 가지고 계신 기록에 나온 특별한 죽음 아니, 둘의 죽음에 대한 이야기가 아닙니다. 훨씬 더 복잡한 일이에요."

"당신이 제니퍼 트라우스와 젠킨스 박사님 따님만 죽인 게 아니란 뜻인가? 더 많은 희생자가 있어?"

"전, 아닙니다. 스텔라." 그가 단호하게 대답했다. "아직도 당신 앞에 드러난 현실을 제대로 이해하지 못한 것 같군요."

"그럼 지금 저 밖에 너와 공조한 살인자가 있다는 건가?"

"그런 말은 안 했는데요."

"그러면?"

"요약하자면, 네, 밖에 살인자가 있습니다. 여성들의 목을 베려고 혈안이 되어 있는 사람이요. 제가 그 사람과 이 일을 공모했을까요? 아니에요. 하지만 제가 궁극의 진실에 다가갈 수 있게 해주세요. 아주 끔찍한 일, 최악의 전성기를 달리는 인간이 벌이는 더러운 짓이 벌어지고 있거든요. 하지만 당신은 아직 이 모든 일이 어떻게 시작되었고 왜 내가 여기 있는지를 이해할 준비가 안 되었군요."

"밖에 있는 살인자?" 스텔라가 말했다.

제이컵은 대답 없이 원장 쪽을 쳐다보았다.

원장은 놀라서 그를 쳐다보았다. 여기서 이렇게 편안하게 이야기하는 놈을 보자 모든 의욕이 사라졌다. 원장은 수많은 질문을 들고 센터로 들어왔지만, 그가 조용히 안정된 상태로 스텔라와 진지하게 대화를 나누는 모습을 보니, 어디서부터 질문을 시작해야 할지 감이 오지 않았다.

"제이컵, 이게 무슨 뜻이지?" 원장은 책상 위에 딸의 이름이 적힌 노란색 쪽지를 던지며 물었다.

제이컵은 탁자에 가까이 다가가서 종이를 보더니 옅은 미소를 띠었고, 몇 초간 원장을 바라보았다.

"이런 순간이 절대 오지 않을 거라고 생각했습니다." 제이컵이 말했다.

"이 글자가 무슨 뜻인지 말해줘, 제발." 원장은 울음을 터뜨리기 직전이었다.

"내가 당신에게 처음으로 했던 말 기억하세요?"

"내 딸의 죽음을 예감했다고?" 그가 대답했다.

"비슷하지만 정확히 제가 처음 한 말은 아닙니다."

"그럼, 무슨 말이었지."

"저는 '젠킨스 박사님, 저는 따님이 죽어야 했다고 생각합니다'라고 했습니다." 원장은 기겁하며 뒤로 한 발짝 물러섰다.

"좋아, 그런데 그게 뭐?"

"따님은 제가 혹은 누군가 죽기를 원했다면 죽지 않았습니다. 따님은 그가 죽여야 했기에 죽은 겁니다." 제이컵은 갑자기 감정을 폭발시키며 말했다.

"이 개자식, 잘 봐. 지금 너는 열일곱 살 내 딸이 분명한 이유도 없이 살해당했다고 말하고 있어. 내가 책임지고 널 평생 감옥에서 썩게 해줄 거야."

"정반대예요, 젠킨스 박사님. 따님은 당신이 상상하는 것보다 훨씬 더 큰 사건에 휘말려 죽었습니다. 쪽지의 뜻은 간단합니다. 그런 내용은 오랫동안 전 세계에서 나타났는데, 거기에 적힌 사람은 모두 죽었습니다. 저에게도 거기 적힌 날짜는 수수께끼예요. 전말은 아직 모르지만, 쪽지에는 늘 그 사람이 죽어야 하는 달이 적혀 있어요.

"지금 무슨 소리를 하는 거야?" 원장이 물었다.

"17년도 더 전에 세계 여러 나라의 여성들이 그 메모를 적은 사람들의 손에 죽었습니다."

"17년?" 스텔라가 초조하게 의자에서 일어서며 말했다. "그러니까 1996년부터군."

원장은 말없이 서 있었다.

"젠킨스 박사님, 당신이 퍼즐의 중요한 조각 중 하나라는 사실을 이제 조금씩 이해하시는군요, 그렇죠?"

원장은 망연자실해서 그를 바라보았다. 스텔라는 제이컵에게 다가가서 여전히 의자에 묶여 있는 그의 팔을 어루만졌다. 그는 어떻게 반응해야 할지 몰라 그녀를 쳐다보았다. 두 사람은 20센티미터 정도 거리를 두고 있어서 제이컵은 그녀의 머리에서 나오는 향기도 맡을 수 있었다.

"제이컵, 정말 밖에 살인자들이 더 있다면, 그들을 잡을 수 있게 도와줘." 스텔라가 말했다.

"그럴게요, 스텔라."

"제이컵, 말해봐, 1996년에 무슨 일이 있었지?"

"솔트레이크." 원장이 대답했다.

45

2013년 12월 27일, 장소 불명

그림자는 기름때로 절어 있는 벽에 비가 새는 어두침침한 건물의 거실 한쪽에서 어느 때보다도 불안하게 움직였다. 전화를 끊기 바로 전 클라우디아 젠킨스라는 이름을 듣고 당황한 터였다. 그림자는 거실을 돌고 있었는데 마치 부식된 안락의자부터 시작해서 유리가 없는 탁자와 회색 소파 쪽으로 아무렇게나 돌고 있는 쥐 같았다. 걸을 때마다 바닥에 쌓여 있는 쓰레기를 아무렇지도 않게 옆으로 치우고, 발아래 끈적끈적한 오물도 전혀 신경 쓰지 않았다. 왔다 갔다 하던 그림자는 방향을 바꾸어 방 안으로 들어가 불도 켜지 않은 채 빙빙 돌았다. 그러고는 어두운 방 안에서 바닥에 떨어진 두꺼운 책을 집어서 거의 다 부서진 침대에 올려놓았다. 그리고 다시 발을 질질 끌고 거실로 가서 구석에 있는 쓰레기 더미 속에 오른손을 넣고, 마치 볼 필요도 없다는 듯이 칼을 꺼내 들었다. 이어 다시 방으로 들어가서 어두운 곳에서 손에 잡히는 대로 책을 펼쳤다. 자세히 차례를 들여다보았지만, 너무 어두워서 제대로 볼 수가 없었다. 칼을 꼭 쥐고 몇 초 동안 칼날의 번뜩이는 빛을 쳐다보고는 책에 가까이 가져갔다. 그리고 아주 조심스럽게 한 페이지를 자르기 시작했다. 절반쯤 자르고 나서 칼을 옆에 두고 나머지는 손으로 찢었다. 그림자는 몇 분 동안 찢어진 종이를 쳐다보았다. 거기에 표시된 내용은 거의 볼 수 없었다. 그림자는 종이를 손에 쥐고 네 번 접어 다시 거실로 나왔다. 그리고 구석의 눅눅한 목가구에 놓인 기름때가 낀 소형 전등을 켜고 거기에 접은 종이를 올려두었다. 그림자는 몇 초간 그것을 쳐다보다가 주머니에서 연필을 꺼내 뭔가를 적기 시작했다. 다 쓰고 나서 다시 전등 불빛에 한쪽 면을 비추었다. 점이 아홉 개 있는 완벽한 별표였다.

46

2013년 12월 23일 23시 45분, 보스턴

불쌍한 스티븐. 이 생각밖에 안 든다. 이제 희생자의 운명은 그의 손을 떠났다. 그는 어딘가에 그녀를 두고 지금은 무릎을 꿇은 채 아래층 방 안 벽에 걸려 있는 그림을 보고 있다. 그가 있는 데서는 내가 보이지 않고, 나도 그가 보는 그림이 보이지 않는다. 하지만 그가 고통스러워하며 우는 모습을 보니 그에게 그림이 아주 큰 의미가 있음이 틀림없다. 기도를 바친 듯한 그가 바닥에서 일어나 오른손으로 뺨을 닦고 나서 갑자기 나를 향해 돌진한다. 그는 방 안에서 조명을 받고 있고, 나는 복도의 어둠 속에 있다. 순간 그가 나를 볼 수도 있겠다는 생각이 든다. 그의 눈이 나를 향하는 것처럼 보였는데, 바로 그렇지 않다는 걸 알아챘다. 위기에 빠져 길을 잃은 사람의 눈빛으로 보였다. 어떤 기억 때문에 혼란스러운 것 같았다. 내가 정신을 차렸을 때 그가 이쪽으로 걸어오기 시작하고, 나는 재빨리 복도에 있던 가구 한쪽에 몸을 붙인다. 그는 내가 있는지 모르고 지나쳐 간다. 그의 얼굴에서 나는 이상한 사향 냄새가 공기 중에 퍼져 내 머릿속에 박힌다. 흙과 단풍, 마른 잎, 클로로포름 냄새였다. 나는 어둠 속에서 복도 끝으로 아무렇지도 않게 걸어가는 그의 모습을 지켜본다. 스티븐이 여기에 오기까지 겪어야 했던 모든 일이 계속 떠오른다. 그가 어떻게 7인회의 요구를 따르게 되었는지, 평생 얼마나 소름 끼치고 비논리적인 생각에 사로잡혔는지, 주변의 사람들에게 얼마나 많은 불행한 결과를 초래했는지… 그런 생각이 계속 머릿속에 맴돈다. 스티븐, 지금까지 얼마나 많은 죽음을 지켜본 거지?

나는 그가 무엇을 봤는지, 왜 그림을 보고 그토록 놀랐는지 알고 싶어서 그가 있던 방으로 들어간다. 그림을 보니 이해가 간다. 오래된 호두나무 액자에 걸려 있던 것은 고야의 『아트로포스(Atropos: 숙명)』 복제품처럼 보이는 그림이다. 여기에는 인간의 운명을 엮는 운명의 세 여신이 나온다. 나는 단번에 그림을 알아본다. 7인회를 찾아다닌 몇 년 동안 나는 그들이 운명의 세 여신과 사람들의 운명에 끔찍할 정도로 집착하고 있음을 깨달았다. 검은빛과 잿빛이 도는 그림 중앙에 한 남자가 무릎을 꿇고 있는데 손은 등 뒤로 묶여 있다. 뒤에서는 세 여신이 의식을 거행하고 있다. 오른쪽에 있는 아트로포스는 사람의 명줄을 자를 가위를 들고 있다. 왼쪽에 있는 클로토는 갓 태어난 사람을 붙잡고 명줄을 잣고, 라케시스는 렌즈를 통해 실의 길이를 보고 있다. 이제 왜 스티븐이 그림을 보고 무너져버렸는지 알았다. 이 그림은 운명 앞에서 인간의 무력함을 느끼게 하고 을씨년스런 분위기를 자아낸다. 그림의 어두움 속에는 자신의 삶, 명줄의 길이를 결정하지 못하고 그저 세 여신의 뜻에 따라야 하는 그 남자의 무기력이 투영되어 있다. 나는 스티븐이 7인회 앞에서 똑같은 처지임을 알고 있다. 그들이 결정한 대로 따라야 했던 것이다. 하지만 이 역시 곧 끝날 것이다.

자세히 보니 내가 있는 이 방은 조금 전 밖에서 봤을 때 아무도 없었던 서재이다. 나무 책상에는 가죽으로 장정된 두꺼운 책이 있다. 좀 더 가까이 다가가서 보니, 표지에는 아홉 개의 검은 점으로 구성된 별표가 있다. 아만다의 쪽지 뒷면에 있던 모양과 똑같다. 책을 펴는 순간 피가 솟구쳐 온몸을 빠르게 돈다. 한 장씩 넘기자 손으로 적은 이름과 날짜 목록이 계속 이어진다. 첫 번째 장에만 이름이 100개가 넘는다. 다른 장에는 이미 죽은 여자들의 이름과 날짜가 있다. 첫 번째 날짜는 1996년 3월인데 열다섯 페이지 이상 넘어가더니, 마지막으로 "제니퍼 트라우스, 2013년 12월"이라고 적혀 있다.

재빨리 훑어보니 2001년에는 한 개, 2010년에는 겨우 네 개의 이름만 적혀 있다. 하지만 다른 연도에 적힌 이름을 보니 이건 아예 대량학살이다. 1999년에 200명, 2005년에는 300명이 넘는다. 거기에는 다른 언어로 적힌 이름들도 있다. 스페인어(마르타 디아스, 라우라 로페스, 마리아 구티에레스), 이탈리아어(비앙카 가차니, 프란체스카 리치, 줄리아 모레티), 중국어(춘화春華, 리분利芬)도 있다. 이 끔찍한 인간들이 1000명이 넘는 여자들을 죽였다 생각하니 토가 나올 것 같다. 그들에 대한 혐오감에 어찌할 바를 모르겠다. 이제는 그들이 죽을 차례이다.

내가 차라리 헛것을 보았기를 바라는 마음으로 다시 첫 장으로 돌아간다. 목록에 적힌 처음 열다섯 개의 이름을 읽자 내 몸이 마천루에서 떨어지고 위장이 가슴 쪽으로 튀어 오르는 것만 같다. 거기에 내 여자의 이름과 날짜가 있다. "아만다 매슬로, 1996년 6월"

47

1996년 6월 15일, 솔트레이크

"아니, 아만다, 도대체 이게 뭐니?"

"아무것도 아니에요, 엄마. 제발 돌려주세요." 아만다는 엄마 손에 있는 쪽지를 뺏으려 하면서 말했다. "아만다, 조용히 해." 케이트가 소리를 질렀다.

그녀는 집 쪽으로 걸어가면서 마치 거기에 쓴 내용을 이해하지 못하는 사람처럼 큰 소리로 읽었다. "아만다 매슬로, 1996년 6월"

"이거, 네 글씨니? 내가 볼 땐 아닌데."

"그냥 주세요, 엄마."

"왜 이렇게 흥분하고 난리니? 그냥 쪽진데. 아, 알겠다. 남자애가 써준 거니?"

"아니, 아니라고요, 엄마. 그냥 주세요."

케이트는 창고 벽을 덮기 전에 봤던 아홉 개의 점으로 구성된 별표와 똑같은 모양이 새겨져 있을 거라고는 상상도 못 하고 쪽지를 뒤집다가 완전히 굳어버렸다.

"엄마, 제발요." 아만다는 설명할 수 없는 일을 설명하려고 애쓰며 소리쳤다.

케이트는 아만다를 무시하고 자기도 모르게 창고 쪽으로 몸을 돌렸다. 벽 앞으로 다가가 덮고 있던 천 끝자락을 잡아당기자 눈앞에 별표가 드러났다. 그녀는 순간 멍해져서 잘못 봤나 싶어 다시 쪽지에 그려진 별표를 보았다. 완전 똑같은 모양이었다. 사람이 그렸는데 다른 점 하나 없이 정확히 일치한다는 게 도무지 이해가 안 됐다. 황당한 상황에 너무 놀라 그만 쪽지를 바닥에 떨어뜨리고 말았다. 그녀는 아만다가 하는 의미 없는 설명은 듣지도 않고 별 표식을 몇 초간 더 바라보았다.

케이트는 다시 아만다를 쳐다보며 말했다.

"네가 이런 장난을 할 수 있다는 게 도저히 믿기지 않는구나."

"네?" 아만다가 말했다.

"너의 행동이 이해가 안 된다고. 너에게 기회를 줬잖아. 남의 집 벽에 멋대로 칠을 했으면, 당연히 벌을 받아야지. 정말 너에게 실망이구나."

아만다는 엄마가 하는 말을 믿을 수가 없었다. '그나마 다행이야. 엄마가 내 글씨라고 생각하는 거잖아, 내가 별표를 그린 거라고.'

"내일 아침 뉴욕으로 돌아가." 케이트가 말했다.

"뭐라고요? 엄마, 맹세코 제가 안 했어요." 아만다가 말대꾸를 했다.

"그럼 누가 했는지 설명해봐. 종이에 네 이름이 적혀 있고, 뒷면에 벽에 그려진 별표가 있잖아. 아만다, 엄마가 바보로 보이니? 아침에 고모가 있는 뉴욕으로 돌아가. 넌 방학 끝났어. 아빠를 생각하니 맘이 아프구나. 아빠가 아주 오랜만에 우리와 함께 휴가를 보낼 생각을 하면서 얼마나 기대하셨는지 알기나 하니? 그런 생각도 못 하고 저런 일이나 하다니."

"엄마, 정말 제가 안 했어요. 전 뉴욕에 가고 싶지 않아요. 저도 여기 있고 싶어요. 진짜예요. 제가 안 했다고요."

"어떻게 엄마에게 그리도 뻔뻔하게 거짓말을 하니?"

"엄마, 거짓말이 아니에요. 정말이에요. 절 좀 믿어주세요." 아만다는 울먹이며 대답했다.

"더는 말할 것도 없어. 당장 방으로 가." 케이트가 명령했다.

카를라는 어찌할지 몰라 싸움을 지켜보고만 있었다. 언니가 울며 슬프게 집 쪽으로 가는 모습을 보니 마음 아팠다.

"엄마, 정말 언니는 여기 있으면 안 돼요?" 카를라가 엄마에게 물었다.

케이트는 머리를 숙여 딸의 뺨을 쓰다듬으며 말했다.

"카를라, 언니는 올해 여기에 안 오고 싶어 했어. 그래서 우리랑 함께 있느니 우리 집도 아닌 남의 집 벽에 그림이나 그리는 게 더 낫다고 생각한 거야. 이리스 고모 집으로 가서 남은 2주를 보내는 게 더 좋을 것 같아. 그럼 더 나은 생각을 하게 될 거야."

"그러니까 엄마 말은 언니가 우리를 좋아하지 않는다는 거예요?"

"아니, 아가 그건 아니야. 언니는 언제나 우리를 사랑하지. 하지만 우리와 함께 있는 것보다 다른 일이 더 중요한 시기를 지나고 있다는 걸 너도 이해해줘야 해."

카를라는 늘 웃고 즐거워하던 언니가 딴사람처럼 행동해서 당혹스러웠다. 그런 생각을 하며 집으로 걸어갔다. 그리고 계단을 올라가서 아만다 방으로 들어갔다. 언니가 침대에 누워 울고 있었다.

"언니, 나는 언니가 좋아. 언니가 가면, 정말 보고 싶을 거야."

그러자 아만다는 고개를 들어서 동생을 바라보았다. 그 말이 들리기 전까지는 거기에 동생이 있을 거라고는 생각지도 못했다. 좋지 않은 일이 있을 때마다 동생이 함께 있다는 사실이 놀라웠다. 아만다는 손등으로 눈물을 닦고 일어나서 그녀를 안아주었다.

“나도 꼬맹이 네가 너무 보고 싶을 거야.” 그녀가 말했다.

“언니, 가지 마.”

“나는 여기 있을 수 없어. 너도 엄마가 하는 말 들었잖아.”

“하지만, 우리가 엄마를 설득하면 되잖아.”

“걱정하지 마. 내가 가는 게 가족들에게 더 좋을 수도 있어. 솔트레이크를 떠나면 도시에서 다시 만날 거잖아. 어쩌면 엄마에게도 좋을 거야, 이런 상황에서는 엄마도 휴가를 즐길 수 없잖아.

“하지만 그러면 마을 축제는 못가잖아!”

“아, 축제!” 아만다가 소리쳤다.

“응, 축제.” 카를라가 말했다.

“아, 어쩌지, 제이컵을 만나기로 해놓고 깜빡했네!”

48

2013년 12월 27일, 퀘벡

스티븐은 오두막 주변을 서성이며 왔다 갔다 했다. 몹시 지쳤지만, 그렇다고 누울 수도 없었다. 아무 잘못도 없는 사람들에게 잔혹한 일을 저질렀던 모습이 떠올라 덜덜 떨렸다. 변호사로 살았던 수년간 생계를 위해 그리고 가족이 더 편안히 살게 하기 위해 편견들을 버려야 한다는 사실을 깨달았다. 솔트레이크에서 그 일이 벌어진 후에는 가족을 보호해야 한다는 사명감에 새로운 차원의 삶을 살게 되었다. 수년간 7인회 활동을 하면서 이제까지 한 일들을 잊어버리거나, 현재 벌어지는 일을 마치 남의 일처럼 생각했다. 한 마디로 자신이 주도하는 게 아니라고 생각했다. 자신은 예전 삶을 회복하기 위해 그들이 요청한 일을 해주는 단순한 중개자라고 생각했다. 하지만 오늘 전화 통화를 하면서 클라우디아 젠킨스를 죽인 게 헛일일 수도 있겠다는 생각이 들었고 뭔가를 잃어버린 느낌이 들었다. 그는 무엇을 지키고 따라야 하는지 알 수가 없었다. 그렇게 몸을 떨며 수잔이 잠들어 있는 구덩이 쪽을 바라보았다.

벌써 태양이 떠올라서 오두막 주위의 서리 맞은 회색 소나무들을 비추고 있었다. 스티븐은 나무 그루터기에 앉아 눈을 감고 손을 모아 낮은 목소리로 기도하기 시작했다. 성당에 나가본 적은 없었다. 도시에서 살 때는 시간이 부족하다는 핑계로 신앙생활을 멀리했다. 하지만 그는 법률 해석의 한계들을 잘 이용하고, 사건의 승소를 위해 끝없이 거짓말을 하면서도 모범 시민처럼 행동했다. 누구에게나 잘 대했고, 가족들과 여가를 보내길 좋아했으며 좋은 이웃이기도 했다. 하지만 지금은 그런 모습과 한참 멀어져 있었다. 생명을 파괴하고 죽음을 퍼뜨리면서, 단 하루도 기도를 빠뜨린 적이 없었다. 저지른 일에 대해서 용서를 구하거나, 어떤 식으로든 뉘우치려는 게 아니라, 오로지 자신의 목표를 이루기 위해서였다.

그는 그루터기에서 일어났고, 수잔이 떨고 있음을 알았다. 지난밤 기온이 영하 20도까지 급격히 떨어져서 담요를 주긴 했지만, 이러다가는 저체온증으로 죽을 수도 있겠다는 생각이 들었다. 그의 심경에 변화가 생겼고, 그녀를 바라보는 눈빛도 변했다. 수잔에게 두려움과 애정이 뒤섞인 감정을 느꼈는데, 아까 했던 전화 통화 후에 책임감을 되찾은 것만 같았다. 클라우디아의 죽음에 죄책감을 느끼기도 했고, 한편으로는 아직도 자신이 무슨 악마 같은 짓을 했는지 확실히 몰랐기 때문이다. 그는 오두막의 한쪽 옆에 있던 알루미늄 사다리를 들고 와서 구덩이 안에 넣어주었다. 수잔은 무슨 영문인지 몰라 위쪽을 올려다보았다. 스티븐이 몸을 기울이며 말했다.

"수잔, 오늘 거기서 꺼내줄 거야. 하지만 그전에 하나만 약속해."

수잔은 방금 들은 말을 믿을 수가 없었다. 몇 시간 전만 해도 죽일 거라고 했던 사람이 이제 살려준다고 하다니.

"뭐든지 할게요." 감히 다른 대답은 입 밖에 낼 수가 없었다.

"어떤 바보짓도 하려고 하지 마." 수잔은 두려워 떨며 조용히 있었다. "만일 달아나려고 하면, 바로 죽일 거야. 나한테 뭔가를 하려고 해도, 죽일 거야. 1초도 망설이지 않고 바로 죽일 거야. 알았어?"

"네." 그녀가 울며 속삭였다.

스티븐은 구덩이 안으로 사다리를 넣어주고, 올라오는 그녀에게 손을 내밀었다. 수잔은 그의 눈빛을 바라보며 손을 꽉 잡았다. 목구멍이 턱 막혔다. 그는 너무 오랫동안 착하고 친절한 사람이 되길 포기하고 살았다. 순간, 두려워하는 소녀의 눈빛에서 다시 아만다가 보였다. 아만다가 지금 되돌리면 너무 큰 피해를 볼 수 있으니 포기하지 말라고 애원하는 것만 같았다. 거의 다 왔다면서. 그는 수잔의 손을 잡고 꼼짝도 하지 않은 채 계속 그녀를 쳐다보았다. 스티븐은 무엇을 해야 할지, 이것이 무슨 뜻인지 알 수 없었지만, 어금니를 꽉 깨물며 말했다.

"수잔, 미안해. 못 하겠어."

"제발, 제발요." 그녀가 간청했다.

스티븐이 쥐었던 손을 놓자, 그녀는 구덩이 한가운데로 떨어졌고 충격으로 정신을 잃었다. 스티븐은 자동차에 가서 도끼를 꺼내 들고 사다리를 타고 구덩이로 내려갔다. 두 손으로 도끼를 들어 올렸다. 그러다 눈물이 뒤범벅된 채 바닥에 무릎을 꿇고는 그녀를 등에 업었다. 더는 할 수가 없었다.

"아만다, 날 용서해줘." 그는 울부짖으며 말했다.

그는 담요를 들어서 수잔에게 덮어주었다. 그러고는 그녀를 등에 업고 사다리를 타고 올라가 오두막으로 들어갔다. 수잔을 아주 조심스럽게 침대에 눕히고 옆에 앉아서 한 손을 잡고 그녀가 깨어날 때까지 기다렸다.

수잔은 다섯 시간이 지나서야 눈을 떴다. 스티븐은 그녀가 눈을 뜨면 먹일 따뜻한 수프를 준비하고 있었다. 그를 본 수잔은 자신이 얼마나 용감한지를 보여주려는 듯 재빨리 일어나 침대에 올라섰다. 스티븐은 수잔이 괜찮은 듯하여 마음이 벅차올라서 말했다.

"걱정할 필요 없어. 아무 일도 일어나지 않을 거야."

수잔은 스티븐이 있는 곳과 반대 방향인 침대 머리 쪽으로 가서 바닥으로 내려왔다. 그녀가 노란 눈으로 그를 조심스럽게 바라보는 동안, 그는 진정하라는 손짓을 했다.

"수잔, 아무것도 겁낼 거 없어. 널 해치지 않을 거야."

"전에도 그렇게 말했잖아요." 수잔이 대답했다.

"지금은 진짜야."

"그걸 어떻게 믿죠?"

"네가 지금 살아 있잖아, 안 그래?"

수잔은 꼼짝 않고 서서 스티븐의 거대한 몸집을 바라보며, 죽이려면 벌써 그러고도 남았겠다는 생각이 들었다.

"우리가 지금 어디 있는 거죠?" 수잔이 물었다.

"퀘벡."

49

2013년 12월 27일, 보스턴

원장이 단호한 눈빛으로 바라봤을 때도, 제이컵은 침착한 태도를 유지했다. 스텔라는 원장이 인터뷰를 함께하지도 않았는데 어떻게 솔트레이크를 알고 있는지 도무지 이해가 안 갔다.

"솔트레이크에서 지낸 제이컵의 이야기를 어떻게 알고 계신 겁니까?" 스텔라가 물었다.

"나도 모르겠어요." 원장이 대답했다. "내 이야기가 거기에서 시작한다는 것밖에."

"젠킨스 박사님, 이해가 안 가는군요. 거기에 사셨어요?"

"거기에서 심리학 공부를 시작했고, 몇 년 후에 워싱턴으로 옮겼어요."

"솔트레이크에서 무슨 일이 있었죠? 왜 거기서 이 모든 일이 시작됐다는 건가요?"

"무슨 일이 일어났는지는 몰라요. 내 아내인 라우라만 알고 있을 뿐이죠. 라우라는 클라우디아를 낳고 이틀 후에 사라졌습니다. 수개월간 헤매 다녔지만 결국 찾지 못했어요. 지금으로서는 라우라가 클라우디아와 다른 소녀의 죽음, 제이컵과 어느 정도 연관이 있다는 생각이 듭니다."

스텔라는 뭐가 뭔지 알 수가 없었다. 제이컵이 해준 이야기에 시작과 끝이 있다고 생각했지만, 지금 보니 상황이 더 복잡해 보였다.

"왜 그렇게 생각하시죠?" 스텔라가 물었다.

"이거." 원장은 세탁소 유리에 비친 아내 라우라의 모습이 담긴 사진을 탁자에 올리며 말했다.

"축하합니다, 젠킨스 원장님. 가까이 가고 계시는군요." 제이컵이 말했다.

스텔라는 어디를 봐야 할지도 모른 채 사진을 빤히 쳐다보았다.

"이 남자는 누구죠?" 스텔라가 물었다.

"접니다." 원장이 말했다. "17년 전. 그거 말고 세탁소 유리를 잘 봐요. 사진을 찍고 있는 사람이 보일 겁니다."

"여자군요." 스텔라가 말했다.

"라우라, 내 아내예요." 원장이 덧붙였다. "이 사진을 찍을 당시는 사라진 지 1년이 지났을 때고."

"원장님을 감시하고 있었군요." 스텔라가 추측했다.

"제이컵, 라우라가 살아 있었다는 걸 알고 있었나?" 원장이 물었다.

"네."

"지금도?"

"네, 젠킨스 박사님. 라우라는 살아 있습니다. 하지만 자신이 어떤 사람이 되었는지는 감추고 싶어 합니다. 종종 딸과 연락을 하고, 언제나 가까이 있다는 걸 알려주기 위해 사진도 보냈고요."

"지금은 어디 있는지 말해!" 원장이 소리를 질렀다.

"그게 중요합니까? 당신 딸이 죽었는데요, 젠킨스 박사님. 그래봐야 아무것도 바뀌지 않습니다."

원장은 제이컵의 멱살을 잡고 밀쳤고 그가 묶여 있던 의자가 뒤집혔다. 원장이 제이컵의 목을 누르며 숨통을 끊어버리려는 순간, 스텔라가 끼어들어 제지했다. 원장의 얼굴은 화산 폭발이라도 일어난 것 같았다. 스텔라는 갑작스러운 상황에 당황했고, 원장에 대한 분노와 미움이 차올랐다. 스텔라가 소리를 지르자 두 경비원이 방으로 달려왔고, 그녀는 두려움이 가득한 얼굴로 서 있었다. 재빨리 경비원들이 달려와 뜯어말리자, 원장은 숨이 넘어갈 뻔한 제이컵의 목을 놓아주었다.

"미쳤어요?" 스텔라가 소리쳤다.

두 경비원은 잠시 원장을 붙잡고 그가 안정되기를 기다렸다. 그는 격렬하게 숨을 헐떡이며 말했다.

"미… 미안합니다. 도대체 이제 무슨 일인지 저도 모르겠습니다. 이제 놓으셔도 됩니다."

경비원들은 그가 확실히 진정이 됐는지 의심스러워하며 천천히 놓아주었다.

"제이컵, 괜찮아?" 스텔라가 그를 걱정하며 다가가 일으켜주었다. 경비원 한 사람이 그를 다시 앉히도록 도와주었다.

제이컵은 원장을 뚫어지게 쳐다보며 웃었다.

"젠킨스 박사님, 아내분과 이 일이 무슨 관계가 있습니까?" 넋이 빠진 것 같은 스텔라가 물었다.

"모르겠습니다, 하이든 조사관."

"그런데 왜 관련이 있다고 하신 거죠? 이건 17년 전에 찍은 사진일 뿐인데. 별 의미가 없잖아요."

"그래요. 그냥 사진이고, 이걸로 알 수 있는 일은 없어요. 라우라가 살아 있었다는 거 빼고는. 이 사진 뒤에 있는 별 모양에 뭔가 의미가 있는 것 같아요." 스텔라는 사진을 뒤집었다. 거기에는 아홉 개의 점으로 구성된 별표가 있었다.

"별표요? 이게 무슨 뜻이죠?"

"무슨 뜻인지는 모르겠지만, 이걸 봐요." 원장이 주머니에서 쪽지를 꺼내 보여주었다.

"상자 안에 들어 있던 클라우디아의 이름이 적힌 쪽지예요. 절대 잊을 수 없는."

"뒤를 한번 보세요." 그가 뚝뚝 끊기는 목소리로 말했다.

스텔라는 쪽지 뒤에 그려진 별표를 보고 돌처럼 굳어버렸다. 모양이 똑같았다. 검은색 펜을 이용해 손으로 그린 별 그림이었다.

"어떻게 이런 일이. 이 사진 어디서 찾으셨어요?" 스텔라가 말했다.

"클라우디아가 가지고 있었어요. 라우라가 보낸 것 같아요. 이게 딸과 함께하는 방법인지는 모르겠지만. 확실한 것은, 라우라가 클라우디아의 죽음과 관련이 있다는 겁니다. 비록 엄마긴 하지만."

"제이컵, 1996년은 당신이 솔트레이크에 있는 삼촌 집에 갔을 때지?" 스텔라가 물었다.

"맞아요."

"혹시 당신 라우라의 실종 사건과 관련 있나? 솔트레이크에서 지내던 해에 일어난 일을 이야기하고 싶다 했는데, 그건가?" 스텔라가 물었다.

"아니요." 그가 진지하게 대답했다.

"그러면, 뭐지?"

"저는 당신에게만 말하고 싶어요, 스텔라. 당신에게만. 젠킨스 박사님은 살아가면서 뭔가를 더 풀어야 합니다. 박사님은 잊어버리신 게 있어요. 절대 잊어서는 안 되는데 말이죠."

박사는 대화에서 소외된 것만 같았다.

"내가 뭘 잊은 거지, 제이컵?"

"박사님, 기억 안 나세요? 정말 기억 안 나세요?" 제이컵이 소리를 질렀다.

"무슨 말을 하고 있는지 모르겠군."

"힌트를 드리죠, 젠킨스 박사님. '보스턴, 매디슨 가 704번지'"

"주소인가? 거기에 뭐가 있지?"

"당신의 진실."

50

2013년 12월 27일, 보스턴

원장은 스텔라의 공책에 그 주소를 적은 후에 종이를 들고 방을 뛰쳐나왔다. 그는 다른 걱정은 하지 않았다. 거기에 가면 라우라를 만나 수천 개로 부서진 삶의 조각을 맞출 수 있을 거란 생각만 했다. 비빌 언덕이 전혀 없었기 때문에 제이컵이 말해준 주소로 가기만 하면 무슨 일이 일어났는지 이해할 만한 단서를 찾는 데 도움이 될 거라고 생각했다. 클라우디아의 일뿐만 아니라 자기 삶 전체에 무슨 일이 벌어졌는지 알 수 있으리라. 그는 어느 때보다 부푼 희망을 안고 차에 올랐다. 제이컵과 이야기를 거의 나누지 않았지만, 그가 미치지 않았고, 오히려 평범하지 않은 상황을 통제할 능력까지 있다는 느낌을 받았다. 그가 말해준 주소는 정신건강센터에서 그리 멀지 않은 곳이라 가는 데 얼마 걸리지 않았다. 그는 해당 건물을 바라보며 어느 때보다도 마음을 단단히 먹고 차에서 내렸다. 흥분되면서도 기운이 빠졌고, 뭔가 의욕이 넘치다가도 침몰하는 기분이었다. 그의 눈빛은 어떤 충동으로 소용돌이쳤지만, 몸에는 힘이 하나도 없었다. 클라우디아의 죽음, 사진을 발견해 치솟은 긴장, 제이컵과의 대립으로 이미 자신의 한계치를 넘어섰다. 막 날이 밝아오고 있었다. 그가 무엇이든 단서를 발견하길 바라며 건물 현관에 발을 디디는 순간, 휴대전화가 울렸다.

"여보세요?" 그가 대답했다.

상대편에서는 아무 소리도 들리지 않았다.

"여보세요?" 그가 소리쳤다.

"그만 멈추세요, 박사님. 중단하세요. 아직 늦지 않았습니다." 수화기 건너편에서 목소리가 들렸다.

"당신 누구야?"

"젠킨스 박사입니다."

"무슨 소리를 하는 거야? 내가 젠킨스인데." 상대편에서 전화를 끊자, 뚜뚜 하는 소리가 들렸다. 말하는 중간에 전화가 끊겨서 하지 못한 말이 입에 그대로 남아 있었다. 전화기를 들고 있던 원장의 손이 떨렸고, 전화기를 땅에 떨어뜨렸다. 그는 상대방이 누군지 몰랐고, 그가 한 말이 무슨 뜻인지도 몰랐지만, 기다릴 시간이 없었다. 그가 현관문을 열고 들어서는 순간 회색 머리카락의 노파가 건물에서 나왔다. 그는 엘리베이터 단추를 누르고 기다렸다. 단추에서 빨간 불이 깜빡였다. 불빛이 깜빡이는 동시에 방금 끊긴 전화벨이 다시 울렸다. 그는 숨을 깊게 쉬었다. 긴장을 풀려고 숨을 계속 내쉬었다. 엘리베이터는 내려오는 데 한참이 걸렸다.

"빨리빨리." 그는 엘리베이터 버튼을 계속 누르며 소리쳤다. 1초도 더 기다릴 수 없어서 계단으로 뛰어 올라가며 층마다 숫자를 확인했다. 층계마다 짙은 색깔의 나무로 된 문이 하나씩 보였다. 그는 5층까지 올라가서 발을 멈췄다. 그제야 몇 층에 가야 하는지 모른다는 걸 깨달았다.

"내가 지금 무슨 바보 짓을 하는 거지? 이 개자식이 층수를 말해주지 않았잖아."

그는 뭘 어떻게 해야 할지 몰라 계단에 주저앉아 무너지고 말았다. 제이컵은 그를 정신건강센터에서 내보내기 위해 정보가 부족한 단서를 주었던 것이다.

"나한테 왜 그랬을까? 왜지?" 그는 주머니에서 딸의 이름이 적힌 쪽지를 꺼내서 뒷면의 별표를 쳐다보았다. "아홉 개의 점이라. 의미가 없는데." 그가 말했다. "점 아홉 개라…."

원장은 갑자기 계단에서 일어나 직감에 이끌려 한층 한층 오르기 시작했다. 오르다가 한 계단에서 멈춰 섰는데, 문을 보고 몹시 놀랐다. 문 위에 '9'라고 적힌 녹슨 표지판이 붙어 있었다. 줄무늬가 있는 나무문 전체를 쪽지 뒷면에 있었던 점 아홉 개로 구성된 별표가 뒤덮고 있었다.

"이럴 수가."

그는 문에 가까이 다가가 별표를 만졌다. 1센티미터 깊이로 깊게 새겨져 있었다. 원장은 문에 어깨를 대고 안쪽으로 힘껏 밀었고, 걸려 있던 약한 자물쇠도 부수었다.

집 안은 어두웠고 짙은 어둠으로 뒤덮여 있어서 문틈 너머를 볼 수 없었다. 원장은 겁이 났지만, 여기 무엇이 있는지 꼭 알고 싶었다. 클라우디아가 왜 죽었는지, 더불어 십 수년 전 솔트레이크에서 있었던 일과 어떤 연관이 있는지 알고 싶었다.

안으로 들어가 두어 걸음 내디뎌보았다. 실내는 깜깜했다. 창문들은 뭔가로 덮여 있었고, 틈을 비집고 들어온 몇 가닥 빛줄기가 쌓인 먼지를 비추고 있었다. 그는 방 안을 비추려고 휴대전화를 꺼냈지만, 걸려온 전화를 받다가 그만 넘어졌고, 배터리가 떨어져 나가면서 전화기 불빛도 사라졌다. 전화를 다시 켜려고 애쓰는데 손이 떨리기 시작했다. 거의 아무것도 보이지 않았다. 자기 손도 볼 수 없어서 너무 혼란스러웠다. 그는 벽을 더듬으면서 어둠 속에서 몇 걸음 내디뎠다. 손에 스위치 같은 것이 잡혔고 켜는 순간 눈부신 빛이 방 안을 비추었다.

51

2013년 12월 27일, 장소 불명

그림자는 이 세상의 무엇과도 연결되지 않은 채, 사람의 흔적이라고는 없는 방 안 여기저기를 배회했다. 그림자는 보스턴 외곽 고층 빌딩에 있는 어둡고 지저분한 방에서 살았다. 쓰레기들로 둘러싸인 데서 남은 음식들을 먹었다. 수년이 지나면서 엉망이 된 그림자가 건물 밖으로 나왔을 때, 아침 햇빛에 그의 얼굴이 드러났다. 얼굴은 퀭했고 거칠게 숨을 내쉬었고, 목소리도 힘이 없었다. 그림자는 엘리베이터를 타고 예상보다 빨리 내려왔고, 젠킨스 박사와 건물 앞에서 부딪혔을 때 아무 말도 하지 않고 지나쳤다. 그와 이렇게 만나게 되리라고는 상상도 못 했지만, 만나도 그에게 아무런 도움이 안 될 거라는 사실을 알았다. 그가 엘리베이터를 타는 걸 막고 싶었지만, 시간을 벌기로 했다. 그림자는 거기서 멀어지고 싶어서 무작정 건물에서 멀리 떨어진 곳으로 뛰어갔다. 클라우디아 젠킨스의 이름이 머릿속을 맴돌았고, 바로 앞에 있던 가판대 쪽으로 갔다. 멀찌감치 떨어져서 『헤럴드 트리뷴』 신문을 보며 제목을 읽었다. "오십 년 만에 최강 한파가 몰아치다." 『뉴욕 타임스』에는 "목을 벤 남자 독방 감금"이라는 기사가 실렸다. 센터 감시원 중 한 명이 찍은 흐릿한 방 사진이 나왔는데, 벽면은 부드러운 물건으로 덧대어 있었다. 『워싱턴 포스트』에는 "젠킨스 박사의 딸, 목이 잘린 채 죽다"라는 기사가 떴다. 종이 상자 사진도 함께 실렸다. 그것을 본 노파는 넋이 나가서 가판대에서 멀리 떨어진 벤치를 찾았다. 햇빛 때문에 너무 피곤했고 속도 울렁거렸다. 그녀는 빠져나온 건물이 보이는 공원 벤치에 앉아 가방에서 노란색 쪽지와 밤색 표지의 두꺼운 책을 꺼냈다. 아무 페이지나 펼쳐서 오래되어 빛바랜 사진을 아련한 눈빛으로 쳐다봤다. 거기에는 병원에서 라우라의 뺨을 어루만지던 젠킨스 박사의 모습이 보였다. 사진 속에서 그녀는 클라우디아를 팔에 안고 세상에 마치 둘만 있는 것처럼 애틋하게 딸을 쳐다보고 있었다. 그녀는 앨범에서 그 사진을 꺼내 입에 가까이 댔다.

"클라우디아, 미안해, 결국엔 사람들이 널 찾아냈구나." 그녀는 사진에 눈물을 떨구며 작은 소리로 중얼거렸다. 그러고는 사진을 다시 가방에 넣고 건물 문 앞에 세워둔 원장의 차가 있는 쪽으로 거침없이 걸어갔다. 이윽고 그 사진을 차 와이퍼에 끼우고는 건물 위를 한참 올려다보았다.

"우물쭈물하면 안 돼." 그녀가 중얼거렸다.

몇 초 후 9층 창문이 폭파되면서 건물 유리들이 깨지고, 주차장에 있던 여러 차에서 경보가 울리기 시작했다.

52

2013년 12월 23일. 23시 51분, 보스턴

나는 죽은 사람들의 이름이 적힌 책을 집어서 내 가방에 넣는다. 만일 내가 이 목표를 이루지 못한다면, 최소한 이것이 나의 진실을 입증해줄 것이다. 경찰이 이 목록을 보면 전 세계 여러 지역에서 일어난 소녀들의 실종 사건에 대한 단서를 찾게 될 것이다. 자정이 다가오고, 나는 서둘러야 한다. 단 1초도 지체할 수 없고, 지금 미적거리면 너무 늦어질 것이다. 나는 도움이 될 만한 물건이 또 없을까 하고 책상 서랍들을 뒤적인다. 책장에 쌓여 있는 책들을 재빨리 훑어본다. 모두 다 고전들이다. 마르케스, 오스틴, 셰익스피어, 하퍼 리, 오웰, 와일드….

"시간을 더 끌면 안 돼." 나는 혼자 계속 중얼거린다.

재빨리 방에서 빠져나와 거실로 짐작되는 곳으로 향한다. 복도의 불은 꺼져 있고 고전음악이 들리는데, 무슨 곡인지 모르겠다. 나는 아무 소리도 내지 않으려고 애쓰며 몰래 복도를 빠져나간다. 만일 여기서 누군가를 더 만난다면, 전과 같은 행운을 기대할 수는 없을 것이다. 더 이상 나를 스티븐으로 생각하지 않을 것이다. 나는 음악이 들리는 거실 쪽으로 걸어간다. 문이 반쯤 열려 있고 대화하는 소리가 들린다. 나는 몇 명이 있는지 보려고 안을 들여다본다. 이 방은 천장이 보통보다 두 배 정도 높아서 2층에서 더 잘 보일 것 같다. 나는 이 복도를 계속 따라가다 말고 2층으로 향하는 계단을 오른다. 사방에 그림이 걸려 있고 복제품으로 보이는 그림은 하나도 없다. 나는 2층으로 올라가 벽에 몸을 대고 누가 있는지 확인하려고 구석 쪽을 쳐다본다. 전 세계에서 가장 괴기스러운 광경이 눈앞에 펼쳐진다. 거실 한가운데 대리석 바닥에 스티븐이 데리고 온 소녀가 누워 있다. 의식이 없어 보이는데 발가벗겨진 채 바닥에 고정된 네 개의 기둥에 사지가 묶여 있다. 나는 너무 놀라 비명을 지를 뻔했다. 녹색 옷을 입은 다섯 명이 빙 둘러서서 뭔가를 중얼거리고 있다. 마치 기도를 하는 사람들처럼 웡웡거리는 소리를 내지만, 신에게 기도하는 것인지는 의심스럽다. 신은 죽었고, 그와 함께 인간도 죽었다. 잘은 모르지만, 그들은 뭔가를 하고 있다. 나는 시간이 별로 없다. 자정이 되면 저 소녀를 처치할 것이다. 그들이 도끼를 들면, 저 여자애는 끝장이다. 그렇게 살해하는 행위가 그들의 의식이자 기도이다. 다음 희생자를 위한.

아까 만났던 백발의 남자가 있다. 눈을 감고 아주 열심히 기도하고 있다. 그와 이야기를 나눌 때는 좋은 사람이라는 생각이 들었지만, 지금 보니 최악의 악당임이 확실하다. 동전의 양면 같은 인간, 결국 모든 사람이 마찬가지지만, 저자는 더 극단적인 짓을 하는 인간이다. 그들 중 한 명은 나머지 사람들처럼 양손을 위로 들지 않고 손바닥을 위쪽으로 향하고 있다. 그는 한 손으로 바닥에 있던 도끼 손잡이를 힘없이 잡고는 다른 쪽 손의 손톱으로 얼굴을 쿡 찌른다. 얼마나 세게 찔렀는지 흰 대리석 바닥에 피가 뚝뚝 떨어진다. 그의 맨발에는 멍 자국이 가득하다. 그는 첫 번째 주자가 될 것이다. 이런 인간의 존재를 그냥 두고 볼 수는 없다. 양심의 가책도, 자비도, 인간성도 없는 최악의 인간이 되려는 작자들 말이다. 나머지 세 명은 특별한 게 없어 보인다. 어깨까지 내려오는 갈색 긴 머리의 중년 여성, 오십대 아니면 육십대로 보이는 볼이 빨갛고 안경을 낀 뚱뚱한 남성, 내일이 없는 것처럼 기도에 몰두하는 삼십대로 보이는 짧은 갈색 머리의 젊은 남성이다. 그래, 잘들 하고 있다. 그들은 절대 내일을 맞지 못할 것이다. 나는 그들의 눈에 띄지 않길 바라며 조용히 복도를 지난다. 순간 그들의 노랫소리가 점차 커지기 시작한다. 하지만 그들이 하는 말을 전혀 알아들을 수가 없다. 15초나 20초 간격으로 한목소리로 반복하는 구절 "파툼 에스트 스크립툼(Fatum est scriptum)"을 빼고는 뭐라고 하는지 모르겠다. 반복되는 라틴어 구절만 이 타락한 사람들을 움직일 수 있는 모양이다. 『운명은 쓰여 있다』. 한 발 한 발 움직일 때마다, 이 소리가 점점 더 커지고 고막이 찢어질 것 같다. 나는 그들 뒤에 있는 계단으로 몰래 내려가기 시작한다. 만일 도끼를 쥔 사람이 눈을 뜨고 날 본다면 모두 물거품이 되고 말 것이다. 재빨리 실행에 옮겨야 한다.

나는 가능한 한 빨리, 그리고 조용히 내려간다. 손에 칼을 쥔 채 그들 중 한 명이 있는 데서 2~3미터 떨어진 지점에 다다른 순간, 소녀가 깨어나더니 귀청이 터질 정도로 비명을 지른다.

53

1996년 6월 15일, 솔트레이크

스티븐이 집에 돌아올 때까지, 아만다는 뉴욕으로 가지 않을 온갖 방법들을 짜내고 있었다. 제이컵을 다시 한번 보고 싶었다. 하지만 아무리 궁리해봐도 뉴욕으로 가지 않을 방법이 없었다. 자기 방으로 돌아가서 커튼을 만지작거리며 창밖을 내다보았다. 그리고 옷장을 열어 옷을 살펴보고는 책상 앞에 앉았다. 그런 다음 다시 일어나 똑같은 행동을 반복하기 시작했다. 그렇게 왔다 갔다 하는 동안 스티븐이 심각한 얼굴로 방에 들어와 침대에 앉았다.

"아만다, 네가 무슨 짓을 했는지 엄마에게 다 들었어." 그가 말했다.

"정말, 제가 안 했어요. 그게 더 문제라고요."

"넌 나랑 같이 갈 거야. 뉴욕으로 돌려보내는 것밖에 다른 방법이 없구나."

"억울해요, 아빠."

"왜 억울하니?"

"제가 정말 안 했거든요. 아빠, 이게 엄마에게 그렇게 큰일도 아니고요."

"그렇지 않아. 네가 그렇게 생각하다니 정말 마음이 아프구나. 올해는 어느 때보다도 가족과 함께 보내고 싶었는데."

"그래요, 아빠, 하지만 저는 정말 벽에 별표를 안 그렸어요."

"아만다, 네가 아니면 누구겠니? 설명 좀 해봐. 도무지 이해가 안 가는구나."

"엄마랑 케이트 그리고 제가 가기도 전에 이미 창고 벽에 있었던 그림이에요. 저도 정말 모르겠어요. 하지만 제가 안 그렸다는 것은 알아요."

"그럼 네 이름이랑 별표가 그려진 쪽지는 뭐니?"

"제가 이 집에 도착한 날 바닥에서 주운 거예요. 이미 엄마에게 다 설명했는데 제 말은 들으려고도 안 하세요."

"왜 제 말은 안 믿으세요?"

"너무 믿기 힘든 말이잖니, 아만다."

"아빠, 제발 저 좀 믿어주세요. 저도 정말 이해가 안 가지만, 여기에는 뭔가가 있어요. 제가 여기에 처음 왔을 때, 마을 사람들이 다 저를 쳐다보고 있는 것 같다는 느낌이 들었어요."

"그건 또 무슨 말이니?"

"어떻게 설명을 해야 할지 모르겠어요, 아빠. 제 느낌이 그래요. 거리에 있는 사람들이 다 저를 쳐다보는 느낌을 받았다고요. 아무래도 그 별표랑 관련이 있는 것 같아요."

"아만다, 정말 걱정스럽구나."

"정말이에요."

"엄마가 마을에 있는 심리 상담사에게 널 데려가 보자던데, 아무래도 그게 좋겠어."

이 말이 아만다의 귀에 크게 울렸고, 순간 눈이 번쩍 뜨였다. 그리고 혼란스러웠다.

"지금 저를 미쳤다고 생각하시는 거예요?"

"미치다니, 그런데 이게 다 거짓말이란 점은 인정해야지, 안 그래? 사람들이 너를 모두 쳐다보고 있다는 둥, 벽에 그려놓은 별표랑 오래된 쪽지 이야기 등… 전문가와 상담해서 나쁠 게 하나도 없어."

"아니에요, 아빠. 제발요." 아만다가 애원했다.

"아만다, 그냥 이야기만 편하게 나눠봐. 그럼 심리 상담사랑 약속을 잡으마. 그와 이야기를 하면 좀 도움이 될 거야. 그냥 한 번 이야기만 나누면 되는 거야. 다시 가거나 그럴 필요는 없어. 그와 이야기를 나누고도 별 도움이 안 되면, 뉴욕으로 돌아가는 거야."

"아빠, 그럼 제이컵을 못 보겠네요."

"제이컵? 제이컵을 어떻게 만나는데? 와인 가게에 있던 아이 말하는 거니?" 스티븐이 놀라며 물었다.

"같이 마을 축제에 가기로 약속했거든요." 그녀는 얼굴을 붉히며 대답했다.

"못 갈 게 뭐니. 제이컵이랑 축제에 가고 말고는 너에게 달렸어."

스티븐은 침대에서 일어나면서 대화를 끝냈다. 아만다가 대답할 차례였지만, 아무 말도 하지 않았다. 그녀는 무슨 말을 해야 할지 몰라서 생각에 잠겼다. 이 순간 무슨 생각을 해야 하는지도 혼란스러웠다. 그저 부모님의 신뢰를 얻고 제이컵이랑 한 약속을 지킬 수 있기만을 바랄 뿐이었다. 스티븐은 방에 들어오기 전보다 더 많은 걱정을 안고 방을 나왔다. 딸아이가 남자애랑 만날 약속을 이미 했고, 이에 대해 더 상세히 말하려고 하기 전에 방에서 나와야겠다고 마음먹었다. 그런 이야기를 계속 모른 체하고 싶었다. 더 이상 아만다는 아이가 아니었다. 이미 자기 인생에서 맞닥뜨리는 일에 대해 스스로 결정을 내릴 만큼 충분히 컸다. 이제는 아버지와 눈높이를 맞추지 않을 것이다. 스티븐은 아만다가 성숙했음을 인정해야 하는 운명의 순간이 절대 오지 않기를 바랐다. 동시에 이 모든 상황을 회피하고 싶었다. 적어도 아만다의 입에서 나도 성인이라는 말은 듣고 싶지 않았다. 그는 계속해서 변한 것은 전혀 없다고 생각할 것이다. 비록 그것이 거짓이라고 해도.

스티븐은 방을 나온 지 얼마 되지 않아 아만다가 방 안에서 움직이기도 전에 다시 방으로 들어갔다. 딸이 반응할 틈도 주지 않고 무작정 다가가 몇 초 동안 이마에 키스를 해주었다. 그러고는 아무 말도 없이 다시 방을 나왔다. 그날이 딸을 보는 마지막 날인 줄 알았더라면, 당연히 키스를 해주었을 것이다. 또 그렇게 하는 것이 행복하길 바란다는 암묵적인 표현이었기에 아마도 더 오래 해주었을 것이다. 또 주방에서 점심 스튜를 만들기 위해 능숙한 솜씨로 당근을 썰던 케이트와, 당근 색깔은 왜 주황색인지 물어보던 카를라가 그날 오후에 벌어질 일을 알았다면, 그들도 아만다의 이마에 영원히 남을 키스를 해주었을 것이다.

54

2013년 12월 27일, 퀘벡

“그런데 저한테 왜 이러시는 거죠?” 수잔이 바닥에서 드라이버를 들고 스티븐 쪽으로 휘두르며 말했다.

“수잔, 이제 안심해도 된다고 말했을 텐데.” 그가 침착하게 대답했다. “이제 겁낼 필요 없어.” 그가 말을 덧붙였다.

바람 소리가 오두막의 나무 틈새로 이리저리 빠져나가며 높지도 낮지도 않은 휘파람 소리를 냈다. 스티븐은 이미 북쪽에서 불어오는 바람 소리에 익숙했다. 창문들 사이 틈과 옆쪽 나무들 사이에서 삐걱거리며 흰 거위 소리를 흉내 내고 있었다. 수잔은 어디에서 나는 소리인지 알 수가 없었다. 오두막 밖에 가금류를 가둬둔 넓은 장소가 있다고 생각했다. 한동안 살아서 나갈 수 있겠다 생각하며 손에 드라이버를 쥔 채로 조용히 있었다. 용감하게 행동하는 자신과 달리 움직이지 않는 스티븐의 침착한 눈빛을 보고 어떤 행동을 해야 할지 알 수 없었다. 겁이 났지만, 동시에 얼어 죽게 두지 않은 일에는 정말 고마운 마음이 들었다. 스티븐은 침묵의 순간에 자신의 행동이 위협적이지 않고 뭔가 변했다는 것을 알려주었다. 그가 등을 돌려 의자 위에 있던 옷더미를 한쪽으로 던졌다. 두 손가락으로 옷을 들어서 수잔의 몸에 대보았다. 그녀는 어리둥절해서 그를 쳐다보았고, 두 손을 허벅지에 올렸다.

"수잔, 곧 뉴욕으로 데려다줄 거야. 걱정하지 마." 스티븐은 그녀가 뉴욕으로 돌아가는 꿈을 꾸다가 경험했던 악몽에서 깨어나길 바라며 말했다. 순간 수잔의 머릿속이 깜깜해졌다. 도대체 무슨 일이 벌어졌는지, 왜 그의 행동이 변했는지 이해할 수 없었다. 그녀는 여전히 자신이 납치된 이유를 몰랐고, 죽을 거라면 최소한 무슨 일이 일어난 것인지는 알고 싶었다.

"그런데 제가 왜 여기에 있는 거죠?" 그녀가 물었다.

"모르는 편이 나을 거야."

"왜 몰라야 하죠? 만일 저를 죽이고 싶다면, 한 번에 처리하세요." 그녀는 용기를 냈다기보다는 두려움에 차서 물어보았다.

"수잔, 넌 죽지 않아. 무고한 죽음은 더 이상 용납하지 않을 거야. 나뿐만 아니라 누구의 손에도 죽지 않을 거야. 내가 가만 내버려두지 않을 테니까. 이미 너무 많이 죽었어. 더는 안 돼." 그가 거의 울다시피하며 말했다.

수잔은 기운이 빠진 스티븐의 모습을 보고 나서야 드라이버를 내려놓았다. 괴로워하는 스티븐을 보니 또 다른 이유를 보태지 않아도 설득이 된 것 같았다. 마치 스티븐 안에 있는 슬픔이 전달되어 한동안 그것을 나누고 있는 듯했다.

"이름이 뭐예요?" 그녀는 멀리 떨어져 뭐라도 이야깃거리를 만들려고 노력했다.

스티븐은 대답도 없이 체념한 듯이 그녀를 바라보았다.

"아니, 진지하게 물어보는 거예요. 이름이 뭐예요?" 그녀가 또 물었다.

"그게 중요해? 내 이름을 알고 있는 사람들은 수년간 나와 떨어져 지냈어."

"이름이 있으면 좋은 거죠. 사물에 이름이 없어서 계속 손가락으로 가리켜야 한다고 생각해보세요. 혼란스럽지 않겠어요?"

스티븐은 수잔의 태도에 짜증이 났다. 비록 계획을 바꾸어 살려주기로 했지만 말이다. 그런 친밀한 태도는 익숙하지 않았다. 그는 누군가와 일상의 대화나 말다툼을 하거나 가상의 상황을 이야기하거나 말이 오락가락할 때 어떤 느낌이 드는지 겨우 떠올렸다.

"혼란스럽지 않을 거야." 말을 받아치는 사이 눈물이 흘렀다.

"그래서 당신을 위로해줄 사람이 없군요." 수잔이 불만스럽게 말했다.

"왜 태도가 바뀐 거지?" 스티븐이 다시 진지하게 물었다.

"모르겠어요." 그녀가 말했다. "여기를 포함해서 내가 원하지 않는 데서 살아 있는 것에도 매 순간 감사해야 한다고 생각해요. 당신에게도 감사할 일이지만요."

"이해가 안 가는군. 나는 조금 전까지도 널 죽이려고 했어. 맹세코 죽이려고 했거든." 스티븐이 대답했다. 하지만 계속 말을 하려고 하다가 슬피 울기 시작했다. 자기가 무슨 일을 하고 있는지 볼 수가 없었다. 그는 아무것도 모르는 불쌍한 소녀에게 말을 하면서 달빛에 반짝이는 도끼 날에 자신의 얼굴을 비춰보았다.

수잔은 당황했다. 다시 드라이버를 들어야 할지 아니면 바닥에 던져야 할지, 이 남자와 함께 울어야 할지 소리를 질러야 할지 판단이 잘 안 섰다. 이렇게 망설이다가 울고 있는 스티븐에게 말했다.

"제발, 울지 말아요. 저는 우는 사람을 못 봐요. 저도 눈물 난단 말이에

요."

스티븐은 고개를 들어 1미터쯤 떨어진 거리에서 같이 울고 있는 수잔을 쳐다보았다. 그녀가 너무 가까이 있어서 놀랐다. 원래 계획을 취소한 것이 잘한 일인지 판단이 서지 않았지만, 일단은 크게 신경 쓰지 않았다.

"미안해, 수잔." 그가 말했다.

"왜요?" 수잔은 다시 뒷걸음질 치며 드라이버를 들었다. "아직 손에서 놓지 않았어요, 알았죠?"

"여기까지 널 데리고 와서 미안해. 너도 삶이 있는데 내가 강제로 뺏으려고 했어."

수잔은 다시 드라이버를 내려놓고 그에게 다가왔다. 그리고 아무 말 없이 가느다란 팔로 그를 안아주었다.

55

2013년 12월 27일, 보스턴

"이제 젠킨스 박사님이 나가셨으니 조용히 이야기할 수 있겠군요." 제이컵이 스텔라에게 이야기하는 사이 창문으로 희미한 새벽빛이 들어오면서 어두침침했던 방이 환해졌다.

스텔라는 갈수록 피곤했다. 눈 한번 못 붙였지만 감히 잠을 잘 생각도 못 했고, 그저 문제의 핵심으로 들어갈 생각만 했다. 원장의 갑작스러운 방문에 놀랐고, 갈수록 심해지는 제이컵의 신비주의적 분위기를 이해하기가 힘들었다. 그녀의 공책에는 여기저기 아무렇게나 써놓은 말들로 가득했다. '이름은 제이컵', '솔트레이크', '가족 문제', '똑똑함', '마을 축제', '아만다', '꿈', '이중성', '양극성?', '인격 장애', '사랑-증오', '클라우디아 젠킨스', '살해된 어머니', '아버지 감옥', '보호 본능', '젠킨스 박사님의 진실' 등등. 시간이 지나면서 뒤범벅된 생각들은 복잡한 퍼즐이 되었는데, 무슨 일이 벌어졌는지 이해하는 데 중요한 조각은 빠져 있었다. 모든 이야기가 가능했고 모든 가설을 제시할 수 있었지만, 명확한 건 없었다. 무엇보다 분명한 사실은 제니퍼 트라우스와 클라우디아 젠킨스가 시신으로 남아 있다는 사실뿐이었다. 나머지는 마지막까지 원장과 장난을 치면서 여러 가능성에 시선을 돌리기 위해 지어낸 것일 수도 있었다.

"말해, 제이컵, 젠킨스 박사를 어디로 보낸 거지?"

"이 모든 일이 시작된 곳으로요, 스텔라. 궁극적으로 제가 여기 있는 목적과 클라우디아의 죽음에 대한 진실을 보여주기 위해서요. 박사의 삶과 그로 인한 상처에 눈을 뜨게 하기 위해서요."

"무슨 상처?"

"그의 모든 시간."

"제이컵, 나는 왔다 갔다 하는 이 이야기에 지쳤어. 제발 무슨 일이 일어났는지 이해하도록 도와줘."

"저는 세상에서 누구보다 당신이 이 일을 알기를 바라는 사람이에요."

"왜 나지?"

제이컵은 한동안 침묵했다. 고개를 떨구고 한 손을 얼굴에 갔다 대려고 했다. 하지만 묶여서 꼼짝할 수 없었고, 그 손을 보고서야 자신이 지금 어디 있는지를 분명히 깨닫게 되었다.

"절 좀 풀어줄 수 있어요, 스텔라?"

"풀어달라고? 제이컵, 그럴 수 없다는 걸 잘 알 텐데."

"당신을 해치기라도 할까 봐 그래요?"

"이유는 모르지만, 당신이 나를 해치지는 않을 것 같아."

"설령 제가 미쳤더라도 당신을 해치진 않을 거예요." 그가 웃으며 말했다.

스텔라는 의자에서 일어나 문 쪽으로 다가가서는 유리창을 통해 감시원들이 아직도 밖에 있는지 확인했다. 그녀의 안전을 확보하기 위해서가 아니라, 그를 풀어주는 걸 경비원들이 볼까 싶어서였다. 아무도 없음을 확인하고는 제이컵에게 다가가 손에 묶인 끈 하나를 조심스럽게 풀었다. 그의 손이 스치는 순간 감정이 파도처럼 밀려왔다. 피부에 소름이 돋았다. 그는 왼손으로 여기저기 더듬으며 그녀의 손을 다시 찾았다. 두 사람의 손과 손이 접촉하는 순간 스텔라의 다리가 후들거렸다. 모든 게 너무 강렬했고, 바다가 가득 들어찬 제이컵의 눈을 보며 자신도 뭘 하게 될지 장담할 수가 없었다. 그가 스스로 나머지 끈을 풀게 하려고 했지만, 솔직히 이런 기분을 계속 느끼고 싶었다. 스텔라가 오른손을 풀어주는 동안 제이컵은 끈이 묶인 모양을 유심히 바라보면서 본능적으로 그녀의 창백한 피부에 다시 마음이 끌렸다. 제이컵은 고개를 들어 그녀의 눈을 바라보았다. 그들은 몇 초 동안 시간이 멈춘 것처럼 정지해 있었다. 이 바다는 고요했고 둘은 자신들이 어디 있는지를 잊었다. 스텔라에게 두려움은 사라진 지 오래였고, 이제는 오히려 제이컵에게 가까이 다가가 그의 호흡이며 열기를 느꼈다. 몇 분이 흐른 후 스텔라는 아무 말 없이 제자리로 돌아갔다. 그동안 제이컵은 끈이 꽉 묶여서 벌게진 손목을 어루만졌다.

"고마워요, 스텔라."

"고마워할 필요는 없어. 나 스스로 후회하지 않기만을 바랄 뿐이야, 제이컵." 그녀는 자신이 무슨 일을 하고 있는지도 모른 채 대답했다.

"인터뷰 계속하고 싶어요?"

"네, 계속하죠."

"저는 아만다가 너무 보고 싶었어요. 이미 말한 것처럼, 우리는 오후 5시에 만나기로 했어요. 저는 옷을 잘 차려입고 5분 전 5시까지 도착하기로 했어요. 제가 몇 십 분 더 기다려야 했어도 그렇게 했을 거예요. 문 앞에 서서 손가락을 들어 벨을 누르기 직전, 그녀가 저를 어떻게 맞아줄까 상상하면서 헤벌쭉 웃고 있었어요. 제 팔을 잡고 마을 축제에 같이 갈 것을 상상하면서요. 저는 벨을 누르고 기다렸어요. 또다시 누르고도 몇 초가 지났어요. '분명 벨 소리를 못 들었을 거야'라고 생각했고 몇 초간 겨우 참고 있다가 다시 세게 눌렀어요. 여전히 아무 반응도 없었어요. 아무도 없었어요. 그녀를 만나는 계기가 되었던 파란색 포드 자동차도 없었어요. 저는 제발 그녀가 벨 소리를 들어주길 바라며 세 번째로 눌렀지만, 아무 반응이 없었어요. 저는 기운이 빠져서 현관에 주저앉았어요. 그녀가 왜 거기에 없는지, 무슨 일이 벌어졌는지 모른 채 말이죠. 저는 그녀가 저를 버릴 리가 없다고 생각하며 세 시간을 기다리다가, 벌떡 일어났어요. 그때 갈색 머리를 한 여자가 길 건너편 집으로 뛰어 들어갔어요. 그녀는 저를 보지 못했지만 저는 봤어요. 그때는 누군지 전혀 몰랐지만, 너무 벌벌 떨며 들어가기에 걱정은 되었어요. 얼굴이 창백했고 머리카락도 다 헝클어져 있었거든요. 여자는 얼마 안 돼서 들어올 때처럼 다시 서둘러 나왔어요. 그렇게 겨드랑이에 책 한 권을 끼고 사라졌이요. 제가 서 있던 데서는 자세히 볼 수 없었지만, 수년간 그녀를 찾아다니면서 알게 되었죠. 그녀가 누구인지, 어떤 책인지."

"그 여자가 누구지?"

"라우라요."

"라우라? 라우라 젠킨스? 원장님 아내?"

"네."

"라우라가 거기서 뭘 한 거지?" 스텔라가 물었다.

"제 삶을 망가뜨릴 준비를 하고 있었던 거죠."

"왜? 어떻게 그렇게 했는데?"

"온전하지 않은 정신에 이끌려서요."

"그녀가 당신에게 뭘 했지?"

"그때는 아무 일도 안 했어요. 하지만 광기로 가득한 그녀의 생각과 말로 인해 그 마을, 아니 인간 세상 전체에 최악의 일이 벌어졌어요."

"어떻게 했다는 거지?"

"이제 중요한 이야기를 할 거예요. 그녀는 제 손으로는 아무것도 하지 않았어요. 클라우디아를 가졌을 때 같은데, 그녀가 아침 일찍 일어나 임의로 날짜와 이름들을 적기 시작했어요. 그리고 자신처럼 미친 사람들을 모아서 꿈에 본 사람들은 죽여야 한다고 설득하고 그런 생각을 주입했어요. 우연히도 목록에 있는 이름들은 모두 여성이었고요."

"그래서?"

"라우라는 다른 사람들에게 자신의 꿈에 나타난 사람들이 이 세상 수많은 사람을 죽이게 될 거라고 주장하고 설득했어요. 상식에서 벗어난 얼토당토않은 근거들을 지어낸 거죠. 전 세계에 퍼지게 될 치명적인 바이러스의 발명이나, 지구를 식민지로 만들 최악의 폭군이 태어나는 일까지…. 또 어떤 근거들은 더 모호했어요. 꿈에 나온 여자들이 애꿎은 사람 수천 명을 죽이게 될 적을 도와 그들의 공격에 도움이 될 만한 국가 기밀들을 파헤칠 거라고도 했어요. 또 암 치료법을 발견하지 못하도록 예산 삭감에 승인할 거라고도 했고요."

"그런 말도 안 되는 소리로 많은 사람을 설득했다고?"

"어떤 생각이든 한번 해보세요. 그걸 믿게 만드는 사람들의 집단이 있을 거예요. 아주 근거 없는 생각인데도 믿게 만드는 거죠."

"그들이 얼마 동안 사람들을 죽인 거지?"

"1996년부터요."

"수년이 지난 후에도 사람들은 계속 라우라를 믿었고?"

"아뇨, 특히 2001년에 라우라가 꿈에서 봤다는 아이셀 만수르라는 이름이 나온 후에는 아니었죠. 물론 그녀는 만수르가 누군지 몰랐을 거예요. 그래서 아이셀 만수르라는 이름을 공책에 적고 그녀를 찾기 위해 거의 전 세계 절반을 돌아다녔어요. 하지만 그녀를 찾지 못했고, 2001년 8월이라고 날짜를 적어둔 채로 조용히 지나갔어요. 그런데 8월 말에서 일주일 조금 더 지나고 나서 지구상에서 잊을 수 없는 일이 벌어졌어요."

"9·11 테러…."

"아이셀 만수르는 빈 라덴의 아내 중 하나였고, 그녀를 죽이지 않은 결과 결국 빈 라덴은 테러 계획을 취소하지 않게 됐다고 해요. 뭐 이건 라우라가 9·11 테러를 보고 지어낸 이야기지만요. 죽음의 소용돌이를 계속 일으키려고 사람들을 믿게 만들려는 핑계였어요."

"이게 다 사실인가?"

"이건 스톡홀름에서 발견한 증거들에만 나오는 이야기예요. 그때는 제가 그들이 도망가지 못하게 막을 수 없었을 때였거든요. 그러니 사실일 수도 있고 아닐 수도 있어요. 저도 몰라요. 제가 아는 것은 라우라가 꿈에 본 이름을 공책에 적는 것만으로는 그들을 무자비하게 살해할 명분이 안 된다는 거였어요."

"그런데 만일 사실이라면?"

"뭐가요?"

"그녀들의 죽음으로 인류의 큰 재앙을 막을 수 있다면?"

"글쎄요, 그렇진 않을 것 같아요. 스텔라."

"왜지?"

"왜냐하면, 그녀 중 한 명, 1996년 라우라가 초기에 꾼 꿈에 나타난 이름 중 하나가 당신에게도 익숙할 테니까요. 그녀는 17년간 죽지 않았어요."

"그게 누구지?"

"클라우디아 젠킨스."

56

2013년 12월 27일, 보스턴

한참 후에 원장은 8층 층계참에서 잠에 취한 상태로 깨어났다. 처음에는 자신이 무엇을 하고 있었는지, 왜 자기 침대가 아닌 데서 깼는지 전혀 기억하지 못했다. 귀에는 윙윙거리는 소리만 들렸고, 얼굴은 바닥을 향하고 있었다. 또, 하얀 먼지로 뒤덮여 있었고 얼굴과 손에는 타박상을 입었다. 한 손에는 구겨진 종잇조각이 있었다. 어쨌든 그는 살아남았다. 애써 기억을 더듬어보자 머릿속에 불을 켰을 때 봤던 방 안의 장면들이 떠올랐다. 그런 행동이 이렇게 큰 결과를 초래할 거라고는 상상도 못 했다. 간신히 거실 한쪽 벽에 붙어 있는 신문 기사, 사진들, 손으로 쓴 메모 및 수백 개의 빨간 점들로 이루어진 세계지도를 봤고, 어느 방에서 불규칙적으로 울리는 신호음도 들었다. 몇 초 동안 벽에 부착된 것들에 정신이 팔려서 그 소리에 신경 쓰지 못했다. 일간지 『르 몽드』, 『라 레푸블리카』, 『익스프레센』, 『빌트』에서 스크랩한 내용은 모두 전 세계에서 사라진 여성들의 소식이었다. 벽과 바닥에는 여자 얼굴 사진 수십 장이 흩어져 있었다. 금발, 갈색, 빨간 머리, 아시아인, 흑인, 힌두인, 중남미인 등 다양했다. 모두 멀리서 찍었지만, 얼굴을 알아볼 수 있을 정도로 선명했다. 폴라로이드 사진기로 찍은 얼굴 아래쪽에는 이름과 날짜가 적혀 있었다. 한쪽 방에서 간헐적으로 들리던 소리가 점점 커지는 순간, 원장은 사진들 밑에 적힌 글자의 의미를 깨달았다.

"라우라." 그는 벽에서 사진 한 장을 떼며 말했다.

사진 중 한 장이 눈에 들어왔다. 다른 사진들은 누렇게 변했지만, 그 사진만은 테두리가 흰색으로 빛나고 있었다. 그는 사진을 떼서 이름을 읽었다. "수잔 앳킨스, 2013년 12월 28일"

그는 이름과 날짜를 읽으면서 소음의 원인을 확인하기 위해 소리가 나는 방 쪽으로 걸어가 고개를 숙이고 침대 아래를 살펴보았다. 소리는 갈수록 크게 들렸다. 그는 손을 뻗어 불빛이 반짝이는 금속 물건을 꺼내 보고는 얼굴이 사색이 되었다. 꽉 닫힌 압력솥과 전선들, 접착테이프, 새빨간 불빛이 깜빡이는 일종의 제어판이 있는 폭탄이었다. 그는 본능적으로 전선 중 하나가 모든 방의 바닥에 설치된 장치와 연결되어 있고, 문 바깥쪽으로는 자신이 켠 스위치와 연결되어 있다는 것을 깨달았다. 그는 폭탄을 재빨리 제자리에 두고 최대한 빨리 빠져나왔다. 폭탄이 터졌을 때는 출입구 아래쪽에 있었고, 폭발의 충격이 그가 있는 아래층까지 퍼졌는데, 정신이 없는 상태라서 아무 소리도 듣지 못했다.

그는 조금씩 여기저기에서 울리는 사이렌 소리와 9층에서 퍼져 나오는 불길을 느끼기 시작했다. 그는 있는 힘을 다해 몸을 일으킨 후 거침없이 다시 불길이 휩싸인 위층으로 올라갔다. 방 벽이 사라졌고, 불길이 거실까지 퍼졌다. 커튼과 가구, 기사 스크랩과 사진이 붙어 있던 벽이 다 탔다. 원장은 평생 이렇게 용기 있는 행동을 한 적이 없었지만, 연기 속에서 죽음을 무릅쓰는 자신도 어쩌면 용기 있는 사람일지 모른다는 생각을 했다. 그는 불길과 연기, 어둠에 둘러싸여 입을 가리고 웅크린 채 아직 타지 않은 몇 개의 종이들을 찾아다녔다. 수잔 앳킨스 사진보다 더 중요한, 라우라의 행방과 클라우디아 죽음의 비밀을 알려줄 뭔가를 찾아 헤맸다. 그는 바닥의 쓰레기들과 불길 속에 타는 가구의 서랍들을 뒤적이면서 그를 둘러싼 불길을 저주하며 소리 질렀다. 연기가 방에 자욱해지자 기침이 났다. 그는 바닥에 납작 엎드리고 쓰레기와 잔해들 사이에서 기어 나오려고 애썼지만, 그 안에서 잠들 수밖에 없음을 깨달았다.

57

2013년 12월 27일, 보스턴

라우라는 네 시간 이상 무작정 보스턴 길거리를 돌아다녔지만, 언제나 소방차가 가는 방향과 반대쪽으로 갔다. 그녀는 멀리서 방금 빠져나온 건물을 바라보았다. 그곳을 채우는 연기와 열기둥이 보였다. 라우라는 그 건물 문앞에서 옛사랑을 만났다. 그가 위층에 올라가지 못하게 막고 싶었고, 지금 거기 있으리란 사실을 알았지만, 끝내 막지는 않았다. 이미 클라우디아는 죽었고, 더는 과거의 흔적을 남기는 게 의미가 없었다. 현재 마흔네 살이었지만, 악몽 같은 삶에 치여 그녀는 희끄무레한 눈빛과 나쁜 마음을 가진 지저분한 백발의 노파가 돼버렸다. 그녀는 몇 달간 빛 한 줄기 들어오지 않는 아파트 9층에서 단 한 번도 나오지 않았다. 인간의 어떤 흔적도 남기지 않았다. 거기에서 오로지 잠자고 글씨 쓰고 전화만 했다. 자신의 존재감을 최대한 줄여나갔다. 유일한 목표인 꿈꾸기를 멈추지 않으려고 가수면 상태를 흐트러뜨리지 않으려고 노력했다. 수년간 아무 일도 안 하고, 위생도 신경 쓰지 않고 거의 먹지 않은 상태로 살아가는 법을 배웠다. 온종일 침대에서 보내면서 공책에 이름을 쓰고 목표를 이루기 위해 그것을 세상에 보낼 때만 자리에서 일어났다. 며칠 만에 자리에서 일어나 전화를 걸고, 상대편에서 임무 완료를 확인해주길 기다렸다.

그녀는 계속 걷다가 햇빛이 거슬려서 쓰레기통들이 가득한 통로 쪽으로 들어가 앉은 채로 몇 분간 거리를 바라보았다. 사람들은 도시의 속도에 맞춰 끊임없이 지나다녔다. 낮 12시, 그녀는 도시에서 불연속적으로 움직이는 걸음들을 지켜보다가 그만 잠이 들었다. 라우라는 꿈속에서 젊은 시절 모습을 보았다. 자신이 사라졌던 세상의 길을 걷고 있었다. 집들이 흔들리고 사라지면서 땅이 모든 것을 삼켜버렸다. 하늘은 보라색에서 파란색이나 자주색으로 변했고 초록색 구름에서 기름이 쏟아졌다. 걷고 있던 도로는 아스팔트로 변하더니 녹아 없어졌다. 하늘 사이를 헤치고 가는 비행기들은 도시를 향해 달려들었고, 사람들은 창문 안에서 비명을 질렀다. 라우라는 생명력이 사라지고 모든 것이 종말을 향해 달려가는 허무한 세상을 계속 걷고 있었다. 집이 땅속으로 빨려 들어가자 사람들은 재난에서 살아남기 위해 창문 밖으로 가구들을 내던졌지만, 정원보다 먼저 그들 자신이 사라졌다. 길 끝에 온 힘을 다해 뛰는 소녀가 있었다. 모퉁이에 있는 공중전화 부스를 향해 뛰고 있었지만, 결국 거기에 다다르지 못했다. 아무리 노력해도 반대 방향으로 향하는 발 때문에 앞으로 나갈 수가 없었다. 라우라는 기진맥진한 소녀에게 다가가 멈춰 섰다. 하늘이 빨갛게 변하고 건물들이 라우라의 눈앞에서 연기처럼 사라졌다. 오로지 자신과 소녀 그리고 몇 미터 앞에 있는 공중전화 부스만 남았다. 라우라는 손을 내밀어 소녀의 턱을 잡고 눈을 바라보며 물었다.

"이름이 뭐니?"

"말 안 할 거야."

"얘야, 이름이 뭐냐니까?"

"말하기 싫다고!"

"오늘 며칠이지?

소녀가 라우라의 눈을 보며 대답하려는 순간, 공중전화 부스에서 소리가 들렸다. 라우라는 서 있었고, 부스 쪽으로 가는 데 많은 시간이 걸렸다. 하지만 거기까지 가는 동안 소리는 멈추지 않았다. 수화기를 들자 반대편에서 거의 알아듣기 힘들 정도로 미약한 소리가 들렸다.

"12월."

"몇 년도지?"

"마지막 연도."

세상의 종말을 바라보면서도 평온했던 라우라의 눈에서 공포가 흘러나왔다. 존재의 깊은 곳에서 잉태된 공포. 그녀는 전화기를 떨어뜨리고 소녀가 있는 쪽으로 다가갔다. 진흙 바닥을 밟자, 이 도시에는 없는 아스팔트 바닥으로 변했고, 공중전화 부스는 등 뒤에서 연기처럼 사라졌다. 라우라는 소녀 쪽으로 손을 들며 소리쳤다.

"이름이 뭐니?!" 소녀는 라우라가 팔을 들고 흔드는 동안 크게 웃기 시작했다. "이름이 뭐냐고, 제발 말해줘!" 라우라가 절규하며 소리쳤다.

세상은 사라지면서 거기에 남은 마지막 것을 앗아갔고, 라우라의 외침도 점점 줄어들었다. 소녀는 라우라의 걱정을 눈치챘다는 듯이 웃음을 멈췄다. 그리고 라우라의 눈을 보며 이름을 속삭였지만, 라우라는 들을 수 없었다.

"다시 말해줘!" 라우라는 더 크게 소리쳤다. 자신의 시간이 끝났음을 이미 알고 있었다.

"내 이름은…."

라우라는 거친 숨을 내쉬며 눈을 떴고, 그곳이 아파트가 아님을 깨달았다. 이제 거리를 지나다니던 사람도 그녀를 쳐다보기 시작했다. 그녀는 재빨리 일어나 쓰레기통 바닥에서 종이 쪼가리를 찾기 시작했다. 지저분한 신문 한쪽을 찢고 호주머니에서 볼펜을 꺼내서 글자를 적었다. "스텔라 하이든, 마지막 날."

58

2013년 12월 24일 00.00시, 보스턴

소녀의 비명이 귀에 꽂혀 내 영혼에 울리고 용기마저 꺾는다. 특히 백발 남자가 깜짝 놀라며 나를 쳐다보는 모습을 보니 더 그렇다. 하지만 나는 칼을 높이 들고 도끼를 든 남자 뒤쪽으로 간다. 시간이 멈춘 것처럼 모두가 차례로 눈을 뜨고 나를 보는 표정이 보인다. 아드레날린이 솟구치는 이상한 기분, 재빠르게 휘돌면서도 동시에 멈춰진 느낌, 근육은 거의 느끼지 못하지만 나를 붙잡는 에너지의 존재감. 칼을 들고 그 미친놈의 등을 공격하는 동안, 나는 솔트레이크로 돌아간다. 그리고 다시 아만다의 미소와 손길, 눈빛을 본다…. 시간이 끝없이 흐르는 듯하고, 짐승 같은 인간들이 아만다에게 저지른 짓을 갚아줄 시간이 절대 오지 않을 것만 같다. 나는 솔트레이크에서 다시 돌아와서 7인회 중 한 명의 두 눈을 보며, 어떻게 칼이 그의 등을 파고드는지를 느낀다. 여전히 모든 게 멈춰 있고 소녀는 여전히 비명을 지르고 있다. 1초도 안 돼서 벌어진 일이지만, 마치 평생 진행되고 있는 것 같다. 우리 어머니가 아버지의 손에 죽는 걸 지켜보는 것처럼, 칼이 만든 구멍으로 생명이 빠져나가는 것이 느껴진다. 순간 시간이 멈춘 듯했지만, 곧 모든 것이 정상 속도로 돌아간다. 소녀가 다시 비명을 지르고, 갑자기 나머지 사람들이 소리를 지르며 내게 달려든다. 몇 명은 그녀를 덮치고, 또 몇몇은 나를 향해 미친 듯이 달려온다. 밖에서 자동차 엔진 소리가 들리고, 얼굴이 빨개진 뚱뚱한 남자가 분노에 찬 눈빛으로 양손을 벌린 채 나에게 달려온다. 내가 등에 꽂힌 칼을 천천히 빼는 동안, 내 주위를 천천히 돌고 있는 그자의 움직임이 느껴진다. 모든 일이 제대로 생각할 틈도 없이 너무 빠르게 진행되고, 정신이 들고 보니 내 칼이 뚱뚱한 남자의 배에 꽂혀 있고, 그는 나를 죽이려고 목을 조르고 있다. 나는 숨이 막히기 시작한다. 내가 배 속으로 칼을 더 집어넣어도, 상대는 고통스러워 보이지 않는다. 내 눈은 아무것도 할 수 없이 서서히 감기기 시작하고, 의식이 사라지고, 이루지 못한 목표도 미궁 속으로 빠진다. 잠시 나는 아무 일도 일어나지 않았고, 오랫동안 그들을 찾아 헤맨 일들이 다 허구라고 상상해본다. 그렇게 생각하면 할수록, 점점 더 진짜라고 믿게 된다. 솔트레이크에서 삼촌이 하는 농담을 들으며 웃고 있는 내 모습이 보인다. 부모님의 침대에서 깡충깡충 뛰던 나도 보인다. 너무 빨리 사라져 이제는 없는 중요하지 않은 현실이다. 내 주위 세상이 조금씩 꺼져가고, 모든 사람이 내가 어떻게 어둠 속으로 빨려 들어가는지, 그리고 아주 친근해 보이면서도 비열한 인간의 손아귀 아래에서 내 양팔이 어떻게 힘을 잃어가고, 한기가 온몸에 퍼져가는지를 지켜본다. 내가 양팔을 늘어뜨리고 죽기 일보 직전, 그의 입에서 피가 흐르기 시작하고, 성난 눈을 가득 메운 공포가 보인다. 그는 배에 칼이 꽂힌 채로 내 몸에서 떨어졌다. 순간 폐에 들어오는 공기가 느껴지고 다시 살아난 나의 기억에는 아만다의 모습이 가득하다.

나는 거의 숨을 쉬지 못한 채 바닥으로 떨어지고, 놈은 피가 흘러나오는 배를 보고 만지며 뒤로 비틀거리며 물러선다. 내가 한 걸음씩 뒤로 물러서자, 무리 중 세 명이 내게 일보 전진하고, 내 칼에 찔린 남자는 여전히 움직이지 않는다. 나는 남아 있는 힘을 다 모아 시간을 벌어볼 요량으로 오른손을 들어 올린다. 내 손에는 아만다의 이름과 뒷면에 별표가 그려진 쪽지가 들려 있고, 기력을 쥐어짜서 외친다.

"그녀는 죽을 거야."

처음에 그를 신경도 안 쓰던 사람들은 쪽지를 보고 뭘 어떻게 해야 할지 몰라 가만히 있는다. 백발 남자가 두 걸음 앞으로 오더니 나머지 사람들을 향해 손을 올려 멈추라는 신호를 한다. 도끼를 든 남자는 주변에 벌어지는 일이 믿을 수 없어서 떨고 있는 소녀 옆에 서서 미동도 하지 않는다. 자 이제! 도끼 내려놔!

"스티븐, 누가 죽는다고?"

"스티븐이라고? 저자는 스티븐이 아니에요. 스티븐은 이미 떠났어요." 가무잡잡한 얼굴의 소녀가 소리쳤다.

백발 남자는 의심스러운 눈으로 나를 돌아보며, 믿을 수 없다는 듯 미간을 찌푸린다….

"어떻게 스티븐이 아닌 거지?" 그가 의문을 갖는다.

나는 할 수 있는 대로, 무릎을 일으켜 세우고, 오른팔로 땅을 짚고 일어난다….

"난 스티븐이 아니지, 그런데 그게 그토록 중요한가?" 나는 용기를 내서 거만하게 대답한다.

"교활한 자식, 너는 누구냐?"

"제이컵이다."

"그러니까 누가 죽을 거라는 거지, 제이컵?"

"라우라."

"뭐?" 그가 소리쳤다.

"라우라는 죽어야 해."

백발 남자는 한숨을 여러 번 쉬고도 한참을 아무 말도 안 한다. 나는 목이 부러졌는지 너무 아프다. 내 손은 피범벅인데…. 그거 어디 있지? 어딨지! 나는 칼이 내 손에 없고 뚱뚱한 남자의 배에 계속 꽂혀 있다는 사실이 불안하다. 이제 내 손에는 무기가 없다. 내 칼에 찔린 후 최면 상태에 있는 것처럼 얌전하게 서 있는 도끼 든 남자가 다시 달려든다면, 나는 끝장이다.

"미쳤군!" 중년 여자가 소리를 지른다. "라우라는 죽을 수 없어. 그녀는 우리의 운명을 인도하는 안내자이자, 우리의 아트로포스, 운명의 여신이야…."

백발 남자는 침착하고 절도 있게 손을 올려 조용히 하라고 명령한다. 그러자 중년 여자는 즉시 입을 다물고 순종의 표시로 고개를 숙인다. 그런 모습을 보니 늘 어머니가 아버지를 대하던 태도가 떠오른다. 순간 나는 마음이 괴롭고 그가 잘못 살았다는 생각이 든다. 어느 순간 그는 불행하고 치명적인 선택을 했고, 결국 깊은 수렁으로 밀려들어갔다. 이 세상에서 타락한 영혼에 짓밟힌 인간의 모습보다 더 슬픈 초상은 없는데, 솔직히 나는 그런 일이 그녀에게 벌어졌다고 생각한다.

"친구, 라우라는 여기 없어. 그녀를 죽이러 여기 온 거라면, 잘못 왔어. 여기엔 절대 안 와."

"알아." 내가 대답한다.

"어떻게 알지?"

"난 평생 너희를 쫓았고, 드디어 오늘 너희가 한 짓을 그대로 갚아줄 테니까."

"친구, 실수하는 것 같은데."

"실수라고? 천만의 말씀."

"수백만 명의 목숨이 위험에 처해 있어. 자네는 인류의 역사에서 이 일이 얼마나 중요한지 몰라."

"이 소녀를 죽이려고 했으면서, 인류에 대한 교훈을 주는 척하지 마."

"누군가는 해야 할 일이라서 우리가 하는 거야."

"지금 아만다 매슬로를 살해한 짓이 꼭 해야 할 일이었다고 말하는 거야?"

"아만다 매슬로가 누군지 기억이 안 나는데." 그는 냉담하게 대답한다.

"기억을 못 한다고? 아만다 매슬로가 누군지 모른다고?"

"그게 언제지?"

"1996년." 나는 목이 메어 대답한다. 이 개자식과 이야기를 나누고 있으려니 내면이 산산조각 나는 듯하고, 내가 지금 이 악마 같은 자식과 무슨 말을 하는 건지도 잘 모르겠다.

"당시에는, 친구, 모든 게 아주 달랐어."

"무슨 말을 하는 거야?"

"우리는 그때 없었거든."

"아만다라는 이름은 너희가 가지고 있는 명단에 있어. 너희가 죽이지 않았다는 말을 내가 믿을 것 같아? 난 절대 너희 말을 듣지 않아. 모두 아작을 내 버릴 거야."

"명단에 있다고? 우리는 이 일을 1999년에 시작했어. 그전에는 다른 사람이 담당이었지."

"다른 사람이라고?"

"그래, 근데 누군지는 몰라."

"거짓말 마!"

"사실이야, 친구." 그의 권위 있고 침착한 대답을 들으니 혼란스럽다.

그와 대화를 나누던 그때, 도끼를 든 남자가 흐리멍덩한 눈을 껌뻑거리며 정신을 차리는 모습이 눈에 들어온다. 그리고 내가 손 쓸 수 없는 순간, 피도 눈물도 없이 단호한 태도로 소녀를 바라보며 도끼를 든다…. 틀림없이 도끼로 내리칠 것이다.

"안 돼!" 나는 미친 사람처럼 소리 지르며 그에게 달려든다.

59

1996년 6월 15일, 솔트레이크

"그래, 아만다, 무슨 일이 있었는지 말해보렴." 젊은 상담사는 컴퓨터 화면에 뜬 노트패드를 슬쩍슬쩍 쳐다보며 말했다.

"이미 아빠에게 다 말했는데요. 아무 일도 일어나지 않았다고요!" 그녀는 항의했다.

"그런데 부모님은 너랑 생각이 좀 다르셔. 네가 뭔가를 걱정하고 있다고 생각하시거든."

"전 하나도 걱정 없어요. 그저 저를 좀 믿어주길 바랄 뿐이에요."

"아만다, 우리에겐 딱 한 시간이 있어. 나는 우리가 얼마나 대화를 하든 똑같은 금액을 받을 거야. 하지만 네가 무슨 걱정을 하는지 나에게 말해줘야 해. 우리는 한 시간 동안 이야기할 수도 있고, 아니면 5분만 하고 끝낼 수도 있어. 다 너에게 달렸어."

"제가 모두 다 말하면, 부모님께는 아무 일도 일어나지 않았다고 말씀하실 건가요?"

"물론이지, 아만다. 어쨌든 나는 너에게 아무 일도 일어나지 않았다고 판정할 거야, 확실해."

"좋아요. 그럼 부모님께 제가 미쳤다고 하거나, 그 비슷한 상태라고 말하지 않으실 거죠?"

"아만다, 여기 있는 사람들 봤지?" 상담사는 같은 편이라는 눈빛을 보내며 말했다. "나는 네가 절대 미치지 않았다고 생각하는데, 부모님이 걱정하시는 이유는 꼭 알고 싶구나."

그들은 20분간 이야기를 나누었다. 아만다는 쪽지의 존재를 털어놓았다. 그리고 주유소에서 봤던 실루엣에 대해서도 말했다. 또 와인 가게에서 봤던 이상한 노파 이야기도 했다.

"그리고 거기 벽에 별표가 있었어요." 아만다가 말을 이었다.

"벽에 무슨 별표가 있었는데?" 상담사의 얼굴이 심각해졌다. 대화를 나누기 전까지 그녀의 말에 동의하는 눈빛을 보냈더랬다. 마치 그녀가 말하는 것이 전혀 신기하지 않다는 듯, 십대 소녀는 매우 중요하게 생각하고 있지만, 대수롭지 않은 일로 여겼었다.

"그러니까 창고 벽 한쪽에 거대한 별표가 그려져 있었어요."

"별표?" 그는 걱정스러워하며 또 물었다. "그려줄 수 있겠니?"

"네, 그럼요." 아만다는 의자에서 일어나 상담사가 들고 있던 수첩에 별표를 그렸다. 어떤 모양이고 점이 어디에 몇 개가 있는지 깊이 생각도 안 하고 재빨리 그렸다.

"점이 아홉 개네." 상담사가 말했다.

"무슨 뜻인지 모르겠지만, 기분 좋은 느낌은 아니에요."

"걱정할 필요 없겠네." 그가 웃으며 말했다.

"아, 그래요?" 아만다가 놀라며 의자로 다시 돌아왔다. 그녀는 더 초조해지기 시작했다.

"전혀. 이 별표가 솔트레이크 전역에 나타난 지 몇 달 되었거든. 경찰이 쫓는 불량배 집단이 해놓은 영역 표시일 뿐이야. 그들이 사방팔방 여기저기 벽에 그려놨는데, 아직 그들을 못 찾았단다."

"정말이요?"

"그렇고말고. 몇 달 전에 우리 집 침실 벽에도 이 별표가 나타났어. 그래서 신고했는데, 경찰이 용의자를 아직 찾지 못했거든."

"선생님 집에도요? 집 안에요?"

"응, 솔직히 나도 정말 그 모양이 싫단다. 솔트레이크 사람들은 누군가 저지르는 나쁜 짓을 사소하게 취급하는 경향이 있어. 보안 장치를 많이 하지도 않고. 평소에 나는 우리집 문을 걸지 않고 다녔거든. 그래서 누구든 마음만 먹으면 들어와서 벽에 그림을 그릴 수 있었지. 이것도 경찰이 나한테 직접 해준 이야기란다."

"그런데 왜 별표가 제 이름이 적힌 쪽지에도 있었을까요?" 아만다는 주머니에서 종이를 꺼내 보여주었다.

"오, 이건 새로운 이야기구나."

"그럼 이건 무슨 뜻이죠?"

"똑같아. 누군가가 너를 겁주고 싶어 한다는 뜻이야. 그거뿐이야. 아만다."

"그럼 정말 걱정 안 해도 돼요?"

"그럼, 걱정할 거 전혀 없어."

아만다는 안도의 한숨을 쉬었다. 걱정 어린 얼굴에 옅은 미소가 떠올랐다.

"아빠에게는 제게 아무 일도 없다고 말씀하실 거죠?"

"물론이지." 그가 미소 지었다.

상담사는 의자에서 일어나서 아만다의 등을 두들겨주었다.

"내가 걱정할 필요 없다고 말했잖니."

"그렇게 말씀해주셔서 기뻐요." 그녀가 안심하며 말했다.

"그럼 나가서 아빠 좀 들어오시라고 해줄래?"

"네, 그럼요. 덕분에 마음이 훨씬 더 편해졌어요. 정말 감사해요, 선생님."

스티븐은 대기실에서 흥미로운 내용이 가득한 잡지를 넘기며 아만다를 기다리고 있었다. 거기에는 열 살이나 열한 살쯤 돼 보이는 금발의 아들과 함께 온 삼십대 갈색 머리의 여성이 있었다. 여성은 가십거리 잡지를 들고 계속 그를 쳐다보았다. 아들 또한 마찬가지여서 스티븐은 그런 상황이 너무 불편했다.

"아주머니, 왜 그러시죠?" 그러자 여자는 어쩔 줄 몰라 하며 재빨리 잡지로 눈을 돌렸다. "정말 황당하군요." 스티븐이 참다못해 말했다.

소년은 스티븐의 태도를 보고서 자리에서 일어나 그의 옆으로 다가와 앉았다. 그러고는 그가 읽고 있던 잡지를 살펴보았다.

"이 잡지 보고 싶니?" 스티븐이 물었다.

"아니에요." 어머니가 대답했다.

"그런 것 같은데요, 아주머니."

소년이 그의 자리 쪽으로 몸을 기울이자 스티븐은 공간을 좀 더 확보하려고 몸을 뒤로 움직였다.

"그럼 이거 봐." 스티븐이 소년에게 잡지를 주며 말했다.

하지만 소년의 행동에는 전혀 변화가 없었다. 잡지를 쳐다보지도 않고 아예 의자에서 일어나 스티븐 앞에 서서 그의 눈을 뚫어지게 쳐다보았다.

"애야, 왜 그러니?" 그가 말했다. "무슨 일이라도 있니?" 스티븐은 아이 엄마 쪽을 쳐다보며 물었다. 엄마는 긴장하며 걱정스럽게 아이 모습을 바라보았다.

"하지 마!" 그녀가 아들에게 소리를 질렀다. 스티븐이 소년 쪽으로 다시 눈을 돌렸을 때, 뭔가가 눈에 들어왔다. 아이의 오른쪽 허벅지 부분이 조금씩 빨갛게 물들고 있었다. 이 얼룩은 식탁보에 쏟은 포도주처럼 바지 위에서 빠르게 번져갔다. 소년은 오른손으로 허벅지를 만졌다. 피가 나는 부분을 손으로 만져보려는 것 같았다.

"맙소사!" 스티븐이 소리를 질렀다.

그는 일어나서 소년의 허벅지 부분을 손으로 눌렀다. 아이 팔을 붙잡고 부축해서 간호사를 찾으러 대기실에서 나왔다. 아이가 그렇게 행동하는데도 꿈쩍 안 하던 여인은 갑자기 큰 소리로 웃더니 벌어진 일을 자랑하듯 떠벌렸다.

소년을 데리고 복도로 뛰어가던 스티븐의 등 뒤에서 여자의 웃음소리가 들렸다. 그는 아이가 걱정스러우면서도, 머릿속에 박힌 하이에나 같은 웃음소리에 몸이 떨렸다. 그가 간호사를 찾았을 때, 막 상담실에서 나온 아만다가 대기실에 있는 여자에게 활짝 웃으며 인사를 건넸다.

"안녕, 아만다." 소년의 어머니가 웃음을 그치며 말했다.

60

2013년 12월 27일, 퀘벡

"이제 어디로 가는 거죠?" 수잔이 전날 정신을 잃은 채 실려 온 트럭에 마지못해 올라타며 물었다.

"이제 갈까?" 스티븐이 물었다.

"네."

"너는 여기 퀘벡에 있어. 돈을 줄 테니 경찰에 전화해서 데리러 오라고 해."

"말도 안 돼요."

"수잔, 나는 이 모든 걸 끝내야 해. 더 이상 너와 동행할 수 없어. 알겠어?"

"물론 이해하지만, 같이 가고 싶어요."

"안 돼, 너를 위험에 빠뜨릴 수는 없어, 수잔. 그들이 널 보면, 무슨 짓을 해서라도 죽이려고 할 거야. 그러니까 퀘벡에 있어."

수잔은 그의 말이 너무 진지해서 더는 고집을 피울 수가 없었다. 지친 데다 집에서 수백 킬로미터 떨어진 어딘지도 모르는 곳에 있었고, 살짝 어지럽기 시작했다.

"전 당신을 돕고 싶어요, 스티븐. 저는 혼자고 겁나는 것도 없어요." 그녀가 할 수 있는 유일한 말이었다. 수잔은 조수석에 앉아서 현기증이 나자 의자를 뒤로 젖히면서 다른 쪽으로 시선을 돌렸다.

스티븐은 수잔이 프로포폴 효과로 편안히 앉아 눈을 감는 모습을 지켜봤다. 졸음이 밀려오자 수잔은 눈을 뜨고 있으려고 애썼다. 그것이 스티븐을 보는 마지막 기회라는 생각이 들었기 때문이다.

"수잔, 얼른 자. 잠에서 깨면 구출되어 있을 거야."

그녀는 쏟아지는 잠과 싸우며 겨우 목소리를 내서 말했다.

"스티븐, 당신은 좋은 사람이에요."

이 말이 그를 뚫고 지나가자 아주 간절히 선량함을 되찾고 싶어졌다. 이는 수년간 7인회에 종노릇 하다가 잃어버린 모습이었다. 스티븐은 갑자기 감정이 격해졌고 더 큰 힘이 자신을 밀어주는 느낌이 들었다. 동시에 수년 전 아만다를 찾을 수 있을 것 같다고 생각했던 때가 떠올랐다. 하지만 그는 자신을 파괴하는 소용돌이에 휘말렸고, 지금은 복수의 심연으로 자신을 내던졌다.

그는 차에 시동을 걸기 전에 수잔이 자는 모습을 지켜보았다. 그녀의 모습에서 어느 때보다도 또렷하게 아만다의 모습이 보였다. 갈색 머리, 창백한 피부, 도톰한 입술, 얇은 팔. 그는 트럭 운전석에 앉아 생각에 잠겼고, 자신이 뒤에 남겨둔 삶을 생각했다. 이제는 온 힘을 다해 과거를 회복하고 싶어졌다. 그는 시동을 걸었다.

그가 한 시간 넘게 라모리시 국립공원의 나무들이 우거진 숲길을 지나는 동안 케이트의 미소와 카를라의 농담들, 아만다의 경계심을 다시 떠올랐다. 그는 퀘벡의 도시에 들어서서 7인회뿐만 아니라 라우라가 망가뜨린 삶에 대한 복수를 하겠노라고 다짐했다.

도로 양쪽에 눈이 쌓여 있었고, 사람들이 수잔을 잘 발견할 만한 좋은 장소가 보이지 않았다. 그는 도시 중심부의 주차장으로 들어갔다. 그리고 버몬트주 등록 차량인 파란 닷지 옆에 차를 세웠다. 그는 차를 세우고 다시 한번 수잔을 쳐다보았다. 무엇을 해야 할지 떠오르지 않았지만, 그녀와 헤어지기가 처음 만났을 때 생각했던 것보다 훨씬 더 어렵다는 생각이 들었다. 그는 자신이 입고 있던 파란 털 코트를 벗어서 그녀에게 덮어주었다.

"이제 곧 구출될 거야." 그는 수잔에게 다가가 속삭였다. 그는 수잔을 보호하고 있는 이런 모습이 이상하다는 걸 깨달았다.

스티븐은 뒤도 돌아보지 않고 차에서 내려 파란 닷지 문 옆에서 웅크리고 앉았다. 문을 열고 1분도 걸리지 않아 전선을 연결할 수 있었다. 그는 아무도 몰래 주차장을 빠져나왔다.

몇 시간 후 빈 주차장에서 떠들고 농담을 하는 호기심 많은 십대 커플이 쳐다보는 가운데 수잔은 눈을 떴다. 그사이 스티븐은 이미 보스턴에 도착했다. 수잔은 주변에서 모든 것이 사라지는 악몽을 꾸고 가위에 눌려 숨을 쉴 수 없게 되면서 너무 놀라 소리를 지르며 깨어났다.

스티븐은 보스턴 중심가에 타고 온 차를 버리고 오두막 근처로 갔다. 머릿속에 외우고 있던 번호를 누르고 기다렸다. 반대편에서 목소리가 들려오자, 번호가 틀렸음을 깨달았다. "지금 거신 전화는 없는 번호입니다."

"제기랄!" 그가 소리를 질렀다.

다시 번호를 눌렀지만 들리는 대답은 똑같았다. 그는 무엇을 해야 할지 몰라 차로 돌아가서 최대한 빨리 그곳을 빠져나갔다. 그는 머릿속에 있는 길을 따라 차를 몰았다. 결코 피할 수 없는 목적지를 향해서. 7인회의 손에 제니퍼 트라우스를 넘기기 전 이틀 밤을 보냈던 저택으로.

61

2013년 12월 27일, 보스턴

"제이컵, 이제까지 해준 말이 다 터무니없는 것 같아." 밤새 한숨도 자지 못한 스텔라는 피곤해하며 말했다. 하지만 그녀가 볼 때 그 시간은 그의 이야기를 계속 듣고 싶어 하는 것 같았다. 원래 계획대로라면 제이컵과 몇 시간 이상 대화하면 안 되었다. 그러나 시간은 달랠 수 없을 정도로 빠르게 흘렀고, 그녀는 잠을 자지 못해 조금씩 피폐해졌다. 반대로 제이컵은 어느 때보다도 활기가 넘쳐 힘찬 몸짓을 하며 이야기를 이어갔다. 그녀와 함께 자기 삶을 되짚어보며, 7인회를 찾으러 갔던 장소들에 대해 들려주었다. 마드리드, 앙카라, 싱가포르, 런던, 오클랜드, 워싱턴…. 그리고 스톡홀름에서는 그들을 찾을 만한 단서와 그들을 잡을 기회가 어떻게 사라졌는지도 들려주었다. 또, 어떻게 4년 후에 운명적인 기회를 맞아 솔트레이크로 돌아갔고, 엉겁결에 보스턴으로 오게 되었는지도 말했다.

"원장님의 딸이 이 모든 일에 연루되어 죽어야 했다니 믿을 수가 없군." 스텔라가 말했다.

"클라우디아의 죽음은 당신이 생각하는 것보다 훨씬 더 중요한 의미가 있고, 때가 되면 다 알게 될 거예요."

"하지만, 라우라가 꿈에 그녀를 보았을 때가 아니라, 왜 지금 죽여야 했을까?"

"라우라는 자기 딸의 꿈을 꿨다고 누구에게도 털어놓지 않았어요. 그래서 7인회가 클라우디아를 죽여야 한다는 사실을 몰랐던 거예요."

"그럼 왜 지금 죽인 걸까? 왜 이 시점에서 그녀의 머리가 담긴 상자를 받게 된 거지?" 그녀는 망연자실해서 소리를 질렀다.

"스텔라, 그건 곧 알게 될 거예요."

그녀는 제이컵이 말을 하면 할수록 더 이해가 안 됐고, 이해가 안 될수록, 제이컵이 이 대화의 주도권을 잡은 것처럼 보였다. 그의 대답을 들을 때마다 새로운 의문들이 생겼고, 풀리지 않는 이야기와 함께 점점 자신이 누군지 알 수 없을 정도로 길을 잃고 있는 것 같았다. 조금씩 FBI 심리 분석가란 느낌마저 사라졌다. 매스컴에서 떠들어댄 이 사건의 범인이 미친 사람이라는 확신도 사라졌다. 그리고 제이컵의 피할 수 없는 파란 눈을 보는 순간 자기 행동을 조절할 수 없었고, 침착함도 사라졌다.

"이 모든 일이 너무 피곤하군." 그녀가 말했다.

"클라우디아가 왜 죽었는지 알고 싶어요? 그게 당신이 알고 싶어 하는 건가요?"

"그녀의 죽음이 나에게 얼마나 큰 상처이자 충격이 되었는지 생각해봐. 젠킨스 박사님께는 얼마나 큰 충격이었는지 상상도 못 하겠지만."

"그건 당신이 날 위해서 한 가지를 해줘야 알 수 있을 겁니다."

"그게 뭐지?"

"절 여기서 꺼내줘요. 이 모든 일을 끝내기 전에 꼭 해야 할 일이 있어요."

"뭐라고? 미쳤어?"

"그렇게 말할 줄 알았어요." 그가 낙담해서 쓴웃음을 지으며 대답했다.

"지금 나한테 이 센터에서 당신을 꺼내달라고 요구하는 거야? 안 된다는 거 잘 알 잖아."

"클라우디아가 왜 죽었는지 알고 싶다면서요?"

"알고 싶지만, 더 많은 사람을 위험에 빠뜨릴 수는 없어."

"스텔라, 정말로 내가 위험한 사람이라고 생각해요? 지금 많은 생명이 위험에 처해 있어요. 라우라가 지금 보스턴에 있고, 그녀는 목표를 이루기 위해서는 뭐든 할 거예요."

"제발 이런 소리 하지 마. 제이컵."

"우리가 이렇게 손 놓고 있으면, 사람들이 죽는다고요."

"…"

제이컵은 의자에서 일어났다. 스텔라는 몇 시간 전에 그를 풀어줬다는 걸 깜빡 잊었었다. 그가 다가오자 심장이 쿵쾅거렸다. 그는 용기를 내 충동적으로 스텔라의 얼굴 높이까지 몸을 구부리며 다가가 귀 근처에 자기 얼굴을 갔다 댔다. 그녀는 뭘 어떻게 해야 할지 몰라 가만히 있었다.

"제가 여기 온 이유는 오로지 당신 때문이에요." 그가 속삭였다.

스텔라는 몇 센티미터 앞에 있는 제이컵을 보니 숨이 멎는 것 같았다. 왠지 모르게 그의 일부를 느끼고 싶었다. 어제 알게 된, 정신이 나간 것 같은 사람, 불어오는 폭풍우처럼 혼란한 삶을 사는 사람, 이해할 수 없지만 보호자처럼 구는 사람, 이 사람 옆에 있으면 절대 나쁜 일은 벌어지지 않을 것만 같았다. 하늘 색이 변하고, 거리가 사라지고, 세상이 무너져 내린다 해도 제이컵이 계속 속삭여준다면 아무 걱정 없을 것 같았다.

"날 실망시키지 말아요, 제발." 제이컵이 간청했다. "이제 거의 다 왔어요."

스텔라는 그가 사라지고 나면 일어날 일들을 계속 생각해보았다. FBI, 경찰, 정보원들… 여기저기서 그를 뒤쫓아 24시간도 안 돼 찾아낼 것이다. 그래서 무언가를 하고 싶다면, 지금 해야만 했다.

"어디로 가고 싶은 거지? 시간은 별로 없을 거야."

"모든 게 시작된 그곳으로."

"어딘데?"

"솔트레이크."

62

2013년 12월 27일, 보스턴

원장은 꿈인지 생시인지 구분이 안 됐지만, 잠시 클라우디아 옆에서 걷고 있는 자신을 발견했다. 그들은 저녁나절의 햇살 충만한 호수를 바라보고 있었다. 그는 산책하면서도 현실인지 아닌지 알 수가 없어서 위아래로 그녀를 쳐다보았다. 그의 머리가 바보 같은 장난을 하는지, 아니면 정말 그가 경험한 대로 클라우디아가 죽고 라우라는 아직 살아 있는지, 아니면 목을 벤 남자가 저지른 일이 실제로는 벌어지지 않았는지 알 수가 없었다. 잠깐이나마 그는 정말 행복했다.

클라우디아의 손을 잡고, 방금 자신이 상상한 정신 나간 일을 말해주려는 순간, 그는 폐가 타들어가고, 극도로 건조한 나머지 혀의 수분 입자가 하나씩 말라가는 걸 느꼈다. 다시 숨을 내쉬고 클라우디아를 바라봤을 때, 그녀는 이미 사라지고 없었다. 그는 온 힘을 다해 소리를 질렀고, 텅 빈 공간 속으로 떨어진다고 느끼는 순간 혼수 상태에서 깨어났다.

보스턴 종합병원의 화상 환자 병동은 중환자 병동 옆 건물 1층에 있었고 의사, 환자와 가족들로 넘쳐났다. 여기에 두어 시간 전에 소방관들이 데려온 젠킨스 박사가 있었다. 병원에 실려 올 때 의식이 없던 그는 가슴

아픈 비명을 지르며 깨어났다.

“젠킨스 박사님, 걱정하지 마세요.” 간호사가 말했다. “건강하고 안전합니다. 소방관들이 불길이 덮친 아파트에서 박사님을 모시고 왔어요. 연기에 질식해서 정신을 잃으셨어요. 정말 기적적으로 화상은 입지 않으셨어요.”

그는 맹렬한 생기를 폐에 불어넣으며 온 힘을 다해 숨을 쉬었다. 그러고는 여전히 그을음이 가득한 손으로 얼굴을 만져보았다. 이어 입에 씌워졌던 마스크를 잡아뗐다. 그러자 턱에 고무줄 흔적이 살짝 남았다.

“어디 있죠?” 원장이 소리를 질렀다. “어디 있냐고요?”

“누구 말씀하시죠?” 간호사가 대답했다.

“클라우디아! 클라우디아 어디 있죠?”

“클라우디아가 누구신가요, 젠킨스 박사님?”

“내 딸이요! 어디 있죠?”

“따님이 불이 났던 건물에 있었나요?” 간호사의 얼굴에 걱정스러운 표정이 가득해졌다. “소방관들은 박사님만 데리고 왔는데요.” 그녀가 말을 덧붙였다.

원장은 그곳에 있었던 이유를 떠올려보았다. 자신이 올라간 층의 방문에 있던 별표, 폭발, 연기, 불, 벽에 가득한 사진, 수많은 표시가 되어 있는 지도…. 그는 방금 클라우디아와 함께 있었다. 살아생전 이토록 생생한 꿈은 꾼 적이 없었다. 그는 여전히 재스민 향이 감도는 머리카락 냄새, 얼굴에 부딪히는 바람과 손에 닿는 감촉을 느꼈다. 어느 날 클라우디아가 그의 삶에서 사라졌고, 사진 앨범을 통해 사랑의 몸짓처럼 그가 따라가야 할 길을 가르쳐주었다. 그리고 클라우디아는 아버지가 본 딸의 마지막 모습을 지울 수 있도록 자신의 마지막 기억을 아버지에게 주기로 했다.

"클라우디아는 없지." 그는 자기 손을 바라보며 말했다.

간호사는 뭐라고 해야 할지 몰라서 그를 걱정스럽게 쳐다보았다. 원장은 자기 손을 우두커니 쳐다보며 다시 클라우디아의 손을 느꼈다. 그는 잠시 생각에 잠겼다. 눈앞에 클라우디아의 손이 보이다가 희미해지더니 지워지고, 연기에 둘러싸여 있을 때 손에 쥐고 있던 책이 나타났다.

"책, 책, 어딨어요, 빌어먹을!"

"무슨 책이요?" 간호사가 놀라서 물었다.

"내가 가지고 있던 책. 아 기억나요! 내가 그 아파트에서 찾았던 책."

"소지품은 보관소에 있어요. 그런데…."

"원장은 침대에서 급하게 내려오다가 자신이 여전히 줄에 연결되어 있음을 확인했다. 그는 주저 없이 줄을 잡아 뽑고는 재빨리 균형을 잡으며 그곳에서 빠져나왔다.

"그렇게 뛰시면 안 돼요." 간호사가 놀라 소리를 질렀다.

원장은 환자복을 입고 맨발로 복도를 따라 병원 응접실로 갔다. 응접실 앞에 대기실이 있었고, 스무 명쯤 되는 사람들이 안내대에 있는 간호사에게 다가가는 그를 이상한 눈초리로 쳐다보았다.

"내 물건! 내 물건들 어디 있어요?"

"괜찮으세요? 의사 선생님 허락은 받으셨어요?"

"내 물건들 어디 있냐고요?"

"의사 선생님 허락 없으면, 물건을 드릴 수가 없습니다."

"허락 따윈 필요 없어요! 난 여기서 나가야 해요." 그가 소리를 질렀다.

간호사가 망연자실한 얼굴로 쳐다보다 결국 소지품을 주기로 했다.

"정말 나가셔야겠어요? 여기에 서명하시면 가실 수 있습니다."

원장은 읽어보지도 않고 서명한 뒤 탁자 위를 볼펜으로 쳤다. 간호사는 그의 행동에 놀랐다.

"이제 내 물건을 주는 겁니까?"

간호사는 등 뒤에 있는 방에서 잠시 헤매다가 '제시 젠킨스 박사'라는 이름표가 붙은 회색 플라스틱 바구니를 들고 나왔다.

"여기 가지고 계시던 물건이 다 들어 있습니다. 옷이랑 볼펜, 휴대전화…."

원장은 얼이 빠져서 바구니에 들어 있는 물건을 보았다. 뭔가 더 있기를 바랐지만, 그게 다였다. 그는 실망했다. 분명 그 아파트에 뭔가 더 있었으리라 생각했지만, 이 역시 꿈이었을까, 도무지 알 수가 없었다.

"아, 맞다. 이것도 가지고 계셨어요." 간호사가 말했다.

간호사는 안내대 아래 웅크린 채 구석에서 오래된 책을 꺼냈다.

"소방관들이 그러는데 박사님께서 이걸 삶의 전부인 것처럼 보호하고 계셨대요. 의식을 잃으셨을 때는 너무 꽉 붙들고 있어서 빼낼 방법도 없었다고요."

원장은 책을 쥐고 위에서 아래로 자세히 봤다. 꿈이 아니었다. 책 표지에 손이 닿는 게 느껴졌고, 어느 시점부터 기억이 선명해졌다. 그는 정신을 잃기 전에 마지막 단서를 찾기 위해 노력했었다. 만일 그 집 내부가 불에 탔다면, 라우라와 그를 묶는 마지막 고리도 사라졌을 테고, 더 이상 그녀를 찾을 방법도 없을 것이다. 마지막 충격이 있었을 때 연기 때문에 눈을 뜰 수가 없었고, 졸려서 정신이 왔다 갔다 했고, 불에 타는 것만 같았다. 그리고 어두워서 아무것도 보이지 않는 가운데 손에 책이 만져졌다. 이유는 모르지만, 그것을 목숨 걸고 지켜내야 한다는 생각이 들었다.

"이 책이 뭔가요?" 간호사는 표지의 로고랑 낡은 상태에 관심을 보이며 물었다.

"제 마지막 희망이에요." 그가 대답했다.

63

2013년 12월 27일, 보스턴

라우라는 조금 전 신문 한쪽을 찢어서 쓴 글자를 한동안 멍하니 쳐다봤다. "스텔라 하이든, 마지막 날"

이 글자들은 머릿속에서 불과 어둠, 절망, 비통함 같은 다양한 형태와 감정으로 나타났다. 전에는 한 번도 그런 꿈을 꾼 적이 없었다. 또, 세상이 사라지는 모습을 지켜보는 절망을 경험한 적도 없었다. 그녀의 지친 심장이 심하게 뛰었다. 평소에도 죽음과 관련한 꿈을 꾸었을 때는 이랬지만, 이번에는 좀 달랐다. 마치 마음속에서 오늘이 삶에서 가장 중요한 날이라고 말하고 있는 것만 같았다. 물론 17년 전 처음으로 클라우디아에게 입맞추던 날도 잊지 못할 중요한 날이지만 말이다. 그녀의 영혼 한쪽에서 스텔라 하이든의 목숨을 끝장내기 위해서는 뭐든 할 수 있다고 비명을 지르는 것 같았다.

그녀는 다시 바닥에서 일어나 거리로 나갔다. 정오였고 만우절(순진한 자들의 날)을 하루 앞두고 있었다. 그녀는 이 축제의 이중성과 오늘날 많은 문화권에서 이날을 기념하는 것이 어떤 의미가 있는지를 생각했다. 이날은 2000년 전 헤롯 왕이 수천 명의 무고한 아이들을 죽이라고 명령한 일에서 유래한 날로, 지금은 전 세계가 자유롭게 농담을 즐기는 날이 되었다. 그녀는 '시간이 이 모든 이야기를 만들어내는 걸 보면 놀라워'라고 생각하는 순간 자신의 꿈과 이 축제 날이 관련이 있는지 궁금해졌다. 이윽고 최근 보인 징조에 자극을 얻어 활력을 되찾고는 스텔라 하이든을 찾아 없애겠다 굳게 마음먹고 거리를 걷기 시작했다. 그런데 어디서부터 시작해야 할지, 어디 가면 그녀를 찾을 수 있을지 도무지 알 수가 없었다. 수년 만에 처음으로 꿈에 여자의 얼굴 외에는 다른 단서가 나타나지 않았지만, 라우라는 온통 그 생각에 사로잡혔다. '절대 우연히는 그녀를 만나지는 못할 거야. 그래, 이번이 마지막이야.' 그녀는 생각했다.

그녀는 어디로 가야 할지 몰라서 세 시간이 넘게 머리를 숙이고 길을 걸었다. 눈은 옆으로 길고 가늘었고, 피부는 창백했으며, 부시게 빛나는 12월 햇빛에 주름이 떨렸다. 최근 몇 주 동안 미국을 강타한 추위와 눈의 폭풍은 사라졌지만, 길에는 여전히 눈이 쌓여 있었고, 당당히 서 있는 건물들과 함께 빛나고 있었다. 그녀는 모퉁이를 돌아 어빙 가로 향하다가 스케이트보드를 탄 소년과 부딪혔다. 그녀는 영문도 모른 채 땅바닥에 넘어졌다. 소년은 그녀를 일으켜주었다.

"정말 죄송해요. 괜찮으세요?" 그가 물었다.

"미안해할 것 없어. 일어나는 일에는 다 이유가 있고, 나는 지금 무슨 이유인지 모르지만, 여기에서 잠깐 멈춰 서야 한다는 생각이 강하게 드니까." 그녀가 대답했다.

소년은 무슨 말을 해야 할지 몰라 물끄러미 쳐다보았다. 그리고 뭔가 말을 하려는데, 라우라가 크게 웃기 시작했다.

"정말 괜찮으세요? 웃을 일이 아닌데, 제가 아주 세게 부딪쳤잖아요."

"얘야, 때때로 운명은 우리와 놀거나 우리를 비웃고 싶어 한단다. 하지만, 종종 그런 운명이 우리를 시험에 빠뜨려서 그것의 존재를 깨닫게 하지."

"네?" 그가 이상하다는 듯이 대답했다. "지금 괜찮지 않으신 것 같은데요."

라우라는 바닥에서 벌떡 일어나서 텔레비전 매장이 있는 거리로 건너갔다. 소년은 그런 여자를 보고 너무 놀라서 자동차 아래 떨어진 스케이트보드를 그대로 둔 채 달아났다.

라우라는 열두 개의 텔레비전 화면이 켜진 진열장 앞에 멈췄다. 모든 화면에 같은 모습이 나왔다. 보스턴 정신건강센터 정문, 스텔라 하이든의 기자회견 장면이었다.

"찾았다." 그녀가 말했다.

64

2013년 12월 24일 00.00시, 보스턴

안 돼! 나는 살면서 가장 처참한 장면을 보고 머리끝에서 발끝까지 소름이 쫙 끼친다. 몸이 꺾이면서 순간 양쪽 다리에 힘이 쫙 빠진다. 도끼를 든 남자는 놀랍도록 평온하게 제니퍼 트라우스의 목에서 도끼를 빼서 아무 일 없다는 듯 조용히 나에게 다가온다. 나는 때를 놓쳐서 그녀를 구하지 못했단 사실을 도저히 믿을 수가 없다. 내 심장이 아주 빨리 뛰고, 단 1초도 더 생각할 겨를 없이 바로 그에게 달려든다. 그들이 지금 내 앞에 있다. 내가 혼자라는 사실은 중요하지 않다. 그들이 많든 적든 상관없다. 내가 죽어도 상관없다…. 그들이 또 다른 삶을 앗아가는 행위를 막을 수만 있다면 상관없다.

"안 돼! 죽는 사람이 또 생기면 안 돼!" 나는 크게 소리를 지른다.

그자와 나는 제니퍼의 생명력 없는 몸 위로 쓰러지고, 이 모든 일이 눈 깜짝할 사이에 벌어진다. 정신이 들었을 때, 이미 내 손에는 그의 도끼가 들려 있고 나는 그자의 몸 위에서 힘차게 도끼를 든다. 그자가 도끼에 맞아 죽는 모습을 상상한 나머지 사람들은 놀라 달아난다. 백발 남자도 살려달라고 애원하지만, 무언가가 내 손을 들어 올리고, 내 손에는 엄청난 압박이 가해진다.

그들이 나를 붙잡고 거실에서 가장 눈에 띄는 곳에 있는 엄청난 벽난로 쪽으로 집어 던진다. 몇 센티미터만 더 날아갔다면 활활 타는 벽난로 불에 살갗이 다 탈 뻔했다. 갈비뼈가 부러졌는지 등이 너무 아프다. 뭔가에 홀린 듯한 여자는 소리를 지르며 나에게 달려오고, 그러는 동안 도끼를 든 남자는 다시 몸을 일으켜 무표정한 얼굴로 나를 쳐다본다. 내가 벽난로 갈고리를 집어 들어 머리를 내려치자 여자는 의식을 잃고 내 옆에 쓰러진다. 또 다른 세 사람이 나를 둘러싸며 천천히 다가온다. 갈고리로 벽난로 안에 타고 있는 통나무를 꺼낼 수밖에 없다. 곧 카펫이 타기 시작하고, 도끼를 든 남자는 걱정스러운 눈으로 주변을 보기 시작한다. 불이 카펫에서 번져 나가고 멀리 내 가방이 보인다. 그 안에 기름통과 이름이 적힌 책이 들어 있다. 나는 가방 있는 곳으로 가야 한다. 백발 남자는 불 앞에서 쩔쩔매며 놀라서 뛰어나간다. 그가 도끼를 든 남자 옆을 지나가는 순간 일이 벌어진다. 허공을 바라보는 무자비한 그 남자가 한쪽 팔로 길을 막는다.

"에릭, 지금 뭐 하는 거야?" 백발 남자가 소리를 지른다.

백발 남자는 두려운 얼굴로 그를 쳐다보지만, 이미 때가 늦었음을 깨닫는다. 에릭은 한 손을 들어 올려, 온 힘을 다해 그를 내리치는데 이를 여러 번 반복한다. 순간 나도 그렇게 될 수 있다는 생각이 든다. 나는 에릭이 그를 습격하는 동안 가방 쪽으로 뛰어가서 기름통을 꺼내 사방에 뿌린다. 불이 커튼과 벽을 타고 활활 타 올라가고, 지옥의 열기에 내 얼굴이 다 타버릴 것 같다. 나는 주변을 돌며 그 인간 악마, 에릭을 보고 있다. 그는 옷을 벗었고, 벌거벗은 채로 불길 속에서 도끼를 쥐고 서서 나를 바라본다. 주변의 불을 전혀 신경 쓰지 않는 것 같다. 그의 맨발이 불에 타고 있고, 무기력한 눈빛을 보니 아무것도 느끼지 못하는 상태로 보인다. 나는 도끼에 맞아 죽을지 모른다는 두려움에 아직은 불길이 닿지 않은 곳으로 다시 기운을 내 뛰어간다. 내 발 앞에 제니퍼 트라우스의 잘린 머리가 있고, 나를 바라보고 있는 그녀의 얼굴을 보자 온몸에 소름이 돋는다. 나는 단 1초도 생각할 겨를 없이 손에 그 머리를 쥐고 위풍당당한 창문 쪽으로 힘껏 던진다.

65

1996년 6월 15일, 솔트레이크

"제가 아는 분인가요?" 아만다가 대기실에서 기다리던 여자에게 물었다.

"모를 거야, 아만다."

"그런데 어떻게 제 이름을 아시죠?"

여자는 한동안 말이 없었고, 참지 못한 아만다가 말을 이었다.

"혹시 우리 아버지 보셨어요? 여기서 기다리고 계셨는데."

그러자 여자가 다시 큰 소리로 웃기 시작했다. 심하게 째지는 까마귀 울음소리 같은 웃음이 아만다의 고막을 찔렀다. 아주 차가운 바람이 불어올 때처럼 아만다의 목에 있는 털이 죄다 곤두섰다.

아만다가 미친 사람이 있는 데서 벗어나기 위해 대기실 문 쪽으로 걸어가자, 여자가 뛰어와 아만다의 팔을 붙잡았다.

"아만다, 너는 달아날 수 없어. 넌 지금 꿈을 꾸고 있어."

아만다는 그녀의 말을 듣는 순간 맥박이 빨라지기 시작했다. 가슴과 손끝, 날숨, 목에서까지 떨리는 티가 났다. 그녀는 무엇을 어떻게 해야 할지 몰라 꼼짝 않고 서 있었다. 처음에는 단지 미친 여자 앞에 있어서 불편했지만, 그녀가 자신의 이름을 알고 있을 뿐 아니라 세상에서 가장 신중한 사람의 평온함과 침착한 태도로 이름을 불렀을 때는 여기서 당장 빠져나가야 할 것 같은 느낌이 들었다.

"무슨 꿈이요?" 아만다가 용감하게 물었다.

"죽는 꿈."

아만다는 자신을 붙잡고 있는 여자의 손을 바라보며 언제, 어떻게 이 손을 떼어놓을지 생각하다가 그것을 보았다. 비록 손목시계로 절반이 덮여 있었지만, 손목 안쪽에 그려진 아홉 개 점으로 구성된 별표가 분명히 보였다. 순간 여기서 도망쳐 아버지와 안전하게 있어야 한다는 생각이 들었다.

"그런데 그 별표는 뭐죠?" 아만다는 시간을 벌기 위해 질문했다.

"알고 싶니?"

"그럼요." 겁을 먹은 채로 대답했다.

여자는 아만다가 보지 못한 다른 쪽 손으로 그녀를 붙잡고 칼을 높이 들어 찌르려고 했다.

"운명의 표시!" 여자가 소리를 질렀다.

칼날이 목표를 향해 내리꽂히는 순간, 아만다는 왠지 모르지만 제이컵 생각이 났다. 그리고 이 순간 용감해져야 그를 다시 만날 수 있다는 생각이 들었다. 머릿속 제이컵의 모습이 눈앞에 나타났고, 미친 듯이 다가오는 죽음이 보였다. 원래 아만다는 힘이 센 편이 아니었다. 얇은 두 팔은 이미 커버린 카를라의 무게를 겨우 지탱하는 수준이었다. 아만다는 손을 붙잡혔을 때 느낀 힘과 고통으로 미루어 이 여자에게 죽을 수도 있겠다는 생각이 들었다.

하지만 다시 제이컵 생각이 났다. 아치형 문 아래서 수줍게 웃고 있는 그의 얼굴이 눈앞에 아른거렸고, 가족의 사랑이 아니라, 이루고 싶은 꿈 때문에, 아만다는 재빨리 여자가 휘두르는 칼을 피했다. 그러자 칼이 벽에 부딪히면서 여자의 손에서 떨어져 나갔다.

순간 대기실에 침묵이 흘렀고, 여자가 땅에서 칼을 주우려는 순간, 아만다는 그녀의 얼굴에 침을 뱉었다. 그리고 여자가 당황하는 사이에 죽을힘을 다해 재빨리 빠져나왔고, 빈 복도 쪽으로 달려가며 도움을 청했다. 출입구로 빠져나오니 타고 온 파란색 포드가 여전히 그곳에 있었다. 스티븐은 아직 병원에서 나오지 않았고, 이때 그녀가 할 수 있는 일이라고는 오로지 집을 향해 달리는 일뿐이었다.

이미 어두워진 길에 아만다의 발소리가 요란하게 울려 퍼졌다. 모퉁이 쪽에 도착한 그녀는 자기 뒤에 그림자가 있음을 알아챘다. 아까부터 계속 따라오는 것 같았다. 거의 한 시간을 도움을 구하며 뛰었지만, 이 낯선 구역의 도로에는 아무도 없었다. 모두가 마을 축제에 갔고, 해 질 녘의 신비한 어둠 속에서 솔트레이크 호수 가장자리의 불빛들만 깜빡이고 있었다.

아만다는 뒤를 돌아보았다. 200미터 정도만 가면 집이 있었다. 너무 많이 달려서 지쳤고 피곤해서 죽을 지경인 순간, 자신을 뒤쫓는 그림자가 하나가 아니라 일곱 개라는 사실을 알았다.

그 시간, 제이컵은 약속이 깨졌다 싶어 심란한 마음으로 아만다의 집 현관 앞에 앉아 있었다. 그녀를 잘 알지도 못하면서 이토록 좋아한다는 생각에 눈물이 쏟아지려는 순간, 마음속으로 간절히 원했던 소리가 들렸다. 그것도 필사적으로 외치는 소리였다.

"제이컵!"

66

2013년 12월 27일, 보스턴

이틀 전, 스티븐이 정신을 잃은 제니퍼 트라우스를 데려갔던 그날, 그 저택은 까맣게 타버렸다. 거대하고 당당하며 고급스럽던 외양과 너무나 대조적인 모습이었다. 스티븐에게 저택은 그들을 만날 수 있는 유일한 장소였다. 그런데 지금 저택을 불사르고 까맣게 그을린 불이 그들에게 이르는 유일한 길을 부숴버린 것만 같았다. 눈앞에는 검게 그을린 벽과 재로 뒤덮인 잔디밭만 덩그러니 남아 있었다. 그리고 현관문 앞에는 타이어가 펑크 난 여섯 대의 자동차가 불에 그을려 있었다.

"도저히 믿을 수가 없어." 그가 말했다.

그는 집 안을 돌면서 남아 있는 생명의 흔적이나 푸른 색깔을 찾아보았지만, 남은 건 숯뿐이었다. 유리들은 녹았고 지붕과 내부 벽도 무너졌다. 맹렬한 불길은 건물의 외벽만 남긴 채 집 내부를 다 먹어치워 텅텅 비워놓았다. 마치 자신의 마음속 풍경 같았다.

다시 회색 정원을 바라보던 그의 눈에 좀 전에 보지 못했던 뭔가가 들어왔다. 저택 뒤편으로 나 있는 창문으로 밖을 보니 정원을 뒤덮은 회색 재 속에 초록색 잔디의 흔적이 있었다. 뭔가 확연히 구분되는 분명한 흔적이었기에, 우연이 아님을 직감했다. 그는 바닥에 흩어진 창문 유리 조각의 흔적을 따라서 정원 안쪽으로 100미터쯤 더 들어갔다. 전에 알지 못했던 구릉이 나왔고, 거기에 피로 얼룩진 옷더미가 있었다.

"이게 뭐지?" 그가 옷 하나를 집어 들며 말했다.

놀랍게도 피가 마른 회색 셔츠 아래 뭔가가 있는 것 같았다. 옷을 옆으로 치우니 뭔가가 들어 있는 검은 가방이 보였다. 혹시라도 희생자의 잘린 몸이 들어 있을지도 모른다는 생각에 떨며 가방 안에 한 손을 집어넣었다. 하지만 거기에는 훨씬 더 충격적인 물건이 들어 있었다. 표지에 별표가 그려진 책이었다.

그는 책을 펴서 메모와 날짜, 이름들을 쭉 살펴보았다. 머리부터 발끝까지 소름이 끼쳤다. 한동안 한 인간으로서 죽음의 고통을 느끼며, 누군가를 불쌍히 여기고 감정을 느끼는 일을 멈추었다고 생각했다. 책을 한 장씩 넘길 때마다 수많은 사람의 이름이 빼곡히 적혀 있는 것을 보고는 정신을 차릴 수가 없었다. 그는 수많은 죽음 때문에 몸이 벌벌 떨려 토할 것만 같았다. 마지막 장에는 제니퍼 트라우스라는 이름 옆에 2013년 12월 24일이라는 날짜가 적혀 있었다. 그녀에게 살 수 있는 기회를 주지 않고 저택 안에 남겨두고 온 것이 떠올라 눈물이 났고 죄책감이 몰려왔다. 너무 비참해서 온 힘을 다해 소리를 질렀다.

"하느님, 저를 용서해주세요."

그가 7인회의 흔적을 찾기 위해 다시 힘을 내서 책장을 넘기는 순간 뒤표지에 뭔가 평범하지 않은 내용이 보였다. 거기에는 이미 말라버렸지만, 피 묻은 손가락으로 쓴 글씨가 적혀 있었다. "솔트레이크"

67

2013년 12월 27일, 보스턴

동이 터오는 시간, 제이컵과 스텔라는 정신건강센터 복도를 뛰고 있었다. 주황빛이 창문 빈틈으로 들어오면서 공중에 떠돌던 먼지를 흔들어놓았다. 제이컵의 맨발에서는 따귀를 때리는 듯한 소리가 났고, 스텔라의 시끄러운 구두 소리도 함께 울렸다.

"신발 벗어요." 제이컵이 속삭였다.

"뭐라고?"

그들은 복도 구석에 멈췄고, 스텔라는 제이컵의 어깨에 한 손을 올리고 다른 손으로 신발을 벗었다. 그리고 손을 바꿔서 다른 쪽 신발도 벗었다. 스텔라가 다가오는 동안 제이컵은 그녀의 두 눈을 쳐다보았다. 스텔라의 황금빛 눈은 새벽 빛에 밝게 빛나고, 잠시 둘은 서로의 아름다운 눈을 바라보았다. 시간이 흐른다는 사실을 잊고 있었을 때, 갑자기 건물 중앙에서 날카로운 경보가 울렸다.

"아 저기 있다!" 감시원이 소리를 질렀다.

제이컵은 그녀의 손을 잡고 감시원들을 피해 복도를 달렸다. 그들은 조현병 환자들이 있는 서쪽 구역으로 돌아갔다. 환자들의 앓는 소리와 요란한 웃음소리가 사방에서 들렸다. 그들은 한 층 아래로 내려가려고 했지만, 그들을 찾으러 위층으로 올라간 경비원 한 명과 마주쳤다. 어디로 가야 할지 몰라 당황하다가 도망칠 수 있는 안전한 장소를 찾아 한 층 더 위로 올라갔다.

3층은 알츠하이머 환자와 자폐증 환자가 함께 사용하고 있었다. 이 구역엔 딱히 무슨 일이 일어나지 않았기 때문에 방마다 문이 열려 있었고 감시원도 없었다. 노인들과 환자들은 자유롭고 희망에 찬 모습으로 복도를 오가고 있었다. 어떤 이들은 지나온 삶의 기억들을, 또 어떤 이들은 모르는 사이에 그들 앞을 지나간 삶을 찾고 있었다. 중앙 안뜰로 이어진 복도의 희망이 가득한 공기는 어떤 이들의 정신에 활력을 불어넣었고, 누군가에게는 지난 기억들을 연결해주었다. 또 어떤 이들에겐 현재와 만나게 해주었다. 스텔라와 제이컵은 손을 잡은 채 뒤를 돌아 아직도 감시원들이 쫓아오고 있는지 확인하면서 복도를 뛰었다. 둘이 달리는 모습을 본 지 10초도 되지 않아서, 일순간 모든 노인에게 활기가 돌았고, 모든 자폐증 환자도 그들을 집중해서 쳐다보았다. 복도 끝에 다다르자 그들은 두세 노인이 있는 방으로 들어갔다. 그들은 어린아이 같은 기대감에 부풀어 스텔라를 쳐다보았다.

"새로운 간호사 선생님인가요?" 그들 중 한 명이 행복하게 잇몸을 드러내고 웃으며 말을 건넸다.

"아니, 아니에요. 죄송합니다." 스텔라는 공범자의 웃음을 띠며 대답하면서도 적이 걱정이 되었다.

그들은 방을 나와 탈출구가 없음을 깨달았다. 두 명의 감시원이 멀리서 그들을 보고 달려왔다.

"여기 있다." 그들이 소리쳤다.

제이컵은 스텔라의 손을 꽉 잡고 복도에 있던 화장실에 들어가 문을 걸어 잠갔다.

"여기에서는 도망칠 수 없어." 스텔라가 말했다.

"나오세요!" 감시원이 문밖에서 소리를 질렀다.

스텔라는 밖에서 하는 말을 듣고 불안해했다.

"어서요!" 그들 중 한 명이 또 소리쳤다. "나오세요!"

문밖에 경찰들과 FBI 조사관들도 도착했다.

"포위되었습니다. 하이든 양, 이 일을 의도하신 것인지 모르겠지만, 범인과의 도주는 여기에서 끝났습니다."

스텔라의 헐떡이는 소리가 잦아들고 고요함만이 가득했다. 도망자들을 찾다 뒤처진 감시원 중 한 명이 열쇠 꾸러미를 들고 화장실 문 앞에 도착했다. 그가 FBI 조사관들이 보는 가운데 문을 열자, 남아 있던 감시원들의 눈앞에 믿을 수 없는 광경이 펼쳐졌다. 화장실이 텅 비어 있었다. 그들은 화장실 문을 하나하나 열어보기 시작했다. 마지막 칸을 열었을 때, 안에 있던 창문이 열려 있는 걸 발견했다. 창문 밖을 내다본 FBI 조사관의 눈에는 검은색 뉴비틀 자동차가 속도를 내며 보스턴의 자동차들 사이로 사라지는 것이 보였다.

"제기랄!" 그가 소리를 질렀다.

68

2013년 12월 27일, 보스턴

원장은 절뚝거리며 병원을 나왔다. 약 기운에 정신이 혼미했지만, 여전히 살아 있다는 흥분감에 휩싸여 걸을 수 있는 한 계속 걸었다. 그는 겨드랑이에 끼고 있는 책에 라우라에 대한 모든 해답이 들어 있으리라 기대하며 그것을 읽을 만한 안전한 장소를 찾아다녔다. 몇 년 전 클라우디아와 함께 이 도시에 도착했을 때, 딸과 정원에서 놀고, 흙길을 따라 걷고, 떡갈나무들과 버드나무들 사이에서 산책하는 사람들과 운동하는 사람들을 바라보았다. 특히 해가 지기 전 신선한 공기를 즐기며 공원 한가운데 자리 잡은 연못 위에 뜬 안개를 비추는 햇빛, 가을에 호랑가시나무 잎사귀를 밟을 때 나는 사각거리는 소리를 좋아했다. 그는 앉아서 연못을 바라보던 공원을 기억하고는 그곳이 책을 볼 완벽한 장소라고 판단했다. 그는 벤치에 앉아서 책을 무릎에 올려놓았다.

겉표지는 가죽인데 수년이 흐르는 동안 굳어지고 해져 있었다. 가장자리는 오래되어 노랗게 변했고 분량은 300쪽 정도인데 분명 100년 이상은 된 것처럼 보였다. 그는 라우라를 찾는 데 필요한 내용이 들어 있을 것으로 확신하며 첫 장을 펼쳤다. 막상 첫 장을 펼치자 몸이 후들거렸고 손이 떨렸으며, 눈에는 공포가 가득 차올랐다.

거기엔 아무것도 없었다.

텅 비어 있었다. 그 장뿐만 아니라, 다음 장들도 마찬가지였다. 이 책 안에는 글자나, 문자, 사진, 상징이 없었고 어떤 희망도 없었다. 그는 절망에서 벗어나게 해줄 표시나 얼룩, 접힌 부분들을 찾아서 노란 종이를 한 장씩 다 넘겼다.

"이럴 수가. 이게 다 무슨 뜻이지? 그냥 아무것도 적혀 있지 않은 오래된 책인가?" 그는 혼잣말로 중얼거렸다.

그는 두 눈을 감고, 눈을 뜨면 뭔가가 보이길 간절히 바랐지만, 그런 희망마저 버려야 한다고 생각하던 순간, 재킷 주머니 안에서 휴대전화가 울리기 시작했다.

"알 수 없는 번호?" 그가 이상하게 생각하며 전화를 받았다. "여보세요?" 그는 주저하면서 귀에 전화기를 갖다 댔다.

"안녕하세요, 젠킨스 박사님." 누군지 알 수 없는 목소리가 들렸다. "안녕히 주무셨나요?"

"네? 누구시죠?"

"알고 싶지 않으실 겁니다."

"알고 싶지 않다니요! 제 번호는 어떻게 아셨습니까? 저에 대해 뭘 알고 계시죠?"

"당신은 진실을 알고 싶어 하지 않습니다."

"당신 누구요?"

"저는 젠킨스 박사입니다."

"젠킨스는 나요."

"저도 젠킨스 박사입니다."

"있을 수 없는 일입니다."

"왜 이게 불가능한 일입니까, 젠킨스 박사님?

"당신이 나라고 하는 거 말이오."

"왜 그렇게 생각하시죠, 박사님? 지금 박사님께서 마음 깊은 데서 자신과 이야기를 하고 있다면요?"

"혹시 제 예전 환자분입니까? 만일 그렇다면, 누가 나에게 이런 불쾌한 농담을 하는지 꼭 찾아낼 겁니다."

"젠킨스 박사님은 진실에 가까이 오셨는데, 그녀는 아직 준비가 안 되었습니다."

"도대체 나한테 뭘 원하는 거요?" 그는 더 이상 다른 걸 생각할 겨를이 없어 힘없이 사정하며 물었다.

"저를 보러 와주셨으면 합니다, 젠킨스 박사님. 지금 바로."

"당신을 보러? 당신이 누군지도 모르는데! 당신이 내 환자인지 아닌지도 모르는데, 난 지금 바보 같은 짓으로 낭비할 시간이 없소."

"당신은 클라우디아의 죽음이 바보 같은 일이라고 생각하십니까? 아니면 라우라가 어디 있는지 모르는 게? 아니면 이 모든 일이 왜 당신에게 벌어졌는지 모르는 게? 혹시 당신의 삶을 부정하는 게 바보 같은 일입니까?"

"개자식, 이걸 다 어떻게 알았지? 내 뒷조사를 하고 있나?"

"시간이 없습니다, 젠킨스 박사님."

"무슨 말을 하고 싶은 거야?"

"마지막에 거의 다 왔습니다. 지금 당신이 보기에 텅 비어 있는, 당신에 대해서, 당신의 삶에 중요한 것에 대해서는 일언반구도 없는 책을 쥐고 계시죠. 물론 그 책은 세상의 무엇보다 중요한 의미가 있습니다. 비록 당신이 보기에는 불길과 싸운 별표가 그려진 표지에 조금 묵직하고, 누가 지었는지도 모를 단순한 책에 불과하겠지만, 사실은 훨씬 더 많은 의미가 들어 있습니다. 당신의 희망, 라우라를 찾고 클라우디아를 위해 복수하려는 희망 말입니다."

원장은 말없이 가만히 있었다. 뭐라고 대답을 해야 할지 생각이 나지 않았다. 정체 모를 사람이 하는 말을 듣고 가슴이 꽉 막혀서 전화기에 대고 한숨을 쉬었다. 목구멍에 심장이 있는 것만 같았다.

"다시 책을 열어보세요, 젠킨스 박사님."

"지금 날 보고 있는 건가?" 원장은 전화하는 이를 찾으려고 주변을 둘러보며 말했다. 하지만 공원에는 아무도 없었고, 저 멀리 있는 건물들 안의 실루엣을 구별하기란 불가능했다.

"열어보세요."

"이미 봤어. 아무것도 없어. 책 안에는 아무것도 없다고."

수화기 건너편의 사람은 자신이 누군지, 왜 전화했는지 밝히지도 않고 끊어버렸다.

이유를 알 수 없었지만, 그자의 말에 따라 다시 책을 펼쳤다. 순간 원장은 돌처럼 굳어버렸다.

첫 장에는 위에서부터 아래까지 볼펜으로 한 낙서가 가득했다. 위아래로 여백도 없이 다양한 형태와 크기로 사방에 같은 단어들이 반복되어 있었다. 대문자, 소문자, 검은색 등으로 적혀 있고, 크기는 몇 밀리미터로 아주 작거나 5~10센티미터로 크게 적혀 있었다. 'Ekaltlas', 'Kaletlas',

'Lastklea', 'Lastkale', 'Setkaall'. 모든 장에 똑같은 단어들이 여기저기 적혀 있었다. 특히 첫 장에 적힌 단어들은 더 무질서했다. 대문자와 소문자가 뒤섞여 있었고, 오른쪽부터, 혹은 반대쪽부터 쓰인 단어 등 대중없었다. 장을 넘길수록 단어들이 조금씩 정돈되었고 글자다워졌다. 글자 크기가 달라진 본문도 나왔다. 똑같은 단어가 적혀 있었지만, 줄에 딱 맞게 정렬되고, 간격도 같고, 여백에서 단 1밀리미터도 어긋나지 않았다. 의미가 있어 보이는 글자들은 강조돼 있었다. '제이컵.'

"제이컵? 이 이름이 어떻게 여기 있지?" 그가 중얼거렸다.

도무지 이해할 수 없었다. 불길 속에서 희망을 주었던 책이 그저 단순한 속임수에 불과했다니. 그는 증오심이 끓어올라 의자 옆에 있던 쓰레기통에 책을 집어 던졌다.

원장은 서둘러 일어섰다. 제이컵에게 그 책에 왜 그의 이름이 있는지 물어보기 위해 정신건강센터로 향했다. 하지만, 거리에는 경찰 사이렌 소리가 울리고 바에서 술을 마시던 사람들은 무슨 일인가 하여 문밖을 기웃거리고 있었다. 그는 앞에 있던 사람들 사이를 비집고 머리를 내밀어 무슨 일이 일어났는지 물어보았다.

"그쪽에 무슨 일 있어요?" 바로 앞에 있던 남자에게 재빨리 물어보았다.

"모르셨어요?"

"무슨 일이오?" 그가 걱정스럽게 물었다.

"그 목을 벤 남자가 달아났어요."

"어떻게 달아났죠?"

"지금 도시 전체가 난리예요. 그 미친 사람이 거기에서 풀려나왔다는 게 믿기세요?"

"근데 어떻게 나갔냐고요?"

"모르겠어요. 아직은 아무 소식도 나오지 않았어요. 그자가 탈출에 성공했다는 것만 알고 있어요. 한 여자 경찰관이랑 함께 있다는 소문이 돌고 있는데, 믿어지세요?"

원장은 아무 대답도 하지 않았다. 그저 허공을 바라보며 고개만 끄덕였다.

"세상이 미쳤군요. 경찰이 정신병자의 탈출을 돕다니. 죄다 거꾸로 돌아가고 제 자리에 있는 것은 하나도 없는 것 같아요. 이 세상에 제정신인 사람은 저 하나뿐인 것 같네요, 안 그래요?" 그가 물었다.

"잠깐만, 방금 뭐라고 하셨죠?"

"제 말 안 듣고 계셨어요? 세상에서 제정신인 사람은 저 하나라고요."

"아니요, 그거 말고 다른 말이요."

"죄다 거꾸로 돌아가고, 제 자리에 있는 것은 하나도 없는 것 같다고요?"

"그거요!"

"무슨 말이죠?" 남자는 미간을 찌푸리며 말했다.

원장은 뒤돌아 공원 쪽으로 뛰어갔다.

"그가 다시 만나자고 했어, 머저리!" 남자가 소리를 질렀다.

원장이 앉았던 자리로 돌아가 쓰레기통 속에서 아까 버린 책을 꺼내 재빨리 책장을 펼쳤다. '제 자리에 있는 게 하나도 없는 것처럼', 그가 혼잣말을 하더니 맨 먼저 쓰인 단어인 '에칼틀라스(Ekaltlas)'를 읽었다. 몇 초가 지나자 그 단어가 분명히 눈에 들어왔다.

"왜 아까는 이걸 못 봤지?"

그는 모든 단어가 같은 글자로 이루어졌음을 깨달았다. 그리고 해당 글자들로 조합할 수 있는 모든 단어가 적혀 있었다. '솔트레이크(Salt Lake)'만 빼고.

69

2013년 12월 27일, 보스턴

뉴비틀 자동차는 서쪽 고속도로로 진입해 난폭하게 좌우 차선으로 움직이며 여러 차를 따라잡기 시작했다. 스텔라 하이든이 운전을 하고 옆에 앉은 제이컵은 그녀가 아주 자유롭게 운전대를 잡은 모습을 지켜보았다. 지금 도망가는 상황이긴 하지만 그녀의 몸짓 하나하나에 집중하고 아주 침착하게 지켜봤다.

"이제 더 이상 우리를 따라오지 않는 것 같아." 스텔라가 백미러를 살펴보며 말했다.

제이컵은 말없이 잠시 더 그녀를 지켜보았다. 그는 스텔라의 우아한 코의 윤곽을 바라보았다. 코끝이 살짝 휘어 있었다. 운전대를 쥐고 있는 가느다란 손이며 춤을 추듯 움직이는 가냘픈 팔, 깜빡이는 두 눈, 차가 추월할 때마다 찌푸리는 얼굴 등을 제이컵은 자세히 살펴보았다.

"오, 잘하는데요." 제이컵이 말했다.

스텔라는 운전대를 움직일 때마다 그가 파란 눈으로 자신을 자세히 보고 있다는 걸 알았지만 어떻게 반응해야 할지 알 수 없었다. 그녀는 백미러를 보고 있었지만, 동시에 제이컵을 보고 싶었고, 운전에도 최대한 집중

하고 싶기도 했다. FBI 훈련 때 수개월 동안 고급 운전 기술 과정을 밟았는데, 성적은 최악이었다. 필기시험은 우등으로 통과했고, 심리 검사까지 통과했지만, 첫 번째 훈련 과정을 거친 결과, 운전면허 시험에서 적성이 맞지 않는다는 결과가 나왔다. 몇 개월을 훈련했지만, 결과는 같아서 무의식적으로 운전을 아주 증오했다. 가속페달 밟기를 두려워했고 바퀴도 겁냈고, 한 번 주행을 마칠 때마다 차를 망가뜨리곤 했다. 하지만 지금은 자동차로 둘러싸인 고속도로에서 시속 100킬로미터 이상을 밟고 있고, 다른 차들을 추월까지 하는 데 전혀 두려워하지 않았다. 도주하면서 생긴 폭발적인 아드레날린 때문인지 아니면 제이컵 때문인지 알 수가 없었지만, 어쨌든 살면서 한번은 운전을 즐기게 되었다.

"우회로를 타고 남쪽으로 가세요. 주간(州間) 고속도로에 들어가면, 편해질 거예요. 긴 여행이 우리를 기다리고 있을 테니까요." 제이컵이 말했다.

"얼마나 멀지?"

"600킬로미터."

"나한테 생각이 있어." 스텔라가 대답하며 갑자기 핸들을 꺾어서 첫 번째 출구로 고속도로를 빠져나갔다.

"뭐 하는 거예요?"

"겁나?"

"당신이 무섭겠죠. 전 아니에요."

스텔라가 웃으면서 핸들을 꽉 잡았다. 제이컵도 웃었고, 보스턴 비행장 접근 표시를 봤을 때, 놀라움을 억누를 수가 없었다.

"날 놀라게 할 거예요? 스텔라, 비행기도 조종할 줄 알아요?"

"물론이지. 학교에서 헬리콥터 조종 수업도 받았거든."

"당신은 정말 놀라움 그 자체군요."

"내가?" 그녀는 놀리는 표정으로 되물었다.

"당신이 얼마나 놀라운 사람인지 모를 겁니다."

그들은 차를 타고 비행장 가까이 다가갔고, 두 명의 경비원이 경광봉을 흔들며 그들을 막아섰다.

"숨어!" 스텔라가 말했다.

제이컵은 좌석과 계기판 사이 틈에 들어가 몸을 웅크렸다.

"무슨 일이시죠?" 한 경비원이 물었다.

"지금 이 시설을 이용해야 합니다." 그녀는 FBI 명찰을 보여주며 말했다.

"안녕하십니까, 하이든 조사관님. 물론입니다. 들어가십시오."

스텔라는 경비원에게 하얀 이를 드러내며 예의를 갖춘 미소를 보였다.

"그런데 괜찮으시다면 자동차 안을 살펴봐도 되겠습니까? 최근에 밀수입 관련 문제가 있어서 보안 절차가 바뀌었습니다. 규정상 이곳에 출입하는 모든 차량을 검색해야 합니다." 경비원이 말했다.

그녀는 심장이 쿵쾅거리기 시작했고 여기서 여행이 끝나는 게 아닐까 하는 생각이 들었다. 경비원은 초소에서 나와 자동차 쪽으로 와서 스텔라가 있는 창문으로 안을 슬쩍 들여다보았다.

"그런데 저 덩어리는 뭡니까?" 그가 물었다. 스텔라는 순간 꼼짝도 할 수 없었다.

"네가 FBI 요원의 차를 검색한다고 누가 상상이나 하겠어?" 초소에 있던 다른 경비원이 그를 꾸짖었다. "우리가 쫓겨나길 바라는 건 아니겠지?" 경비원은 얼굴을 붉히며 놀란 눈으로 스텔라를 쳐다보았다.

"죄송합니다, 하이든 조사관님." 초소에 있던 또 다른 경비원이 말했다.

"제 동료가 아직 이 조직의 직급을 잘 몰라서요."

스텔라가 가속페달을 밟아 차단기를 부수고 나가기 직전이었다. 그녀는 안도의 한숨을 쉬었다.

"들어가십시오." 그가 웃으며 말했다.

비행장에는 아주 넓은 아스팔트 활주로와 격납고 세 동이 있을 뿐이었다. 그녀는 이런 시설에서 가장 멀리 떨어진 장소로 가서 주변을 돌아보고 헬리콥터 옆에 차를 세운 후 한숨을 쉬었다.

"이제 나와, 제이컵."

"다 왔군요." 그가 대답했다.

"제이컵, 혹시 고소공포증이 있나?" 스텔라가 일렬종대로 늘어선 다섯 대의 벨 206 헬리콥터를 가리키며 물었다.

제이컵은 그녀의 대담한 행동에 정신을 빼앗긴 채 바다 같은 눈으로 스텔라를 쳐다보았다. 그녀의 내면에서 뭔가 변화가 있었고, 어느 때보다 진실된 모습이 느껴졌다.

"스텔라, 솔트레이크로 돌아가고 싶어요?"

"돌아간다고?"

순간, 째지면서도 떨리는 노파의 목소리가 귓속을 뚫고 들어왔다. 스텔라의 목덜미에 소름이 돋았고, 제이컵의 영혼은 상처를 입었다. 그 소리는 순간 제이컵을 꿈에서 멀어지게 했다가 다시 현재로 끌고 왔다. 뒷좌석에서 나는 소리였다.

"그 운명이 쓰여 있거든." 노파의 목소리와 함께 탄알이 장전되는 소리가 들렸다.

70

1996년 6월 15일, 솔트레이크

"안녕!?" 제이컵이 현관에서 외쳤다.

순간 그는 벌떡 일어나 아만다에게 달려왔다. 그들은 서로를 보자마자 이유도 모른 채 바로 껴안았다. 짧은 순간이었지만, 이 순간을 늘 원해왔음을 깨닫기에는 충분한 시간이었다.

"누가 널 쫓아왔어?" 제이컵이 아만다에게 물었다.

"어떤 여자가, 모르는 여자랑 사람들이." 그녀가 대답했다. "정말 뭐가 뭔지 하나도 모르겠어. 제이컵, 날 좀 도와줘, 제발."

제이컵은 그녀의 눈에서 흐르는 눈물을 보고 무슨 일이 있어도 그녀를 보호하겠다고 다짐했다. 몇 달 전 아버지와 싸울 때처럼 용기로 무장하고 이번에는 실패하지 않겠노라고 다짐했다. 이번에는 절대. 그녀를 보호하고 원하는 것은 무엇이든 해주리라 결심했다. 그는 1초도 망설임 없이 그녀의 손을 잡고 말했다.

"내 옆에 있으면 아무 일도 안 생길 거야."

그림자들이 가까이 다가오기 시작했고, 저 멀리 어둠 속에서 서로 다른 크기의 오싹한 실루엣 여섯 개가 보였다.

"따라와!" 그가 소리쳤다.

그들은 아만다의 집 앞에 있던 오래된 집을 둘러싸고 있던 그림자들을 피해 호수를 향해 달렸다. 호수를 가로막고 있던 나무들에서 뻗어 나온 작은 가지를 요리조리 피하면서 호숫가에 도착했다. 거기에는 여러 척의 배가 있었다.

"나 좀 도와줘." 제이컵이 배를 호수 안쪽으로 밀며 말했다.

그들은 배가 충분히 물에 뜨자 배 위로 뛰어올랐다. 제이컵은 실루엣들이 다가오는 것을 보고 재빨리 온 힘을 다해 노를 젓기 시작했다.

배가 호숫가를 떠나 몇 백 미터 나아갔다. 물가에 모인 실루엣들은 꼼짝도 안 하고 그들을 바라보고 있었다. 그리고 멀리 축제 현장의 반짝이는 불빛과 마을 옆 부두를 빙 두르고 있는 천 개의 랜턴 불빛이 실루엣들을 비추고 있었다.

아만다는 따라오던 실루엣들이 점점 멀어지자 그제야 안도하며 옆에 누가 있는지 생각했다. 조금 전까지는 옆에 있는 사람을 생각할 겨를이 없었다. 사실 그녀는 이 만남을 수없이 꿈꿔왔다. 제이컵과 함께 축제에 가서 솜사탕을 먹고, 관람 차를 함께 타는 장면을 꿈꿨다. 또, 제이컵이 가판에서 인형을 안겨주는 모습도. 아주 평범한 일들이었지만, 새로운 삶을 기대하는 사람처럼 엄숙하게 그런 일을 기다렸었다. 그런데 지금 두 사람은 아주 가까이 있고, 제이컵은 그녀를 위해 온 힘을 다해 노를 젓고 있다. 아만다는 그와 함께하는 방법 중에 이보다 좋은 것은 없다는 생각이 들었다. 그녀는 물가를 떠날 때 도망에 대한 두려움도 두고 왔다. 노를 저을수록, 제이컵의 얼굴을 환하게 비추던 불빛도 희미해져갔다. 제이컵은 그녀를 살리기 위해 계속 숨을 헐떡이며 노를 저었다. 오로지 물가에서 멀어져야 한다는 생각으로 10분 동안 단 한 번도 노를 놓지 않았다. 아만다가 자신을 계속 바라보고 있기에 최선을 다했다. 삼촌과 살기 위해서 집에서 도망쳤던 힘으로 노를 저었다. 축제의 불빛이 그들에게서 아주 멀어졌고, 하늘의 별빛만이 그들을 비추고 있었다. 모든 두려움이 사라졌다고 느낀 순간, 제이컵은 노젓기를 멈추었고 둘은 어둠 속에서 한동안 말없이 앉아 있었다.

제이컵의 심장이 쿵쾅거렸고, 아만다도 주체할 수가 없었다. 세상이 어찌나 고요한지 서로의 심장 소리가 들렸다. 온 힘을 다해 달려서가 아니라, 서로 마주하고 있다는 사실을 깨달았기 때문이다. 비록 서로의 얼굴을 보지 않았지만, 제이컵은 배가 오른쪽으로 살짝 기우는 순간 그녀의 움직임을 느꼈다. 그는 본능적으로 일어나 균형을 잡았다. 조용한 순간, 가느다란 두 손이 그의 얼굴에 닿았다. 그의 턱을 쓰다듬었는데, 이제까지 살면서 한 번도 접하지 못한 느낌이었다. 제이컵은 한동안 계속 손길을 느꼈고, 주저 없이 어둠 속에서 그녀의 허리를 붙잡고는 절대 놓아주지 않으리라 마음먹었다.

그들은 아무 말 없이 어둠 속, 축제의 불빛을 멀리하고 별자리들로 뒤덮인 하늘 아래에서 키스를 나누었다.

이제 이 세상에서 그녀보다 중요한 존재는 없었다. 아만다도 그의 곁에서 안전함을 느꼈다.

그들은 고요 속에서 한동안 서로를 껴안았다. 그들은 무언의 말이 흔한 말보다 훨씬 더 큰 의미가 있음을 알았고, 이 순간이 영원하길 바랐다. 제이컵은 그녀의 안정된 호흡과 자신에게 기댄 몸의 압력, 머리카락에서 나는 라벤더 향, 부드러운 손의 촉감, 놀랄 만큼 밝은 피부의 열감, 사춘기 사랑의 힘을 느꼈다.

"널 놓아주지 않을 거야."

"너와 헤어지지 않을 거야."

"이건 미친 짓이야, 난 네 이름도 모르잖아. 네가 누군지도 모르지만, 이미 널 사랑해."

"아만다."

"뭐라고?"

"내 이름 아만다라고."

이름을 말하는 아만다의 부드러운 목소리는 경이로움 자체였다. 제이컵은 그녀가 이름을 한 음절씩 발음할 때 그녀의 입술과 혀의 움직임에 집중했다. 자신이 예상했던 그녀의 이름 목록에서 여러 차례 비슷한 이름을 보고 백만 번쯤 읽었지만, 이런 아만다의 목소리는 전혀 예상치 못했다. 도저히 저항할 수 없는 음악 같은 목소리였다.

순간 물가에서 따라온 한 점의 불빛이 점점 배와 가까워졌다.

"누군가 오고 있어." 제이컵이 말했다.

"그들이야!"제이컵은 다시 제 자리에 앉았고, 축제가 열리는 쪽으로 노를 젓기 시작했다. 아만다는 탈출구가 없다는 생각에 두려움이 밀려왔다. 불빛이 점점 더 빨리 다가왔고, 제이컵이 아무리 열심히 노를 저어도 그들을 따돌리기에는 역부족으로 보였다.

마침내 수천 개의 전등이 반짝이는 마을 부두에 다다랐을 때, 웃음소리가 여기저기에서 들렸고, 멀리서 축제 음악 소리도 들렸다. 그들을 따르던 불빛은 어두운 강 중간에서 멈추었다. 제이컵은 아만다가 부두로 올라오도록 도왔다. 배가 선착장 시설물에 부딪히기 전에 습한 나무판자들이 부드럽게 삐걱거렸다. 아만다 뒤에 있던 제이컵은 누가 그들을 따라오는지 확인하려고 뒤를 돌아보았다.

따라오던 불빛은 부두에서 약 30미터쯤 떨어진 곳에서 꼼짝도 하지 않았다. 뚫어져라 봐도 배 안에 움직이지 않는 어두운 실루엣들이 있다는 정도만 알 수 있었다.

“뭘 원하는 거야?” 제이컵이 분노에 차서 그들을 향해 소리쳤다.

그러나 아무 대답도 없었다.

“제이컵, 가자, 제발.” 아만다가 손을 내밀며 말했다. 제이컵은 그녀를 바라봤다. 아만다는 이 상황을 전혀 알 수 없기에 생기는 무력감과 두려움, 두 사람에게 심각한 일이 벌어질지도 모를 가능성 앞에서 떨며 울고 있었다.

“제이컵, 제발, 날 혼자 두지 마.”

“절대, 안 그럴 거야.” 그는 굳게 맹세했다.

그는 아만다의 손을 잡고 전속력으로 달린 끝에 가까스로 축제가 열리는 장소 안으로 들어갔다. 그제야 겨우 주위를 둘러보았다. 아만다는 쉴새 없이 깜빡이는 멋진 전구들이 뿜어대는 노란 불빛의 아름다움을 넋을 잃고 바라보았다. 제이컵이 그녀의 손을 잡고 축제 현장을 돌아다니는 동안, 아만다는 오로지 놀라며 바라보기만 할 뿐이었다. 현재 상황에 집중할 수 있는 유일한 방법이었다. 관람차, 범퍼카들, 가게들, 로데오, 헬륨 풍선, 와플과 초콜릿 튀김, 캐러멜을 묻힌 사과, 음악 소리, 아이들의 외침, 집시들의 예언, 오늘의 운세, 망치 내려치기 같은 광경은 모두 놀라웠다. 질서정연해 보였지만 조금은 무질서한 부분도 있었다. 여기는 제이컵과 손을 잡고 걷기에 가장 좋은 장소였다. 아이들은 풍선들을 몸에 넣은 서툰 광대들 옆에서 웃고 있었고, 십대들은 관람차를 타고 높이 올라가 아래를 내려다보며 인사를 건넸다. 그리고 별난 장난꾸러기들은 범퍼카를 타고 소녀들을 뒤쫓았다. 음악은 여기저기에서 동시에 들렸고 거짓말처럼 뒤섞여 있었다. 그리고 어떤 집시 가수들은 단조롭지만 놀랍도록 매력적인 소리를 냈다.

하지만 축제 장소로 들어오는 검은 실루엣들이 보이자 기쁨이 넘치던 세상이 순식간에 사라졌다. 아만다와 제이컵은 다른 쪽으로 빠져나가 숲 쪽으로 몸을 숨겼다. 그들은 여전히 손을 꼭 잡고 있었다.

"따라와." 그가 말했다. "우리는 안전할 거야."

음악은 점점 그들에게서 멀어졌고, 침묵이 조금씩 공기에 스며들었다. 오직 바닥에 닿는 그들의 발소리만이 침묵을 깨뜨렸다. 아만다는 보호받는다는 느낌이 들도록 제이컵에게 더 가까이 다가갔다.

그들은 호수 옆에 짓고 있는 목조 건물에 다다랐다. 마을에서 아주 가까우면서도 아만다가 안전하다 느낄 만큼 충분히 마을에서 떨어진 곳이기도 했다. 그녀의 부모님이 빌린 집과 같은 종류의 집이었지만, 드러난 모습은 아주 달랐다. 벽 공사가 아직 진행 중이라 창문에는 유리도 없었다. 페인트칠이 안 된 것도 눈에 띄었다. 외관에는 생생한 나무색이 두드러졌고, 나무 냄새가 멀리에서도 났다.

"여기에서는 아무 일도 일어나지 않을 거야." 제이컵이 말했다.

"여기는 누구 집인데? 안전한 곳이야?"

"삼촌 집이야. 몇 년 전에 땅을 샀는데, 몇 달 전에 공사를 시작했어."

"근데 우리가 들어가도 되는 거야?"

제이컵은 손잡이를 이리저리 돌리고 주변에 쳐놓은 줄을 풀었다.

"들어와." 그가 말했다.

집 안은 그녀 가족이 임대한 집과 구조가 똑같았다. 응접실 앞에 계단이 있고, 위층까지 연결되어 있었다. 복도는 부엌 쪽에서 멀리 있었다. 입구 옆에 있는 커다란 창문에서 들어오는 희미한 불빛으로는 몇 미터 앞도 보이지 않았다.

"제이컵, 어디 있어?" 아만다는 저 멀리 있는 제이컵의 그림자를 보고 말했다. "제이컵!?" 그녀는 놀라 소리를 질렀다.

위층 계단에서 조용히 불이 켜졌고, 아만다는 겁에 질려 불빛 쪽으로 다가갔다.

"제이컵, 그만해, 재미없어! 이제 나와, 제발."

그녀가 불빛이 나오는 위층 방 쪽으로 다가가자, 뒤에서 뭔가 따라오는 느낌이 들었다. 그녀는 불청객이 있다는 생각에 갑자기 심장이 빨리 뛰기 시작했다. 그러나 허리를 감싸는 제이컵의 따뜻한 손길이 느껴지자 안심했다.

"여기 있었구나." 제이컵이 말했다. "이리 와봐, 뭐 보여줄게."

"뭔데?" 그녀는 숨을 가다듬으며 물었다.

"먼저 눈 감아봐."

"싫어, 제이컵."

"날 믿어봐."

71

2013년 12월 27일, 솔트레이크

흔들리면서 날카롭게 윙윙거리는 소리를 들으니 곧 이놈의 엔진이 부서질 것만 같았다. 스티븐은 꼭 목적지에 도착하리라 결심하며 핸들을 꽉 쥐었다. 사실 마음속 깊은 곳에는 그 마을에 대한 두려움이 있었다. 최고의 휴가지였던 로체스터 씨의 오래된 집 현관에서 케이트와 함께 완벽한 삶을 꿈꾸던 그때, 그곳으로 다시 돌아갈 생각을 오랫동안 하지 않았다. 수년이 흘렀고 솔트레이크에 대한 목가적인 추억들은 공포의 안개로 뒤덮여 있었다. 하지만 이유는 알 수 없지만, 빠르든 늦든 언젠가는 꼭 돌아갈 것 같다는 느낌이 들긴 했었다.

그 저택에서 수많은 사람 이름과 표지에 별표가 그려진 책을 발견한 순간, 그때가 왔음을 직감했다. 그가 품어온 의심은 마지막 장에 피로 적힌 '솔트레이크'라는 글자를 보는 순간 사실이 되었다.

'누가 이걸 썼지?' 그는 잠시 생각했다. 그는 1초도 망설임 없이 트럭으로 돌아가서 눈물을 흘리며 자신을 보호해달라고 하늘에 애원하며 솔트레이크로 향했다. 그는 여섯 시간 동안 쉬지 않고 멍한 눈으로 빨간 트럭을 몰았다. 내내 흐느끼며 아만다와 케이트, 카를라에 대한 기억들을 희미하게 떠올렸다. 솔트레이크 입구에 도착했을 때는 바로 이곳이 모든 일이 벌어진 마을이었는지 의문이 들 정도였다. 해 질 녘이라 그런지 예상보다 더 애처로워 보였다. 한때 번성하고 완벽했던 솔트레이크는 시간이라는 롤러 차에 눌려 버려진 도시가 되었다. 이 도시에 온 것을 환영한다는 팻말은 곰팡이로 뒤덮였고, 심지어 한쪽을 지탱하고 있던 부분이 떨어져 나갔다. 마을로 들어서자 불한당들의 공격을 당해 인도에 쓰러져 있는 가로등들도 보였다. 중앙 광장 쪽 집들의 생생한 색깔도 다 벗겨졌고, 가게들도 대부분 문을 닫았다.

"도대체 여기서 무슨 일이 벌어진 거지?" 그는 궁금했다.

그는 어디로 가야 할지 몰라서 잠시 배회하다가 오래된 주유소에 차를 세우기로 했다. 마을에서 활기라고는 찾아볼 수 없어 이상하게 여기며 차에서 내려 가게 안에 누가 있는지 찾았다. 블라인드가 내려져 있고 가게는 오랫동안 영업을 중단한 것처럼 보였다. 주유 통 옆의 구석에는 여전히 지역 신문이 진열대에 놓여 있었다. 스티븐은 그중 하나를 넘겨서 표지에 있는 제목을 읽었다. 경찰과 수백 명의 언론인으로 둘러싸인 건축 중인 목조 주택을 공중에서 찍은 사진이었다. 이 이미지에 그의 영혼은 흔들렸고 스티븐은 다시 울음을 터뜨렸다. 그는 한동안 사진을 멍하니 바라보았는데 머리기사 제목이 눈에 들어왔다. '아만다는 어디에 있을까?' 그는 신문 날짜를 보았다. 그가 모든 것을 잃은 바로 다음 날 아침이었다.

스티븐은 이미 그녀 없이 오랜 시간을 보냈지만, 딸의 이름을 보자 몸이 덜덜 떨려서 눈을 돌렸다. 여기서 다음 희생자의 이름을 알기 위해 공중전화를 걸어야 하지만 하지 않고 있다는 사실, 딸을 찾기 위해 온 이 장소가 혼란스럽게 하지만 여기서 뭔가 하고 싶은 일이 있음을 깨달았다. 그는 공중전화 부스에 가서 전화기를 들고 신호음이 들리는지 확인했다. 그리고 동전을 여러 개 넣었다. 눈물이 흘러 입가까지 내려왔고, 그는 번호를 눌렀다. 여러 번 신호가 가고 반대편에서 여자 목소리가 들렸다.

"여보세요?"

"…."

"여보세요?"

스티븐의 숨소리와 흐느낌이 수화기 저편에 울려 퍼졌다. 여자는 전화 건 사람이 누군지 알아채고는 목소리가 떨렸고 울음을 터뜨렸다.

"왜 나를 버렸어, 스티븐?"

"사랑해, 케이트. 미안해."

"스티븐, 당신이 집으로 돌아와서 그 말을 해주는 꿈을 얼마나 많이 꾸었는지 몰라."

"절대 돌아가지 못할 것 같아, 케이트." 그의 목소리는 울음 때문에 중간중간 끊겼다. 이 잔인한 대답은 그가 그렇게 할 수밖에 없었던 이유만큼이나 너무나 아프게 마음에 울렸다.

"왜? 당신 뭘 한 거야?"

"케이트, 당신은 알 필요 없어."

"어디 있어? 왜 떠난 거야?"

"내가 한 모든 일은 당신과 우리 딸들을 위해서 그리고 당신이 다시 회복하길 바라서 한 일이라는 것만 알아줬으면 해."

케이트는 간신히 알아들을 수 있는 목소리에 실린 말에 그대로 얼어붙었다. 몇 초간 둘 다 아무 말도 할 수 없었고, 스티븐이 말을 이었다.

"사랑해, 케이트. 날 용서해."

"왜, 무슨 일이야?"

스티븐은 대답할 수 없었다. 더는 1초도 견딜 수가 없어서 전화를 끊었다.

72

2013년 12월 27일, 솔트레이크

"어서, 차에서 내려." 라우라가 스텔라의 목덜미에 총을 댔다. 제이컵은 마음을 진정하고 그녀가 방아쇠를 당기지 못하게 할 방법만 생각했다.

"조금이라도 이상한 낌새가 보이면 바로 쏠 거야."

"당신은 쏘지 못할 거야." 제이컵이 말했다.

"그럼 한번 볼래? 움직이기만 해봐, 다 끝장을 내버릴 테니."

"제이컵, 제발, 이 여자를 자극하지 마." 스텔라가 간청했다.

"널 못 쏠 거야. 그들의 규칙을 깨지 않을 거니까."

"무슨 규칙?"

"빌어먹을, 차에서 내려." 라우라가 소리를 질렀다.

그들은 라우라의 감시 아래 천천히 내린 다음 늘어선 헬리콥터 옆으로 가서 등을 보이고 섰다.

"당신 누구야?" 스텔라가 말했다.

"넌 기억 안 나는구나, 그래?"

"기억이 안 난다니 그게 무슨 말이야?"

"시간이 없어." 라우라가 다급한 목소리로 말했다. "헬리콥터에 타. 솔트레이크로 가야 해."

제이컵은 스텔라에게 고개를 끄덕여 안심시키고 안전하다는 신호를 보냈다.

"하라는 대로 해요, 스텔라."

그들이 먼저 타고 라우라는 그들 뒤에서 계속 총을 겨누고 있었다.

"가, 지체할 시간이 없어."

스텔라는 명령을 받고 곧바로 제이컵의 눈을 바라보았다. 절벽 아래 무엇이 있는지도 모른 채 뛰어내리는 기분이 들었다. 하지만 제이컵에게는 외로운 삶을 보낸 이후에 다시 태어나는 것 같은 순간이었다. 프로펠러가 굉음을 내며 돌기 시작하자 헬리콥터가 하늘로 떠올랐고, 그것을 덮고 있던 천이 엉망이 되었다.

헬리콥터가 날자 스텔라는 남쪽, 솔트레이크로 방향을 잡았지만, 도착할 때쯤이 되자 더는 참을 수가 없었다.

"당신 라우라 맞지?" 스텔라가 다시 뒤를 쳐다보며 말했다. "젠킨스 박사님 아내. 꿈을 꾼다는 여자. 딸이 태어난 날 사라졌다던."

"똑똑하군. 아빠를 쏙 빼닮았어." 라우라가 말했다.

"우리 아빠? 우리 부모님은 내가 태어났을 때, 나를 보호소에 버리셨어."

"나는 당신이 이미 그 문제 정도는 풀었을 거라고 생각했는데." 라우라가 말했다.

"누구?"

"그만해! 이러지 마." 제이컵이 소리를 질렀다.

라우라가 대답은 안 했지만, 스텔라는 뭔가 있다는 것을 눈치챘다.

"언젠가는 알게 될 일이야, 제이컵. 때가 뭐가 중요해? 이 세상에 영원한 것은 없어."

"뭐가 영원히 계속되지 않는다는 거야?" 스텔라가 물었다. "무슨 소리를 하는지 하나도 모르겠어. 당신이 우리 부모님을 알아?"

"혹시 너한테 그게 중요해?"

"나한테는 중요해." 그녀가 대답했다.

"다시 한번 말하지만, 아무 말도 하지 마. 이미 충분히 상처 줬잖아." 제이컵이 라우리를 비난했다.

"다 왔어." 라우라가 말했다.

하늘에서 바라보는 솔트레이크의 일몰은 압도적이었다. 마치 불이 붙은 것 같은 하루의 마지막 빛이 호수와 마을을 비추고 있었다. 화려하고 초록이 가득했던 나무들에서는 잎이 다 떨어졌고, 높은 데서 바라본 거대한 호수는 이상할 정도로 생기가 없었다. 마치 솔트레이크에 있는 모든 것이 생명력을 잃어버린 듯했다. 7인회가 수년 동안 수많은 사람을 죽이면서, 도시의 영혼까지 조금씩 갉아먹은 것 같았다. 높은 곳에서 바라보니, 솔트레이크 중심부를 트럭 한 대가 돌고 있었다. 멀리 도시 맞은편 구시가지에는 시간이 지나면서 다 부스러진 푸른 지붕을 얹은 하얀 집 앞에 회색 차 한 대가 세워져 있었다.

"중앙 광장에 헬리콥터를 착륙시켜." 제이컵이 말했다.

"안 돼! 오래된 내 집으로 가야 해."

"헬리콥터가 내릴 공간이 필요하잖아. 일반 거리에는 못 내린다고." 스텔라가 소리 질렀다.

"그래도 그렇게 해야 할 거야."

"왜지?"

"내가 네 꿈을 꿨거든, 스텔라."

73

2013년 12월 27일, 솔트레이크

원장이 솔트레이크에 도착하자 라우라를 찾아다니면서 보냈던 지난날의 기억이 물밀 듯이 밀려왔다. 여기서 가장 좋은 시절을 보냈더랬다. 청년 시절과, 딸이 태어나고 2년간 함께 보냈던 시간, 장래의 열망이 떠올랐고 자신은 아무것도 변하지 않은 듯했다. 그리고 황폐한 거리와 말라버린 정원들, 깨진 창문들도 마치 원래 이 상태였던 것만 같았다. 하지만 그는 망각에 빠져 무기력해진 마을에는 조금도 관심이 없었다. 다만 형용할 수 없는 그리움을 안고 어느 집 앞에 차를 세웠다. 17년 전 아만다가 방학을 보냈던 집이었다.

순간 그 집을 보다가 놀랐다. 라우라와 살던 집 바로 길 건너편에 있어서 늘 부러워하며 바라보았던 집도 신의 손에 버림을 받은 상태였다. 솔트레이크에서 본 가장 충격적인 변화의 모습이었다. 라우라가 사라진 후 이미 이곳은 슬픔만 남은 장소가 되었기 때문에 다른 모습에는 특별히 놀랄 것도 없었다. 그는 온 정성을 다해 라우라를 사랑했지만, 그녀를 행복하게 해주기에는 역부족이었다.

그는 자신을 되돌아보고, 오래된 집을 차가운 눈으로 바라보았다. 그의 인생 최고의 기억은 두 장소로 나누어져 있었다. 라우라와 사랑을 나누던 밤을 떠올리게 하는 마음 한구석과 라우라와 심리학에 관한 대화를 나누던 집으로, 클라우디아의 방에 있던 앨범 사진에 있던 곳이었다. 이 두 기억 모두 고통을 안겨주지만, 동시에 어려움을 극복하게 해주는 유일한 버팀목이기도 했다.

그가 문턱에 가까이 다가가 녹슨 손잡이를 조금 만지작거리자 문이 열렸다.

74

2013년 12월 24일. 00시 15분. 보스턴

날아가는 제니퍼 트라우스의 머리에 창문 유리가 깨진다. 그걸 보니 마음이 아프지만, 지금으로서는 별다른 방법이 없다. 나는 연기에 질식되기 직전이라, 어떻게든 맑은 공기를 꼭 마셔야 한다. 나는 불길 속에서 나를 바라보고 있는 에릭을 본다. 불길이 그의 발을 타고 올라간다. 그는 아무 일도 벌어지지 않았다는 듯 평온하다. 그제야 나는 그에게 죽음이 별로 중요하지 않다는 생각이 든다. 두려운 죽음에는 두 가지가 있다. 하나는 고독사, 또 하나는 이유 없는 죽음. 에릭은 이유가 있다고 믿고 있는지, 자기 살갗을 타고 들어가는 불길을 감탄하며 바라보고 있다. 불길이 허리까지 올라오자, 두 눈을 떴고, 그제야 죽음이 고난의 삶보다 더 고통스럽다는 사실을 알아챘다. 나는 창문을 뛰어넘으면서 창틀 유리 조각에 팔이 베이는 것도 모른다. 이 정도 상처는 중요하지 않다. 지금 내게 중요한 것은 오로지 숨을 쉬는 것이다.

차츰 거실을 점령하는 미친 듯한 불길을 바라보니 두려움이 밀려온다. 나는 이 놀라운 광경을 바라보고 에릭의 모습 속에서 내가 잃어버렸던 그날 밤의 기억들을 본다. 수십 년, 견디기 힘든 고통의 시간을 보냈고 나는 빚을 갚아주어야만 했다. 나는 밖에서 달빛에 희미하게 빛나는 그 집을 바라본다. 그러는 동안 깨진 창문을 통해 연기가 빠져나오기 시작한다.

그런데 저게 뭐지? 2층 창문에서 깜빡이는 불빛이 보인다. 누군가 불을 켜고 끄면서 나에게 신호를 보내는 것 같다. 저기에 누가 또 있는 걸까? 안 돼! 더 생각할 겨를도 없이, 나는 정문 쪽으로 다가가 집 주변을 살펴본다. 그리고 이 미친 짓의 결과는 조금도 생각하지 않고 무작정 집 안으로 들어간다. 불길은 이미 거실에서 복도로 번져 있고, 〈아트로포스〉 그림도 사정없이 불타고 있다. 녹아버린 물감이 한 방울씩 바닥에 떨어지고, 사방으로 퍼지며 미친 듯이 타오르는 화염 속에서 캔버스가 쪼그라든다. 거실에서 고통스런 절규가 들린다. 아마 7인회의 남은 사람들이 불길 속에서 죽어가는 것 같다. 나조차도 믿을 수 없지만, 그들의 절규 소리가 기분 좋게 들렸다. 절규는 너무 고통스러웠지만, 나는 복수라는 거짓 행복을 진짜라고 느낀다. 나는 성취감에 도취해서 계단을 오른다. 문을 하나씩 열어젖히며 불이 깜빡이는 방을 찾는다. 마지막으로 열어본 방은 바로 백발 남자와 정면으로 마주쳤던 곳이다. 불이 계단으로 올라오면서 나의 출구를 차단한다.

"안 돼!" 나는 아무도 내게 도움을 청하지도, 신호를 보내지도 않았다는 사실을 확인하고 소리를 지른다. 전구가 녹기 진전이었고, 깜빡이는 전구를 바라보니 희망도 사라진다.

내가 죽을 거라는 생각이 들고, 잠깐이지만 내가 약속을 지켰다는 생각을 하며 죽음을 바라본다.

75

1996년 6월 15일, 솔트레이크

제이컵은 꿈을 보호하는 사람처럼 다정하게 아만다의 눈을 가리고 어둠 속을 헤치고 불 켜진 방 쪽으로 데리고 갔다.

"아직 눈 뜨지 마." 그가 속삭였다.

"왜?"

"그냥 감고 있어."

"아, 못 하겠어!"

"날 믿어."

아만다는 자기 생각을 내려놓았다. 한동안 누구에게서 도망쳤는지, 무엇을 했는지, 어디에 있는지 다 잊고, 제이컵의 목소리가 전하는 보호해주는 느낌 속에서 머물렀다. 그녀를 안내하는 고요하고도 다정한 목소리에 송두리째 마음을 빼앗겼다.

"이제 눈 떠도 돼." 제이컵이 천천히 손을 놓으며 말했다.

눈을 뜬 순간, 얼굴이 희미한 빛들에 젖어들면서 주황빛으로 변했다. 공사가 끝나지 않은 빈방에 열두 개의 촛불이 여기저기 놓여 있었다. 제이컵은 촛불을 두 개, 세 개, 다섯 개씩 모아놓았는데, 그중 어떤 촛불은 다른 것보다 강한 빛을 내고 있었다. 아무렇게나 여기저기에 흩어놓은 것처럼 보였지만, 사랑 이야기를 나눌 만한 멋진 분위기가 만들어졌다.

"제이컵, 너무 멋져." 아만다가 기뻐하며 말했다.

"이렇게 하면 네 맘이 좀 편해질 것 같다는 생각이 들었어."

"고마워, 정말로. 누구도 날 위해 이렇게 아름다운 걸 만들어준 적이 없었어."

제이컵은 조용히 걱정스러운 눈빛으로 그녀를 바라보았다.

"그런데 널 따라오는 사람들은 누굴까?"

"몰라. 모든 게 정말 이상해. 오늘 오후에는 어떤 여자가 날 죽이려고 했어. 정말 뭐가 뭔지 하나도 이해가 안 가, 제이컵. 정말 무서웠어." 그녀의 목소리가 떨렸고, 너무 울어서 눈물에 잠길 것만 같았다.

"이제 걱정하지 마, 다 지나갔어. 내 삶을 걸고 맹세하는데, 나는 늘 네 옆에 있을 거야."

제이컵은 아만다의 한 손을 잡고 부드럽게 그녀를 마룻바닥에 누였다. 그들은 머리를 맞대고 천장에서 흔들리는 촛불 그림자를 쳐다보았다.

"정말 멋지다." 아만다는 안도의 한숨을 쉬며 말했다.

"정말 그래. 솔트레이크에 온 지는 얼마 안 되었지만, 나는 늘 여기에 와서 촛불을 보며 마음을 편안히 가라앉히곤 해. 어렸을 때, 네다섯 살쯤에 엄지손가락 끝부분이 불에 데었던 기억이 나. 아빠 라이터 불을 만지다가 그랬거든. 아주 바보 같은 짓이었지. 그후로 나는 불을 아주 무서워했어. 엄마는 내가 너무 놀라자 집에 있는 불을 다 끄고 촛불만 몇 개 켜주셨어. 내 두 눈을 가리고 나를 눕게 한 다음에 천장에서 흔들리고 있는 촛불의 그림자를 보게 하셨지."

"너희 어머니는 정말 멋진 분이시구나."

제이컵은 아무 대답도 없이, 자신이 집에서 나온 이유를 떠올렸다.

아만다는 촛불에 비친 제이컵의 얼굴에서 슬픔을 느꼈다.

"내가 말을 잘못 한 건가?"

"아니, 신경 쓰지 마, 아만다." 제이컵은 순간 눈물이 터질 것 같았지만, 꾹 참았다. "정말 너무 오랜만에, 나 행복해." 그가 말했다.

아만다가 그의 아래턱 끝을 부드럽게 어루만지자, 제이컵이 그녀 쪽으로 얼굴을 돌렸다. 푸른 두 눈이 아만다를 쳐다보자, 그녀는 점점 떨렸다.

"제이컵, 그거 알아? 너랑 있으면 안전하다는 느낌이 들어."

"아만다, 무서워하지 마. 내가 늘 보호해줄 거니까."

그의 약속은 살면서 들었던 말 중 가장 진실하게 다가왔다. 아만다는 천장에서 휘청거리는 촛불의 그림자 아래서 그를 안았다. 두 사람은 몇 시간 동안 계속 그렇게 함께 있었다. 서로의 삶을 나누고, 크게 웃으며 미래를 꿈꿨다. 제이컵이 그녀의 이름을 알아내기 위해 어떤 계획을 세웠는지 말해주자, 그녀가 대답했다.

"어떻게 그런 일이 있을 수 있지! 어떻게 수백 개의 이름 중에 내 이름이 눈에 띌 수 있어?"

"눈 좀 감아봐." 그가 말했다.

"자!" 그녀가 말했다.

"뜨지 말고! 기다려."

"알았다니까!"

"좀 만!" 그가 웃으며 말했다. "마음의 준비 됐지? 이제 떠도 좋아."

눈을 뜨자 그녀 앞에 제이컵이 생각한 이름들이 종이 한쪽에 쭉 적혀 있었고, 정말 맨 위에 아만다의 이름이 적혀 있었다. 그녀는 자기 이름 외에 다른 이름은 눈에 들어오지 않았다.

"어떻게 한 거야? 내가 다른 이름을 가진 사람이 될 수도 있는 거잖아! 근데 여기 내 이름이 있네! 정말 믿을 수가 없어!"

"너는 어떤 식으로든 불릴 수 있겠지만, 너는 항상 너일 거야." 그가 속삭였다.

"근데 어떻게 이렇게 한 거야?"

제이컵은 웃으며 다시 아만다 곁에 누웠다. 그녀는 기쁨이 가득한 그의 얼굴을 사랑스러운 눈으로 바라보았다. 그들은 이 이야기 저 이야기로 옮겨 다니며 온갖 대화를 나누었다. 제이컵은 대화하는 동안 아만다의 몸짓을 관찰하며 열심히 그녀의 말을 들어주었다. 아만다는 자기 이름이 적힌 쪽지와 창고 벽에 있던 별표, 그리고 그를 만나기 전까지 도망치던 일을 하나하나 다 말했다. 그리고 그들에 대해서, 두 사람의 꿈과 그녀가 뉴욕에 돌아가면 어떻게 될지 생각하고, 미래 자녀들의 얼굴까지 떠올려봤다. 그들이 바닥에 누워서 이야기하는 동안, 불빛이 하나씩 꺼졌고, 결국 불빛을 느낄 수 없게 되었다. 촛불이 다 녹아버리자 그들은 서로를 안은 채 잠이 들었다.

76

2013년 12월 27일, 솔트레이크

스티븐은 솔트레이크에 휴가를 올 때마다 들렀던 오래된 와인 가게 옆에 차를 세웠다. 문 쪽으로 다가가서 지저분한 창문으로 안을 들여다보았다. 안에는 빈 선반만 남아 있었다. 문에 손을 대고 있으려니 수년 전 제이컵을 바라보던 아만다의 발개진 얼굴이 떠올랐다. 문에는 '휴업'이라고 적힌 팻말이 걸려 있었다. 그는 자신이 해야 할 일을 알고 있었다.

그는 인적이 드문 마을에서 누군가가 보지 않을까 싶어서 양쪽을 둘러보았다. 그리고 팔꿈치를 셔츠로 감싼 다음 문에 달린 유리창을 깼다. 그는 용감하다기보다 두려운 마음으로 부서진 유리창 사이로 손을 넣어서 자물쇠를 풀고 문을 열었다. 안으로 들어가자, 실내에 떠다니던 먼지들이 바로 몸에 달라붙었다.

그는 열려 있는 진열장을 보았다. 1996년 여기서 고객들에게 줄 와인 두 병을 샀었다. 그때 제이컵을 알았고, 처음으로 그의 딸이 숙녀가 되었다는 것도 알았다.

'1987년산 샤토 라투르' 병에는 깜짝 놀랄 정도로 비싼 가격표가 붙어 있었다.

그는 마을로 돌아가서 결판을 봐야 한다면 여기에 단서가 있어야 한다는 것을 알고 가게 안을 뒤지기 시작했다. 몇 분 동안 빈 선반을 뒤적거리다가 아래에 지하실이 숨겨져 있음을 기억해냈다. 그는 선반 주위를 살펴보다가 자물쇠가 녹슬어버린 비밀 문을 발견했다. 탁자에 놓인 금전등록기를 들어 올려 몇 번 내려쳤더니 자물쇠는 금방 부서졌다. 그는 문을 열고 어둠 속으로 들어갔다.

그는 손으로 허공을 더듬었다. 바닥에 흩어져 있던 상자와 병들이 계속 손에 닿았다. 그리고 얼굴에 가느다란 줄이 닿았다. 그는 뭔가 도움이 되길 바라며 줄을 잡아당겼다. 그러자 전구에 조금씩 불이 들어왔다. 처음에는 빛이 그의 얼굴에만 살짝 비치다가, 창고 전체까지 환하게 퍼졌다.

앞에는 개봉하지 않은 스페인과 프랑스 산 와인 상자가 열두 개나 있었다. 그 작은 보물을 보고도 미동조차 하지 않았는데, 벽에 붙어 있는 사진과 스크랩을 보고는 마음이 흔들렸다. 거기에는 목조 건물에 있던 아만다의 실종 기사 스크랩과 병원 앞에서 쓰러져 있던 케이트와 자신의 사진들, 여러 도시가 표시된 세계지도, 또 다른 신문 스크랩들, 멀리서 찍은 예닐곱 사람들의 사진들이 붙어 있고 이들은 빨간 줄로 연결돼 있었다. 스티븐은 그것들이 다 무엇인지 알고 있었다.

"제이컵도 7인회를 쫓고 있었군." 그가 큰 소리로 말했다. "제이컵도 아만다를 찾고 싶어 했어."

스크랩 중에는 경찰 증거보관실에서 찍은 사진들도 있었다. 바닥에는 갈고리 비슷한 종류가 버려져 있었고, 바로 옆에는 법의학 부서에서 크기 측정에 사용하는 미터자가 놓여 있었다. 그리고 녹아버린 초가 가득한 방이 찍힌 사진들이 많았다. 촛농이 나무 바닥에 흘러서 커다란 상아색 얼룩이 생겼다. 마지막 사진을 보니 숨이 멎는 듯했다. 상징이 의미하는 바가 떠올랐기 때문이다. 거기에는 아홉 개 점으로 이루어진 1미터 30센티미터 크기의 별표가 있었다. 벽을 긁어서 만든 것으로 수십 밀리미터 깊이로 파놓았다.

그는 사진을 하나하나 자세히 살펴보았다. 언제 어디에서 찍은 사진인지 금방 알아챌 수 있었다.

"제이컵의 삼촌 집."

그는 모든 것을 잃어버린 날에 벌어진 일들, 별표 때문에 철저히 망가진 사람들과 이러한 사건들이 어떻게 시작되었는지 떠올렸다. 그는 한 소년의 다리에 난 깊은 상처를 치료하기 위해 누군가를 찾아다니던 날들 이후의 순간들을 기억해내려고 애썼다.

77

1996년 6월 15일, 솔트레이크

스티븐은 그 소년을 데리고 뛰었고, 멀리서 대기실 여자가 하이에나같이 웃는 소리가 들렸다. 엄청나게 크고 이해할 수 없는 웃음소리에 머리카락이 곤두섰다. 소년의 다리는 피로 범벅이 되었고, 스티븐은 빨리 조처하지 않으면 아이가 죽을지도 모른다는 생각뿐이었다. 복도는 가도 가도 끝이 없었고 안내대에는 아무도 없었다. 정말 수수께끼 같은 일이었다. 마침내 소년을 치료해줄 간호사를 찾았다. 그녀는 백발에 귀가 잘 들리지 않았다. 그는 지금 이상한 일이 벌어지고 있음을 눈치챘다.

"절 좀 도와주세요." 그는 피가 나는 소년의 허벅지 부분을 강하게 누르고 소리쳤다. 순간 멀리서 들리던 여자의 웃음소리가 사라졌다. 이유는 모르지만, 그녀의 침묵은 웃음보다 더 강하게 스티븐을 짓눌렀다.

"뭘 원하시죠?" 간호사가 물었다.

"피를 멈춰야 해요! 이 소년이 피를 많이 흘렸어요!"

"그런데요?" 그녀가 침착하게 대답했다.

"어떻게 그런 말이 나와요? 피 흐르는 게 안 보이세요?"

"진정하세요, 선생님. 지금 아주 불안한 상태군요."

"뭐라고요? 절 도와줄 생각이 없으신 건가요?"

간호사는 그 일이 전혀 중요하지 않고 마치 소년이 옆에 없는 것처럼 굴며 웃었다. 그리고 기운이 다 빠져서 화도 내지 못하고 초조해하는 스티븐의 아래턱을 가볍게 어루만졌다.

"지금 뭐 하는 겁니까?" 스티븐이 소리쳤다.

"스티븐 매슬로 씨, 당신에게 가장 중요한 일은 오늘 여기에서 나가지 않는 겁니다." 그녀가 속삭였다.

순간, 소년이 아주 처참하게 웃기 시작했다. 그제야 스티븐은 뭔가 이해하지 못할 올무에 걸렸음을 눈치챘다. 그리고 아만다를 혼자 두고 온 것이 차츰 걱정되기 시작했다. 순간 딸이 말했던 기이한 일들이 머릿속을 스쳤다. 별표와 주유소에서 본 실루엣, 와인 가게에서 본 노파, 이름이 적힌 쪽지까지. 두려움에 몸이 떨렸다. 그리고 간호사가 보는 앞에서 잡고 있던 소년을 바닥에 내팽개쳤다.

그는 아까 왔던 대기실 방향의 복도를 향해 뛰었다. 하지만, 이미 너무 늦었다. 거기에는 아무도 없었고 바닥에는 버려진 칼이 위협적으로 놓여 있었다. 그는 병원에서 나와 아만다가 갔을 만한 곳을 찾아보았다. 딸에게 뭔가 심각한 일이 벌어졌을 수도 있다는 생각에 두려웠다. 그는 차에 올라 곧장 마을로 향했다.

마을 축제는 이미 시작되었고, 저녁 햇살에 섞인 불빛들이 부드럽게 빛나고 있었다. 그는 어디로 가야 할지 몰라 마을 중심부 호수 근처에서 열리는 축제 행사장 쪽으로 차를 돌렸다. 아만다가 엄마와 카를라를 찾아갈지도 모른다는 생각이 들었다. 아내와 카를라는 솜사탕과 캐러멜이 씌워진 사과를 먹고, 집시들의 놀라운 그릇에도 정신이 팔려 있었다.

축제 장소에 도착한 스티븐은 아만다의 이름을 부르며 위아래로 찾아다녔다. 그녀를 혼자 있게 두고 싶지 않았다. 불길한 징조들이 있었지만, 그의 걱정이 틀리기만을 간절히 바랐다. 그렇게 스티븐은 아만다의 이름을 부르다 목이 다 쉬었다. 그때 케이트와 카를라는 관람차 맨 꼭대기에 있었다. 그들은 솔트레이크의 해 질 녘의 놀라운 광경에 감탄하며, 아름다운 일몰을 감상하고 있었다.

"정말 예쁘다!" 카를라가 풍경을 보며 말했다.

"이런 모습은 처음 봐." 케이트가 대답했다.

"아만다와 아빠도 이걸 한번 봐야 해!"

"아빠랑 언니가 오면 이 모습을 꼭 보여주자, 알았지?"

"응! 아주 좋아할 거야!"

스티븐은 케이트와 카를라도 만나지 못했다. 왠지 모르지만 다시 집으로 돌아가서 그들을 기다리는 게 낫겠다는 생각이 들었다. 그는 다시 파란색 포드에 올라타 전속력으로 마을 쪽으로 갔다. 전에 사람을 친 사건 때문에 조심했고, 새로운 지역으로 난 길에서 부드럽게 방향을 틀었다. 몇 분간 그 길을 지나는데 이미 도로에는 깜깜한 어둠이 내려앉아 있었다. 집에 도착했을 때 집 안의 불은 꺼져 있었고, 거리 가로등도 다 꺼져 있었다. 그는 정원에 차를 세우고 시동을 그대로 켜놓았다. 딸을 버리고 왔다는 느낌이 들어서 겁이 났다.

"아만다!" 그가 집 안으로 들어가며 소리를 쳤다. "케이트! 카를라! 어디들 있어?"

그는 집 안 위아래를 샅샅이 뒤졌지만, 아무도 없었다. 방마다 비어 있고 불이 꺼져 있는 걸 확인하자 조금씩 절망이 밀려들었다. 그리고 초조한 마음에 눈물이 나기 시작했다.

그는 어디를 더 찾아봐야 할지 몰라서 우선 집에서 나왔다. 그리고 다시 차에 올라타 마을 중심부 쪽으로 방향을 잡고 가속페달을 밟았다.

78

2013년 12월 27일, 솔트레이크

원장이 문을 열자 집 안에 가득한 먼지 때문에 눈앞이 흐릿했다. 순간 윙윙거리는 소리가 가까이에서 들리기 시작했다.

"이게 무슨 소리지?" 그는 이상한 생각이 들었다.

그는 하늘을 올려다보았다. 솔트레이크의 안개와 해질 무렵의 희미한 저녁 빛을 뚫고 헬리콥터 한 대가 자신에게 다가오고 있었다.

"도대체 저게 뭐지?!"

헬리콥터는 그를 향해 곧장 내려왔다. 마치 그 집과 충돌할 것처럼 보였지만 이내 멈추더니 잠깐 정원 위에 떠 있었다. 헬리콥터는 조종사를 거의 알아볼 수 있을 정도의 높이까지 천천히 바닥으로 내려왔다. 헬리콥터가 일으키는 강한 바람에 메마른 정원의 먼지가 날리는 바람에 원장은 앞을 제대로 볼 수가 없었다. 그가 눈을 가리고 있는 동안 나무에 앉아 있던 새떼도 날아갔다. 헬리콥터 프로펠러가 점점 천천히 돌자, 원장은 누가 있는지 보기 위해 계속 그 안을 쳐다보았다. 헬리콥터가 멈추고 누군가 소리를 지르며 뛰어내렸다.

"젠킨스 박사님!?"

원장의 귀에 익은 목소리였지만, 너무 당황한 나머지 누군지 곧바로 알아채지는 못했다. 먼지가 조금씩 걷히자 마치 그의 삶을 바꿔줄 사람처럼 스텔라가 나타났다.

"스텔라? 여기서 뭐 하는 거요? 왜 제이컵을 도망치게 둔 거요?"

"죄송해요, 젠킨스 박사님. 그래야만 했어요. 지금 무슨 일이 일어나고 있는지 그리고 이 모든 일이 왜 일어났는지를 알아야만 했어요."

제이컵이 헬리콥터에서 내리고 순서대로 라우라가 내렸다. 그녀는 그의 머리에 총을 겨누고 있었다. 방아쇠를 당길 것이라는 위협에도 불구하고, 제이컵의 얼굴엔 희망과 새로운 힘이 보였다. 하지만 수년 만에 젠킨스를 마주하게 된 라우라의 표정은 그런 기대감을 드러내지 않으려 애쓰는 제이컵의 표정과 정반대였다.

"제시?" 라우라가 헬리콥터에서 내리며 깜짝 놀라 말했다.

"라우라? 당신이야?" 원장은 소리를 질렀다.

그는 아내를 겨우 알아봤다. 갈색 피부, 팔방미인, 몽상가에 힘이 넘치고, 집중력이 있고, 쾌활하고 매혹적인 이십대의 라우라를 기억하고 있었기 때문이다. 그녀가 임신 마지막 달, 출산 1주일 전에 보여준 이상하고 조심스러운 태도를 잊은 지 너무 오랜 시간이 흘렀다. 그는 그녀와 함께 있었던 최고의 순간들을 다시 떠올렸다. 지금 눈앞에 있는 이 여자는 그가 기억하는 라우라와는 너무 달랐다. 백발의 작은 몸집에 한 일흔 살쯤 돼 보였고, 피부는 정맥이 보일 정도로 창백했다.

"정말 클라우디아가 죽었어?" 라우라는 원장을 향해 고통스럽게 물었다.

원장의 기억은 두 눈으로 목격한 실제와는 너무 달랐지만, 원장은 그녀의 눈을 보며 제이컵이 라우라에 대해서 한 말이 사실임을 깨달았다. 딸의 죽음에 고통스러워한다는 점을 빼고는 그녀에 대해서 아무것도 알 수가 없었다.

"제시, 사실이야?" 라우라가 다시 물었다.

노파의 입에서 나온 그 이름을 다시 듣는 순간 원장은 가슴이 미어졌고 그나마 붙들고 있었던 온전한 정신의 마지막 조각마저 갈기갈기 찢기고 말았다.

"젠킨스 박사님, 솔트레이크에는 무슨 일로 오신 거죠?" 스텔라가 대화에 끼어들었다. "박사님도 벌어진 일과 관련이 있는 건가요?"

"물론 아니지!" 그가 소리를 지르며 다시 라우라 쪽으로 향했다. "라우라, 왜 우리를 버린 거지? 우린 당신이 필요했어. 클라우디아는 당신이 필요했다고."

"그녀를 위해서였어."

"그녀를 위해서라고? 어떻게 내게 그런 말을 할 수 있지? 어떻게 클라우디아와 나를 버릴 수 있었냐고?"

"당신은 이해 못 해. 못 할 거야. 절대 이해 못 할 거라고. 당신은 전혀 눈치도 못 챘어. 언젠가는 당신이 그걸 이해하고 고마워할 거로 생각했는데."

"나를 버린 걸 감사하게 될 거라고?"

"그러지 않았더라면, 클라우디아는 태어나기도 전에 죽었을 거야. 나는 그럴 수밖에 없었어. 평생 사라졌어야 했다고. 운명이 시킨 일이야."

"운명이 시켰다고? 이건 또 무슨 소리야?"

"제시, 우리의 밤을 기억하지 못하는군, 그런 거야? 아주 결과가 좋았군. 나는 늘 그렇게 했어야만 했어. 당신은 오늘 여기에 있으면 안 되는 거고."

"당연히 젠킨스 박사님도 그 집에 뭐가 있는지 보셔야 합니다. 박사님도 안에 들어가실 거죠?" 제이컵이 끼어들었다. "

"입 닥쳐!" 라우라가 총으로 위협하며 소리를 질렀다.

"무슨 말을 하고 싶은 거야?" 스텔라가 물었다.

"젠킨스 박사님께 질문을 하나 드리죠. 딱 하나만." 제이컵은 스텔라의 눈을 힐끔 쳐다보았다. 그녀에게서 시선을 떼지 않고 눈도 깜빡하지 않은 채 모두 폭로하고야 말겠다는 확신에 찬 목소리로 말을 이어갔다. "혹시 거울 앞에서 당신이 누군지 질문해보신 적이 있으십니까?" 제이컵은 할 말을 잃고 어리둥절해하는 원장 쪽으로 고개를 돌려 한심하다는 듯이 바라보았다. 그는 평생 정신병을 연구하고, 환자들의 정신을 하나하나 살펴보고 끈질기게 환자들의 삶에 관한 질문을 했었다. 하지만 정작 자기 삶을 바꾸게 될 질문은 해볼 생각조차 하지 못했다.

"나는 딸을 잃어버렸다고. 나에 대해서 뭘 더 알고 싶은 거야?" 원장은 절망하며 소리를 질렀다.

제이컵은 마음을 고쳐먹고 원장의 아픔을 함께 느꼈다.

"클라우디아의 죽음은 저도 정말 가슴이 아픕니다. 젠킨스 박사님. 하지만 당신에 대한 진실은 이 문 뒤에 있습니다. 아직도 그게 안 보이시나요?"

뒤를 돌아본 원장은 무엇을 발견하게 될지 두려웠다. 하지만 벌써 뭔가가 느껴지기 시작해서 두려웠다. 전혀 판단이 서지 않았다. 한 노파는 아주 고통스럽게 말하고 있고, 한 정신병자는 자신을 의심에 빠뜨리면서 딸의 죽음에 가슴이 아프다고 했다. 그리고 반쯤 열린 문 안에는 알지 못했던 진실이 그를 기다리고 있었다. 마침내 그는 기억들로 둘러싸인 낡은 집의 문을 열었다. 순간 총소리가 그의 귓가를 때렸다.

79

2013년 12월 24일 00시 20분, 보스턴

"제이컵, 뭘 하는 거야? 안 돼! 포기할 수 없어!" 나는 판단력이 흐려져서 순간 죽음을 받아들였던 나에게 화를 낸다.

창문을 세게 쳤더니 손이 부러질 것 같다. 제기랄, 강화유리다. 나는 방 안에 유리를 부술 만한 가구가 있는지 살펴보다가, 한 상자에서 오래된 글자를 발견한다. 손으로 정성 들여 쓴 글자인데, 그 이름이 눈에 들어온다.

"클라우디아 젠킨스, 1996년 6월"

클라우디아 젠킨스? 젠킨스 박사의 딸? 왜 날짜가 1996년이지? 이해가 안 가지만, 더 오래 생각할 시간이 없다. 계속 서랍을 뒤져보니 수많은 볼펜 사이에서 또 다른 쪽지가 보인다. "클라우디아 젠킨스, 2013년 12월"

이건 뭐지? 날짜가 다르긴 하지만 같은 이름이네?

"아무 뜻도 아니야!" 나는 소리를 지른다.

하지만 나는 꼭 이해하겠다는 강박에 사로잡혀 모든 서랍을 뒤적거린다. 간신이 두 장의 쪽지를 살펴볼 수 있다. 불길이 누그러지지 않고, 신발 밑창이 녹을 정도로 온도가 올라가고 있다는 걸 느낀다. 그때 갑자기 전화벨 소리가 울린다.

순간 아직도 전선이 녹지 않았고, 전화 연결이 된다는 사실이 너무 놀라워 그만 얼어버렸다. 이유는 모르지만, 내가 연기에 질식해서 죽을 수도 있고, 전화한 사람이 아만다라는 생각이 퍼뜩 든다. 만일 그렇다면, 더는 기다릴 수가 없다. 빨리 전화를 받고 그녀와 이야기를 해야 한다. 아만다가 아니라면, 정말로 나는 미친 것이다.

나는 그녀와 이야기하고 싶은 마음에, 그리고 언제 그녀를 만날지, 또 서두르지 않고 울지도 않고 (이런 빌어먹을 침묵도 없이 신이 우리의 첫 번째 데이트를 명령한 것처럼) 언제 우리가 끝나게 될지를 물어보기 위해서 수화기를 집어 든다. 고독한 침묵보다 치명적인 건 없다. 그녀가 내 편이라고 느껴지지 않는 것보다 힘든 일은 없다. 나는 그녀가 나를 어떻게 바라보았는지, 특히 그녀의 이름을 말할 때 얼마나 감미로웠는지 아직도 기억한다. 내 안에서 그녀의 환상적인 목소리가 들리고, 내 팔을 끝없이 만지던 손길, 특유의 머리카락 향기가 느껴지며, 그녀의 미소를 다시 한번 떠올린다.

"여보세요?" 전화를 받는다.

"안녕, 제이컵." 내가 살면서 들어본 가장 부드러운 여자 목소리이다. 심장이 잠시 멈추고, 평화로움을 느낀다. 틀림없이 아만다의 목소리지만, 뭔가 다른 구석이 있다. 목소리의 미세한 진동 때문에 나는 희망과 슬픔 사이를 오간다.

"아만다?" 나는 불안해하며 묻는다.

"난 아만다가 아니야."

그 말은 내 영혼을 조각내고, 나의 행복한 바람을 무참히 짓밟는다.

"누구시죠?"

"운명이지, 제이컵. 사실 나는 자네가 이 전화를 받아서 너무 놀랐네. 거기 주변에 연기가 가득해서 빠져나갈 방법을 생각해야 하고, 클라우디아 젠킨스의 이름이 적힌 쪽지들을 찾았는데, 그런 복잡한 상황에서 이 전화를 받다니."

"빌어먹을, 당신 누구야?"

"우리는 절대 볼 일이 없을 거야, 제이컵. 나를 알아보지도 못할 테니까. 하지만 그보다 더 좋은 질문이 하나 있겠군. 왜 클라우디아 젠킨스의 이름을 두 번이나 썼는지, 그것도 17년 차이 나게 날짜만 다르게 해서?"

"그건 지금 안 중요해." 나는 전화기에 대고 소리를 지른다. 이제 내게 중요한 것은 그리 많지 않다. 연기가 방에 자욱하고 불이 복도 카펫에 붙는다. 여기까지 도달하는 데 얼마 걸리지 않을 것 같다.

"대신 하나 말해주지, 제이컵. 클라우디아 젠킨스는 오래전에 죽였어야 했는데 아직도 살아 있어. 왠지 알아?"

"몰라." 나는 신경질적으로 대답한다.

"라우라가 규칙을 건너뛰었거든. 그녀의 운명을 거스른 거야. 클라우디아가 태어나기 전부터 그녀 꿈을 꾸었는데, 자기 임무를 수행할 수가 없었어. 라우라는 자신이 본 것을 건너뛰었어. 자기 딸을 그렇게 죽일 수는 없었을 테니까."

"어떻게 이런 걸 다 알고 있지?"

"그게 중요해? 중요한 것은, 제이컵, 클라우디아 젠킨스가 죽을 거라는 사실이야."

"안 돼! 더는 죽어서는 안 돼!" 나는 전화기에 대고 소리를 지른다.

"진정해, 제이컵. 너는 여기서 이야기가 끝난다고 생각해?"

"너희들은 일곱 명 아니지, 그렇지?"

"일곱? 이보다 훨씬 더 많지, 제이컵. 단지 일곱 명이 전 세계에서 수많은 사람을 사라지게 만들 수 있다고 생각하는 거야? 순진한 척하기는."

"아만다는 어떻게 한 거야?"

"그녀에 대해서는 절대 물어보지 않을 줄 알았는데." 그녀가 말한다. 그 이름을 듣는 순간 울음이 터진다. 나는 절망하기 시작하고, 그녀를 다시 볼 수 있다는 희망이 점점 사라진다. "이름 하나만 말해주지. 스텔라 하이든."

"스텔라 하이든? 그게 누군데?"

"제이컵, 그럼 이만."

"끊지 마!" 나는 전화기에 대고 소리를 지른다.

전화기에서는 뚜뚜 하는 소리만 났다. 이제는 아주 가까이에서 불이 탁탁 튀는 소리가 난다. '스텔라 하이든? 무슨 뜻이지? 클라우디아 젠킨스가 죽게 되나? 안 돼! 내가 막을 수 있는 동안에는 절대 안 돼!'

나는 재빨리 재다이얼 버튼을 누르지만, 통화가 안 된다. 통화 기록부에서 찾을 시간이 없는데, 죄다 '알 수 없는 번호'라고 적혀 있다. 나는 작은 화면에 이름이 나타날 때까지 차례로 전화를 건다. 스티븐, 그 사람인가?

나는 재다이얼 버튼을 누르고 누가 전화를 받아주길 바란다.

"여보세요." 반대편에서 생기 없고 나이든 목소리가 들린다.

"스티븐! 당신인가요?"

"그런데."

"제발, 클라우디아 젠킨스에게는 아무 짓도 하지 말아요. 꼭 필요한 일이 아니에요. 하지 말아요, 제발. 이미 여기에 있는 사람들을 충분히 많이 죽였잖아요. 그리고 세월도 많이 흘렀어요. 아만다를 위해서 그렇게 해줘요. 그녀를 생각해요. 케이트도 이미 충분히 고통을 당했잖아요, 안 그래요? 클라우디아는 놓아줘요. 제발 부탁이에요. 행복해지세요. 이제 당신 삶을 살고 더는 파괴하지 말아요. 카를라를 위해서 그렇게 해줘요. 당신이 어디에 있든지, 저는 당신이 그렇게 변하는 꼴을 보고 싶지 않아요. 정말 당신이 행복하고 기쁜 모습이 보고 싶지만, 이건 누구도 당신을 도와줄 수 없는 일이에요. 제 말 듣고 있어요? 그건 당신이 직접 결정해야 해요."

거의 숨도 안 쉬고 이 말을 끝내며 그에게 선함의 씨앗이 뿌려지길, 사랑의 열망이 회복되길 바라지만, 그의 쉰 목소리에 내 영혼이 부서진다.

"뭐? 무슨 말을 하는지 하나도 안 들려. 다 아무 의미 없는 소리일 뿐이야."

"스티븐, 내 말 들려요?" 나는 그가 들어주길 바라며 소리를 지른다. "상처 주는 일을 멈춰야 한다고요, 스티븐, 그들이 원하는 대로 해줘서는 안 된다고요."

"하나도 안 들려. 그저 내가 맡아야 할 일이라는 소리만 들려."

"당신이 맡아야 할 일이 아니에요."

"네 청을 들어줄 수는 없어, 나는 이미 이 일에 너무 깊숙이 들어와 있다고. 사흘 후에는 그들이 내 인생을 돌려줄 거야."

"당신이 그렇게 해야 한다고 말하는 게 아니잖아요! 당신이 책임져야 하는 건 당신의 행복뿐이라고요. 다른 사람들의 삶을 망가뜨리는 게 아니라고요. 내 말 알아듣겠어요? 스티븐?"

전화가 끊어지고, 목에서 식은땀이 흐른다.

"안 돼!" 나는 이미 방 안에 들어온 불길 사이에서 울부짖는다.

80

1996년 6월 16일, 솔트레이크

제이컵은 품에 안긴 아만다의 얼굴과 그녀를 어루만지던 손길, 그의 얼굴을 계속 만지던 그녀의 손가락 움직임을 기억하며 잠에서 깨어났다. 하지만 이제 그녀는 없었다. 어루만짐이며 손가락 장난도 연기처럼 사라졌고, 머리카락에서 나던 라벤더 향기만 남아 있었다.

"아만다?!" 그가 소리쳤다.

무거운 침묵이 집 안을 가득 메웠고, 아무도 대답하지 않았다. 그는 너무 놀라서 자리에서 일어났다. 그제야 그들을 쫓던 그림자가 끝까지 그들을 따라왔을지도 모른다는 생각이 들었다. 갑자기 심장이 쿵쾅거리고, 뭔가가 가슴을 치는 두려움으로 몸을 가누기가 힘들었다.

"아만다!"

그는 계단을 내려가며 집 안 전체를 샅샅이 뒤지기 시작했다. 발을 디딜 때마다 나무가 삐걱거리는 소리가 났다.

"아만다! 어디 있어?" 그가 애원하듯 말했다.

그때 갑자기 이상한 느낌이 들었다. 멀리서 거의 알아채기 힘들 정도로 미세한 나무 스치는 소리가 들렸다. 정체를 알 수는 없었지만, 소리 나는 곳에 아만다가 있을 거라는 확신이 들었다. 그는 재빨리 집 안을 구석구석 살피고, 소리가 들려온 곳에 귀를 쫑긋 세웠다. 1층 벽 한쪽으로 다가가자 무언가 깨지는 소리가 더 크게 들려왔다. 그는 지하실로 통하는 문에서 나는 소리임을 알아채고, 소리를 지르며 곧바로 문을 열고 들어갔다.

"아만다, 너야? 이 아래에서 뭐 하는 거야? 하나도 재미없단 말이야."

지하실에는 불이 꺼져 있었고, 그는 조심스럽게 계단을 내려갔다. 눈앞에 알아채기 힘들 정도로 희미한 무언가가 있어서 깜짝 놀랐다. 등을 보이고 선 한 남자가 검은색 옷을 입고 쇠붙이 같은 걸 들고 벽에 붙어 있는 나무에 무언가를 새기고 있었다. 옆에는 좀 더 작은 여자가 있었는데, 역시 등을 돌린 채 서 있었다. 여자는 남자에게 거의 들리지 않는 소리로 뭔가를 말했다. 귀에 그 소리가 전해지긴 했지만, 목소리가 너무 낮아서 전혀 알아들을 수가 없었다. 그녀의 입에서 아주 작은 웃음소리가 터져 나왔다.

"당신들 누구야?!" 그가 용기를 내어 소리쳤다.

"안녕, 제이컵." 여자는 뒤를 돌아보지도 않은 채 말했다. 너무 어두워서 어떻게 생겼는지 모습을 전혀 알 수가 없었다. 제이컵은 엉거주춤 뒤로 물러섰지만, 너무 놀라서 뭘 어떻게 해야 할지 아무 생각도 나지 않았다.

"도대체 당신들 뭘 원하는 거야?"

"오, 제이컵, 순수한 건 정말 아름다워, 안 그래?" 여자의 목소리가 계속 이어졌다.

남자는 마치 최면에 걸린 사람처럼, 주위를 전혀 신경 쓰지 않은 채 계속 나무를 파내고 있었다 . "순수? 빌어먹을, 도대체 뭘 원하는 거냐고?!"

"정말 알고 싶은 거야? 난 내 딸을 구하고 싶어. 네 여자 친구가 멀쩡하면 내 딸이 위험하니까. 이제 이해가 가?" 그녀가 말했다.

여자는 몸을 돌려 어둠 속으로 사라졌다. 제이컵은 램프를 찾기 위해 벽을 더듬다가 날카로운 돌기에 손이 찢어졌다.

"당신들이 쪽지에 아만다의 이름을 적은 거야?"

"쪽지? 그래. 하지만 그녀의 운명은 아직 분명히 정해지지 않았어, 알겠어? 이건 나한테 새로운 일이라고."

"무슨 말을 하는 거야?"

"꿈, 제이컵. 꿈을 꿔본 적 있니?"

"무슨 말을 하고 싶은 거야?" 제이컵이 어둠 속에서 말했다.

"아주 실제적인 꿈, 확실하고 분명하고, 동시에 비극적인 꿈 말이야. 더는 경험하고 싶지 않은 그런 꿈을 꾸어봤냐고."

"다 필요 없고, 아만다만 놔줘. 그러지 않으면 이 일에 대해 평생 대가를 치르게 될 거야."

"정말 재밌는 아이네. 제시, 얘 봤어?"

81

2013년 12월 27일, 솔트레이크

제이컵의 삼촌 집에 도착한 스티븐은 아주 두려운 마음으로 그 집을 바라보았다. 마지막으로 여기 왔을 때는 밤이었고, 너무 서둘러서 전혀 신경을 쓰지 못했었다. 지금 내려앉는 땅거미가 색이 벗겨지고 썩어가는 목조 건물에 거세게 밀려오고, 사위에는 고요함만이 가득했다. 해 질 녘의 주황빛이 집 전체를 뒤덮고 있는 식물들을 물들였다. 덩굴식물과 부겐빌레아에 생긴 벌레들이 뚫은 수많은 구멍은 갈색으로 변해 얼룩져 있었다. 벌레들이 그 집을 점령하고는 점점 알아보지 못하게 만들었다. 벽에는 여기저기 구멍이 나 있었고, 구멍 중 하나로 들어가 보니, 널빤지 바닥은 삐거덕거려서 부서지기 일보 직전이었다.

그는 내부가 낯설지 않았지만, 이유를 정확히 알 수는 없었다. 가구가 하나도 없었다. 1층의 지붕을 지탱하던 구조물은 주방 쪽으로 구부러져 있었고, 그곳은 이제 썩은 나무 쓰레기 더미가 되었다. 스티븐이 거친 손으로 기둥 중 하나를 부드럽게 어루만지자, 물에 젖어 썩은 부분이 뜯겨져 나갔다. 시간은 무심하게 마을 전체를 망가뜨렸지만, 그중에서도 이 집을 더 철저히 망가뜨린 것만 같았다.

스티븐이 발을 내디딜 때마다 발아래 나무가 삐걱거렸다. 그는 잊기로 마음먹었던 그날 밤의 나머지 기억들을 모으려는 듯 차분하게 집 안 전체를 살펴보았다. 그는 와인 가게에서 가져와서 늘 가지고 다녔던 사진들을 조심스럽게 살펴보았다. 갈고리는 사진 속의 그림과 비교해보니 26센티미터 정도 되었다. 그것은 한쪽으로 기울어져 있고, 옆에는 나무 조각과 부스러기들이 흩어져 있었다.

"맞다, 지하실." 그가 말했다.

그는 집 안 거실로 짐작되는 곳으로 들어갔다. 텅 비어 있었고, 오염된 공기로 가득했다. 이번에는 지하실 문 쪽으로 다가갔다. 잠깐 망설였지만, 다른 방법이 떠오르지 않았다.

계단으로 내려가자, 해 질 녘의 노을빛이 아래층 나무판자들 사이로 들어와 지하실에는 주황빛이 비치고 있었다.

끝에 있는 벽에 다가갔을 때 숨이 꽉 막혔다. 나무에 파놓은 별표가 있었고, 크기는 벽 높이였다. 반쯤 파다가 그만둔 거였다. 그것을 쳐다보는 순간 소름이 끼쳤고 두 손이 떨리기 시작했다.

"왜 아만다, 너여야만 했니?" 그는 증오에 가득 차서 말했다.

7인회를 추적할 단서를 찾겠다며 지하실을 뒤지던 그는 뭔가 이상한 걸 발견했다. 한쪽 구석에 있던 망토 위에 음식이 있었다.

"누가 여기에서 살고 있었던 건가." 그가 중얼거렸다.

처음에는 노숙자가 이 지하실을 집처럼 사용했을 거라는 생각이 들었지만, 망토와 음식을 살펴보다가 심장이 또 쿵쾅거렸다. 도저히 이해가 안 가는 장면이었다.

"이럴 순 없어."

망토 사이에 누런 종이 더미가 있었다. 읽어보지 않고도 여러 번 봤던 종이들이라 무엇인지 금방 알아챘다.

그는 아는 이름이 나올까 봐 두려워하며 하나하나 읽어내려갔는데, 모두 똑같은 이름이어서 돌처럼 굳어버렸다. "클라우디아 젠킨스, 2013년 12월"

"클라우디아 젠킨스?"

이 이름이 계속 영혼을 울렸다. 그 일을 할 수밖에 없었다. 그리하여 어느 때보다 불행해졌다. 한동안 쪽지를 보던 그의 두 눈에 눈물이 터졌다.

"나는 어떻게 된 거지?" 그는 이제까지 자신이 했던 모든 결정과 삶을 후회하며 소리쳤다. "잠깐." 그가 놀라며 말했다. "이 글자가 다 똑같지는 않아."

최근 수년간 수없이 봤기 때문에, 글자들의 모양이며 획이 어땠는지, 얼마나 눌러 썼는지까지 알 수 있었다. 한동안은 사람이 항상 기계처럼 똑같이 쓰기는 불가능하다고 생각도 했었다. 하지만 몇 년간 글자들의 차이를 비교했는데 늘 똑같았다. 종이와 잉크가 바뀌긴 했지만, 글자나 획은 절대 변하지 않았다.

"누가 이 쪽지를 쓴 거지? 그들이 아닌가? 순간, 자신이 어쩌면 경솔하게 클라우디아 젠킨스를 살해했을 수도 있겠다는 생각이 들었다.

그는 늘 그 자리에 있었던 아홉 개의 점으로 구성된 별표를 기대하며 쪽지를 뒤집었는데, 더 혼란스러운 일이 벌어졌다. 거기에는 손으로 그려진 나선형 모양이 있었다. 별표와 마찬가지로 정중앙에 있긴 했지만, 구불거리는 모양이 거침없이 안쪽으로 빨려 들어가고 있었다. 그걸 보고 정신이 혼미해진 그의 몸이 비틀거렸다.

"이게 무슨 뜻이지? 누가 조작한 거지? 누가 클라우디아 젠킨스를 죽이고 싶어 한 거지? 왜지?" 그가 소리를 질렀다.

그는 벽에 있는 별표를 눈여겨보며 쪽지를 더 세게 움켜쥐었다.

그가 허공에 대고 질문을 외쳐대는 사이 얼굴에는 통제할 수 없는 분노가 가득 차올랐다. 자신이 클라우디아 젠킨스의 죽음에 대해서 얼마나 오랫동안 생각했는지, 얼마나 공포가 밀려왔었는지, 퀘벡의 추위 속에서 이 세상과 작별하며 얼마나 비통하게 절규했는지가 떠올랐다.

당시 그는 점점 자신감을 잃어가며 계획을 끝까지 실행할지 말지를 두고 몇 시간 동안 고민했더랬다. 클라우디아를 죽이기 몇 주 전, 오두막에서 두 개의 골판지 상자와 당시 이해할 수 없었던 내용인 '보스턴 정신건강센터에 그녀의 몸 일부를 돌려주시오'라고 적힌 메모가 들어 있는 봉투 하나를 받았다. 스티븐은 메모가 무슨 뜻인지 이해하지 못했고, 예전에도 여러 번 그랬던 것처럼, 메모의 의미를 이해하게 될 날이 오길 바라며 그걸 한쪽으로 치웠다. 그리고 한밤중에 클라우디아 젠킨스를 제거해야 한다는 전화를 받고서야 메모의 뜻을 이해하게 되었다.

그는 치솟는 분노에 어쩔 줄 몰라 하며 주먹으로 벽에 있는 별표를 치기 시작했고 손가락 마디들이 나무에 부딪히며 으스러졌다. 한 대씩 칠 때마다 벽에는 작은 구멍이 뚫렸고, 조각들이 손에 박히면서 피가 흘렀다. 손에 고통이 조금씩 느껴졌지만, 그럴수록 별표를 부숴버리겠다는 생각이 더 차올랐다. 몇 분간 계속 벽을 치는 동안 그는 슬픔으로 지쳐가고 있었다.

"제기랄!" 그는 흐느껴 울며 죽을힘을 다해 소리쳤다. "난 아만다 때문에 그 일을 한 거야, 카를라 때문에, 그애들을 찾으려고, 다시 아이들을 가까이에서 느끼고 싶어서. 내 딸들을! 내 불쌍한 딸들을! 그런데 그랬던 내가 지금 뭐가 된 거지?"

그가 희망을 잃어버린 순간, 나무 구멍들을 뚫고 들어오던 해 질 녘 빛도 사라졌다. 그는 바닥에 무릎을 꿇고 하늘을 향해 팔을 뻗었다.

"하느님, 절 용서해주세요. 절 용서해주세요. 하느님. 제발요, 용서해주세요." 그는 울부짖었다. "제가 뭘 해야 하죠? 제가 뭘 해야 할지 알려주세요. 뭐든지 할게요, 제발 알려주세요."

그는 여기저기 찢겨 피범벅이 된 손을 들고 눈물을 흘린 채 바닥에 쓰러졌다. 핏방울이 클라우디아 젠킨스라는 이름이 적힌 종이 위로 조금씩 떨어졌다…. 순간, 멀리서 총소리가 들렸다.

82

2013년 12월 28일, 솔트레이크

"안 돼!" 라우라가 소리를 질렀다. 총소리가 들리는 순간 원장은 문에서 손을 떼고, 얼굴이 사색이 되어 뒤를 돌아보았다. 제이컵이 본능적으로 스텔라 쪽으로 고개를 돌렸을 때, 그녀는 얼어 있었다.

"괜찮아?" 제이컵이 스텔라에게 속삭였다. 그의 목소리는 다른 사람이 눈치채지 못할 정도로 아주 다정하게 변했다. 스텔라는 그를 친밀한 눈으로 바라보며 목이 꽉 막혀서 고개만 끄덕였다.

라우라가 하늘을 향해 총을 쏘았다. 쏘고 난 후 총에서 느껴지는 긴장감으로 지쳐서 숨을 헐떡였다.

"그 집에는 아무도 못 들어가." 라우라가 분노에 찬 목소리로 말했다.

"안에 뭐가 있는데?" 스텔라가 좀 더 시간을 벌기 위해 질문을 던졌다.

"아무것도 없어!"

"젠킨스 박사님, 들어가세요." 제이컵이 단호하게 말했다.

"왜지?"

"당신이 누군지 알고 싶으신가요?"

"내가 알고 싶은 것은 오직 클라우디아가 죽은 이유뿐이야."

"젠킨스 박사님, 이미 말했잖아요. 죽어야 해서 죽은 거라고요. 그녀를 구할 수 없었던 것은 정말 유감이라고요."

"그녀를 구한다고? 그럼 구할 수 있었던 거야?"

"할 수 없었다고요!" 제이컵이 괴로워하며 소리쳤다.

"구할 수 없었다고? 구할 수 없었다는 거야? 그게 무슨 소리야?"

"젠킨스 박사님, 거기에 쓰여 있었다고요. 누군가 제게 전화를 했는데, 그 사람은 무슨 일이 벌어질지 다 알고 있었어요. 전화는 끊어졌고 전 아무것도 할 수가 없었어요. 정말 진심으로 안타까워요."

제이컵의 경이로운 파란 두 눈은 꾹 참았던 눈물을 흘려보냈고, 스텔라는 처음으로 그의 고통스러워하는 모습을 보았다.

"왜 나한테 잘못을 비는 거지? 자네는 이 일과 아무 관련이 없다고 하지 않았나?" 그가 소리쳤다. 조금씩 집 안에서 벌어질 일에 대한 두려움이 증오로, 증오가 분노로 변해 그를 사로잡았다. 라우라는 그런 모습을 바라보며, 이것이 자신이 늘 두려워했던 변화임을 깨달았다.

"제시, 진정해." 라우라가 말했다.

"어떻게 내가 진정할 수 있어? 나에게 진정하라고 말하는 당신은 도대체 누구야? 수년간 당신은 어디에 있었던 거야? 사라져서 수많은 세월 동안 자기 딸을 혼자 있게 한 천벌을 받을 엄마? 당신은 미친 사람일 뿐이야. 감히 어떻게 나한테 그런 말을 하는 거야?"

"젠킨스 박사님, 얼른 집 안으로 들어가세요!" 제이컵이 외쳤다.

"입 닥쳐!" 원장은 제이컵에게 달려들어, 그를 바닥에 쓰러뜨렸다.

"제이컵!" 스텔라가 외쳤다.

원장이 때리는 동안 제이컵은 바닥에서 계속 그를 쳐다보고 있었다. 계속 맞으면서도 얼굴색 하나 변하지 않았고, 그저 주먹으로 때릴 때 머리를 살짝 움직일 뿐이었다. 순간 젠킨스 박사는 그가 자신을 비웃고 있다는 생각이 들었다. 그는 신음을 흘리기는커녕 고통스럽다는 몸짓 한번 하지 않았다. 그는 예닐곱 대를 때리고 나서야 멈췄다.

"너 누구야?"

"제가 누구냐고요? 여기서 해야 할 질문은 당신이 누구냐는 겁니다."

"나는 젠킨스 박사지."

원장은 그를 더 세게 때릴 기세로 주먹을 들었다. 순간 스텔라는 라우라의 손에서 총을 뺏기 위해 그녀를 밀쳤다. 총은 잔디밭 뒤로 떨어졌고, 그녀는 집 안으로 뛰어 들어갔다. 라우라의 울부짖음이 원장의 귓전을 때렸고, 제이컵은 원장이 딴 데 정신이 팔린 사이에 재빨리 그의 손아귀에서 벗어났다. 제이컵은 몸을 돌려서 원장의 다리를 잡고 위로 올라탔다.

"네, 젠킨스 박사님." 제이컵이 말했다. "그 일은 뭔가요? 아직도 기억을 못 하시는 겁니까?" 제이컵은 그의 셔츠를 꽉 붙잡았다. "저를 기억 못 하세요? 네? 기억 못 하시냐고요?"

원장은 코앞에서 제이컵의 얼굴과 두 눈을 보면서 꼼짝도 하지 못했다. 원장은 주먹다짐을 애써 멈추고는 눈도 깜빡하지 않고 쳐다보는 제이컵의 파란 두 눈을 쳐다보았다.

"내가 전에 널 본 적이 있는데." 그가 반신반의하며 말했다. "어떻게 이런 일이 있을 수가 있지? 그러니까… 밤이었어…. 어두웠는데, 그런데… 그런데 그 눈이… 그게 언제였더라?"

스텔라는 오래된 집 안으로 들어가자마자 곧장 문을 닫았다. 뒤에서는 아무 소리도 들리지 않았다. 그녀는 죽음이 두려웠고, 가능한 한 빨리 도망가라고 말하는 것 같은 제이컵의 눈빛을 이해했다. 솔직히 라우라가 총을 쏘지 않을 거로 생각했지만, 어두운 집 안에 들어와서야 안전하다는 생각이 들었고, 그제야 긴장이 풀렸다. 하지만 전기 스위치를 켜고 방 안에 펼쳐진 장면을 보는 순간 가슴이 쿵쾅거리며 초조함이 밀려왔다.

집 안에서 뭔가 해답을 찾기를 바랐지만, 거실은 텅 비어 있었다. 벽지는 벗겨져 있었고, 가구는 하나도 없었고, 그림이나 커튼도 없었다. 그저 백색 형광등의 깜빡거리는 빛만이 황폐한 모습을 보여주었다. 창문들은 삐쭉 빼쭉 이상하게 판자로 막아두었고, 벌레들이 온통 먹어치운 문들은 썩은 냄새로 진동했다. 스텔라는 토할 것 같아 바로 코를 막았다.

순간 그녀는 누군가 밖에서 문을 밀고 있음을 알아채기 시작했다. 그녀는 코를 막고 아무것도 발견하지 못했다는 사실에 절망하며 집 안을 이리저리 뛰어다녔다. 집 안 전체에 불이 켜지면서, 지하실도 환하게 불을 밝히고 있었다. 이유는 알 수 없었지만, 갑자기 썩은 냄새가 알 수 없는 기억을 불러일으켰다. 그녀는 조심스럽게 냄새를 맡으면서 손에 방향제라도 있었으면 했다. 문 안쪽에서 닫히는 지하실로 들어섰다. 뭘 해야 할지도 모른 채 계단을 따라 내려갔다. 순간 그 안에 있는 것을 보고 그만 얼어버렸다. 커다란 방 안에는 바닥에 나사로 고정되고 팔걸이에 끈이 달린 의자가 하나 놓여 있었다. 구석에는 오래된 책들과 종이들이 가득 놓인 버려진 책상도 있었다.

"이게 뭐지?"

그녀는 책상에 놓인 책들을 살펴보고 제목을 하나하나 읽어보았다. 클라크 헐(Clark L. Hull)의 『최면 후 기억상실(Posthypnotic amnesia)』, 조르주 질 드 라 투렛(Georges Gilles de la Tourette)의 『최면술과 유사 상태(L'hypnotisme et les états analogues)』, 어니스트 힐가드(Ernest Hilgard)의 『조건과 학습(Conditioning and Learning)』….

"이게 다 뭐지?" 그녀는 어리둥절한 채로 중얼거렸다.

스텔라는 의심스러운 눈초리로 중앙에 놓인 의자를 보며, 가죽 벨트 중 하나를 살짝 쓰다듬었다. 마치 누군가 파내려고 한 것처럼 많은 흔적이 남은 바닥이랑 손톱으로 나무를 긁은 흔적이 있는 팔걸이에 눈길이 갔다.

나무의 흔적을 쓰다듬다 보니 영혼이 빠져나가는 것 같은 느낌이 들었고, 이해할 수 없는 감정에 현기증이 났다. 균형을 잃고 바닥에 쓰러질 것 같던 순간, 손톱들을 파고드는 파편의 고통, 가냘픈 팔목에 묶인 가죽 벨트의 압박, 정신을 잃어버릴 때까지 계속되는 라우라가 부르는 성가, 그 앞에서 밀려드는 끝없는 고통이 느껴졌다. 순간, 눈앞에 수백만 개의 이미지가 스쳐 지나고, 수많은 새로운 기억들이 머리를 내리쳤다. 세상에서 가장 사랑하는 것을 잃어버린 고통에 혼란스러워하던 그녀는 온 힘을 다해 울부짖었다.

83

1996년 6월 16일. 솔트레이크

남자는 여자가 웃기 시작하자 쇠붙이로 벽을 긁다 말고 어둠 속에서 뒤를 돌아보았다. 제이컵은 주먹을 쥐고 떨며 소리쳤다.

"아만다 어딨어? 어디 있냐고?"

"아만다는 여기 없단다." 여자가 대답했다. "사라졌어…. 연기처럼. 아, 정말 안됐군, 그렇지?"

"거짓말! 어딨는지 말해. 안 그러면 아주 제대로 갚아줄 거야!"

"제시, 봤지? 아주 용감한 소년이야. 하하하. 아주 우스꽝스럽게도 서로 껴안고 촛불들 사이에서 자고 있더구먼. 정말 로맨틱해!"

남자는 미동도 없이 잠시 생각에 잠겨 있었다. 여자가 뭔가 속삭이기 시작하자, 그는 곧바로 제이컵 쪽으로 머리를 들었다.

제이컵은 어둠 속이라서 그의 얼굴은 볼 수 없었지만, 최악의 적을 바라보고 있는 느낌이 들었다.

"지금 무슨 말을 하는 거야?"

그 속삭임이 몇 초간 더 이어지는 동안 제이컵은 공포와 분노에 사로잡혔다.

"아무것도 기억하지 못할 거야, 걱정하지 마." 여자가 말했다.

"아만다는 여기 없단다." 남자는 느리고 둔한 목소리로 반복했다. "사라졌어…. 연기처럼. 아…. 정말 안됐군, 그치?"

남자가 여자와 똑같은 말을 되풀이하자 제이컵은 그가 정상이 아님을 눈치챘다. 여자가 그를 지배하고 있었던 것이다. 그렇다면 그들과 떠들고 있을 여유가 없었다. 남자는 갑자기 제이컵에게 돌진해 튼튼한 손으로 그의 목을 조르기 시작했다.

제이컵이 버둥거리며 주먹으로 그의 얼굴을 쳤지만, 허공을 칠 뿐이었다. 제이컵은 숨이 막혀 기절하기 직전이었다. 아만다를 보호할 수 없을지도 모른다는 생각이 들자, 없었던 힘이 생기면서 마음 깊은 곳에서 용기가 다시 솟아났다.

"잘 들어." 제이컵은 숨통을 막고 있는 그의 손에서 벗어나기 위해 애쓰며 분노에 차서 말했다. "넌 절대 내 손에서 벗어나지 못할 거야."

남자는 통제할 수 없을 정도로 분노에 차서 계속 목을 조르고 있었고, 여자는 옆에서 꼼짝도 하지 않은 채 웃고 있었다.

"끝내버려! 뭘 망설이고 있는 거야?"

순간, 지하실 구석에서 정신을 잃고 쓰러져 있던 아만다가 깨어나 주위를 둘러보았다. 하지만 눈을 뜬 곳이 촛불에 둘러싸인 방이 아니라는 걸 알고 너무 놀랐다.

"제이컵." 아만다가 혼란스러운 목소리로 불렀다.

남자와 여자는 깨어난 아만다의 목소리를 듣고 놀라서 그쪽으로 고개를 돌렸다. 제이컵은 기회를 놓치지 않고 죽어라 목을 조르는 상대의 손을 풀고는 남자를 넘어뜨리고 위에 올라탔다.

"아만다! 뛰어! 여기서 나가!"

아만다는 뭘 해야 할지 몰랐지만, 두려운 마음에 계단 쪽을 향해 뛰었다. 하지만 제이컵이 걱정되어 어둠 속을 다시 바라보았다.

"뛰어!" 제이컵은 다시 소리를 지르며, 남자의 셔츠를 꽉 잡고는 미동도 없이 서 있는 여자 앞에서 남자를 때리기 시작했다.

어둠 속에서 제이컵은 분노에 차서 그의 얼굴에 가까이 다가갔다. 그에게 맞아서 벌겋게 부어오른 제이컵의 얼굴은 신경질과 분노로 떨렸다. 제이컵은 너무 어두워서 그자의 얼굴을 잘 알아볼 수 없었지만, 그자는 어둠 속에서 빛나는, 분노 가득한 제이컵의 파란 눈을 똑똑히 보았다.

"개자식아, 잘 봐둬, 평생 나를 잊지 말아야 하니까." 그에게 속삭였다.

그러자 젊은 여자가 웃음을 터뜨렸다. 하지만 제이컵은 계단 근처에서 아만다의 비명이 들리기 전까지는 온통 그녀만 신경 쓰고 있었다.

그녀의 비명이 들리는 쪽을 바라본 순간, 여러 개의 검은 실루엣이 문 앞을 가로막고 있었다. 순간, 그녀를 지켜주겠다고 했던 약속을 지킬 수 없겠다는 생각이 들었다. 제이컵의 눈물이 남자의 얼굴 위로 떨어지는 순간 라우라가 웃음을 멈추고, 그의 머리를 내리쳤다. 그리고 사방이 깜깜해졌다.

눈을 떠보니 아무도 없었다. 그 실루엣들도, 아만다도 모두 사라졌다. 제이컵의 얼굴은 땅바닥을 향하고 있었다. 땅을 짚고 일어나는데 몇 달 전 제정신이 아닌 아버지에게 얻어맞고 거실에서 울며 깨어나면서 봤던 장면들이 떠올랐다. 깨진 유리 탁자, 부모님 사진, 걷어차였던 옆구리의 고통…. 머리에 살짝 피가 흘렀지만, 그건 전혀 중요하지 않았다. 가장 사랑했던 것을 또다시 잃어버렸다는 생각뿐이었다.

"아만다?" 그는 정신이 나간 채 소리를 질렀다. 얼마나 시간이 흘렀는지 몰라 무작정 계단 위로 뛰어 올라갔다. 그 순간 차에 시동 거는 소리가 들렸다.

"아만다!" 그는 집 밖으로 나오면서 크게 소리를 질렀다.

행복하게 살고 싶은 그의 마지막 희망인 아만다가 자동차의 빨간 불빛과 함께 사라지는 것이 보였다. 그는 소리치며 달렸지만, 얼마 안 돼서 그들은 눈앞에서 사라졌다.

84

2013년 12월 24일 00시 34분, 보스턴

스티븐과의 전화를 끊고 보니, 나는 이 안에서 죽어가고 있다. 그가 뭘 이해한 거지? 뭘 할 거지? 맙소사! 클라우디아 젠킨스를 죽일 건가? 내가 뭘 한 거지? 내가 뭐가 된 거지? 그저 꼭두각시 인형인가? 꼭두각시 인형이 된 건가? 스티븐과 똑같은? 나는 누구지? 삶이 없는 삶, 꿈이 없는 꿈, 결국은 많은 사람을 죽이는 장난감이 되려고 사랑을 잃어버린 건가? 그런 나는 뭐지? 이 함정에서 어떻게 빠져나갈 수 있지?

내게 전화했던 사람은 내가 무엇을 할지 알고 있었다. 내가 스티븐에게 전화하고 그런 말을 할 거라는 사실도 알았다. 스티븐이 왜 클라우디아 젠킨스를 죽여야 한다고 믿는지 실마리를 찾아내려는 순간 전화가 끊길 거라는 사실도 알았다. 그녀는 죽어야 할 사람이 아니다. 아마도 그들은 그녀가 죽어야 한다고 하겠지만. 운명에 그렇게 쓰여 있다고. 그들은 내가 그렇게 말하리라는 것을 어떻게 알았을까?

나는 불길에 둘러싸여 비통해하며 울기 시작한다. 벌건 불길이 내 얼굴을 치고 나는 쓰러진다. 나는 책상에 앉아서 죽음을 기다린다. 아만다, 너를 지켜준다는 약속도 지키지 못했는데 내가 살아야 할 이유가 있을까?

나는 이미 여섯 놈을 끝장냈는데, 그들은 여섯보다 훨씬 더 많다. 나는 여기, 이 안에서 죽을 테고, 그들은 파멸의 소용돌이에 휩싸여 계속 그짓을 할 것이다. 사람들의 꿈을 깨뜨리고, 생명을 파괴하고, 환상을 선전하고, 미래를 빼앗고, 기대를 없애고, 특히 사랑을 망가뜨릴 것이다.

내가 살아남겠다는 희망을 잃어버리는 순간, 책상 위에서 그동안 알아채지 못한 가죽 표지로 된 책 한 권이 보인다. 더이상 필요하지도 않겠지만. 구부러진 전등의 불빛이 여전히 깜빡이고, 방 안은 오렌지색 화염으로 가득하다.

나는 책을 집어 들고 방 안에 가득한 검은 연기에 질식해 죽기 전에 마지막으로 그것을 살펴본다. 첫 장을 열자, 내 심장이 방향을 잃고 어쩔 줄 모른다.

"아만다?!"

아만다의 사진이 종이에 붙어 있다. 그녀는 주류 상점에 들어가고 있고 동시에 노인이 나오고 있다. 사진은 멀리서 찍은 것 같은데, 미행한 것으로 보인다. 그녀를 따라다니면서 찍은 사진들?! 다음 장을 넘기자 아만다가 뒤를 돌아보며 어둠이 내린 거리를 뛰어가는 모습이 보인다. 그녀의 얼굴은 공포로 가득하고 이를 본 나는 손톱이 살을 파고들 정도로 주먹을 꽉 쥔다. 아만다의 얼굴을 보니 그들을 얼마나 두려워했는지, 그리고 내가 그녀를 구하려 해도 아무것도 할 수 없었음을 깨닫는다.

다음 장을 넘기니 다른 사진이 보인다. 심장이 미친 듯이 뛴다. 아만다가 방 한가운데 있는 의자에 묶여 있고, 그녀를 향해 불빛이 깜빡거린다. 흰 가운을 입은 여자가 그녀 쪽으로 몸을 기울이며 얼굴 앞에 네 개의 손가락을 펴 보이고 있다.

"도대체 이게 무슨 뜻이지? 아만다에게 무슨 짓을 한 거지?"

죽어가고 있다는 생각에 모든 걸 체념하면서 느낀 평온함은 이내 증오로 변했다.

다음 장을 넘겨 보니 스물두셋쯤 돼 보이는 여자가 보인다. FBI 요원을 모집하는 사무실로 들어가고 있는 모습이다. 의심의 여지 없이, 아만다이다. 그녀의 피부며 눈에 띄는 구릿빛 머리카락만 봐도 알 수 있다. 이 사진 역시 멀리서 찍혔지만, 그녀의 얼굴을 확실히 알아볼 수 있다.

"아만다가 살아 있는 건가?" 나는 소리를 지른다.

다음 장을 넘긴다. 그런데 마지막 사진은 좀 다르다. 흑백사진으로 된 졸업 앨범이다.

아만다는 FBI 로고가 찍힌 카메라를 응시하고 있다. 비록 이전 사진보다 좀 더 컸지만, 틀림없이 아만다이다. 눈빛, 미소, 기쁨의 열망 모두 다 그녀의 특징이다. 페이지 마지막 부분을 보고 나는 할 말을 잃었다. '스텔라 하이든.'

이게 무슨 뜻이지? 전화기에서 들었던 이름이다. 그녀가 아만다라는 말인가? 아만다가 스텔라 하이든인가? 그럴 수는 없다! 절대 아니다! 나는 다시 두어 장을 더 넘겨보고 알았다. 아만다를 의자에 묶어두고 한 짓이 그녀의 생각과 기억들을 지워버리고 아예 다른 사람으로 만들어버리는 일이라는 걸. 어떻게 그런 짓을 할 수 있는 거지? 어떻게 사랑을 잊게 할 수 있는 거지?

"안 돼!" 나는 분노에 차서 소리를 질렀다.

나는 벌떡 일어나 다시 감투정신을 회복한다. 의자를 집어 들고 온 힘을 다해 창문을 부수기 시작한다. 더 이상 숨을 쉴 수가 없고 조금 전까지도 거실에서 들리던 울음과 절규가 더는 들리지 않는다. 점점 더 세게 창문을 칠 때마다 아만다의 기억이 되살아나고, 그녀를 다시 볼 수 있으리라는 희망도 되살아난다. 그녀가 나를, 나도 그녀를 보고, 우리가 계속 사랑하며 살 거라는 희망. 청춘의 사랑보다 강한 것은 없기 때문이다. 절대 없다. 누구도 나와 그녀를 떼어 놓을 수 없다.

쓰러질 정도로 지쳐 마지막 힘을 짜내 후려쳤는데, 창문이 깨져 의자가 반대편으로 떨어진다. 더 이상 생각할 겨를이 없다. 불길이 나를 덮칠 것 같은 순간, 나는 창문으로 뛰어내린다.

뛰어내리는 데 몇 초가 걸렸지만, 마치 시간이 멈춘 것 같았다. 모든 게 멈추었지만, 나 혼자 정원으로 몸을 던진다. 그러는 동안 상쾌한 공기가 나를 어루만지고 다시 솔트레이크로 데려간다. 이제 불길이 탁탁 튀는 소리가 들리지 않고, 오로지 아만다가 나를 보고 달려오며 외치는 소리만 들린다. 나는 우리가 얼마나 긴 밤을 함께했는지, 그리고 별빛 아래에서 어떻게 키스했는지 다시 생각하며 기뻐한다.

나는 잔디밭에 떨어진다. 안 아픈 데가 없지만, 내 안에서 샘솟는 희망에 비하면 아무것도 아니다. 나를 파고드는 활기는 다시 일어날 힘을 준다. 얼핏 보니 내 옷이 타고 있다. 나는 살이 타기 전에 재빨리 옷을 벗는다.

"가까이 왔군." 나는 중얼거린다.

나는 옷을 다 벗었지만, 전혀 신경 쓰이지 않는다. 저녁 산들바람이 살갗을 간지럽히고, 왠지 해야 할 일을 한 것보다 더 행복한 느낌이 밀려든다. 나는 계획을 실행에 옮긴다. 즉 체포를 당해서 젠킨스 박사 앞에 가야 한다. 나는 그가 한 일을 잊지 않았다. 나를 아만다와 떼어놓고, 내 삶을 망가뜨렸다. 나는 스티븐이 어떤 미친 짓도 하지 않기만을 바란다.

만일 아만다가 계속 살아 있다면, 우리는 결국 함께할 것이다. 만일 운명이 존재한다면, 아만다 역시 우리가 서로를 위해 태어났음을 알 것이기 때문이다.

내 손은 피로 얼룩져 있고, 타박상이 가득하다. 잔디밭에는 희생자 이름이 모두 적힌 책이 들어 있는 가방이 놓여 있다. 그 옆에는 창문으로 던진 제니퍼 트라우스의 머리가 있다. 나는 곧바로 가방에서 책을 꺼내 증오에 찬 눈으로 바라본다. 더 이상 내게 중요한 것은 없기에 마지막 페이지에 쓴다. 내 피 묻은 손으로. 이 모든 것이 시작된 장소, 그 미친 인간들이 만든 집단의 구성원 중 누구든 찾길 바라는 곳, 결국은 내가 그들을 찾게 될 '솔트레이크'

나는 타지 않은 옷 속에 책을 감춘다. 그녀가 보고 싶어 죽을 것 같다. 몇 미터 떨어지지 않은 곳에 제니퍼 트라우스의 머리가 있다. 나는 눈물을 흘리며 그 머리를 집어 든다. 그리고 아만다를 되찾겠노라 굳게 마음먹고 끝없는 밤의 공포를 뒤에 남겨둔 채, 울타리를 넘어 도시 중심가를 향해 걸어간다.

85

1996년 6월 16일, 솔트레이크

스티븐은 아만다에게 나쁜 일이 벌어지지 않길 기도하며 걱정에 휩싸여 차를 몰았다. 파란색 포드가 좌우로 왔다 갔다 하는 굴곡진 도로를 전속력으로 달렸다. 혹여 최악의 상황이 벌어질까 봐 내내 두려웠다. 그는 케이트와 카를라가 어디에 있는지도 몰랐고, 그들에게도 무슨 일이 일어났을지 모른다는 생각까지 들었다. 조금씩 비가 오기 시작했고, 유리창과 보닛에는 작은 물방울이 가득 내려왔다가 재빨리 공기 중으로 사라졌다.

커브 길 한복판에서 누군가 절규하듯 손을 들고 차를 세웠다. 스티븐은 자동차 불빛에 상대의 모습이 드러난 후에야 누군가 있음을 알아챘다. 하마터면 그를 칠 뻔했다. 예전에 남자를 친 사고가 떠오르면서 심장이 뛰기 시작했다.

"매슬로 씨? 맞나요?" 제이컵이 소리를 질렀다. 머리가 흠뻑 젖고 뺨이 붉어진 남자의 눈에는 절망이 가득했다.

"제이컵? 아만다는? 혹시 봤니?"

"아저씨, 좀 도와주세요. 제발요. 두 사람이 아만다를 데리고 갔어요. 제가 정신을 차리고 깨어나 보니 없었어요."

그 말이 스티븐의 영혼을 망치로 내리쳤고 두 손이 떨리기 시작했다. 본능적으로 스티븐은 차에서 내려서 제이컵을 진정시키기 위해 팔을 꽉 잡았다.

"어디 있었는데?" 그가 물었다.

"여기 저의 삼촌 집에요. 저 나무들 뒤에 있어요. 지금 짓고 있는 집이에요. 제가 깨어보니 없었어요. 정말 너무 죄송해요, 아저씨. 지하실에 내려가 보니 한 남자와 여자가 잠들어 있는 아만다를 데리고 있었어요. 벽에는 엄청나게 큰 별표가 그려져 있었고, 그리고 저를 때렸고, 사람들이 더 있었고… 그리고…."

"정신 차려, 제이컵." 그가 단호하게 말했다. "그들이 어디로 간 거야?"

"마을 중심부 쪽으로 갔어요. 제발요, 아저씨, 저 좀 도와주세요. 제가 아만다를 구하지 못했어요. 죄송해요."

제이컵의 목소리는 도움을 청하며 절규하는 가운데 허공에 흩어졌다. 이 소년은 평정심을 유지하려고 애썼지만, 초조함을 어쩌지 못했고, 무엇보다 아만다를 지켜주겠다는 아주 단단한 결심을 드러냈다.

"제이컵, 너는 여기 있거라."

"저도 함께 갈게요!"

"여기 있어!" 그가 화를 내며 소리를 질렀다.

스티븐은 차에 올라 차 문을 꽉 닫았다. 그의 얼굴은 변했고 눈에는 분노로 가득했다.

"같이 가게 해주세요. 아만다는 제 전부예요." 제이컵이 울음을 터뜨리며 말했다.

"안 돼!" 그가 소리쳤다.

그는 제이컵을 길 한가운데 남겨둔 채 가속페달을 밟았다. 제이컵은 떨어지는 비를 맞으며 자동차 불빛이 전속력으로 사라지는 것을 바라보았다. 제이컵은 눈물을 흘리며 바지 주머니에서 노란 쪽지를 꺼냈다. 잉크가 빗물에 조금씩 씻겨나갔다. "아만다 매슬로, 1996년 6월"

그는 분노를 못 이기고 주먹을 꽉 쥐어 종이를 구겼다. 이제 자신의 삶이 더이상 꿈꾸는 대로 되지 않을 거라는 생각이 들었다. 제이컵은 아만다와 단 하루 함께했지만 진정한 행복을 만끽했기에 마음이 너무 심란했다. 갑자기 최근에 겪었던 온갖 일이 밀려왔다. 어머니의 죽음과 집에서 나온 일, 그곳에서 느꼈던 외로움…. 하지만 아만다 덕분에 모든 어려움을 극복했음을 깨달았다. 그녀는 어두운 터널 끝에 나타난 빛이자 영원한 사랑이었다. 그는 아만다가 이 세상에 없다는 생각에 온 힘을 모아 하늘을 향해 소리를 질렀다.

스티븐은 전속력으로 차를 몰았다. 빗물에 창이 흐려져서 어디로 가는지 간신히 알 수 있을 정도였다. 그는 솔트레이크의 어둠 속에서 그 차를 찾기 위해 핸들을 이리저리 돌렸다. 저 멀리 마을 축제 행사장에서 빛나는 불빛만이 어둠을 밝혀주었다. 몇 분이 채 지나지 않아, 저 멀리 자동차 후미등이 눈에 들어왔다. 분명 같은 곳에서 전속력으로 도망쳐 나온 차였다.

스티븐은 그 차를 따라잡기 위해 가속페달을 밟았다. 두 차는 마을 축제 행사장을 향해 멈추지 않고 달렸다. 스티븐이 있는 곳에서 차창을 통해 두 사람이 보였다.

"절대 아무 데도 못 가." 그가 단호한 목소리로 중얼거렸다.

스티븐은 더 세게 가속페달을 밟았다. 젖은 아스팔트에서 회전하는 차는 미끄러질 수밖에 없고 필시 불길한 운명을 맞을 터였다. 이 두 차량은 최대 속도로 축제 행사장 인근을 돌았고, 순간 자동차 범퍼에 무언가가 쾅하고 부딪혔다.

모든 게 순식간에 벌어진 일이라 손을 쓸 수가 없었다.

자동차 앞부분이 산산조각 났고 스티븐은 떨리는 손으로 운전대를 꼭 붙잡았다. 그가 쫓아가던 차가 눈앞에서 사라지는 동안, 최악의 사태가 벌어질까 두려워하며 바로 브레이크를 밟았다. 축제 행사장에서 공포에 질린 사람들의 비명이 들렸고, 음악이 멈췄으며, 집시들도 쓸모없어 보이는 그릇들 광고를 더 이상 하지 않았다. 스티븐은 천천히 차에서 내렸다. 공포에 질린 얼굴로 그를 바라보는 사람들 쪽으로 조금씩 다가갔다. 사람들이 자동차를 둘러싸기 시작하면서 혼란해졌고, 그러는 중에 달려오는 케이트가 눈에 들어왔다.

"카를라!, 카를라!" 그녀는 바닥에 주저앉아 소리를 지르며 울음을 터뜨렸다.

스티븐은 손으로 머리를 감싸고 울며 무릎을 꿇었다. 그리고 딸아이의 몸을 부둥켜안았다.

"제발, 안 돼! 제발! 카를라, 내 사랑…. 제발, 안 돼!" 스티븐이 하늘을 향해 절규했다.

86

2013년 12월 28일. 솔트레이크

스텔라는 계단을 올라가 가끔 응접실로 사용했던 작은 거실 쪽으로 걸어갔다. 살면서 이렇게 넋이 나가고 슬펐던 적이 없었다. 여전히 밖에서는 원장과 제이컵이 싸우는 소리가 들렸다. 그러나 라우라가 문 두들기는 소리가 멈추자, 오히려 더 겁이 났다.

본능적으로 그녀는 뒤돌아서며 자신을 잡으려던 늙은 라우라의 두 손을 재빨리 밀쳤다. 스텔라는 그녀를 꽉 잡고 목을 조른 후 바닥에 내동댕이쳤다. 놀란 라우라는 밖으로 뛰쳐나갔고, 제이컵 옆을 쏜살같이 지나쳤다. 원장에게 주먹을 날리고 있는 제이컵의 모습이 눈에 들어왔다.

"이제, 제가 기억나세요?" 제이컵이 원장에게 소리를 질렀지만, 그는 무슨 말을 하는지 하나도 알 수가 없었다. 그의 생각은 한 기억에서 다른 기억으로 떠돌아다녔다. 클라우디아의 죽음부터 솔트레이크에서 지냈던 몇 해, 라우라를 알고 나서 매일 밤 그녀와 이야기를 나누던 시절의 기억. 라우라가 클라우디아를 낳고 며칠 되지 않아 사라진 일은 확실히 기억하지만, 자신이 아내의 손안에 있던 꼭두각시였다는 사실은 상상도 못 했다.

"저를 기억하시냐고요?!"

스텔라는 라우라가 떨어뜨린 총을 찾으려고 잔디밭을 뒤졌다.

"스텔라 하이든, 넌 죽어야 했어, 알겠어?" 라우라가 문틀 아래에서 다 죽어가는 목소리로 말했다. "내가 네 꿈을 꾸었거든. 그러니까 너는 죽어야 해. 그래야 맞아. 너는 스텔라 하이든이고 나는 네 꿈을 꾸었고, 네가 죽지 않으면 세상이 멸망할 거야. 너는 여기 솔트레이크에 있어야 해. 내가 도시가 사라지는 꿈을 꾸었거든. 그래, 그거야! 마치 존재하지 않았던 것처럼 깡그리 사라지는 도시. 그 도시는 솔트레이크야, 알아? 진짜 네가 되는 곳이 바로 여기야. 알겠어, 스텔라? 피할 수 없어. 운명이 그렇게 되어 있어. 운명에 따르자면 스텔라는 죽어야 해."

라우라는 앞뒤가 안 맞는 소리를 빠르게 지껄이며 스텔라를 혼란에 빠뜨렸다. 한 손을 등 뒤로 감추며 그녀 쪽으로 걸어갔다. 그러나 스텔라는 잔디밭 사이에서 총을 찾아냈고, 재빨리 들어 올려 겨누었다.

"조용히 해! 손 위로 올려!"

라우라는 계속 그녀를 향해 다가왔고, 아무 소리도 내지 않고 웃기 시작했다. 걸으면서 마치 누군가와 이야기를 나누는 것 같은 몸짓을 하며 고개를 한쪽에서 다른 쪽으로 움직였다.

"알겠어, 스텔라? 간단해, 네가 죽으면 되는 거야. 여기야. 그래 바로 여기에서. 솔트레이크에서. 너는 죽어야 해. 그래야 하는 거니까. 아니야. 다른 방법은 없어."

"가까이 오지 마!"

"나는 오래전에 그걸 바꾸고 싶었어, 그거 알아? 그런데 안 됐어. 할 수가 없었다고. 너는 죽어야 해. 나는 거래를 했어. 내 딸의 생명은 또 다른 누군가가 우리를 도와주는 대가였어. 스티븐은 슬프겠지만, 그런 거야. 저기 있군. 안 돼, 이건 바꿀 수 없어. 알겠어? 없어. 다른 방법은 없다고. 하하. 피할 수 없어. 운명은 다 무게가 있어. 인생만사 다 운명이야, 스텔라 하이든."

라우라가 한쪽 손을 들자, 머리 위로 날카로운 칼이 올라왔다.

제이컵은 다시 스텔라를 돌아보았고, 이번엔 정말로 그녀를 잃을 것 같다는 생각이 들었다. 그는 재빨리 일어나 라우라를 향해 가려고 했지만, 길 한가운데 있던 스텔라가 말했다.

"나는 아만다 매슬로야."

그리고 총을 쏘았다.

라우라가 잔디밭에 등을 대고 쓰러졌고, 원장은 본능적으로 그녀를 향해 달려갔다. 라우라는 그가 기억하던 모습과 너무나 딴판이었다. 하지만, 많은 질문과 의문들이 공중에 떠다녔고, 그녀와 함께 수수께끼의 해답 역시 사라지려 하자 원장은 울기 시작했다.

"라우라, 제발. 왜 그랬어? 무슨 짓을 한 거야? 나한테 왜 그런 거야?"

갑자기 그녀의 배에서 피가 흘러나오기 시작했다. 원장은 출혈을 멈추기 위해 필사적으로 상처 부위를 눌렀다.

"미안해, 제시, 운명을 속일 수가 없었어." 라우라가 속삭였다.

"무슨 소리 하는 거야, 라우라? 무슨 말을 하고 싶은 거야?"

"내가 클라우디아의 꿈을 꿨고, 그녀를 보호해야 했어. 그들이 클라우디아를 죽일 테니까. 그래서 내가 그렇게 한 거야. 클라우디아 때문에 떠난 거야. 하지만 그렇게 해도 운명을 바꿀 수는 없는 거네. 그럴 수가 없어." 그녀는 고통스럽게 말했다.

"라우라, 나한테 무슨 짓을 한 거야? 왜 그런 거야?"

"당신이 클라우디아를 돌볼 거니까. 아직도 모르겠어? 당신은 아무것도 모른 채로 그냥 클라우디아를 돌보기만 하면 되는 거였어. 당신은 내 인생과 상관없어지는 거지. 더는 남은 짐을 당신에게 지울 수가 없었어. 나는 당신을 여기에서 나가게 했지만, 대신 다른 사람이 더 필요했어. 하지만 당신이 이 모든 걸 알았고, 우리는 일곱 명이 되어야 했어. 그래서 우리가 그렇게 한 거야."

"뭘? 당신들이 뭘 한 거야?"

라우라는 아무 대답도 하지 않았다.

"라우라!? 라우라!"

원장은 비명을 지르며 하늘에 대고 자신의 삶을 저주했다. 머릿속에서 클라우디아의 잘린 머리의 영상이 지나갔다. 취조실에서 처음으로 제이컵과 대화를 나누던 일, 혼자서 딸을 키우던 생활, 영화 〈아름다운 인생〉, 병원에서 깨어난 모습, 자기 팔에 안겨서 죽은 라우라의 모습…. 이런 기억들이 하나하나 머릿속에 몰려들자 충격에 휩싸여 어쩔 줄을 몰랐다.

"아!" 그가 분노에 차서 소리를 질렀다.

그는 힘겹게 일어나서 발을 구르고, 온 힘을 다해 자신의 삶을 증오하며 허공에 주먹을 날리기 시작했다.

"진정하세요, 젠킨스 박사님." 아만다는 여전히 손에 총을 쥔 채로 말했다. "저는 당신을 쏘고 싶지 않습니다."

"나더러 진정하라고? 진정? 나에게 진정하라고 말했다고 하면 누가 믿을까? 누가?" 원장은 갈수록 더 크게 소리를 지르며 허공을 향해 계속 양팔을 움직였다.

"젠킨스 박사님." 제이컵이 아만다와 원장 사이에 끼어들어 차분한 목소리로 말했다. "한 걸음도 더 가까이 다가오지 마세요. 이미 충분히 상처를 입었잖아요. 클라우디아는 이런 모습을 보고 싶어 하지 않을 거예요."

"클라우디아? 감히 어떻게 네가 그 이름을 입에 올려?"

"젠킨스 박사님, 어떤 미친 짓도 하지 마세요."

"이제 내 삶에 남은 것은 하나도 없어! 하나도 없다고!" 그는 두 눈이 피로 물드는 동안 하늘을 향해 소리쳤다.

그는 아만다가 미처 손 쓸 사이도 없이 제이컵에게 달려들었다. 둘은 바닥으로 쓰러져 두 팔로 상대방을 제압하기 위해 뒹굴며 싸우기 시작했다. 아만다가 총을 들어 올렸지만, 제이컵과 원장이 너무 빨리 엎치락뒤치락하는 바람에 쏠 수가 없었다. 원장이 제이컵 위에 올라탔고, 죽은 라우라 옆에 있던 칼을 들어 제이컵을 겨냥했다. 칼이 가슴 쪽으로 향할 때 제이컵은 간신히 몸을 돌렸고 칼은 갈비뼈 위를 살짝 스쳐갔다. 아만다는 어떻게 해야 할지 몰라 잠시 두 손에 총을 쥐고 가만히 있었다.

"쏴!" 제이컵이 소리쳤다. "어서!"

"못 하겠어!"

"총을 쏴, 아만다!'

제이컵이 떨리는 목소리로 부르는 이름을 처음 들은 것도 아닌데, 갑자기 용기가 솟아 원장을 향해 총구를 겨누었다. 방아쇠를 당기려는 순간, 제이컵이 더는 원장의 힘을 버틸 수가 없게 된 순간, 그는 빠르게 곁을 지나는 누군가를 느꼈다. 너무 활기찬 바람이 불어서, 제이컵은 꼼짝도 할 수 없었고, 최고의 와인을 마신 것처럼 전율까지 돋았다.

강한 두 손이 원장의 가슴을 눌렀고, 원장은 자신의 유일한 목표가 뿌리째 뽑히는 기분이 들었다. 이 사람은 아주 쉽게 원장에게서 칼을 빼앗았다. 아만다는 젠킨스 박사 앞에서 등을 보이는 사람이 보이지 않았지만, 왠지 모르게 너무 친숙해서 두려운 마음이 찾아들었다.

바닥에 등을 대고 넘어진 원장은 위에서 내려다보는 스티븐의 위협적인 눈을 응시했다. 스티븐은 조금도 머뭇거리지 않고 다가가 깜짝 놀랄 정도로 세게 주먹을 휘둘러 그를 때려눕혔다.

"아빠?" 아만다의 얼굴에 눈물이 흘러내렸다.

87

1996년 6월 16일. 솔트레이크

케이트는 혼수상태로 누워 있는 카를라의 침대 곁에 서서 울고 있었고, 스티븐은 정신이 나간 사람처럼 방 안을 빙빙 돌았다. 그는 뭘 해야 할지 생각이 나지 않았다. 병원에 도착했을 때부터 케이트는 한 마디도 하지 않았다. 둘 사이에 퍼져 있는 침묵에는 공포라기보다는 엄숙함이 깃들어 있었다. 침묵이 너무 짙어서 스티븐은 쉼없이 삑삑거리는 심장 모니터 소리 뒤에 조용히 숨어 있었다. 이 소리를 듣고 있으면 흔들리는 마음이 진정되었고, 카를라가 살아날 거라는 희망도 생겼다.

금발의 경찰 한 명과 피부가 가무잡잡한 경찰 두 명이 아치형 방문을 힐끔 쳐다보더니, 그들에게 밖으로 나오라고 눈짓했다. 케이트는 재빨리 자리에서 일어나 스티븐보다 앞장서서 나갔다.

"아만다를 찾으셨어요?" 케이트가 비통한 목소리로 물었다.

"아만다 부모님." 가무잡잡한 피부의 남자가 복도를 걸어가며 말했다. "마을과 주변을 수색하는 데 모든 경찰력을 투입했습니다." 그는 케이트의 얼굴에서 희망의 빛을 보고 잠시 멈췄다가 고개를 숙이고 말을 이어갔다. "말씀드리기 너무 죄송한데, 아무것도 찾지 못했습니다."

"어떻게 아무것도 못 찾을 수가 있죠?" 케이트가 소리를 질렀다.

"아무것도 없었습니다. 선생님이 말씀하신 차량을 어디서도 본 사람이 없었습니다. 저희가 제이컵하고도 이야기를 해봤는데, 그 불쌍한 소년은 아만다의 이름을 부르며 새벽 내내 마을을 뛰어다니고 있습니다. 제이컵도 그녀를 데려갔던 사람들의 얼굴을 전혀 기억하지 못했습니다. 그는 너무 큰 충격을 받은 상태였습니다. 아만다를 찾을 때까지 계속 그러고 다니겠다 했지만, 솔직히 말씀드리면 시간이 지날수록 희망이 사라지고 있습니다."

"하지만 아이를 찾아야 하잖아요." 스티븐이 소리를 질렀다. "더 찾아보지도 않고 어떻게 희망이 사라집니까?"

"저희도 그 집 지하실에서 흔적들을 찾았지만, 정말 아무것도 나오지 않았습니다. 별표 말고는 아무것도 없었습니다. 창고에 있던 것과 똑같은 별표 말입니다. 저도 이런 말을 하자니 정말 가슴 아프지만, 최악의 상황을 생각하셔야 할 것 같습니다."

케이트는 바닥에 무릎을 꿇고 구슬프게 아만다를 외쳤다. 그러면서 처음부터 뉴욕에 두고 오지 않았던 것을 후회했다. 죄책감과 고통에 완전히 사로잡힌 상태라 피부가 가무잡잡한 경찰의 말도 귀에 들어오지 않았다. 그러는 동안 금발의 경찰은 익숙해 보이는 무표정한 얼굴로 그들의 대화를 지켜보고 있었다.

갑자기 복도에 있는 빨간 비상벨이 울렸고 순식간에 많은 간호사가 카를라의 방 쪽으로 뛰어갔다. 케이트의 눈이 공포에 질렸다.

"카를라!" 그녀가 소리를 지르고는 깜짝 놀라 뛰어갔다.

스티븐은 자기 때문에 딸이 죽을지도 모른다는 생각에 심장이 멈추는 것 같았다. 하지만 병실 문 앞에 몰려든 그들은 돌처럼 굳어버렸다.

침대는 텅 비어 있었고, 카를라는 사라졌다.

88

1996년 8월 28일, 뉴욕

집 안 분위기는 너무 황량하고 한풍까지 들어서 스티븐은 자기가 마치 죽은 사람처럼 느껴졌다. 아만다와 카를라가 사라진 후로 케이트와 스티븐은 서로 대화도 나누지 않았다. 스티븐은 이런 상황이 너무 비참했고 죄책감이 심해서 딸들 외에는 다른 것을 생각할 겨를이 없었다. 창문에는 늘 커튼이 드리워져 있었고, 그 사이로 겨우 두어 가닥 빛줄기만 들어왔다. 솔트레이크에서 아이들을 잃어버린 스티븐은 로펌을 그만두고 슬픔에 잠겨 있었다. 더는 다른 일을 신경 쓸 수가 없었다. 그는 딸들의 방에서 울고 메모장을 넘겨보거나 사진과 옷을 쳐다보면서 오랫동안 시간을 보냈다. 매일 밤 침대에서 울부짖는 케이트에게 신경 쓸 겨를도 없었다. 그녀는 이미 두 번이나 자살 시도를 했고, 심리 상담사들이 여러 번 찾아 왔지만, 그래도 삶의 의욕을 보이지 않았다. 살지 못할 이유가 수없이 많았지만, 여전히 삶은 계속되었다. 우편물이 현관에 가득 쌓였고, 생전 처음으로 스티븐의 턱수염도 더부룩해졌고, 슬픔에 빠져서 친구들과 가족들의 전화도 받지 않았다.

스티븐은 멍한 얼굴로 소파에 앉아 있었다. 살면서 그렇게 많이 운 적이 없었다. 그날은 아만다의 열일곱 번째 생일이었고, 아만다와 작은딸 카를라가 곁에 없다는 생각에 마음이 찢어졌다.

갑자기 전화벨이 계속 울리기 시작했다. 그는 무시해버렸는데, 누군가 밖에서 문을 두드렸다. 아주 세게 두들기는 소리가 세 번째로 났을 때 스티븐은 거의 반최면 상태로 방에서 나왔다. 문밖에 있는 사람이 문을 때려 부술 것만 같았기 때문이다. 그는 문 쪽을 바라보았고, 순간 문틈 사이로 갈색 봉투가 밀려들어오자 심장이 덜컹 내려앉았다. 그는 일어나서 걱정스럽게 문 가까이 다가갔다.

"누구세요?" 그가 말했다.

아무 대답도 없었다.

문을 활짝 열어 보았지만, 밖에는 아무도 없었다.

그는 이상한 일이라고 생각하며 바닥에 있는 봉투를 집어 들었다. 일반 봉투 크기인데 보내거나 받는 이가 적혀 있지 않았다. 그는 조심스럽게 봉투를 열었고, 안에 있는 종이를 꺼내다가 그만 얼어붙었다. 눈이 가려지고 입에는 재갈이 물린 채 나무 의자에 묶여 있는 아만다의 사진이었다.

"아만다?" 입에서 딸의 이름이 튀어나왔다. 순간 그의 머릿속에 오만가지 생각이 스쳤고, 번개처럼 몰려드는 감정들에 마구 헝크러졌다.

그는 본능적으로 사진 뒷면을 보았다, 거기에는 제이컵의 삼촌네 집 지하실에서 봤던 것과 똑같은 아홉 개의 점으로 구성된 완벽한 별표가 있었다.

그의 마음은 딸을 잃은 고통과 죄책감으로 너무 혼란스러웠다. 분노가 가득 차올라 눈물이 뺨을 타고 흐르는 순간, 귀에 거슬리는 날카로운 전화벨 소리가 다시 울렸다.

그는 두려운 마음으로 전화기 쪽으로 다가가서 수화기를 들었다.

"누구세요?" 그가 비통한 목소리로 말했다.

"안녕, 스티븐. 사진을 봤겠지." 수화기 건너편에서 여자의 목소리가 들려왔다.

"뭘 원하는 거야?" 그가 소리를 질렀다. "아만다는 어딨어? 애한테 무슨 짓을 한 거야? 괜찮은 거야?"

"다시 딸을 보고 싶나? 딸을 되찾을 방법이 있긴 한데."

"뭐든 할게. 원하는 대로 다 줄게. 돈 있어. 원하는 대로 다 줄 수 있어."

"돈? 필요 없어."

"그럼 원하는 게 뭐야? 제발 말해, 뭐든 할 테니까."

"당신 인생에서 17년이 필요해."

"뭐라고?"

"아만다는 이제 열일곱 살이 되었잖아. 당신의 17년을 우리에게 주면, 아만다를 되찾을 수 있을 거야."

"말한 대로 할 테니까, 아만다는 놓아줘. 당신들이 원하는 대로 다 할 테니까."

"우리가 말하는 걸 다 하면, 17년 내에 딸을 만날 방법을 알려주겠어."

"제발, 아이를 만나려면 내가 뭘 해야 하는지 말해줘."

"앞으로 몇 년간 메모와 날짜를 받게 될 거야. 그날이 내일이 될 수도 있고, 한 번도 메모를 받지 않을 수도 있어. 하지만 아만다를 되찾고 싶다면, 우리가 원하는 일을 꼭 해야 할 거야."

"뭐든 할 테니, 애한테는 아무 짓도 하지 마." 그가 울며 애원했다.

"만일 경찰에 신고하면, 아만다는 바로 죽을 거야. 다른 사람에게 말해도, 아만다는 죽어. 만일 우리가 지시하는 일을 해내지 못해도, 아만다는 죽을 거야." 여자의 목소리는 단호했다.

"한 가지, 아만다가 잘 있는지만 말해줘."

"안녕, 스티븐."

"제발, 제발… 그럼 카를라는? 괜찮은 거야?"

"…"

전화가 끊겼다.

89

2013년 12월 28일. 솔트레이크

"아만다?" 스티븐이 눈물을 흘리며 소리쳤다. "정말 아만다니?"

"아빠!" 아만다는 소리치며 스티븐에게 달려갔다. 그녀가 가냘픈 양팔로 스티븐을 감싸 안는 순간 삶을 돌보지 않아 망가진 그의 거친 피부가 고스란히 느껴졌다.

"딸, 미안해. 널 보호해주지 못해서. 정말 너무 미안해. 여기에 네가 있다니 정말 하느님께 감사해."

그는 딸 앞에 무릎을 꿇었고, 아만다는 그런 아빠를 일으켜 세우려고 애썼다. 그는 무슨 말을 해야 할지, 뭘 어떻게 해야 할지 모른 채 딸의 키 높이까지 머리를 낮추었다.

"아빠, 이제 다시 아빠랑 같이 있잖아요." 그녀는 울었다. 스티븐이 흐느껴 울며 안아주자 그녀는 기쁨으로 몸이 떨렸다. 그는 해야만 했던 일들 때문에 속으로 죽어가고 있었지만, 다시 아만다 곁에 있게 되자 말로 할 수 없는 고통과 생명력이 뒤섞인 기운이 다시 솟아올랐다.

"아만다, 미안하구나. 너를 되찾으려고 이제까지 다른 사람들을 희생시켰는데, 정말 네가 여기 있구나. 정말… 너무 오랜 시간이 걸렸어."

“제가 같이 있지 못해서 죄송해요. 정말 죄송해요.”

“아만다, 네 잘못은 없어. 내가 너를 보호했어야 했는데 못 한 거지. 내가 너를 믿지 않았어. 딸, 날 용서해주렴. 제발 날 용서해줘. 그동안 잘 지냈다고 말해주렴. 제발.”

“저는 잘 지내고 있었어요, 아빠. 정말 잘 지내요. 그만 우세요. 제발.” 그녀는 흐느끼며 말했다.

그들은 몇 분간 아무 말 없이 서로를 안아주었다. 그러는 동안 제이컵은 새로운 삶을 기다리며 엄숙한 마음으로 두 사람을 지켜보고 있었다. 제이컵은 스티븐이 딸을 안고 있는 모습을 바라보았고, 아만다가 느끼는 감정 하나하나를 함께 느꼈다. 그녀의 머리카락에서 나는 향기, 숨을 쉬는 소리, 외투의 촉감까지. 그는 스텔라 하이든이 아만다이고, 그녀가 살아 있다는 사실을 알았던 순간 눈물을 흘렸었다. 사실은 인터뷰하러 온 그녀의 목소리만 듣고도 아만다임을 금방 알아챘다. 그녀가 고개를 내밀며 원장에게 인사했던 순간, 바로 아만다임을 알았던 것이다. 그래서 미친 사람인 척 연기하며 애써 평정심을 유지하고 그녀에게 조금씩 자신의 기억과 솔트레이크에 대해서 알려주기란 절대 쉽지 않았다. 그러나 더 힘들었던 것은 바로 옆에 있으면서도 바로 일어나 아만다에게 키스하지 못하는 것이었다. 그녀의 귀에 속삭이는 사람이 바로 수년 전에 함께했던 제이컵 자신이라는 사실을 말하지 못하는 일이 더 힘들었다. 그녀가 바로 아만다, 자신의 삶 자체이자 행복해지기 위해 매일 매일 싸울 수 있는 이유라는 사실을 말해주지 못하는 일이 참기 힘들었다.

스티븐이 고개를 들어 올려다보니 곁에서 제이컵이 함께 울고 있었다. 그는 행복해하며 그들을 바라보고 있었다.

"제이컵, 이리 오렴." 그가 일어나서 그를 안아주며 말했다. "제이컵, 고마워. 희망을 잃지 않아줘서."

제이컵은 아무 말도 하지 못했다. 할 수가 없었다. 목이 콱 막혀서 아무 말도 할 수가 없었다. 아만다가 일어나 곁으로 다가왔다. 스티븐은 그녀에게 둘이 있으라는 눈짓을 보내고, 그들만의 시간을 주기 위해 자리를 피했다.

아만다와 제이컵은 촛불이 넘실거리던 그날 밤 이후, 마치 단 1분도 지나지 않은 것처럼 눈물을 흘리며 서로를 바라보았다. 제이컵은 천천히 그녀에게 다가갔지만, 손을 대면 아만다가 다시 사라질까, 그녀를 어루만지면 꿈에서 깨어날까 두려웠다. 그들은 조금씩 서로에게 다가갔지만, 서로 마주 보고 있다는 사실을 아직도 믿을 수 없었다. 제이컵은 조심스럽게 손을 들어 그녀의 얼굴을 가볍게 어루만졌다. 아만다는 순간 눈을 감았고, 제이컵이 어루만지는 손길이 이 세상에서 상상할 수 있는 가장 진실한 거라는 느낌이 들었다.

"울지마, 제발." 그가 속삭였다.

"어떻게 울지 않을 수 있어?" 아만다가 말했다. "네가 내 곁에 있는데, 약속했던 것처럼."

그들은 서로 이마를 맞대고 사춘기 시절 느낀 사랑의 열정 속으로 빠져들었다. 동시에 아만다의 집 현관에서 있었던 만남을 기억했다. 잠옷을 입고 있던 그녀, 그를 보고 놀라 지른 비명, 그날 밤, 나무 바닥에 누워 천장을 바라보며 함께 웃던 일이며 솔트레이크 배 위에서 나눴던 끝없는 키스까지.

순간 제이컵은 그녀의 허리를 꽉 붙잡고, 더는 아무데도 보내지 않겠다고 결심하며 입을 맞추었다.

키스가 이어지는 동안, 스티븐은 여전히 의식이 없는 원장을 나무에 묶고, 라우라의 시체를 확인하며, 필사적으로 카를라를 찾는 데 도움이 될 만한 단서들을 찾았다. 그는 마음 깊이 작은딸이 어디서든 살아 있고, 가족들을 잊지 않기를 바랐다. 그는 주머니를 뒤적이다가 글씨가 적힌 신문 조각을 발견했다. 그동안 여러 번 받았던 메모의 글씨와 똑같아서 라우라가 썼다는 사실을 알았다. 그는 전에 이미 읽어보았지만 큰 소리로 다시 읽다가 이 글씨가 이전의 글씨들과 다르다는 것을 깨달았다. "스텔라 하이든, 마지막 날"

"제이컵." 그는 서로의 귀에 속삭이고 서로를 바라보며 감격하는 제이컵과 아만다 사이를 끼어들며 말했다. "이게 무슨 뜻이지?"

제이컵이 다가와 심각한 얼굴로 쪽지를 한참 쳐다보았다. 하지만, 그의 얼굴은 다시는 그녀와 헤어지지 않을 거라는 확신에 가득 차 있었다.

"제가 스텔라 하이든이에요." 아만다가 말했다.

"네가? 그들은 너를 찾을 때까지 계속 쫓을 거야." 스티븐이 걱정스럽게 말했다.

"안 그럴 거예요." 제이컵이 대답했다. "제가 허락하지 않을 테니까요."

"어떻게 그렇게 자신하지?" 스티븐이 말했다.

"왜냐하면, 저는 스텔라 하이든이 아니니까요." 그녀는 단호하게 말했다. "저는 아만다 매슬로니까요."

제이컵은 자신이 원했던 모든 것을 되찾기를 바라는 눈빛으로 그녀를 바라보았다. 그렇지만 FBI가 솔트레이크에 오기 전에 정신건강센터 아니면 수감실로 돌아가야 한다는 걸 알고 있었다. 하지만 걱정하지 않았다. 이제는 문제의 저택과 최근 수년간 희생된 사람들의 이름이 적힌 책에 대해서 말할 수 있고, 얼마 안 돼서 곧 자유롭게 될 것이다. 그가 유일하게 입증해야 하는 사실인 제니퍼 트라우스를 죽이지 않았다는 것을 증명할 수 있게 되었기 때문이다. 스티븐은 자수하면 여생을 감옥에서 보낼 거라는 생각에 두려웠지만, 죄책감이 너무 컸고, 수년간 엄청난 고통에 시달렸다. 엄청난 고통을 견디기 위해 할 수 있었던 일은 오로지 딸을 되찾아야 한다는 생각뿐이었다. 그런 힘으로 지금 이 순간까지 기다릴 수 있었다.

“우리 이제 뭐 하지?” 아만다가 물었다.

“살아가야지.” 제이컵이 꿈이 부풀어 대답했다.

두 사람은 함께 부둥켜안은 채 황폐한 마을의 버려진 집 정원에 앉아서 몇 시간 동안 FBI가 도착하기를 기다렸다. 오래된 파란 지붕을 이고 있는 하얀 집 앞에서 그들의 얼굴은 상기되어 있었다. 그들이 17년 전과 똑같은 별들을 바라보는 동안, 스티븐은 행복한 아버지의 미소로 그들을 바라보았다.

“제이컵, 말해봐.” 아만다가 속삭였다. “사람들이 나한테 네 사건을 맡길 거라는 사실을 어떻게 알았어? 젠킨스 박사님이 너를 인터뷰하는 자리에 내가 함께할 거라는 사실을 어떻게 안 거야?”

“몰랐어.” 그가 미소 지었다. “아마 운명일 거야.”

에필로그

2014년 7월, 장소 불명

긴 복도 천장에 난 채광창을 통해 달빛이 스며들었다. 그 아래 검은색 겉옷을 걸치고 얼굴을 가린 두 명의 수도사가 조용히 걸어가고 있었다. 그 중 한 명은 작은 금속 물그릇과 구리 접시가 놓인 쟁반을 들고 있었다. 그릇 안에는 짙은 갈색 수프가 가득 담겨 있었다. 복도를 지나는 동안 그들은 때로 시커멓게 보였고, 촛불과 천창을 통해 들어오는 빛이 한데 어우러져 엄숙하고도 희미한 분위기를 자아내기도 했다. 복도 끝에 다다르자, 또 다른 두 수도승이 굳게 닫힌 거대한 나무 문을 지키고 있었다. 그들은 음식을 운반하는 사람들을 보자, 살짝 고개를 끄덕이고는 지나가도록 길을 내주었다.

"조용." 음식을 운반하던 사람 중 한 명이 속삭였다.

음식을 든 사람이 낡은 경첩이 삐걱거리지 않게 조심스럽게 문을 열었다. 방 안은 깜깜해서 문지방 너머로 아무것도 보이지 않았다. 음식을 든 수도승은 조용히 안으로 들어가서 어둠 속을 걸어갔다. 주변에 침묵이 감돌았다.

갑자기, 그가 서 있는 자리 근처에서 깊은 한숨소리가 들리자, 그는 너무 놀라 쟁반을 바닥에 떨어뜨렸고 바로 얼어붙어서 한 걸음도 움직이지 못했다. 방 안에서 움직이는 그림자는 감지했지만, 어디에 있는지는 도무지 알 수가 없었다.

그림자가 작은 전등을 켜서, 음식을 들고 온 수도승의 몸과 바닥에 떨어진 쟁반을 살짝 비추었다. 작은 전등 곁에서 음식을 들고 온 몸피가 가냘픈 여성 수도승이 당황해서 떨고 있었다. 전등을 든 젊은 여자는 수도승을 신경 쓰지 않고 재빨리 작은 탁자 위 오래된 전화기 옆에 놓인 종이 한 장을 집어 들고 글자를 써 내려갔다. "제이컵 프로스트, 2014년 12월"

그러고 나서 젊은 여자는 음식을 들고 온 어설픈 수도승 쪽으로 몸을 돌리더니 미동도 하지 않았다. 수도승은 공포에 질린 얼굴로 그녀를 쳐다보며 떨기 시작했다.

"죄죄… 죄송합니다." 그는 갈라진 목소리로 말했다. "용서해주세요, 카를라."

감사의 말

이 소설 편집에 빈틈없이 주의를 기울이며 이 힘든 일을 해준 수마 데레트라스의 편집자인 아나에게 진심으로 감사드립니다. 특히 2월에 써준 편지도 감사합니다. 그녀가 없었더라면 절대 이런 결과물이 나올 수 없었을 것입니다.

또 특별히 밤마다 내용을 읽어주면서 각 장 이후에 줄거리가 어디로 갈지를 예상해준, 내 인생의 상담자이자 친구인 나의 아내, 베로니카에게 감사합니다.

아마존에서 자가 출판을 했을 때 이 소설을 다운받아 읽어준 서스펜스를 사랑하는 많은 꿈꾸는 독자들에게도 감사를 전하지 않을 수가 없습니다. 보잘것없는 작가의 꿈을 이루게 해주셔서 감사합니다.

옮긴이의 말

휴양 도시로 유명한 스페인 남부 푸엔히롤라에서 말라가까지 기차로 출퇴근하던 한 금융 전문가가 어느 날 벌거벗은 남자가 잘린 머리를 들고 있는 꿈을 꾸었다. 그것을 계기로 그는 매일 한 시간 반씩 보내던 기차 안에서 작품을 구상하고 글쓰기에 매진해서 1년 반 후인 2015년 첫 소설을 완성했다. 그리고 몇몇 대형 출판사에 원고를 보냈지만, 그날 저녁 답변을 기다리기보다는 직접 출판하기로 마음을 바꾸고 아마존의 '킨들 다이렉트 퍼블리싱'을 통해 소설을 올렸다. 며칠 사이 예상치 못한 트위터 팔로워가 급속하게 늘었고, 하루에 몇 천 부가 팔리며 아마존에서 6개월간 가장 많이 팔리는 소설로 입소문이 나기 시작했다. 이듬해 종이책으로 출판된 후 30만 부 이상 판매되고 수많은 후기가 달리는 등 선풍적인 반응을 일으켰다. 현재는 텔레비전 판권이 팔리면서 방송 제작까지 논의되고 있다. 그러면서 인기 작가의 길로 들어선 작가 하비에르 카스티요에게 수많은 별명이 붙었다. 폴라 호킨스의 소설 제목 『걸 온 더 트레인』을 떠올리게 하는 '기차를 탄 남자'부터 제2의 사폰(zafon: 『바람의 그림자』의 작가)이나 제2의 페레스 레베르테(Pérez Reverte: 『플랑드르 거장의 그림』의 작가)'에 이르기까지. 독자들과 문학계는 혜성처럼 나타난 그에게 큰 관심을 나타냈다. 하지만 정작 그가 원하는 건 하루에 2~3시간 동안 일상에서 벗어날 수 있는 이야기를 제공하는 것이고, 소설의 결말이 맘에 들든 아니든 이 책을 읽고 즐겼다면 자신의 목표는 이룬 것이라고 소박하게 말한다. 작가는 금융 컨설턴트의 삶을 살았지만, 이미 열네 살부터 짧은 심리 스릴러를 쓸 정도로 이 장르의 마니아였다. 그때 40~50페이지의 짧은 글을 쓰던 습관이 이 장편에도 고스란히 드러나는데, 여든아홉 개의 짧은 장들로 구성되어 호흡이 빠른 것이 이 소설의 눈에 띄는 특징 중 하나이다.

이 소설은 작가가 구상한 3부작 중 하나이다. 2018년 두 번째 소설이 나왔고(『사랑을 잃어버린 날(El día que se perdió el amor』), 마지막 편은 준비 중이다.

이 소설은 작가가 실제로 꾸었던 섬뜩한 꿈속 장면으로 시작한다. 12월 24일, 낮 12시, 보스턴 시내 한복판에 몸이 피투성이가 된 벌거벗은 남자가 소녀의 머리를 들고 나타난다. 그는 계획이라도 한 듯 저항 없이 바로 체포되었고, 유명 정신과 의사이자 정신의학센터 수장인 젠킨스 박사와 FBI 프로파일러 스텔라 하이든의 손에 넘겨졌다. 처음에는 모든 사람을 깔보듯 진술을 거부하던 그는 스텔라에게 마음을 열고 조사에 적극적으로 임한다. 이 모든 사건이 솔트레이크의 한 미스터리한 마을에서 시작되었다고 고백하며, 상관없어 보이는 자기 과거 이야기를 풀어놓는다. 이 소설은 17년 전 한 소녀의 가족이 휴가를 보낸 솔트레이크 마을 이야기와 이 사건이 일어나기 전, 그리고 이후의 시간을 교차하며 독자들을 이야기 속으로 끌어당긴다. 한 평범한 가족의 삶에 벌어진 사랑과 증오, 슬픔과 기쁨, 운명과 정신 착란, 음모들을 엮어놓은 긴장과 스릴 넘치는 추리 소설로 중독성이 강하다.

뻔해 보이지만 인간의 삶을 움직일 수 있는 강력한 힘인 사랑과 증오, 슬픔과 기쁨이 얽혀 있는 이 소설은 직접적인 표현과 짧은 문장, 그리고 많은 대화로 이루어져 있고 두 가지 이야기 서술 형식과 세 가지 목소리가 섞여 있다. 제이컵과 스티븐이 1인칭 시점에서 이야기하고, 전지적 작가 시점에서 전체 인물들을 하나씩 살핀다. 이렇게 내레이션의 주체를 바꾸는 게 독자들을 현기증 나게 만들 수도 있지만, 그만큼 흥미를 유발하고 소설을 보는 내내 긴장감을 유지하는 데 도움이 된다. 이 소설이 특히 영화 같은 느낌을 주는 것은 요즘 영화에서도 이런 다양한 시점의 구성을 많이 사용하기 때문일 것이다. 화면에서의 흥행 비결이 문학에서도 그대로 적용됨을 증명한 셈이다. 또, 롤러코스터처럼 시간과 장소를 왔다 갔다 하는 것은 즐거움을 주는 또 다른 요소이다. 물론 과거와 현재의 시간이 섞여서 시간 여행을 자주 해야 하고, 같은 이야기를 연결하려면 여러 페이지를 넘겨야 하는 것도 사실이다. 하지만 장마다 시간과 장소가 적혀 있어서 파악하기가 어렵지는 않다. 이 구성에서는 주로 숫자를 만지고 뭐든 순서를 좋아하는 수학자인 작가의 모습이 고스란히 드러난다. 작가는 수학과 문학이 여러 구조와 순서, 연결과 논리가 있다는 점에서 서로 통하는 부분이 있다고 강조했는데, 그래서인지 그의 소설에는 정확한 장소와 시간 순서 구분이 뚜렷하다.

소설 속에서 캐릭터에 대해서는 작가가 주로 제이컵과 스티븐에 중점을 두었고, 다른 캐릭터에 무게를 많이 싣고 싶지 않았던 것이 의도였다고 하지만, 현지 독자들 사이에서는 스텔라 하이든에 대한 캐릭터를 직업에 맞게 좀 더 강하고 매력적으로 발전시켰으면 하는 아쉬움의 목소리도 있었다. 독자 사이트마다 소설 속 의문점들에 대한 열띤 토론까지 벌어진 걸 보며 소설의 인기를 또 한 번 실감했다. 작가는 이 이야기를 쓰면서 끊임없이 '나라면 어떻게 했을까?'라는 질문을 던졌다고 한다. 그래서 딸을 둔 아버지로서 부성애가 이야기 속에 고스란히 묻어날 수밖에 없었던 것 같다.

이 소설의 주제이자 작가의 의도는 '결국 꿈은 이루어진다. 노력과 열정은 원하는 결과를 낳는다'이다. 좀 상투적이긴 하지만, 우리 무의식의 기저에 깔린 강력한 생각 중 하나이기 때문에 독자들은 자기도 모르게 그 바람을 갖고 이야기를 따라간다. 이야기 속 제이컵은 사랑을 위해, 스티븐은 딸을 구하기 위해 자신의 삶을 기꺼이 내놓고 그 목표를 향해 달려간다. 그들이 선택한 방법의 논리는 합리성과 도덕성 면에서 따지면 빈약해 보일 수도 있지만, 마지막 솔트레이크에 모인 그들에게는 분명 그 꿈을 이룬 감동이 있었고, 그들을 따라갔던 나에게도 예상치 못한 만족과 안도감이 있었다.

기차를 타는 이유는 창밖 배경이 쉴 새 없이 변하는 다양한 시각적인 경험 때문일 것이다. 영화 속 장면을 보는 것 같은 기차의 창이라는 프레임 속을 멍하니 보고 있노라면 봄날의 아지랑이처럼 현기증이 나고 온갖 기억들이 다시 피어오르면서 현실 세계를 이탈하게 된다. 이 책은 바로 그런 기차 여행 같은 책이다. 누가 뭐래도 확실히 몇 시간은 현실에서 벗어나게 해주는 마법 같은 책 말이다.

번역하는 동안 소설 속 인물들과 하나하나 얼굴을 부비며 시공간을 넘어 여기저기를 뛰어다니느라 좀 피곤하긴 했지만, 기차에서 내리고 보니 그 모든 게 즐거운 기억으로 변해 있었다. 번역자로 독자로 현실 이탈을 제대로 경험하게 해준 책이다.

김유경

미쳐버린 날

초판 1쇄 인쇄 2021년 12월 17일
초판 1쇄 발행 2021년 12월 24일

지은이 | 하비에르 카스티요
옮긴이 | 김유경
펴낸이 | 정상우
편집 | 박기효
디자인 | 김해연
관리 | 남영애 김명희

펴낸곳 | 오픈하우스
출판등록 | 2007년 11월 29일 (제13-237호)
주소 | 서울시 마포구 동교로13길 34(04003)
전화 | 02-333-3705팩스 | 02-333-3745
facebook.com/vertigo.kr
instagram.com/vertigo_mysterybook

ISBN 979-11-88285-42-6 04870
979-11-86009-19-2 (세트)

VERTIGO는 (주)오픈하우스의 장르문학 시리즈입니다.

*잘못된 책은 구입처에서만 교환 가능합니다.
*값은 뒤표지에 있습니다.